Das nächste Opfer

Worum geht es?«, fragte Genny. »Was hat Teri dir über mich erzählt?«

»Teri ist allen Informationen nachgegangen, die sie über das fünfte Opfer der Mordserien finden konnte«, erwiderte Dallas. »Linc Hughes glaubt, dass alle anderen Opfer, die ersten vier bei jedem Fall, wohl einfach nur wahllos ausgesucht wurden, doch mit den fünften Opfern verhielt es sich irgendwie anders.«

»Inwiefern anders?«

»Aufgrund intensiver Recherchen hat Teri etwas herausgefunden, das alle vier der fünften Opfer gemeinsam haben«, sagte Dallas. »Barbara James, das fünfte Opfer in Mobile, hatte eine seltene Begabung. Nach Aussage ihrer Familie war sie hellseherisch.«

Genny schloss die Augen.

»Das fünfte Opfer der ersten Serie, Kim Johnson, unterhielt ihre Freunde mit telekinetischen Tricks. Daphne Alaire betätigte sich nebenher als Medium. Lori Wright war telepathisch. Offensichtlich hielten es die Freunde und Familien der fünften Opfer nicht für nötig, deren einzigartige Begabungen zu erwähnen, weil sie nicht glaubten, dass diese Information etwas mit der Ermordung zu tun hatte.«

»Ich bin der Grund, warum er nach Cherokee County gekommen ist«, sagte Genny mit Nachdruck. »Er hat mich als fünftes Opfer im Visier …«

Prolog

Dunkel. Kalt. Die Stille vor der Morgendämmerung. Wind peitschte durch die hohen, uralten Bäume im Wald. Bald würde die Sonne über Scotsman's Bluff aufgehen. Er war so weit, war bereit zuzuschlagen, wenn das Morgenlicht den Altar erhellte. Sobald die Tat begangen war, sobald er das erste Opfer dargebracht hatte, würde das Ritual von Neuem beginnen. Hatte er erst ihren köstlichen Lebenssaft geschmeckt, würde er die Kälte des Winters nicht mehr spüren. Ihr Blut würde ihn wärmen, ihm Kraft verleihen, ihn auf die anderen vorbereiten, die ihn zur wichtigsten Veränderung in seinem Leben führen würden. Die ganzen Jahre über hatte er sorgfältig nach Perfektion gestrebt, nach dem Mächtigsten, während er beständig seine Kraft aufgebaut hatte, Stück für Stück, mit unbedeutenderen Sterblichen.

Er schaute auf das nackte Mädchen, das auf den Holzaltar gebunden war. Langes, blondes Haar umflutete ihr engelhaftes Gesicht, während der kühle Wind ihren sinnlichen Körper streichelte. Ihre Augenlider flatterten. Gut. Das bedeutete, dass die Wirkung des Medikaments nachließ, das er ihr verabreicht hatte, und sie rechtzeitig zur Zeremonie aufwachen würde. Ihm gefiel der Ausdruck auf ihren Gesichtern – der Schreck und das Entsetzen –, wenn ihnen klar wurde, was mit ihnen passieren würde.

Er schlug sein dunkles Cape zurück und lächelte. Kein Grund zur Eile. Später konnte er sich Zeit lassen und die Beute so lange auskosten, wie er wollte. Niemand, der bei klarem Verstand war, würde im Januar bei Tagesanbruch draußen im Wald sein. Nur er und das Mädchen.

Er legte den reich mit Schnitzereien verzierten Kasten auf

den zitternden Körper des Mädchens, klappte den Deckel auf und nahm das schwere Schwert heraus. Dann stellte er den Kasten auf den Boden, schaute zum Himmel empor und wartete.

Sie wimmerte, doch der Knebel in ihrem Mund hinderte sie daran, lauter zu werden. Er schaute auf sie hinab, fuhr mit der Hand über ihre nackten Brüste und hob das Schwert gen Himmel.

Ein blassrosa Schimmer breitete sich über Scotsman's Bluff aus, nur eine Andeutung von Farbe am dunklen Himmel.

»Bald, mein Lämmchen. Bald.«

Träge hieß die Sonne den Beginn des neuen Tages willkommen, mit Lichtranken, die immer weiter in den Himmel hineinreichten. Er riss der jungen Frau den Knebel aus dem Mund. Sie schrie. Er schwang das Schwert über ihr und sprach die heiligen Worte in der uralten Sprache aus.

Aus der Hölle Tiefen, hör mich und vernimm mein Flehen. Möge dieses Opfer dich erfreuen. Bitte erfülle mir meinen Willen und meinen Wunsch.

Langsam führte er das Schwert nach unten, immer weiter, und schlitzte sie vom Hals bis zum Nabel auf. Ihre blinden Augen starrten zu den hoch aufragenden Baumwipfeln empor.

Er wischte das Schwert mit einem weichen Tuch ab, legte die Waffe wieder auf das Samtpolster und stopfte das blutgetränkte Tuch in eine Plastiktüte, die er in den Kasten warf. Das Blut des Mädchens war noch warm. Er senkte den Kopf, bis seine Lippen die klaffende Wunde berührten, leckte daran, saugte, füllte seinen Mund mit ihrem Blut und stärkte sich an ihrer Lebenskraft, ehe sie versiegte.

Genevieve Madoc wurde mit einem Ruck wach, ihr Flanellnachthemd von Schweiß durchnässt. Ihr Herz schlug wie rasend, als sie sich kerzengerade im Bett aufrichtete.

»Oh Gott! Oh Gott!«, stöhnte sie, als sie sich an ihren Traum erinnerte, ein schattenhaftes, erschreckendes Bild vom Tod.

Ihr Körper zitterte unkontrollierbar. Sie verabscheute diese Augenblicke kurz nach einer Vision, in denen sie schwach und verwundbar war. Jeglicher Energie beraubt, kaum in der Lage, sich zu bewegen. Sie sank zurück, ihr Kopf fiel auf das Kissen. Sie würde Jazzy zu Hilfe rufen, sobald sie wieder genug Kraft hatte, um nach dem Telefon auf dem Nachttisch zu greifen. Zunächst einmal würde sie ruhig liegen bleiben und abwarten. Und beten, dass die Bilder nicht wiederkehrten. Manchmal kam *das Zweite Gesicht* in Träumen zu ihr, ebenso oft jedoch erlebte sie es, wenn sie hellwach war.

Drudwyn erhob sich vom handgewebten Läufer vor dem Kamin, und seine scharfen Augen suchten in der Dunkelheit nach seiner Herrin. Er stieß ein besorgtes Wimmern aus.

»Alles in Ordnung«, flüsterte sie ihm zu. Dann sprach sie auf telepathischem Weg mit ihm und versicherte ihm, dass sie nicht in Gefahr sei.

Der große Mischlingshund tapste an ihr Bett und ließ sich auf den Holzboden fallen. Sie spürte seine Stimmung und wusste, dass sein Beschützerinstinkt automatisch eingesetzt hatte. Der Hund, den sie als Welpen bekommen hatte, betrachtete sich als ihr Leibwächter. Drudwyn war, ebenso wie sie selbst, aufgrund seines Erbes einzigartig – er entstammte der Verbindung zwischen einem Wolf und einer deutschen Mischung aus Schäferhund und Labrador. Gennys Vorfahren setzten sich aus Schotten, Iren, Engländern und Cherokee zusammen, was in dieser Gegend nicht einmal ungewöhnlich war, doch die Gabe des Zweiten Gesichts, das sie von ihrer Großmutter geerbt hatte, war es auf jeden Fall.

Während sie im Bett lag und darauf wartete, wieder zu Kräften zu kommen, musste sie unwillkürlich an die Vision denken, die sie gehabt hatte. Irgendwo da draußen war eine junge Frau ermordet worden. Genny war sich absolut sicher. Sie hatte das Gesicht des Mädchens nicht gesehen, nur ihren makellosen nackten Körper und das wuchtige Schwert, das sie aufgeschlitzt hatte wie eine reife Melone. Galle stieg aus Gennys Magen auf und brannte sich einen Weg durch ihre Speiseröhre hinauf in die Kehle.

Bitte nicht, mir darf nicht schlecht werden. Jetzt nicht. Ich bin zu schwach, um aus dem Bett zu kriechen. Mit aller Willenskraft bezwang sie die Übelkeit.

Wer konnte eine solche Freveltat begangen haben? Welches Scheusal würde einen Menschen opfern?

Ihr Vetter Jacob hatte erwähnt, dass es in der Umgebung ein paar Tieropfer gegeben habe – insgesamt vier seit Thanksgiving. Waren sie nichts weiter als Vorboten für die Tötung eines Menschen gewesen?

Nachdem sie Jazzy angerufen und um Hilfe gebeten hatte, würde sie Jacob anrufen. Er würde der Frau nicht mehr helfen können, doch als County-Sheriff wäre es seine Aufgabe, den Mord zu untersuchen.

Was willst du ihm sagen?, fragte sich Genny. *Wenn du ihm erklärst, dass du wieder eine Vision hattest, nur dass sie diesmal viel grauenhafter war als alle bisherigen, wird er es verstehen. Er ist mit dir verwandt. Er wird deine Vision nicht als bloßen Traum abtun.*

Eine Viertelstunde später zwang sich Genny, auf die Bettkante zu rutschen. Sie nahm den Telefonhörer in die Hand und wählte Jazzys Nummer. Das Telefon klingelte fünf Mal, bevor eine barsche Stimme antwortete.

»Wer zum Teufel ruft zu dieser unchristlichen Zeit an?«

»Jazzy?«

»Genny, bist du das?«

»Ja. Bitte …«

»Bin schon unterwegs. Bleib, wo du bist.«

»Danke.«

Sobald sie das Feizeichen vernahm, tippte Genny Jacobs Privatnummer ein. Er nahm beim zweiten Klingeln ab. Ihr Vetter war ein Frühaufsteher wie sie und bereitete wahrscheinlich gerade sein Frühstück zu.

»Butler«, sagte er ruppig in tiefem Bariton.

»Jacob, Genny hier. Bitte, komm zu mir nach Hause … auf der Stelle.«

»Was ist los?«

»Ich hatte einen Traum … eine meiner Visionen.«

»Ist alles in Ordnung?«

»Nein, aber das wird schon wieder. Ich habe Jazzy angerufen. Sie wird bald hier sein. Aber ich muss dir erzählen …« Plötzlich versagte ihr die Stimme.

»Was?«

Sie räusperte sich. »Jemand ist ermordet worden. Eine junge Frau. Ich bin mir sicher, dass du ihre Leiche im Cedar Tree Forest finden wirst, nicht weit von hier. Ich habe … mit den Augen des Mörders gesehen … ich habe gesehen …« Sie holte tief Luft. »Er hat den Sonnenaufgang über Scotsman's Bluff gesehen.«

»Bist du dir sicher, Genny? Bist du überzeugt, dass es kein Albtraum war?«

»Ja. Es ist zu spät, um sie zu retten, aber du kannst ihre Leiche suchen und vielleicht Beweise dafür finden, wer sie umgebracht hat – wenn du dich beeilst. Ich glaube, ich kann dich genau zu der Stelle führen.«

»Ach du Scheiße …«, murmelte Jacob fast unhörbar.

»Jacob?«

»Hm?«

»Er hat sie auf eine Art Altar gebunden und geopfert. Ich … ich glaube, er hat ihr Blut getrunken.«

»Verdammter Hurensohn.«

1

Teri Nash, Special Agent des FBI, warf einen Blick auf das Fax in ihrer Hand. Ein Brief und ein Foto. Während sie darauf wartete, dass Dallas aus der Dusche kam, hatte sie sich an seinen unordentlichen Schreibtisch in der Ecke des Wohnzimmers gesetzt. Das Fax war eingegangen, als sie sich gerade einen Gin Tonic genehmigte. Dallas und sie hatten seit Jahren keine Beziehung mehr, und eigentlich war sie mit einem Profiler vom FBI liiert, aber Dallas war noch immer ein guter Freund. Seit dem Tod seiner Nichte vor acht Monaten hatte sie versucht, ihren verflossenen Liebhaber im Auge zu behalten. Obwohl er mit dem brutalen Mord an Brooke so umgegangen war wie mit allem anderen auch – wenig Emotionen und eiserne Selbstbeherrschung –, hatte sie den Schmerz hinter seiner beinharten Fassade gesehen. Sobald er nach Brookes Beisetzung zum FBI-Hauptquartier in Washington zurückgekehrt war, hatte er sich persönlich auf die Suche nach Informationen gemacht, die ihn zu dem Mörder seiner Nichte führen könnten. Dass er die umfangreichen Quellen des FBI für den inoffiziellen Gebrauch nutzte, war zum Stein des Anstoßes zwischen Dallas und dem Stellvertretenden Direktor der Criminal Investigation Division geworden. Obwohl sich Dallas und Tom Rutherford nicht ausstehen konnten, hatte Tom ihm jede Menge Freiheiten gelassen. Teri fragte sich, wie lange noch.

Sie las das Fax zum dritten Mal. Die Nachricht war eine Antwort auf einen Brief, den Dallas an die lokalen Polizeibehörden landesweit geschickt hatte. Es war die siebte Antwort dieser Art in den letzten paar Monaten, doch Teri hatte das dumpfe Gefühl, dass es sich um die Nachricht handelte, auf die Dallas seit Brookes Ermordung gewartet hatte. Teri wollte das gefaxte

Foto nicht mehr ansehen. Einmal hatte durchaus gereicht. Der Anblick des jungen blonden Mädchens mit dem aufgeschlitzten Körper würde nicht leicht zu vergessen sein. Teri erschauderte.

Der für Cherokee County in Tennessee zuständige Sheriff hatte über einen Mord am frühen Morgen in seinem Bezirk berichtet, bei dem es sich offenbar um eine Opferung handelte. Die Einzelheiten über den Tod der Frau waren praktisch identisch mit Brookes entsetzlicher Ermordung in Mobile, Alabama, im Mai des vergangenen Jahres.

Während Teri die Information zum letzten Mal überflog, schüttelte sie den Kopf und seufzte. Sobald Dallas dieses Fax sähe, wäre er auf und davon. In einem sentimentalen Anfall von Beschützerinstinkt hätte sie das Fax am liebsten in den Müll geworfen und so getan, als hätte es nie existiert. Obwohl die Affäre mit ihrem Kollegen nur von kurzer Dauer gewesen und vor drei Jahren zu Ende gegangen war, empfand sie noch immer sehr viel für ihn. Der arme Kerl hatte genug durchgemacht, war in den letzten Monaten zu vielen Hinweisen nachgegangen, die zu nichts geführt hatten. Nur ungern sah sie zu, wie er sich auf eine weitere sinnlose Suche nach einem schwer zu fassenden Serienmörder begab. Falls es überhaupt ein Serienmörder war. Dallas hatte die Theorie entwickelt, dass ein barbarischer Serienmörder frei herumlief. Im Übrigen war sich Terri nicht sicher, wie viele Urlaubstage Dallas noch zustanden. Oder wie lange sich Rutherford noch mit Dallas' Nichtanwesenheit abfinden würde.

Dallas Sloan, das blonde Haar noch feucht von der Dusche, tauchte aus dem Bad neben dem kleinen Schlafzimmer seiner Dreizimmerwohnung auf. Teri holte tief Luft. Verdammt, der Typ verschlug ihr noch immer den Atem. Er trug nur seinen weißen Slip und gewährte ihr einen Blick auf seinen großen, geschmeidigen Körper. Leichter brauner Haarwuchs bedeckte seine Beine und Arme und formte über der Mitte seiner muskulösen Brust ein V. Teri zwang sich, den Blick von seinem

Körper zu lösen und ihm ins Gesicht zu sehen. Er grinste. Boshaft.

»Ich genieße nur die Aussicht«, sagte sie. »Kaufen will ich das Anwesen nicht.«

»Was hast du da in der Hand?«, fragte er und blickte auf das Fax.

»Das hier?« Sie hielt die beiden Blätter in die Höhe wie eine Trophäe. »Das ist ein Fax.«

»Meinen Körper zu begehren ist schön und gut, Herzchen, aber meine Post zu lesen, steht auf einem anderen Blatt.«

Dallas kramte in seinem Schrank herum, holte ein Paar abgetragene Jeans hervor, schlüpfte hinein, nahm einen beigefarbenen Strickpullover aus der Kommode und zog ihn sich mit einem Ruck über den Kopf.

»Von wem ist das Fax?«

Teri trat neben ihn ans Bett, auf dem er saß, um sich die Socken anzuziehen. »Es kommt von Sheriff Jacob Butler aus Cherokee County, Tennessee.«

Dallas schlüpfte in seine Stiefel, band die Schnürsenkel zu und schaute zu Teri auf. »Es geht um ...«

»In seinem County ist anscheinend eine Art Opfermord passiert.« Teri hielt ihm das Fax hin. »Heute morgen.«

Dallas riss ihr die Seiten aus der Hand, überflog sie rasch und fluchte leise vor sich hin. »Ich muss ihn anrufen – sofort.« Er stand auf. »Hör zu, Schätzchen, geh doch einfach schon mal zu den anderen. Wenn es das ist, wonach es aussieht, nehme ich heute Abend einen Flug nach Tennessee.«

Teri packte seinen Arm. »Bist du dir sicher, dass du das noch einmal machen willst? Bisher war von allen Berichten, die du bekommen hast, keiner ...«

»Der hier ist anders. Allein aus dem Fax gehen Ähnlichkeiten mit Brookes Tod hervor.«

»Trotzdem, bei den zahlreichen alten Berichten über Opfermorde, die du angehäuft hast, hatten die Opfer keinerlei Gemeinsamkeiten, nichts, aufgrund dessen man sie mit einem besonderen Mörder in Verbindung bringen könnte, bis auf die Tatsache, dass alle geopfert wurden.«

»Es gibt eine Verbindung«, sagte Dallas. »Wir sind nur noch nicht darauf gekommen. Linc hat erst letzte Woche begonnen, an einem Profil für mich zu arbeiten, und da er es in seiner Freizeit macht und versucht, sich Rutherford vom Hals zu halten, wird es eine Weile dauern.«

»Hast du noch Resturlaub oder Krankheitstage übrig?« Sie hütete sich davor, weiter mit einem Mann zu diskutieren, der nicht überzeugt werden konnte.

»Drei.«

»Und was ist, wenn sich herausstellt, dass es sich bei diesem Mord um den handelt, auf den du gewartet hast, ein neues Puzzlestück?«

»Dann werde ich mich beurlauben lassen.«

»Ja, das dachte ich mir schon.«

»Ich kann mich also auf dich und Linc verlassen, ja?«

»Inoffiziell.«

Dallas gab ihr einen Kuss. Keine Leidenschaft. Nur eine Dankesgeste. »Du musst nicht auf mich warten. Geh ruhig, mach dich auf den Weg. Ich ruf dich auf dem Handy an, wenn ich heute Abend einen Flug nehme.«

Teri streichelte seine Wange. »Ich hoffe, diesmal ist es der Richtige.«

Dallas machte sich nicht die Mühe, sie an die Tür zu begleiten, daher öffnete Teri sie selbst, blieb aber auf der Schwelle stehen. Sie seufzte. Dallas hatte sie schon völlig vergessen. Er hob den Hörer ab, wählte die Vorwahl des Countys und die Dienstnummer des Sheriffs.

»Ja, hier spricht Special Agent Dallas Sloan vom FBI. Ich hätte gern Sheriff Butler gesprochen.«

Leise zog Teri die Tür zu, ging durch den Flur und über die Treppe ins Erdgeschoss des Wohnhauses hinunter. *Du hast hier nichts verloren,* sagte sie sich. Die Hoffnung, Dallas würde sich anders besinnen und etwas Dauerhaftes von ihr wollen, war nur ein Hirngespinst. Sie musste den letzten Hoffnungsschimmer begraben – sonst würde ihre Beziehung mit Linc nicht so funktionieren, wie Teri es gern wollte.

»Es gibt Schnee. Das spür ich in den Knochen«, sagte Sally Talbot, als sie ein weiteres Holzscheit in den schmiedeeisernen Kanonenofen warf.

»In der Wettervorhersage im Fernsehen hieß es Schneeregen«, verbesserte Ludie Smith. »Auf wen soll ich denn hören – auf deine alten Knochen, oder auf einen gebildeten Mann, der sich mit Kumuluswolken und Taupunkten und gefühlten Temperaturen auskennt?«

»Ludie, ich schwör's dir, seit diesem Volkshochschulkurs am Junior College im letzten Herbst hast du abgehoben und behandelst mich von oben herab.«

»Ich doch nicht!« Mit großen, ausdrucksstarken Augen schaute Ludie sie an. »Du benimmst dich wie die Reichen, seit Jazzy deine Hütte weiß verkleidet hat.«

»Du sagst Hütte zu meinem Haus? Wie nennst du denn dein Haus – einen Palast?«

»Ich sage Cottage dazu«, erwiderte Ludie. »Ja, ein Cottage, so wie die hübschen kleinen Häuser, die man in Kalendern und in Filmen über das englische Landleben vor dem Zweiten Weltkrieg sieht.«

»Was weiß eine alte Squaw der Cherokee aus den Bergen von Tennessee schon über die ländlichen Gegenden in England? Ganz davon abgesehen ist dein Haus kein Cottage. Es ist ein Holzschuppen mit vier Zimmern auf Teilpachtbasis.«

»Tja, Miss Neunmalklug, ich weiß über die ländlichen Gegenden in England genauso viel wie du. Und wer bist du schon? Nur eine verrückte alte weiße Kuh aus den Bergen in Tennessee.«

Jazzy Talbot stand in der Tür zwischen der Küche ihrer Tante Sally und dem Wohnzimmer, in dem Sally und ihre beste Freundin Ludie miteinander stritten, wie immer, solange Jazzy denken konnte. Außenstehende, die den beiden alten Frauen zuhörten, wären davon überzeugt, dass sie sich nicht ausstehen konnten, obwohl das genaue Gegenteil der Fall war. Ludie und Sally waren ein Leben lang befreundet, doch keine von beiden würde jemals zugeben, wie sehr sie der anderen zugetan war. Ihre Lieblingsbeschäftigung war anscheinend, über alles Mögliche zu debattieren – angefangen vom Wetter bis hin zur richtigen Art, Blattkohl zu kochen.

Jazzy räusperte sich. Beide Frauen verstummten sofort und drehten sich zu ihr um. Sally war knochig und an die einsachtzig groß, hatte große Hände und Füße, einen weißen Haarschopf und eisblaue Augen. Lucie ihrerseits hatte schwarze Augen und stahlgraues Haar, war knapp einsfünfzig groß und kugelrund. Jazzy hatte keine Ahnung, wie alt die beiden Frauen waren, aber sie schätzte, dass ihre Tante und Ludie ihren siebzigsten Geburtstag bereits hinter sich hatten.

»Wie lange stehst du schon da?«, fragte Sally mit einem breiten Lächeln auf dem Gesicht.

»Bin gerade erst gekommen. Habt ihr den Jeep denn nicht gehört?«

»Sie war zu sehr mit Kreischen beschäftigt«, sagte Ludie. »Sie glaubt, es gibt Schnee, aber der Wetterbericht hat deutlich gesagt, dass …«

»Zuerst soll es Graupelschauer geben, dann Schnee«, sagte Jazzy.

Die beiden Frauen sahen sie stirnrunzelnd und mit großen Augen an.

»Woher weißt du … du warst heute bei Genny, nicht wahr?« Sally nahm noch ein Holzscheit und steckte es in den Ofen. Nachdem sie die Tür zugemacht und das Feuer drinnen eingeschlossen hatte, wischte sie sich die Hände an ihrer abgetragenen Jeans ab.

»Hat Genny gesagt, dass es Schnee gibt?«, fragte Lucie.

Jazzy nickte. »Ich habe gehört, wie sie Jacob riet, er solle den Tatort lieber jetzt genau unter die Lupe nehmen, weil das Wetter heute Abend schlecht wird. Sie glaubt, es wird ziemlich rau.«

»Dann sollten wir uns lieber darauf einstellen«, sagte Sally. »Das Mädel irrt sich nie mit dem Wetter. Sie ist genau wie ihre Großmutter. Melva Mae hatte auch das Zweite Gesicht.«

»Ist das mit der armen kleinen Susie Richards nicht schrecklich?« Ludie schüttelte den Kopf. »Was für ein Mensch tut einem anderen so was an, immerhin war das Mädchen erst siebzehn!«

»Warum warst du bei Genny?«, fragte Sally. »Hatte sie wieder einen Anfall?«

Jazzy nickte. »Sie hat gesehen, wie die kleine Richards umgebracht wurde. Aber das dürft ihr nicht weitererzählen.«

Ludie stieß einen Klagelaut aus. »Der Herr stehe uns bei!«

»Sie hat Jacob angerufen und ihm gesagt, wo er Susies Leiche findet. Jetzt hat er einen Mordfall zu lösen und ein County voll verängstigter Menschen.«

»Jacob hat weder das Personal, noch die entsprechende Ausrüstung, um Tatortuntersuchungen durchzuführen.« Sally ging in die Küche. »Bleibst du zum Abendessen, Mädel, oder gehst du zu dir, bevor das Wetter umschlägt?«

»Schätze, ich fahre nach Hause«, erwiderte Jazzy. »Ich hab nur reingeschaut, um zu sehen, ob ihr etwas braucht. So weit draußen vor der Stadt schafft ihr es vielleicht ein paar Tage lang nicht bis Cherokee Pointe, wenn sich unter dem Schnee Eis gebildet hat.«

»Hab alles, was ich brauche«, rief Sally aus der Küche. »Möchtest du eine Tasse Kaffee, bevor du aufbrichst?«

»Kaffee und ein Stück von dem Eiercremekuchen, den ich auf der Anrichte gesehen habe.« Jazzy zwinkerte Ludie zu, denn sie wusste nur zu gut, dass Ludie den Kuchen gebacken und mitgebracht hatte. Sally war keine gute Köchin – noch nie gewesen. Hätte Ludie nicht so gut kochen können, wäre Jazzy vermutlich mit nichts als Maisbrot, Bratkartoffeln und dem Gemüse der Saison großgeworden. Ludie hatte ein Talent zum Kochen und arbeitete in Jazzys Restaurant im Ort. Seit letztem Jahr hatte sie ihre Arbeitszeit auf ein paar Tage in der Woche reduziert.

Als sich Jazzy und Ludie zu Sally in der Küche gesellten, hatte Sally den Kuchen bereits angeschnitten und den Tisch mit drei Tellern und Gabeln gedeckt. Sie nahm eine alte Kaffeekanne aus Eisen vom Herd und goss dampfenden schwarzen Kaffee in nicht zusammenpassende Tonbecher.

Während die drei an dem mit einem gelben Wachstuch bedeckten Tisch saßen, wurden Sally und Ludie ganz still. Jazzy hatte das ungute Gefühl, dass etwas nicht stimmte. Dabei ging es nicht darum, dass gestern in Cherokee County ein Mord geschehen war.

»Läuft das Geschäft?«, fragte Sally.

»So gut wie immer im Januar«, antwortete Jazzy. »Wir haben ein paar Touristen in den Hütten und noch ein paar, die auf dem Weg nach Pigeon Forge und Gatlinburg im Restaurant einkehren.«

»Im Frühling nimmt es wieder zu«, sagte Ludie. »Das ist immer so.«

»Mir ist auch nach Frühling.« Sally schlürfte ihren Kaffee.

»Mir auch.« Ludie seufzte. »Es geht doch nichts über Vogelgezwitscher im Frühling und Butterblumen und blühende Tulpen.«

Jazzy erwischte ihre Tante und Ludie dabei, eigenartige Blicke zu wechseln. »Na schön, was ist los?«

»Ich weiß gar nicht, was du meinst.« Sally starrte an die Holzdecke.

»Wir können es ihr auch sagen«, bemerkte Ludie. »Wundert mich, dass sie es noch nicht gehört hat.«

»Was denn?« In Jazzys Magengrube bildete sich ein fester Kloß.

»Nur weil er wieder da ist, muss das nicht heißen, dass du etwas mit ihm zu tun haben wirst.« Sally bedachte Jazzy mit einem warnenden Blick. »Wenn er dir nachschnüffelt, jag ihn zum Teufel. Wenn du gescheit bist. Er taugt nichts. Hat er noch nie.«

»Wen meint ihr denn – du meine Güte! Ihr wollt mir doch nicht sagen, dass …«

»Hab es heute Morgen in der Stadt gehört, bevor sich die Neuigkeiten über die kleine Richards verbreitete«, sagte Ludie. »Jamie Upton tauchte vor zwei Tagen auf der Farm auf, und sein Großvater hat doch tatsächlich das gemästete Kalb geschlachtet, um die Heimkehr des verlorenen Sohnes zu feiern.«

»Erzähl ihr den Rest«, sagte Sally.

Ludie ließ den Kopf hängen und vermied den Blickkontakt mit Jazzy. »Er hat eine Frau mit nach Hause gebracht.«

»Eine Ehefrau?«, fragte Jazzy.

»Eine Verlobte«, erwiderte Ludie.

»Verlobt war er schon mal«, sagte Jazzy. »Das hat nichts zu bedeuten. Ihr wisst doch, wie Jamie ist.«

»Ich weiß, dass er keinen Pfifferling wert ist.« Sally trank ihren Kaffee aus, erhob sich und füllte ihren Becher wieder.

Jazzy stocherte in dem Kuchenstück herum. Sie mochte Ludies Kuchen, wusste aber, wenn sie jetzt hineinbiss, würde er wie Pappe schmecken. Dabei war sie nicht mehr in Jamie verliebt. Tatsächlich war sie sich nicht einmal sicher, ob sie ihn jemals geliebt hatte. Aber sie hatte ihn haben wollen. Und wie. Er war ihr Erster gewesen, damals, als sie noch jung und unerfahren genug war, um zu glauben, dass Big Jim Uptons einziger Enkel ihresgleichen heiraten würde, einen Bastard aus dem weißen Abschaum, aufgezogen von einer armen, exzentrischen alten Frau, die in der halben Stadt als verrückt galt.

Jazzy stand auf. »Ich mach mich lieber auf den Weg in die Stadt. Soll ich dich nach Hause bringen, Ludie?«

»Um Himmels willen, nein. Mein Haus ist keine Viertelmeile von hier entfernt.«

»Aber wenn ein Mörder frei herumläuft …«

»Hab meinen Revolver in der Manteltasche, wie immer«, sagte Ludie. »Du weißt, dass ich ohne den nirgendwohin gehe.«

Ludie trug einen alten Smith & Wesson bei sich, der ihrem Vater gehört hatte, und Sally schleppte eine Flinte mit sich herum. Zwei alte Spinnerinnen, dachten die meisten.

Jazzy umarmte Ludie und wandte sich an ihre Tante. »Schließ die Türen ab.«

»Das hab ich vor«, versicherte ihr Sally. »Ich hab meine Flinte, und ich werde Peter und Paul vor dem Dunkelwerden reinholen, wie ich es im Winter immer mache. Die Hunde lassen niemanden an mich ran.«

Kurz darauf lenkte Jazzy ihren Jeep den Berg hinunter nach Cherokee Pointe, während ihre Gedanken um Erinnerungen an Jamie Upton kreisten. An sein Lächeln. Sein Lachen. Die Art, wie er *Schätzchen* zu ihr sagte. Die kleinen Geschenke, die er ihr im Lauf der Jahre gemacht hatte – seit ihrem sechzehnten Lebensjahr, als sie ihm ihre Jungfräulichkeit geschenkt hatte. Teuren Schmuck. Bezahlung für geleistete Dienste? Er hatte ihr mindestens hundert Mal gesagt, dass er sie liebe. Jedes Mal, wenn er für Monate, manchmal auch für Jahre die Stadt verließ, kam er zurück und ging davon aus, dass sie auf ihn wartete und ihn mit offenen Armen empfangen würde. Besser gesagt, mit gespreizten Beinen. Warum stellte sie bei seiner Rückkehr jedes Mal fest, dass sie ihm nicht widerstehen konnte?

Weil er dich jedes Mal, wenn er wieder in dein Leben tritt, davon überzeugt, dass er dich liebt, du Idiotin, dich begehrt, dass ihr eines Tages eine gemeinsame Zukunft haben werdet. Selbst als er zweimal eine Verlobte mit nach Hause gebracht hatte, war er zu ihr gekommen, um mit ihr zu schlafen. Wie hatte sie nur so verdammt bescheuert sein können?

Nun, diesmal konnte sich Mr Jamie Upton eine andere Nutte suchen. Genau das Gefühl hatte er ihr vermittelt – das der Hure, für die man sie hielt.

Als sie um die nächste Ecke bog, kreuzten sich die Landstraßen. Sie blieb an der Kreuzung stehen und warf einen Blick nach links auf die Bogentore und die lange Auffahrt, die zur größten Farm in Cherokee County hinaufführte – die Upton-Farm. Eine halbe Meile entfernt stand ein typisches Herrenhaus der Südstaaten an der Privatstraße, alten Villen von vor dem Bürgerkrieg nachempfunden und vor über hundert Jahren für Big Jim Uptons Großmutter gebaut, die eine Mason aus Virginia gewesen war.

Vor langer Zeit hatte Jazzy einmal davon geträumt, Jamie zu heiraten und in dem großen weißen Haus zu wohnen, mit Dienern für jeden Handgriff. Ihr Leben lang hatte sie mehr gewollt, hatte mehr als vier Wände und ein Dach gebraucht. Ein Teil ihrer selbst sehnte sich danach, eine Lady zu sein, und das bedeutete für sie, viel Geld zu haben.

Jazzy schluckte die Gefühle, die sich in ihrer Kehle festgesetzt hatten, lachte laut auf, ließ den Motor aufheulen und raste über die Kreuzung. Vielleicht würde Jamie diesmal nicht bei ihr vorbeischauen. Aber wenn, dann würde sie vielleicht endlich die Kraft aufbringen, ihn abzuweisen.

Jacob Butler zog den Reißverschluss seiner braunen Lederjacke zu, setzte den braunen Stetson auf und verließ sein Büro. Um sieben Uhr morgens hatte er ein Sandwich mit Rührei verschlungen, als er auf dem Weg nach Scotsman's Bluff gewesen war, und seitdem nichts mehr gegessen. Es war ein langer, anstrengender Tag gewesen. Jetzt stand er vor seinem ersten Mordfall seit seiner Wahl zum Sheriff.

Deputy Bobby Joe Harte sprach ihn an, als Jacob an dessen Schreibtisch vorbeiging. »Dieser Typ vom FBI hat angerufen. Ich soll Ihnen sagen, er sei in Knoxville und habe einen Wagen gemietet. Er macht sich hierher auf den Weg und will heute Abend noch mit dir sprechen.«

»Haben Sie ihm gesagt, dass es heute Abend Schnee gibt?«, fragte Jacob.

»Nein, Sir. Ich gehe davon aus, dass er nach dem Wetter gesehen hat.«

»Mir ist egal, was die Wetterfrösche vorhersagen. Genny hat für heute Abend heftige Schneefälle angekündigt.«

»Komisch, dass sie in solchen Dingen immer recht hat.« Bobby Joe grinste.

»Hören Sie, wenn dieser Sloan aufkreuzt, bevor ich zurückkomme, sagen Sie ihm, dass ich drüben im Jasmine's bin und zu Abend esse.«

»Nur aus Neugier, Jacob, aber wieso interessiert sich das FBI für einen hiesigen Mordfall?«

»Das FBI hat kein Interesse daran«, erwiderte Jacob. »Das ist etwas Persönliches, was mit Sloan zu tun hat. Er hatte eine Nichte, die genauso umgebracht wurde wie Susie Richards – geschlachtet wie ein Opferlamm.«

»O Mann, das wird hart.«

Jacob verließ das Sheriff's Department, das im Erdgeschoss auf der Südseite des Justizgebäudes von Cherokee County untergebracht war, schloss die Tür hinter sich und trat hinaus auf die Straße. Ein kühler Abendwind pfiff um ihn und wirbelte kleine, frisch gefallene Schneeflocken vom Bürgersteig auf. Als Jacob in den dunklen Himmel schaute, sah er Schnee, der im Schein der Straßenlaterne herabtanzte.

Auf dem Weg über die Main dachte er an das junge Mädchen, das am frühen Morgen den Händen eines Ungeheuers zum Opfer gefallen war. Pete Holt, der Coroner und Besitzer des Beerdigungsinstituts Holt hatte gesagt, sie sei wahrscheinlich nicht länger als zwei Stunden tot gewesen, als er sie am Tatort untersucht hatte. Jacob und Pete hatten sich die größte Mühe gegeben, der richtigen Vorgehensweise zu folgen, alle Beweise zu sammeln und nichts auszulassen. Er hatte Roddy Watson angerufen und um Rat gefragt. Roddy war seit fünfzehn Jahren Polizeichef von Cherokee Pointe, und was ihm an Verstand fehlte, glich er teilweise durch Erfahrung aus. Roddy hatte Jacob gesagt, bei so einem Fall müssten sie alle Beweise nach Knoxville zum dortigen Kriminallabor schicken.

Jacob bog um die Ecke in die Florence Avenue und steuerte Jasmine's an, das beste Restaurant in der Stadt. Als er vor dem vorderen Eingang des renovierten, zweistöckigen Gebäudes stehen blieb, hatte er das Gefühl, verfolgt zu werden. Er warf einen Blick über die Schulter, sah jedoch niemanden, aber er konnte das Gefühl nicht abschütteln, dass ihn jemand beobachtete.

Verdammt, Butler, reiß dich zusammen. Nur weil in deinem Bezirk ein grauenvoller Mord passiert ist, müssen noch lange keine Buhmänner im Schatten lauern.

Er stand auf der anderen Straßenseite und beobachtete den Sheriff beim Betreten des Restaurants.

Jacob Butler. Mit überwältigender Mehrheit gewählt. Ein Junge aus dem Ort, der es zu etwas gebracht hatte. Jacob hatte Cherokee Pointe mit achtzehn Jahren verlassen und war zur Marine gegangen. Der große Kerl – er war an die zwei Meter groß und musste mindestens hundertzwanzig Kilo auf die Waage bringen – war ein SEAL geworden, Angehöriger einer Spezialeinheit für Einsätze zu Wasser, in der Luft oder an Land, war für Tapferkeit ausgezeichnet und bei seinem letzten Einsatz so schwer verwundet worden, dass er seine Laufbahn im reifen Alter von fünfunddreißig Jahren beenden musste. Obwohl er zu einem Viertel indianisches Blut hatte, wurde er von der ganzen Stadt willkommen geheißen und sechs Monate nach seiner Rückkehr dazu überredet, sich um das Amt des Sheriffs zu bewerben.

Er wusste über Jacob Bescheid, was alles so viel leichter machen würde. Seinen Feind zu kennen, war klug. Wie hieß es doch so schön, halte deine Freunde nah bei dir, aber deine Feinde noch näher. Er gedachte, von allen Schritten zu erfahren, die Jacob im Mordfall Susie Richards unternahm.

Niemand hatte einen Grund, ihn zu verdächtigen. Sein Ruf war ohne Fehl und Tadel. Daher würden die örtlichen Gesetzeshüter wieder ratlos sein, wenn der nächste Mord geschah, unfähig sich vorzustellen, wer und warum. Er musste nur dasselbe tun wie unzählige Male zuvor – sorgfältig, geduldig und umsichtig vorgehen. Mit jeder Toten nahm seine Kraft zu. Doch diesmal wäre es anders. Diesmal hatte er das perfekte fünfte Opfer gefunden.

2

Genny hatte sich den Tag über erholt, und jetzt war sie unruhig. Ein Schneesturm braute sich zusammen, mit dem man nicht gerechnet hatte. Gegen Morgen würde eine mehrere Zentimeter dicke Eisschicht unter frisch gefallenem Schnee liegen. Sie musste etwas tun, musste sich auf die Isolation vorbereiten, die hier in den Bergen vor ihr lag. Obwohl sie nach ihrer Traumvision noch nicht ganz zu Kräften gekommen war, hatte sie sich so weit erholt, dass sie ohne Hilfe zurechtkam. Jacob hatte sich zweimal telefonisch nach ihr erkundigt, und Jazzy war sogar am späten Nachmittag den Cherokee Mountain hinaufgefahren, um heute zum zweiten Mal nach ihr zu sehen. Jacob und Jazzy waren die Einzigen, an die sie sich in Krisenzeiten wenden konnte, vor allem, wenn die Krise infolge ihres ererbten Zweiten Gesichts auftrat.

Da sie sich seit ihrer Kindheit mit Jacob verbunden fühlte, der wie ein Bruder für sie war, genauso wie mit Jazzy, von klein auf ihre beste Freundin, vertraute sie beiden bedingungslos. Sie hatten begriffen, dass Genny anders war – Jazzy sagte, sie sei etwas Besonderes –, und beide standen ihr bei, unterstützten sie und liebten sie. Vielleicht verstanden sie nicht in vollem Umfang, was Genny durchmachte, aber sie kapierten es besser als alle anderen … alle außer Granny.

Manche Menschen glaubten nicht an einen sechsten Sinn, und die Hälfte derer, die daran glaubten, hatten Angst vor jedem, von dem sie annahmen, dass er ihn hatte. In ihren achtundzwanzig Jahren war Genny furchtbar beschimpft worden, genau wie ihre Großmutter mütterlicherseits. Granny Butler war von allen ins Lächerliche gezogen worden, die nicht verstanden, dass sie ihre hellseherischen Fähigkeiten kaum oder gar nicht unter Kontrolle hatte. Die Gabe, Dinge zu sehen, etwas zu wissen, das sie nicht wissen konnte, war ein fragwürdiger Vorteil gewesen, manchmal sogar ein Fluch. Engstirnige Leute in Cherokee County hatten ihre Großmutter »Hexe« genannt, und viele hatten Todesangst vor ihr gehabt. Aber genauso viele waren zu Granny gekommen und hatten sie gerade wegen ihrer besonderen Gabe aufgesucht. Und jetzt kamen dieselben Leute, ebenso wie ihre Kinder und Enkel, häufig zu Genny. Manchmal konnte sie ihnen helfen; dann wiederum jagte sie ihnen Angst ein, oder sie schickte sie fort, ohne ihnen die Hilfe zukommen zu lassen, um die sie gebeten hatten.

An jedem Tag ihres Lebens dankte sie dem Herrn, dass sie Granny gehabt hatte, die sie gelehrt, angeleitet, ihr Rat gegeben und sie so viele Jahre lang beschützt hatte. Grannys Tod vor sechs Jahren hatte ein riesiges Loch in Gennys Herz hinterlassen. Sie war zwei Jahre alt gewesen, und Jacob acht, als ihre Mutter im selben Autounfall ums Leben gekommen war wie Jacobs Mutter, wodurch beide Kinder mutterlos wurden. Und da Gennys Vater ihre schwangere Mutter vor ihrer Geburt verlassen hatte, war Jacobs Vater, Onkel Marcus, der einzige Vater gewesen, den sie je gekannt hatte.

In den Jahren an der Highschool von Cherokee County hatte sie versucht, ihre Fähigkeiten zu verbergen, sich anzupassen und eine unter vielen zu sein. Doch alle hatten über ihre Großmutter Bescheid gewusst. Man hatte hinter ihrem Rücken getuschelt, ihre Granny und sie seien Hexen. Jacob hatte ihrer beider Ehre oft mit Fäusten verteidigt. Wie erklärte man den Leuten, dass man keine Hexe war, dass man keinerlei Magie ausübte, weder schwarze noch weiße?

Das Blut eines Schamanen der Cherokee und einer keltischen Druidenprinzessin war in Grannys Adern geflossen.

»Meine beiden Großmütter hatten das Zweite Gesicht. Es hat deine Mutter und deinen Onkel Marcus übersprungen und kam direkt auf dich, so wie es meine Mutter und ihre Geschwister ausließ und direkt auf mich kam.« Granny hatte

Genny ihr einzigartiges Erbe erklärt, als sie mit sechs Jahren ihre erste Vision erlebt hatte.

Da Genny nicht gesellig und gern allein war, neigte sie immer stärker zu einem einsamen Leben hier in dem soliden alten Haus, in dem sie und Jacob unter Grannys liebevoller Fürsorge aufgewachsen waren.

Sie nahm den schweren Wintermantel vom Kleiderständer auf der geschlossenen hinteren Veranda und ging zur Tür. Der Abendwind pfiff um die Ecke und schnitt wie tausend eisige kleine Klingen in ihre Haut. Rasch schlüpfte sie in den Mantel, kramte in den Taschen nach ihrer Mütze und den Handschuhen und zog sie an. Sobald sie auf den Hof hinter dem Haus trat, kam Drudwyn aus dem Wald gerannt, der die Lichtung umgab. Auf diesem halben Morgen Land hatte ihr Urgroßvater ein Zuhause für seine Familie errichtet.

»Warst du wieder bei deiner Freundin?«, fragte Genny, bückte sich und strich dem großen Hund über Kopf und Rücken.

Er schaute mit den Augen eines Wolfs zu ihr auf, mit den Augen seines Vaters. Sie wusste, dass er sie eines Tages verlassen würde, um mit dem Wolfsrudel zu ziehen, das hoch oben in den Bergen lebte. Sie hatte keine Vision gehabt, dass Drudwyn sie verlassen würde, aber sie hatte es in letzter Zeit häufig gespürt, wenn sie miteinander sprachen. Eine ihrer Fähigkeiten war die seltene Gabe, mit Tieren kommunizieren zu können. Dabei führte sie keine richtige Unterhaltung mit den Tieren; sie spürte lediglich, was sie dachten und fühlten, und anscheinend war es umgekehrt genauso.

»Ich muss nach den Generatoren sehen«, sagte Genny. »Heute Abend wird wahrscheinlich der Strom ausfallen, und ich kann die Gewächshäuser nicht ohne Energieversorgung lassen.«

Drudwyn lief neben ihr her, während sie wie üblich den Generator und die Gewächshäuser überprüfte. Ihr Lebensunterhalt hing von diesen Gewächshäusern ab, in denen sie besondere Blumen und verschiedene Kräuter anbaute, die vor Ort und über Versand ins ganze Land verkauft wurden. Ihre Büsche und Bäume hatte sie noch nicht in den Versand aufgenommen, hoffte jedoch, in nächster Zukunft damit beginnen zu können. Den Winter über konnte sie mit Wallace alles bewerkstelligen, doch mit Anbruch des Frühlings musste sie jedes Jahr ein Dutzend Teilzeitkräfte einstellen.

Wallace kam jeden Tag aus Cherokee Pointe heraufgefahren, bis auf Sonntag und Montag. Heute war er nicht gekommen, denn heute war Montag. Wallace war ein Angestellter, den sie von Granny übernommen hatte. Der alte Mann arbeitete schon in der Baumschule, solange Genny zurückdenken konnte. Die Leute innerhalb und außerhalb des Countys hatten Wallace, weil er »schwer von Begriff« sei, ebenso unfreundlich und grausam behandelt wie Granny, die man für »hellseherisch« hielt. Es spielte keine Rolle, dass Wallace der jüngere Bruder von Farlan MacKinnon und die Familie MacKinnon eine der beiden wohlhabendsten Familien in der Gegend war. Mr Farlan hatte schon vor langer Zeit den Versuch aufgegeben, seinen geistig behinderten Bruder unter Kontrolle zu halten, und ließ ihm einfach freien Lauf. Wallace hatte immer gern für Melva Mae Butler gearbeitet.

Genny hob einen Armvoll Holz vom großen Stapel auf der Rückseite des Hauses und trug ihn hinein zum Kasten auf der hinteren Veranda. Wenn der Strom ausging – und das würde er, wie immer bei richtig schlechtem Wetter –, würde sie sich auf die Kamine und die Holzöfen verlassen müssen, damit es im Haus warm war. Die Generatoren waren ausschließlich für die Gewächshäuser.

Plötzlich, gerade als sie den Arm aus dem Mantelärmel zog, überkam sie ein überwältigendes Gefühl der Vorahnung. Sie spürte die Gegenwart eines anderen. Eines Mannes. Eines großen Mannes mit hellen Haaren. Sie schüttelte den Kopf, um die eigenartigen Gedanken zu verdrängen. Versuchte sie gerade, sich den Mörder vor Augen zu führen, den Mann, der die arme kleine Susie Richards umgebracht hatte?

Da Genny auf der hinteren Veranda stehen blieb, schnüffelte Drudwyn besorgt an ihrem Bein. Genny schloss die Augen und ließ die Vision zu, in voller Stärke, umgeben von strahlendem Licht und nicht von dunklen Schatten wie die Vision am Morgen. Klares, weißes Licht. Das bedeutete immer etwas Gutes, nichts Böses. Ein großer blonder Mann stapfte durch den Schnee und kam auf ihr Holzhaus zu. Er war wütend. Nein, nicht wütend. Verärgert. Er kam immer näher. Ihr Herz raste wie verrückt. Nicht aus Angst, sondern vor Aufregung. Er kam auf sie zu. Er wollte zu ihr.

Nein, nein, das stimmt nicht. Das kann nicht sein. Warum sollte er zu ihr kommen? Er war nicht der Mörder. Sie spürte nichts Böses in ihm, nur eine tiefe Traurigkeit.

So schnell, wie das Phantom aufgetaucht war, verschwand es wieder. Genny zitterte am ganzen Leib und stützte sich mit den Handflächen an der Wand ab, um sich zu fangen. Schwäche kroch durch jeden Muskel ihres Körpers.

Er kommt, sagte ihr eine innere Stimme. *Er kommt heute Abend zu dir.*

Drudwyn jaulte. Genny holte ein paar Mal tief Luft, um sich zu beruhigen, schaute dem Wolfshund in die Augen, zog ihren Mantel aus und hängte ihn auf.

»Ich weiß nicht, wer er ist«, sagte Genny zu Drudwyn, als sie die Küche betraten. »Aber wer er auch sein mag, er wird heute Abend hier sein. Und ich glaube, er ist ein guter Mann, einer, dem wir vertrauen können.«

Genny hoffte, dass sie bezüglich des Fremden recht hatte. Nur gelegentlich konnte sie einen Menschen mit ihrem Zweiten Gesicht beurteilen. Die meisten verhüllten ihr wahres Selbst vor ihrer Umgebung, selbst vor Menschen mit übernatürlichen Kräften. Doch aus einem unerfindlichen Grund hatte sie die Abwehr dieses Mannes überwunden, wenn auch nur für ein paar Augenblicke. Lange genug, um seinen Kummer zu spüren.

* * *

»Jamie Upton, du Teufel du.« Cindy Todd schlug dem jungen Prinzen der Familie Upton spielerisch auf die Brust. »Du weißt, dass ich eine glücklich verheiratete Frau bin.«

»Ich weiß von nichts«, sagte er und schob sie an die Wand am Ende des Flurs neben dem Badezimmer. »Jerry Lees sexuelle Leistungsfähigkeit kann sich seit dem letzten Mal, als ich in der Stadt war, nicht wesentlich verbessert haben. Ich weiß noch genau …«

Cindy hielt Jamie sanft den Mund zu. Er leckte an der feuchten, salzigen Handfläche. Sie schauderte, zog ruckartig ihre Hand fort und funkelte ihn wütend an. »Du hast eine neue Verlobte, die dich zufriedenstellen sollte. Und … auch ich habe jemanden.«

»Einen neben Jerry Lee, he? Wer ist es? Kenne ich ihn?«

»Nein, du kennst ihn nicht. Er ist neu in der Stadt.« *Und er ist das Beste, was mir je passiert ist.*

Jamie fuhr mit der Hand zwischen ihre Körper und umfasste ihre linke Brust. »Verschafft er dir dasselbe Gefühl wie ich? Ist er auch so gut im Bett?«

»Verdammt, geht es denn nur darum? Du hast was gehört, oder nicht? Irgendjemand hat dir gesteckt, dass ich mit Dillon zusammen war, und dein Ego konnte es nicht ertragen, weil ich dich nicht so angeschmachtet habe wie Jazzy Talbot.«

Jamie grinste. »Du hast meine Fragen nicht beantwortet.«

»Und das werde ich auch nicht. Ich schulde dir keine Erklärung. Was wir hatten, war eine wilde Affäre … zwei.«

Nachdem er ihre Brust losgelassen hatte, ging Jamie ein wenig auf Abstand. »Kein Problem. Dachte nur, ich lass dir den Vortritt, bevor ich Jazzy anrufe. Hab gedacht, du wärst einfacher. Jazzy macht immer so ein Theater, bevor sie nachgibt.«

»Wenn sie auch nur halb so gescheit ist, wie ich denke, wird sie diesmal nicht nachgeben«, sagte Cindy. »Du weißt, dass sie sich ein paar Mal mit Jacob Butler verabredet hat, seit er wieder in Cherokee Pointe ist.«

»Jacob Butler? Der Enkel der alten Hexe? Ich dachte, er wäre zur Armee gegangen oder so. Wann ist er zurückgekommen?«

»Letztes Jahr. Er ist der neue Sheriff, und alle Frauen stehen auf ihn, sogar Jazzy.«

»Er ist nicht ihr Typ. Jazzy mag es, wenn ihre Männer reich sind – so wie ich. Sie würde ihre Zeit nicht ernsthaft mit einem Mischling vertun, der nichts weiter als das Gehalt eines County-Sheriffs vorzuweisen hat.«

»Menschen verändern sich«, sagte Cindy. »Du warst diesmal drei Jahre weg. Jazzy ist älter und klüger geworden. Im Übrigen hat sie dir, wie schon gesagt, nicht mehr nachgeschmachtet als ich.«

Jamie lachte. Der Klang durchströmte Cindy in sinnlichen Wellen. Alles an Jamie Upton roch nach erotischer Anziehungskraft. Mit seinem krausen braunen Haar und den hypnotischen, haselnussbraunen Augen sah er besser aus, als es einem Mann zustand. Er war nicht groß, doch jeder einzelne seiner einhundertfünfundsiebzig Zentimeter war zu schlanker, muskulöser Vollkommenheit ausgeformt. Er sah gut aus, war reich und konnte charmant sein, wenn ihm danach war. Und er wusste eine Frau im Bett zu befriedigen – wenn es ihm passte.

»Ich muss wieder zurück zu den anderen«, sagte Cindy. »Jerry Lee wird sich schon fragen, was mich so lange in der Damentoilette aufhält.«

Jamie trat zur Seite. Cindy seufzte erleichtert auf, eilte durch den Flur, nur etwas schneller als sonst. Obwohl ihr Instinkt ihr eher zur Flucht riet, rannte sie nicht. Sie wollte Jamie nicht die Befriedigung verschaffen zu wissen, wie verzweifelt sie von ihm fort wollte, bevor sie ihrem sündhaften Verlangen nach ihm unterlag. Vor ihrer ersten Affäre mit ihm hatte Cindy nie begriffen, warum Jazzy Talbot sich wegen dieses Mannes wiederholt zum Affen machte. Aber jetzt verstand sie es. Doch sie bezweifelte, ob Jamie in seinem ganzen Leben jemals jemanden geliebt hatte – außer sich selbst natürlich.

Als Cindy in das große Wohnzimmer auf der Vorderseite kam, blieb sie stehen, fuhr sich mit der Zunge über die Lippen, strich mit den Händen an beiden Seiten ihres eng anliegenden

Seidenkleides entlang und straffte die Schultern. *Auf ins Gefecht,* dachte sie. Obwohl die Dinnerparty schon Wochen vor Jamies Rückkehr geplant worden war, hatte sich das Ereignis in eine Begrüßung für den einzigen Enkel der Uptons verwandelt. Miss Reba hatte rasch zwölf weitere Personen auf die Gästeliste gesetzt, darunter auch Jerry Lee und Cindy, und die Tischrunde in ein Büfett umgewandelt.

Als sie den Raum betrat, bemerkte Jerry Lee sie nicht einmal; er war in eine Unterhaltung mit Big Jim Upton vertieft, dem Familienoberhaupt der Uptons. Jerry Lees Vater war mit Big Jim befreundet gewesen, der seinen Einfluss und seinen Wohlstand geltend gemacht hatte, damit Jerry Lee für zwei Amtszeiten zum Bürgermeister von Cherokee Pointe gewählt wurde. Die zweite hatte gerade begonnen.

Big Jim war einsfünfundneunzig groß und brachte wahrscheinlich an die hundertfünfzig Kilo auf die Waage. Er hatte einen dichten, weißen Haarschopf und trug einen eleganten weißen Schnurrbart. Der Familie Upton gehörte Upton Farms, die noch immer den größten Teil des Nordostens von Tennessee mit Milchprodukten versorgten. Mittelalter Geldadel. Vier Generationen Wohlstand. Und jeder Sohn der Uptons hatte in eine höhere Klasse geheiratet, wodurch jede nachfolgende Generation noch vornehmer wurde als die davor. Doch mit dem einzigen Erben war etwas schiefgelaufen. Jamie Upton mochte zwar wohlerzogen sein, war aber ein wertloser, herzloser Hurensohn.

»Cindy, da bist du ja«, rief Reba Upton ihr zu. »Komm her, Liebes, ich möchte dir die Stowes vorstellen.«

Cindy setzte ein gezwungenes Lächeln auf und ging zu Miss Reba, Big Jims zierlicher blonder Frau. Ihr faltenloses Gesicht und der geschmeidige, schlanke Körper täuschten über die Tatsache hinweg, dass sie siebzig war. Der Besuch bei einem erfahrenen Schönheitschirurgen im Abstand von etwa sechs Jahren hielt das Gesicht der alten Schachtel so glatt wie einen Kinderpopo, und durch die täglichen Übungen mit ihrem persönlichen Trainer blieb ihr Körper in Form.

Reba hakte sich bei Cindy unter, ihre malvenfarbenen Lippen zu einem breiten Gastgeberinnenlächeln verzogen. »Cindy, das hier sind Reverend Stowe und seine Frau. Sie sind neu in Cherokee Pointe. Der Reverend wurde der kongregationalistischen Gemeinde zugewiesen.« Reba tätschelte Cindys Hand. »Und diese liebe Kleine ist Cindy Todd, die Frau unseres Bürgermeisters.«

Der Geistliche, ein großer schlanker Mann mit schütterem braunem Haar und verwaschenen blauen Augen, nickte. »Freut mich, Sie kennenzulernen, Mrs Todd. Es wäre mir eine Ehre, wenn Sie und der Bürgermeister am kommenden Sonntag zum Gottesdienst kämen.«

Mrs Stowe trug zwar ein konservativ geschnittenes, schlichtes Kleid aus beigefarbenem Leinen, strahlte aber etwas Erotisches aus – vielleicht lag es an den langen platinblonden Haaren oder den großen braunen, von dichten schwarzen Wimpern umrahmten Augen. Still und folgsam stand sie mit gelangweiltem Gesichtsausdruck an der Seite ihres Mannes.

Cindy richtete ihre Aufmerksamkeit auf Mr Stowe. »Wir wissen die Einladung durchaus zu schätzen, aber Jerry Lee und ich sind überzeugte Baptisten.«

Bevor der Geistliche etwas entgegnen konnte, zog Reba an Cindys Arm und sagte zu den Stowes: »Würden Sie uns bitte entschuldigen? Ich sehe da drüben Dr. MacNair und seine Frau ganz allein stehen. Ich nehme Cindy nur eben mit, um sie ihnen vorzustellen. Mischen Sie sich doch unter die anderen. Viel Spaß. Bin so froh, dass Sie heute Abend alle gekommen sind.«

Reba führte Cindy rasch fort, und als sie außer Hörweite der Stowes waren, sagte sie: »Die sind höchst merkwürdig, findest du nicht? Sie ist viel jünger als er. Ich würde sie auf nicht älter als dreißig schätzen, wenn überhaupt. Und sie benimmt sich, als wäre sie taub und dumm. Die Frau hat kein einziges Wort gesagt, seitdem sie hier sind.«

»Vielleicht ist sie ja schüchtern«, sagte Cindy.

»Schüchtern? Das bezweifle ich.«

Reba führte Cindy zu einem jungen Paar, das in dem überfüllten Raum abseits stand. Der Mann war untersetzt, hatte eine rötliche Gesichtsfarbe und Geheimratsecken, obwohl er vermutlich erst Anfang dreißig war. Seine Frau war so groß wie er, etwa einsachtzig, und so gertenschlank, wie er stämmig war. Obwohl sie eigentlich nicht hübsch war, hatte die Strohblonde ein nettes Gesicht. Cindy mochte sie auf der Stelle.

»Hallo, ihr beiden«, rief Reba den beiden Abgesonderten zu. Als sie bei ihnen waren, sagte sie zu Cindy: »Du musst diese wundervollen Menschen kennenlernen. Ich möchte dir Dr. Galvin MacNair und Mrs MacNair vorstellen.« Reba blickte die Frau an. »Wie war noch Ihr Vorname, meine Liebe?«

»Nina«, erwiderte die junge Frau und deutete ein Lächeln an.

»Galvin hat Dr. Websters Praxis in der Klinik übernommen«, sagte Reba. »Er kommt frisch aus der Facharztausbildung in – wo war es doch gleich? In welcher Stadt?«

»Bowling Green«, antwortete Galvin.

Cindy plauderte eine Zeitlang mit den MacNairs, nachdem Reba fortgegangen war, um noch andere Gäste zu beglücken. Sie mochte das junge Paar, die Frau noch mehr als den Mann, der eigenartig still war. Sie verabredete sich sogar mit Nina MacNair zum Mittagessen im Country-Club am Donnerstag.

Mit einem Blick auf ihre Armbanduhr stellte Cindy fest, dass es fast neun Uhr war. Sie hatte Dillon versprochen, eine Möglichkeit zu finden, ihn an diesem Abend zu treffen, wenn auch nur für eine Stunde. Zu dem Zeitpunkt hatte sie noch gedacht, sie könnte Kopfschmerzen vortäuschen und zu Hause bleiben, doch Jerry Lee hatte sie sofort durchschaut.

»Zieh dich an und sei in zwanzig Minuten fertig, damit wir zu den Uptons gehen können«, hatte Jerry Lee ihr befohlen, sein rundes Gesicht vor Wut rot angelaufen. »Wenn du es bis dahin nicht schaffst, werde ich dich anziehen – nachdem ich dir mal wieder gezeigt habe, wer hier Herr im Haus ist.«

Jerry Lee konnte gewalttätig werden, wenn er bedrängt wurde, und war gelegentlich grob mit ihr umgegangen. Er hatte ihr keine Knochen gebrochen, aber sie hatte in den vergangenen vier Jahren mindestens sechs Mal Prellungen und Schürfwunden davongetragen. Sie dachte daran, ihn zu verlassen, träumte von einem anderen Mann, der sie entführen würde, doch niemand war aufgetaucht, um sie zu retten. Bis jetzt. Bis Dillon kam. Sie schliefen seit einem Monat miteinander, seitdem sie sich der kleinen Theatergruppe angeschlossen hatte. Im vergangenen Sommer war er nach Cherokee Pointe gezogen, nachdem die Stadt ihm die Leitung des örtlichen Theaters übertragen hatte, das Stücke für die Touristen aufführte.

Was würde Jerry Lee machen, wenn sie jetzt zu ihm ginge und ihm sagte, sie habe rasende Kopfschmerzen und müsse nach Hause? Er würde die Party nicht verlassen wollen. Wenn entweder die Uptons oder die MacKinnons eine Party gaben, war Jerry Lee Todd einer der Ersten, die kamen, und der Letzte, der ging. Sie kannte niemanden, der sich besser einzuschleimen wusste als ihr lieber Gatte. Er war ein Arschkriecher ohnegleichen.

Als sie hinaus in die Diele schlenderte, um sich von dem unablässigen Geschnatter im Wohnzimmer zu befreien, bemerkte Cindy, dass Dr. MacNair und seine Frau ihre Mäntel vom Dienstmädchen entgegennahmen. Sie gingen früh.

Bevor ihr klar wurde, was sie da machte, eilte Cindy zu Nina MacNair. »Würde es Ihnen etwas ausmachen, mich mit in die Stadt zu nehmen? Ich habe schreckliche Kopfschmerzen, und ich möchte Jerry Lee nicht belästigen. Er fühlt sich so wohl auf diesen Partys.«

»Überhaupt nicht.« Nina tätschelte Cindys Arm. »Wir setzen Sie gern vor Ihrem Haus ab. Und wenn Sie wollen, kann Galvin Ihnen etwas gegen die Kopfschmerzen geben.«

»O nein, das ist nicht nötig. Ich habe zu Hause etwas, das ich einnehmen kann.« Sie wandte sich an das Dienstmädchen. »Würden Sie mir bitte meinen Mantel holen? Und wenn ich fort bin, sagen Sie Mr Todd, dass es mir nicht gut ging und ich von Dr. MacNair und seiner Frau mitgenommen wurde.«

»Ja, Ma'am.« Das Dienstmädchen beeilte sich, Cindys Mantel zu holen.

Eine halbe Stunde später stand Cindy vor Dillons Wohnung. Sie war im eiskalten Regen zu Fuß dorthin gegangen, die drei Blocks von ihrem Haus in der Chestnut Street zum zweistöckigen Wohnhaus in der Baker's Lane. Bis auf die Haut durchnässt und außer Atem, nachdem sie die Treppe zur zweiten Etage hinaufgelaufen war, klopfte sie wiederholt an die Tür. Sie hatte höchstens eine Stunde Zeit. Eine Stunde, um Trost und Fürsorge zu suchen, bevor sie nach Hause eilen und Schlaf vortäuschen musste, wenn Jerry Lee von den Uptons zurückkam. Wenn sie Glück hatte, würde die Party bis gegen Mitternacht dauern, obwohl Montag war.

Dillon riss die Tür auf und betrachtete sie von Kopf bis Fuß. »Du meine Güte, Süße, komm rein und zieh die nassen Sachen aus.«

Dillon sah nicht besonders gut aus, strahlte aber eine unerklärliche Erotik aus. Er war einsfünfundachtzig groß. Lockiges, dunkles Haar fiel auf seine breiten Schultern. Er musste Cindy nur angrinsen, dann wurde sie schwach.

Lächelnd ging sie an ihm vorbei in sein unaufgeräumtes Wohnzimmer. Viele kreative Menschen waren dafür bekannt, unordentlich und planlos zu sein. Für Dillon galt mit Sicherheit beides. Zeitungen und Zeitschriften lagen überall verstreut, eine leere Tasse stand an der Tischkante, zwei Paar Turnschuhe und schmutzige Socken waren an beiden Enden des Sofas abgelegt.

»Du kommst früher, als ich dachte«, sagte Dillon, als er ihr aus dem feuchten Mantel half. »Ist Jerry Lee heute Abend früh zu Bett gegangen?«

Cindy fuhr sich mit beiden Händen über die Arme, um sich aufzuwärmen. »Wir mussten zu dieser Party bei den Uptons.«

»Deshalb trägst du so ein schickes Kleid – und siehst heute Abend ausgesprochen hübsch aus.«

»Gute Güte, lüg mich nicht an«, erwiderte sie. »Ich sehe aus wie eine ertrunkene Ratte, und das wissen wir beide.«

»Du bist schön, auch durchnässt und mit verschmiertem Make-up.« Er strich ihr mit dem Handrücken über die Wange. »Geh doch ins Schlafzimmer und leg die nassen Klamotten ab.«

Sie ergriff seine Hand. »Komm mit. Ich habe nicht viel Zeit. Ich weiß nicht genau, wann er heute Abend nach Hause kommt.«

Dillon drehte ihre Hand um und küsste sie auf die Handfläche. »Geh schon vor, ich komme gleich. Ich schenke uns nur zwei Gläser ein. Ein paar Jack Daniels werden dich schnell aufwärmen.«

Sie wollte keinen Whiskey, sie wollte ihn. Aber sie folgte seinem Wunsch und eilte ins Schlafzimmer, das ebenso unordentlich war wie das Wohnzimmer. Überall lagen Kleidungstücke herum. Ein Wäschekorb, angefüllt mit vermutlich gewaschenen, aber nicht zusammengefalteten Handtüchern und Unterwäsche, thronte auf einer Kommode in der Ecke. Vor ihr stand ein ungemachtes Bett, das Federbett hing halb auf dem Teppichboden. Sie hatte ihre Zweifel, ob die Bettlaken in den letzten Wochen gewechselt worden waren, aber das war ihr gleichgültig. Lieber würde sie ein schmutziges Bett mit Dillon teilen, als auf Seidenlaken mit Jerry Lee zu schlafen.

Hastig legte sie ihr Kleid ab, schlüpfte aus den Schuhen und zog den BH aus. Sie wollte gerade ihren Slip abstreifen, als Dillon ins Schlafzimmer trat. Sie ließ das schwarze Höschen auf die Fußgelenke fallen und drehte sich zu ihm um.

Er sah sie ein paar Minuten lang genüsslich an. Hitze wallte in ihr auf, während ihr Körper sich zusammenzog und öffnete. Sie wusste, dass sie nackt ganz gut aussah. So alt war sie noch nicht. Dreiunddreißig. Da sie nie Kinder bekommen hatte, waren ihre Brüste klein, aber fein, ihr Bauch flach, und wenn sie wie eine Verrückte trainierte, könnte sie die Fettablagerungen in den Oberschenkeln in Grenzen und den Muskeltonus halten.

Dillon kam mit lässigen, wohlüberlegten Bewegungen quer durch den Raum auf sie zu, wie ein Tänzer in Zeitlupe. Er hielt ihr ein halb gefülltes Glas hin. Ihre Blicke trafen sich und hielten sich endlos lange fest. Nachdem sie zuerst den einen, dann den anderen Fuß angehoben hatte, schob sie ihren Slip beiseite und nahm das Whiskeyglas entgegen.

»Da du nicht weißt, wann dein Göttergatte nach Hause kommt, riskierst du eine ganze Menge, wenn du so hierherkommst.« Er nippte an seinem Whiskey und betrachtete sie über den Rand des Glases hinweg.

Warum hatte er sie daran erinnert? Wollte er nicht, dass sie hier war? Hatte er beschlossen, eine Affäre mit der Frau des Bürgermeisters sei zu gefährlich?

»Mit dir zusammen zu sein, ist das Risiko wert.« Mit zitternden Händen hob sie das Glas und probierte den Whiskey. Brennend heiß rann er ihr durch die Kehle und traf ihren Magen wie ein Feuerball. Sie hustete ein wenig, wandte den Blick aber nicht von Dillon ab. »Ich dachte, es ginge dir genauso.«

Dillon trank ein paar Schlucke, atmete warm aus und stellte das Glas beiseite. Noch ehe sie wusste, wie ihr geschah, packte er sie. Sie schnappte nach Luft, als ihre nackten Brüste an seinen grob gestrickten Pullover prallten.

»Ich werde dir zeigen, wie es mir geht.« Er nahm ihr das Glas ab und stellte es neben seines auf eine abgelegte Jeans auf der Kommode am Fußende des Bettes.

Ihr Herz schlug schneller, sobald seine Hände ihre Hüften umfassten und sie an sein erigiertes Glied drückten. Hektisch fuhr sie mit den Händen unter seinen Pullover, um seine geschmeidige Brust zu berühren. Gemeinsam entledigten sie ihn rasch seiner Kleidung. Kurz darauf warf er Cindy aufs Bett und nahm sie ohne richtiges Vorspiel. Er schob sich in sie hinein und begann wie verrückt zu pumpen. Zum Glück floss sie ihm bereits entgegen und bebte vor Verlangen. Sie trieben es wie die Tiere und kamen beide nach wenigen Minuten zum Höhepunkt.

Fünf oder zehn Minuten später – Cindy war sich nicht ganz sicher – löste sie sich aus seinen Armen und stieg aus dem Bett.

Sie ging ins Bad, wusch sich und kam wieder ins Schlafzimmer, um ihre Kleidung zu holen. Dillon richtete sich mit einem Ruck im Bett auf, lehnte sich mit dem Rücken ans Kopfteil und sah ihr bei dem umgekehrten Striptease zu.

Ihre Sachen waren feucht und klamm, aber daran war nichts zu ändern. Sie wagte nicht, so lange zu bleiben, bis sie trocken waren.

»Dillon?«

»Hm?«

»Wenn ich Jerry Lee verlasse, wirst du ... würdest du für mich da sein?«

Dillon starrte sie mit vor Überraschung geweiteten Augen an. »Du hast mir selbst gesagt, dass er dich niemals gehen lassen würde. Dass er dich vorher umbringen würde.«

»Nicht, wenn ich jemanden hätte, der mich beschützt.«

»Das willst du? Dass ich dich vor deinem Mann beschütze?«

»Ja, genau das will ich. Ich hätte gern jemanden, dem ich so viel bedeute, dass er mich Jerry Lee wegnimmt, und bei dem ich in Sicherheit bin.«

»Süße, ich weiß nicht, ob ich da der Richtige bin. Du bedeutest mir viel, aber ...«

»Aber so viel auch wieder nicht.«

Bevor sie sich noch weiter in Verlegenheit brachte, lief Cindy aus dem Zimmer. Sie nahm ihren Mantel vom Sofa im Wohnzimmer, schlüpfte hinein und eilte in den Flur. Sie atmete ein paar Mal tief durch und zwang sich, nicht zu schreien, kam jedoch nicht gegen die Tränen an, die ihr in Sturzbächen über die Wangen liefen.

Als sie auf den Bürgersteig hinaustrat, stellte sie fest, dass Schneetreiben eingesetzt hatte. So stark, dass sie keine drei Meter weit sehen konnte. Gute Güte, sie würde sich zu Tode frieren, wenn sie zu Fuß nach Hause ginge.

Plötzlich sah sie die Scheinwerfer eines Wagens, der die Straße entlangkroch. Vielleicht könnte der Fahrer sie mitnehmen. In einer so kleinen Stadt war die Chance groß, dass sie ihn kannte.

Der Wagen wurde langsamer und hielt an. Die Beifahrertür ging auf.

»Cindy, bist du das?«, fragte er.

Sie seufzte erleichtert. »Ja.«

»Was machst du in so einer Nacht zu Fuß draußen?«

»Hab eine Freundin besucht«, erwiderte sie. »Hey, würde es dir etwas ausmachen, mich nach Hause zu fahren?«

»Überhaupt nicht«, sagte er. »Es wird mir sogar ein Vergnügen sein.«

3

Jacob saß in einer Nische im hinteren Teil des leeren Restaurants der beiden Lokale von Jasmine Talbot in der Loden Street. Das Jasmine's war ein nettes Familienrestaurant, das auf Ortsansässige wie auf Touristen gleichermaßen ausgerichtet war. Jazzy's Joint im angrenzenden Gebäude am Ende der Straße war eine altmodische Bar und Kneipe. Da sie gänzlich andere Kunden anzogen, hatten die Lokale getrennte Eingänge und waren durch dicke Backsteinwände geteilt. Wenn Jacob nicht im Dienst war, ging er manchmal hinüber auf die wildere Seite, doch heute Abend war ihm nicht nach Radau. Nur nach einer anständigen Mahlzeit und ein wenig Zeit, seine Gedanken zu sammeln.

Er stand vor seinem ersten Mordfall, seitdem er zum Sheriff von Cherokee County gewählt worden war, und es handelte sich nicht um einen gewöhnlichen Mord – eine Schusswunde oder ein Messerstich. Das Opfer hatte nichts mit Drogen zu tun, einem häuslichen Streit oder Racheplänen. Susie Richards war knapp siebzehn Jahre alt gewesen. Ein gutes Kind aus einer guten Familie, nach allem, was er über sie in Erfahrung gebracht hatte. In der Schule eine Überfliegerin, Klassensprecherin in der Cherokee Pointe High und beliebt bei allen, die sie kannten.

Als Jacob gerade den letzten Bissen Apfelkuchen gegessen hatte und den Teller beiseite schob, tauchte Jazzy neben ihm auf, eine volle Kanne mit frischem Kaffee in der Hand. Er schaute auf und lächelte. Sie war Balsam für müde Augen. Eine gut aussehende Frau vermochte eine schlimme Lage immer aufzubessern. Und Jasmine Talbot sah wirklich gut aus. Hoch aufgeschossen wie sie war, mit ihren langen Beinen und großen

Brüsten, hatte sie, wie man so sagte, ordentlich Holz vor der Hütte. Sie hatte eine kurze, widerspenstige Mähne aus leuchtend rotem Haar, dessen Farbe so verblüffend war, dass sie einfach künstlich sein musste, sowie zwei katzengrünen Augen, die anscheinend die Fähigkeit besaßen, durch einen Mann hindurch zu sehen.

Sie hatten sich ein paar Mal verabredet, sich geküsst und befummelt, hatten aber die Grenze zwischen Freundschaft und sexueller Beziehung nicht überschritten. Und darüber war er froh. Sie mochten sich wirklich, doch die sexuelle Chemie zwischen ihnen stimmte nicht. Hätten sie miteinander geschlafen, wäre es schwieriger gewesen, Kumpel zu bleiben.

»Noch Kaffee?«, fragte Jazzy, doch bevor er antworten konnte, füllte sie seine Tasse, stellte die Kanne auf den Tisch und setzte sich ihm gegenüber auf die andere Seite der Nische.

»Danke.« Er hob die Tasse an den Mund.

»Koffeinfreier«, informierte sie ihn.

Er runzelte die Stirn. »Ich trinke keinen koffeinfreien.«

»Heute Abend doch. Ich schätze, du bist schon ziemlich aufgedreht nach allem, womit du heute fertig werden musstest. Und ich vermute, dass du den ganzen Tag lang starken Kaffee in dich reingeschüttet hast. Das Zeug hat wahrscheinlich das Blut in deinen Adern ersetzt.«

»Du kennst mich zu gut.«

»Du solltest nach Hause gehen und ordentlich schlafen. Du siehst scheiße aus.«

Er grinste. »Das ist eines der vielen Dinge, die ich an dir mag – deine brutale Ehrlichkeit.«

»Nur gut, dass du in der Stadt wohnst«, sagte Jazzy. »Der Schneesturm, den Genny vorhergesagt hat, hat schon angefangen. Wahrscheinlich liegt unter den drei bis vier Zentimetern Schnee, die bereits gefallen sind, eine zwei Zentimeter dicke Eisschicht, und es ist erst halb elf.«

Jacob nickte. »Ich bezweifle, dass ich diese Nacht viel schlafen werde.«

»Ja, das würde mir wahrscheinlich genauso gehen, nachdem ich Susie Richards aus der Nähe gesehen hätte.« Jazzy drehte eine saubere, leere Tasse auf dem Tisch um und goss sich Kaffee ein. »In der Stadt kursieren die wildesten Gerüchte. Ich weiß, du kannst mir nicht viel sagen, aber … du kannst eine weitere Presseerklärung nicht länger hinausschieben. Brian MacKinnon wird diesen Mord groß aufziehen. Die Tat wird wochenlang die Titelseiten des *Cherokee Pointe Herald* schmücken, vor allem, wenn du den Mörder nicht bald schnappst. Nichts würde ihm besser gefallen, als dich in ein schlechtes Licht zu rücken.«

»Brian ist ein Arsch«, knurrte Jacob. »Das ist auch so einer, der meint, mit Geld kann er alles kaufen.« Er schaute Jazzy direkt in die Augen.

»Ja, ich weiß, Jamie ist wieder in der Stadt. Sally und Ludie haben es mir erzählt. Und nein, ich habe nicht die Absicht, mich wieder mit ihm einzulassen.«

»Dein Leben, deine Entscheidung«, sagte Jacob. »Jamie ist nicht mein Problem, Brian hingegen schon. Er kann mich nicht leiden, weil ich nicht gut finde, wie er um Genny herumscharwenzelt. Er ist zu alt für sie, und sie ist zu gut für ihn, und das habe ich ihm auch gesagt. Mehrfach.«

Jazzy lachte, führte die Tasse an die Lippen und trank von ihrem heißen Kaffee. »Brutale Ehrlichkeit. Etwas, das uns gemeinsam ist.«

»Irgendwas an Brian stört mich. Schon als Kind. Er ist zu raffiniert, zu glatt. Der ist nicht so, wie er aussieht. Ich glaube, das spürt Genny auch, und deshalb hat sie ihn nicht ermutigt.«

»Ein Typ wie Brian braucht nicht viel Ermutigung. Er ist daran gewöhnt, zu bekommen, was er will, und glaube mir, er will unsere Genny unbedingt.«

»Ja, aber jetzt hat er Konkurrenz bekommen von dem Pierpont-Typen, der auch hinter ihr her ist. Er wäre nicht meine erste Wahl für Genny, aber besser als MacKinnon ist er allemal.«

»Royce Pierpont scheint doch ganz nett zu sein.« Jazzy füllte die beiden Tassen nach. »Er passt eher zu Genny. Freundlich. Einfühlsam. Spricht leise.«

»Kann sein. Aber wir wissen nicht viel über ihn. Wie lange ist es her, seit er in die Stadt kam und das Antiquitätengeschäft aufgemacht hat? Drei oder vier Monate?«

»Irgendwann vor Thanksgiving.«

Jacob trank noch einen Schluck Kaffee, stand auf, zog sein Portemonnaie aus der Hosentasche und nahm ein paar Scheine heraus. Er reichte Jazzy das Geld. »Ich glaube, ich schaue nochmal im Büro vorbei, bevor ich mich auf den Heimweg mache.«

Jazzy stellte sich neben ihn und schlang ihm den Arm um die Taille. »Du wirst dieses Verbrechen aufklären. Ich habe volles Vertrauen zu dir.« Sie stellte sich auf die Zehenspitzen und küsste ihn auf die Wange.

Jacob nahm sie rasch in den Arm und ging mit schweren Schritten aus dem Restaurant in die eiskalte Nacht. Verdammt, er konnte kaum die Straßenlaterne vor Jazzy's Joint sehen. Es schneite so heftig, dass er überhaupt nicht viel erkennen konnte. Er schlug den Kragen an seiner Jacke hoch und stapfte durch den Schnee zurück zu seinem Büro ein paar Blocks entfernt.

Die Straßen waren menschenleer, und Cherokee Pointe wirkte wie eine erstarrte Geisterstadt.

Dallas Sloan fluchte laut. Wie zum Teufel war das passiert? Niemand hatte etwas von einem Schneesturm gesagt. Die Wetterfritzen hatten nur von gefrierendem Regen und Graupel gesprochen. Für eine Fahrt, die ungefähr eine Stunde hätte dauern sollen, hatte er dreimal so lange gebraucht. Und dass er vor fünfzig Meilen falsch abgebogen war, hatte natürlich nichts besser gemacht. Er war sich nicht einmal sicher, ob er jetzt auf der richtigen Straße war. Cherokee Pointe befand sich in einem Tal in den Ausläufern der Smoky Mountains, daher erschien es ihm logisch, auf einer Straße zu fahren, die an einem Berg entlang führte. Unlogisch war, dass er in einem Graben gelandet war. Er war nicht der Typ, der falsch abbog oder die Kontrolle über ein Fahrzeug verlor. Alles, was hatte schiefgehen können, war schiefgegangen, seit er in Knoxville aus dem Flugzeug gestiegen war.

Er war etwas zerstreut und hatte sich in Gedanken mit den Einzelheiten des Mordes an Brooke beschäftigt, sowie mit den Ähnlichkeiten zwischen ihrer brutalen Ermordung und dem Mord an einer Siebzehnjährigen namens Susie Richards. Brooke war fünfzehn gewesen, die Älteste der drei Kinder seiner Schwestern. Sie war das erste Enkelkind in der Familie gewesen, und alle waren vernarrt in sie, selbst ihr Onkel Dallas.

Er hatte schnell herausgefunden, dass man einen Fall, von dem man persönlich betroffen war, nicht mit derselben kühlen Distanz behandeln konnte, die man für ein fremdes Opfer aufbrachte. In den vergangenen acht Monaten war es Dallas nicht leicht gefallen, seiner Arbeit nachzugehen, aber er hatte es versucht. Und es war ihm gelungen, zumindest teilweise. Er war zahlreichen Hinweisen nachgegangen, die nirgendwohin führten, doch bei diesem Fall hatte er so ein Gefühl im Bauch. Okay, auf diese Weise hatte er bereits fast seinen gesamten Urlaub und alle Krankheitstage aufgebraucht und alle, die er beim FBI kannte, um einen Gefallen gebeten. Na und? Niemand stellte sein Recht in Frage, auf seine Art zu handeln. Schließlich wäre jeder in seiner Lage ausgerastet und hätte wie besessen nach dem Mörder der Nichte gesucht. Manchmal war es schwer, die Beherrschung zu wahren, dafür zu sorgen, dass er nicht über seine Entschlossenheit hinaus Zwangsvorstellungen entwickelte. Doch Dallas war stolz darauf, alles unter Kontrolle zu haben. Er hatte nie zugelassen, dass Gefühle den gesunden Menschenverstand außer Kraft setzten. Wenn er Brookes Mörder finden wollte, durfte ihm Sentimentalität nicht im Weg stehen.

Dallas tippte die Nummer des Sheriffs in sein Handy. Kein Empfang. War er außerhalb eines Sendebereichs, oder verdarb das Mistwetter die Funksignale? Was sollte er jetzt machen? Er konnte keine Hilfe anfordern, und er würde erfrieren, wenn er die ganze Nacht im Wagen bliebe. Aber was war die Alternative? Wenn er ausstieg und nach Hilfe suchte, würde er sich in diesem verdammten Sturm wahrscheinlich verlaufen. Okay, vielleicht fand er eine Möglichkeit, den gemieteten Saturn aus dem Graben zurück auf die Straße zu bekommen.

Sobald er die Wagentür öffnete, bombardierte ihn der heftige Wind mit einer stechenden Mischung aus Graupel und Schnee. Dallas blinzelte die Feuchtigkeit aus den Augen, stieg aus, schlug die Tür hinter sich zu und musterte das Fahrzeug von der Motorhaube bis zum Kofferraum. Die rechte Hälfte des Wagens steckte im tiefen Straßengraben, während die linke Hälfte auf dem Randstreifen der gewundenen Bergstraße aufsaß. Als er zur Rückseite des Wagens stapfte, rutschten die Füße unter ihm weg. Er streckte den Arm aus, packte die linke hintere Stoßstange, doch seine behandschuhten Hände glitten ab, und er verlor gänzlich das Gleichgewicht. Unsanft landete er mit dem Hintern auf dem Boden und wirbelte eine Wolke aus Neuschnee hoch, der jetzt in der Luft ringsum tanzte.

Dallas fluchte wie ein Bierkutscher. Er hätte wissen müssen, dass unter dem jungfräulichen Schnee eine gefährliche Eisdecke lag. Nachdem er sich wieder aufgerappelt hatte, betrachtete er die Straße, zunächst in der Richtung, aus der er gekommen war, um zu sehen, ob er einen Hinweis auf ein Haus übersehen hatte, dann schaute er suchend durch den blendenden Schnee nach vorn. Er wischte sich über das Gesicht, blinzelte und richtete den Blick auf einen bestimmten Punkt. Was das ein Licht, das er in der Dunkelheit leuchten sah? Der Mond konnte es nicht sein, auch kein Stern, nicht bei diesem Wetter. Es musste ein von Menschen gemachtes Licht sein. Ein anderer Wagen? Oder gab es hier draußen mitten im Nichts ein Haus?

Vorsichtig kletterte Dallas aus dem Graben, wobei er auf seinen Ledersohlen ausglitt und rutschte. Er hielt sich an dem niedrigen Ast eines kleinen Baumes am Straßenrand fest und zog sich daran hoch bis auf die Straße. Behutsam bewegte er sich weiter, wischte sich ständig den Schnee aus den Augen, damit er etwas erkennen konnte. Nachdem er nicht weiter als zehn Meter vorangekommen war, erhaschte er einen kurzen Blick auf das Haus, das hoch über der Straße stand. Das Licht über der Veranda brannte hell, wie ein Leuchtfeuer in der Nacht. Kurz darauf gelangte er an die Auffahrt, die zu dem großen weißen Farmhaus führte. Verdammt, der Anstieg war steil. Wie zum Teufel sollte er diesen anscheinend schnurgeraden, vereisten Weg schaffen? Plötzlich bemerkte er zwei bis drei Meter entfernt den hellroten Briefkasten.

Eine Treppe! Steinstufen führten vom Briefkasten nach oben, hoffentlich bis vor das Haus. Wenn es sein musste, würde er diese Stufen auf allen vieren hinaufkriechen. Sobald seine Füße die erste mit Steinen bedeckte Nische berührten, sah er das Eisengeländer, das an der primitiven Treppe entlangführte. Halleluja!

Nur gut, dass er in erstklassiger körperlicher Verfassung war, sonst hätte er wie eine Dampfmaschine geschnauft, als er schließlich den großen Vorplatz erreichte. Er konnte sich nicht erinnern, jemals etwas so Einladendes wie dieses Licht über der Veranda gesehen zu haben. Aber warum sollte jemand so spät am Abend noch Licht brennen lassen, falls nicht jemand erwartet wurde oder selbst fortgegangen war? Dallas hoffte jedenfalls, dass die Menschen, die hier wohnten, auch zu Hause waren; wenn nicht, bliebe ihm nichts anderes übrig, als etwas Ungesetzliches zu tun – nämlich einzubrechen.

Auf der Veranda schüttelte er den Schnee vom Kopf und streifte ihn von seinem Mantel ab. Er suchte nach einer Klingel, aber es gab keine. Daher hob er die Hand und klopfte, worauf ihn tiefes, polterndes Knurren warnte, dass dort ein Hund wohnte. Dem Klang des lauten Bellens nach zu schließen, ein sehr großer Hund.

Die Tür wurde weit aufgerissen. Dallas' Blick wanderte zwischen dem kräftigen Hund, der vage an einen Wolf erinnerte, und der kleinen, schwarzäugigen Frau hin und her, die neben dem grimmigen Tier stand und mit der Hand zärtlich über dessen Kopf strich. Der heulende Wind übertönte leise Geräusche, daher bekam Dallas nicht mit, was die Frau zu ihm sagte.

Er beugte sich vor. Der Hund nahm eine drohende Haltung ein und entblößte scharfe Zähne. Die Frau besänftigte ihn mit Worten, die Dallas nicht verstand.

Durch Handzeichen forderte sie Dallas auf einzutreten. Er ging links an der Frau vorbei, da der Hund rechts von ihr stand.

»Vielen Dank, Ma'am.« Dallas blieb direkt hinter der Türöffnung stehen. »Mein Wagen ist nicht weit von hier von der Straße abgekommen, und mein Handy funktioniert nicht, deshalb …«

Sie schlug die Tür zu, bückte sich und flüsterte dem Hund etwas zu, drehte sich um und sah Dallas direkt an. »Kommen Sie doch bitte ins Wohnzimmer an den Kamin und wärmen Sie sich auf.«

Dallas starrte sie an, in die dunkelsten, fesselndsten Augen, die er je gesehen hatte. Augen wie fruchtbare, schwarze Erde. Warum hatte die Frau keine Angst vor ihm? Glaubte sie, ihr Hund könnte sie vor jeglichem Schaden bewahren? Bestimmt wusste sie doch, dass in Cherokee County ein Mörder frei herumlief. Vielleicht sollte er sich ausweisen und sie beruhigen, falls sie Bedenken haben sollte, einen völlig Fremden in ihrem Haus zu haben.

»Ich bin Special Agent Dallas Sloan vom FBI.« Er knöpfte den Mantel auf, griff in sein Sportjackett und hielt seinen Ausweis in die Höhe, damit sie ihn prüfen konnte.

Sie warf einen Blick darauf und lächelte. »Sie sind der FBI-Agent, der Jacob angerufen hat, nicht wahr?«

»Jacob?«

»Sheriff Jacob Butler.«

»Ja, der bin ich. Sie kennen den Sheriff?« Er vermutete, dass in einer ländlichen Gegend wie Cherokee County jeder jeden kannte.

»Jacob ist mein Vetter, aber für mich ist er eher wie Bruder.«

Sie schenkte Dallas ein warmherziges, freundliches Lächeln. Er betrachtete sie, ihr langes, fließendes schwarzes Haar, ihren kleinen, zierlichen Körper, mit Jeans und einem rot karierten Flanellhemd bekleidet, Stiefel an den Füßen. Sie war eine exotische Schönheit, die Haut hatte die Farbe von starkem Milchkaffee. Volle, ungeschminkte Lippen, eine schmale Nase und mandelförmige Augen rundeten das Bild ab.

Als ihm klar wurde, dass er sie angaffte, wandte er abrupt den Blick ab. »Funktioniert Ihr Telefon?«, fragte er barsch und ärgerte sich, dass er sich von ihrer außergewöhnlichen Schönheit hatte beeindrucken lassen. »Ich kann einen Abschleppdienst anrufen, oder ein Taxi vielleicht …«

Sie kicherte, und es klang wie ein Windspiel. »Tut mir leid«, sagte sie. »Ich lache Sie nicht aus. Mein Telefon funktioniert noch, vorerst. Aber keiner wird in einer solchen Nacht freiwillig auf den Berg kommen. Im Übrigen fürchte ich, dass Cherokee Pointe kein Taxiunternehmen hat. Der alte John Berryman hat das einzige Taxi in der Stadt gefahren, und als er starb, hat niemand sein Geschäft übernommen. In dieser Gegend werden einfach nicht genügend Taxis angefordert.«

Dallas schnaubte wütend, fuhr sich mit der Hand über das Gesicht und spürte seine rauen Barstoppeln. »Soll das heißen, ich stecke hier fest?«

»Ja. Zumindest, bis der Schneesturm vorbei ist und die Straßen frei sind. Die Verwaltung wird morgen früh eine Mannschaft ausschicken, um die Straßen zu räumen.«

»Wäre es unverschämt von mir, wenn ich …«

»Sie dürfen gern hierbleiben«, sagte sie, ohne zu zögern. »Ich habe jede Menge Platz. In diesem großen alten Haus wohnen nur Drudwyn und ich.«

»Ma'am, Sie sollten einem Fremden, der in Ihr Haus eingedrungen ist, nicht sagen, dass Sie allein leben.« Sie sah ihn nur an und lächelte. »Ich werde morgen gleich wieder verschwinden. Sobald ich …«

»Morgen früh nicht«, erwiderte sie. »Die Schneepflüge schaffen es nicht vor dem Nachmittag hier heraus. Sie dürften morgen irgendwann im Lauf des Tages in der Lage sein, nach Cherokee Pointe zu gelangen. Das heißt, wenn der Sturm bis gegen Morgen nachlässt, was ich glaube.«

»Aber ich kann nicht so lange hierbleiben. Ich muss so schnell wie möglich mit Sheriff Butler sprechen.«

Sie legte ihre Hand auf seine. Jeder Nerv in seinem Körper reagierte auf die Berührung ihrer kleinen Hand. Er hatte das Gefühl, in Flammen aufzugehen.

»Rufen Sie Jacob an und sagen Sie ihm Bescheid, dass Sie hier bei mir sind. Sie können am Telefon alles Nötige mit ihm besprechen.«

»Was wird er von einem Mann halten, den Sie beide nicht kennen und der eine Nacht hier bei Ihnen verbringen will?«

»Er wird Sie zweifellos ermahnen, sich zu benehmen, aber er wird sich eigentlich keine Sorgen um mich machen. Er weiß, dass ich auf mich selbst aufpassen kann. Und er weiß, dass Drudwyn jeden töten würde, der versuchte, mir etwas anzutun.«

Als würde er die Worte seiner Herrin verstehen, knurrte der Hund bedrohlich.

Dallas hielt seine Hände hoch, um ihm »Halt« zu signalisieren. »Schon gut, mein Junge, ich habe kapiert. Ich bin nicht hier, um ihr etwas anzutun.«

»Das habe ich ihm schon gesagt«, bemerkte sie. »Er weiß, dass Sie mir nichts antun wollen, aber ich fürchte, er ist ein bisschen eifersüchtig. Verstehen Sie, er begreift sich als den Alpharüden hier und spürt, dass auch Sie ein Alpharüde sind, der in sein Revier eingedrungen ist.«

»Ich muss doch nicht befürchten, dass er mir heute Nacht im Schlaf die Kehle aufreißt, oder?«, fragte Dallas halb scherzhaft.

»Darf ich Ihnen Ihren Mantel und die Handschuhe abnehmen?«, bat sie ihn. »Ich werde den Mantel aufhängen, dann dürfte er in ein paar Stunden trocken sein.«

Er zog seinen Mantel aus, streifte die Handschuhe ab und gab ihr beides. »Danke.«

Sie nahm die Kleidungsstücke und deutete mit der ausgestreckten Hand auf den Raum zur Linken. »Gehen Sie ins Wohnzimmer und setzen Sie sich an den Kamin. Ich nehme die Sachen mit und bringe Ihnen Tee, und wenn Sie wollen, auch ein Sandwich.«

»Ich möchte Ihnen keine Umstände machen.« Apropos Gastfreundschaft der Südstaaten. Diese Frau würde beim Wettbewerb um die perfekte Gastgeberin den ersten Preis gewinnen.

»Kein Problem«, erwiderte sie und ging den Flur entlang. Zum Glück folgte Drudwyn ihr. Dann rief sie: »Im Wohnzimmer ist ein Telefon. Rufen Sie Jacob ruhig an. Versuchen Sie es im Sheriff's Department, und wenn er da nicht ist, kann ich Ihnen seine Privatnummer geben.«

»Okay, danke. Ich rufe ihn an.«

Dallas schaute sich in dem Raum um und hatte plötzlich das Gefühl, in der Zeit zurückgereist zu sein. Er bezweifelte, dass es hier etwas gab, das nicht mindestens fünfzig Jahre alt war, das meiste wahrscheinlich viel älter. Die Wände waren bis auf halbe Höhe mit altem Holz verkleidet, das er für Kiefer hielt, gereift zu einer kräftigen Patina, die im sanften Licht der Tischlampen zu beiden Seiten des Sofas und des Kaminfeuers schimmerte. Die Möbel wirkten wie Museumsstücke, machten allerdings einen häufig benutzten Eindruck, der von ständigem Einsatz über Generationen hinweg zeugte. Der Boden bestand aus breiten Dielen, makellos sauber und auf Hochglanz poliert.

Dallas' Blick fiel auf das moderne, schnurlose Telefon auf dem offenen antiken Sekretär. Gott sei Dank war etwas in diesem Zimmer auf dem neuesten Stand. Er nahm das Telefon und setzte sich in einen der beiden Ohrensessel am Kamin. Die Wärme drang durch seine feuchte Kleidung. Er seufzte. Er war in einem verdammten Schneesturm hierhergefahren und wäre vielleicht gezwungen gewesen, in seinem liegen gebliebenen Fahrzeug auszuharren, wäre das Schicksal nicht eingeschritten. Das hatte ihn in ein warmes, einladendes Haus geführt.

Während er es sich bequem machte, holte er ein kleines

schwarzes Notizbuch hervor und schlug es auf. Laut wiederholte er die Nummer, die er vor seinem Aufbruch aus Washington am frühen Abend hineingekritzelt hatte. Er hatte den nächstbesten Flug genommen, der ihn nach Knoxville gebracht hatte, statt auf einen Flug am Morgen zu warten, mit dem er direkt auf dem kleinen Flugplatz von Cherokee Pointe gelandet wäre. Rückblickend wurde ihm klar, dass es günstiger für ihn gewesen wäre, den Morgenflug zu nehmen.

Er drückte auf den Einschaltknopf und wählte die Nummer des Sheriff's Departments. Nach dem zweiten Klingeln meldete sich eine männliche Stimme.

»Hier spricht Special Agent Dallas Sloan«, sagte er dem Mann, der sich als Deputy Bobby Joe Harte gemeldet hatte. »Ist Sheriff Butler zu erreichen?«

»Ja, zufällig. Bleiben Sie dran, ich verbinde Sie. Ich weiß, dass er Sie heute Abend erwartet hat.«

»Ich bin aufgehalten worden«, sagte Dallas. »Ich werde es nicht vor morgen in die Stadt schaffen.«

Dallas wartete auf eine Antwort. Nichts. Dann merkte er, dass das Telefon tot war. Verdammt. Jetzt würde er keine Möglichkeit haben, heute Abend mit Butler zu sprechen.

»Haben Sie Jacob erreicht?«, fragte die Frau, als sie das Wohnzimmer mit einem Silbertablett in den Händen betrat.

Dallas sprang auf. Er nahm ihr das Tablett ab und stellte es auf den Tisch links vom Kamin, auf den sie mit geöffneter Handfläche zeigte.

»Ich hatte einen Deputy Harte am Apparat, aber die Verbindung wurde unterbrochen, bevor ich mit dem Sheriff sprechen konnte.«

Sie bedeutete ihm, Platz zu nehmen.

»Tja, das heißt, das Eis ist für die Telefonleitungen zu schwer geworden und hat sie durchtrennt.« Sie hob die silberne Teekanne und goss eine rotbraune Flüssigkeit in eine Porzellantasse. »Ich habe Ihnen ein Sandwich mit Huhn und Salat gemacht. Geht das in Ordnung?«

»Sind Sie immer so entgegenkommend zu Fremden, die an Ihrem Berg stranden?« Er nahm die Teetasse entgegen. »Wenn ja, bin ich überrascht, dass Ihr Vetter Jacob Ihnen nicht zur Vorsicht geraten hat. Selbst mit Drudwyn in Ihrer Nähe« – er warf einen prüfenden Blick durch den Raum – »im Übrigen, wo ist Ihr Gefährte?«

Sie setzte sich Dallas gegenüber, nahm eine Leinenserviette von einem mit Rosen verzierten Porzellanteller und legte ein großes, dickes Sandwich frei. Dallas lief das Wasser im Mund zusammen. Seit dem Mittag hatte er keinen Bissen gegessen, und das war mehr als zehn Stunden her.

»Der ist in der Küche geblieben«, erwiderte sie.

»Freiwillig?«

»In gegenseitigem Einvernehmen.«

Sie blickte ihn unverwandt an. Ein eigenartiges Gefühl traf ihn in der Magengrube. »Los, Dallas, greifen Sie bitte zu.«

Sein Name kam ihr über die Lippen, als wäre er mit Honig überzogen. Ein goldiger Südstaatenakzent. Eine feste Faust legte sich um sein Inneres. Hier stimmte doch etwas nicht. Es war nicht seine Art, so auf Frauen zu reagieren. Niemals.

»Ich weiß noch gar nicht, wie Sie heißen.« Er zwang sich zu einem Lächeln. Zum Teufel, ihm war nicht nach Lächeln zumute; am liebsten wäre er verängstigt aus diesem Haus gerannt – nur fort von dieser fremden und dennoch eigenartig anziehenden Frau.

»Genevieve Madoc. Aber die Leute nennen mich Genny.«

Genevieve. Der Name passte zu ihr. Ebenso wie Genny. Altmodisch, ein bisschen romantisch sogar.

»Ich weiß Ihre Gastfreundschaft zu schätzen, Genny.«

»Sie sind herzlich willkommen.«

Wieder streckte sie den Arm aus und berührte seine Hand, doch diesmal schloss sie die Augen. Was um alles in der Welt machte sie da? Mit einem Ruck zog sie die Hand fort.

»Geht es Ihnen gut?«, fragte er.

»Ihr Schmerz ist sehr groß«, erwiderte sie. »Beinahe mehr, als

Sie ertragen können. Es war nicht Ihre Schuld, dass sie gestorben ist. Und es ist nicht Ihre Schuld, dass Sie ihren Mörder nicht gefunden haben. Aber das werden Sie. Und zwar bald.«

Dallas ließ die Tasse fallen, die zerbrach, als sie auf dem harten Holzboden auftraf. Der Tee breitete sich auf der glänzenden Oberfläche aus. Ein paar Minuten lang starrte er Genny nur reglos an. Zeitlose Momente.

»Tut mir leid wegen der Tasse«, sagte er, während er die Scherben auflas. »Wenn Sie mir einen Lappen geben, werde ich …«

»Kein Problem. Ich mache das schon. Hier …« Sie nahm ihre Tasse, füllte sie mit Tee und reichte sie ihm. »Trinken Sie, essen Sie, entspannen Sie sich. Ich werde mich um Sie kümmern.«

Bevor er antworten konnte, stand sie auf und eilte aus dem Zimmer. Dallas starrte ihr nach, verblüfft durch ihre Worte. *Ich werde mich um Sie kümmern.*

»Woher wussten Sie von meiner Nichte?«, fragte er.

»Jacob hat es bestimmt erwähnt«, erwiderte sie, als sie im Türrahmen stehenblieb.

Er konnte es nicht genau beschreiben, aber Genny hatte etwas Eigenartiges an sich, etwas, das keinen rechten Sinn ergab. *Komm wieder auf den Boden,* schalt er sich. *Du bist müde, du bist gestresst, und du hast seit sechs Monaten keine Frau gehabt. Auf schlichte Menschenfreundlichkeit reagierst du überreizt.*

Das mochte so sein, aber er konnte das beunruhigende Gefühl nicht abstreifen, dass Genevieve Madoc sein Leben für immer verändern würde.

Er legte ihren schlaffen Körper in die Mitte des Bettes, schaute auf sie hinab und lächelte.

Das zweite Opfer war ihm ebenso leicht wie das erste in die Arme gefallen. Die Vorsehung sorgte immer vor. Die ersten vier musste er nie auswählen – die kamen stets zu ihm. Er wartete einfach auf sie. Manchmal dauerte es nur ein paar Tage.

Dann wiederum brauchte er Wochen. Aber sie waren wichtig. Ihr Blut ernährte ihn, verlieh ihm Kraft, bereitete ihn auf das fünfte Opfer vor.

Sie würde ein paar Stunden lang bewusstlos bleiben. So lange, dass er ihr die Kleider ausziehen und sich befriedigen konnte. Da das Wetter so schlecht war, glaubte er nicht, dass ein Schauplatz im Freien klug wäre. Wo konnte er einen geeigneten Platz für die Darbringung des Opfers finden? Nur zwei Dinge brauchte er, um die Tat zu begehen: einen Altar und absolute Ungestörtheit.

Hier konnte er sie nicht sehr lange lassen. Nicht ohne zu riskieren, entdeckt zu werden. Nein, er musste rasch eine Stelle suchen, irgendwo in der Nähe, denn bei diesem Schneesturm stand es außer Frage, weit zu fahren. Vor Tagesanbruch würde er sie auf den Altar legen, die feierlichen, heiligen Worte aussprechen, die ihm als Junge beigebracht worden waren, und dann, wenn der Morgen über dem östlichen Horizont heraufzog, würde er das Opfer darbringen.

Ein Opfer war bereits vollbracht, und er hatte noch drei weitere vor sich, bevor er sie nehmen konnte, diejenige, die ihm mehr Kraft verleihen würde als alle anderen fünften Opfer zusammen. Allein der Gedanke, sie zu nehmen, sie zu verzehren, erregte ihn unerträglich.

Während die betäubte Cindy Todd auf der Liege im Keller lag, machte er den Reißverschluss seiner Hose auf, nahm seinen Penis heraus und masturbierte. Kurz darauf spritzte er sein Sperma über ihren nackten Bauch.

4

Big Jim Upton schenkte sich einen Brandy ein und bemühte sich, den Klang der dröhnenden Stimme seiner Frau auszublenden. Dabei liebte er Reba durchaus. Wirklich. Sie war eine gute Frau, aber keine liebenswerte. Er hatte sie vor über fünfundfünfzig Jahren während der Krise geheiratet, als die Liebe seines Lebens einen anderen Mann heiratete. Er hatte nie bereut, sie zur Frau genommen zu haben – zumindest nicht bis vor Kurzem. Reba hatte ihm einen Sohn und eine Tochter geschenkt. Jahrelang hatten sie sich an die Hoffnung geklammert, ihr einziges Enkelkind würde schließlich zu einem anständigen, verantwortungsbewussten Menschen heranreifen. Jamie war jetzt dreißig, und es war höchste Zeit für ihn, sich niederzulassen, doch Jim sah keinen Hinweis darauf, dass es in nächster Zeit passieren würde.

»Wo um alles in der Welt steckt er bloß?«, jammerte Reba, während sie im Wohnzimmer auf und ab ging. »Wie konnte er nur seine Begrüßungsparty so mir nichts dir nichts verlassen?«

Jim warf einen Blick auf Jamies neueste Verlobte. Laura Willis saß auf dem Sofa, hatte den Blick gesenkt und die Hände im Schoß gefaltet. Das Mädchen war eine wesentliche Verbesserung im Vergleich zu einigen anderen Frauen, die der Junge mit nach Hause gebracht hatte – zwei weitere Verlobte in den vergangenen acht Jahren. Jamie würde dieses Mädchen ebenso wenig heiraten wie ihre Vorgängerinnen, doch das war ihr wahrscheinlich nicht klar – noch nicht. Aber sie würde es merken. Womöglich heute Abend. Jim konnte sich ziemlich gut vorstellen, wohin Jamie verschwunden war. Sobald er wieder in Cherokee County war, würde ihn nicht einmal ein Schneesturm von Jazzy Talbot fernhalten.

»Meint ihr, er hat Probleme mit dem Wagen gehabt und ist deswegen nicht zurückgekehrt?« Laura hob den Kopf, vermied jedoch den Augenkontakt mit Jim oder Reba.

»Er hätte anrufen können«, sagte Reba. »Das Telefon funktioniert noch. Ich habe es vor wenigen Minuten selbst ausprobiert.«

»Wozu sollen wir noch länger aufbleiben?«, fragte Jim. »Jamie kommt nach Hause, wann er will. Der Junge hat nicht einen verantwortungsvollen, verlässlichen Knochen im Leib.«

»Jim, also wirklich!« Rebas Stimme klang schrill. »Was soll denn die liebe Laura denken, wenn sie dich so über deinen eigenen Enkel reden hört?«

Die liebe Laura? Jim lachte in sich hinein, während seine Lippen zuckten, darum bemüht, nicht zu lächeln. Sobald Reba herausgefunden hatte, dass Lauras Eltern zum Kreis der Pferdezüchter gehörten, der Familie Willis aus Lexington, Kentucky, hatte sie das Mädchen in ihr Herz geschlossen. Mehr als alles auf der Welt wünschte sich Reba, dass Jamie eine gute Ehe einging; was in Rebas Augen bedeutete, dass er das richtige Mädchen aus einer anständigen Familie heiratete. Auf jeden Fall hatte sie dafür gesorgt, dass ihr Sohn, Jim jr., und ihre Tochter Melanie in die richtigen Hände kamen.

Er nahm an, dass Jim jr. und seine Frau einigermaßen glücklich gewesen waren, besonders nach Jamies Geburt, aber Melanie war mit ihrem Senatorsgatten, dem Sohn einer Frau aus Rebas Studentinnenvereinigung am College, unglücklich gewesen. Arme kleine Melanie. Das goldige Kind. Die liebevollste Tochter. An ihrem vierten Hochzeitstag hatte sie ihren Mann verlassen. Erst zwölf Jahre später hatte man wieder etwas von ihr gehört. Die Polizei in Memphis hatte angerufen, um die Uptons darüber in Kenntnis zu setzen, dass ihre Tochter tot sei. Eine Überdosis Heroin.

»Ich werde Sheriff Butler anrufen.« Reba ging aus dem Wohnzimmer.

»Warte«, rief Jim ihr nach. »Wir wissen doch beide, wo der

Junge steckt. Jacob Butler zu dieser Nachtzeit zu belästigen, hat keinen Sinn. Es ist fast ein Uhr. Im Übrigen herrscht auf den Straßen inzwischen wahrscheinlich ein heiliges Chaos, daher würde Jamie nicht mal versuchen, heute Abend nach Hause zu kommen.«

»Du weißt, wo er ist?« Lauras funkelnde blaue Augen wagten eine frontale Begegnung mit Jims dunklem Blick.

»Nein, nein, er weiß es nicht. Er vermutet es bloß.« Reba kam wieder ins Wohnzimmer und huschte zum Sofa. Sie setzte sich neben Laura und warf Jim einen vernichtenden Blick zu.

»Verdammt, Reba, das Mädchen kann ebenso gut die Wahrheit erfahren. Sie wird es bald genug herausfinden.«

»Halt den Mund, Jim«, fuhr Reba ihn kreischend an.

»Was – was soll ich nicht wissen? Gibt es eine andere Frau?«

»Ja!«, sagte Jim.

»Nein!«, trompetete Reba gleichzeitig.

Jim hatte Mitleid mit Laura. Das Mädchen war so jung, wahrscheinlich nicht älter als zweiundzwanzig, und anscheinend bis über beide Ohren in Jamie verliebt. Das waren sie natürlich alle, jede arme Närrin, die Jamie je gebeten hatte, ihn zu heiraten. Die meisten Frauen erlagen ohne Weiteres Jamies Anziehungskraft, sogar Jazzy Talbot. Das war eine klasse Frau! Zu schade, dass sie keinen geeigneten Stammbaum vorzuweisen hatte. Wäre das der Fall, würde Reba sie vielleicht gutheißen. Wenn überhaupt eine Frau Jamie vor den Altar bekäme, dann Jazzy.

»Jamie hat ein paar gute Freunde hier in Cherokee County«, sagte Jim. »Besonders einen. Und diesem Freund stattet er für gewöhnlich sofort einen Besuch ab, wenn er mal nach Hause kommt. Da ist er jetzt wahrscheinlich.«

»Ist dieser Freund weiblich?«, fragte Laura im Flüsterton.

»Natürlich nicht«, erwiderte Reba. »Das ist nur ein alter Kumpel von der Highschool. Die Jungs haben zusammen Football gespielt.«

Widerwillig grunzend verdrehte Jim die Augen. Sollte Reba

doch für den Jungen lügen, er würde es nicht tun. »Ihr Mädels könnt so lange aufbleiben, wie ihr wollt. Ich gehe zu Bett.«

»Jim, ruf bitte Jamies Freund an und vergewissere dich, dass er dort ist und außer Gefahr.« Reba schaute ihn flehend an. »Womöglich ist er mit dem Wagen liegen gebliegen oder …«

»Ihr beide geht jetzt rauf und macht euch bettfertig«, sagte Jim. »Ich werde Jaz … Jay anrufen und fragen, ob Jamie bei ihm ist.«

»Komm, Liebes.« Reba stand auf und wartete, bis Laura sich auch erhob, hakte sich dann bei der jüngeren Frau unter und führte sie aus dem Wohnzimmer in die Diele und zur geschwungenen Treppe.

Als die beiden Frauen den Treppenabsatz erreicht hatten, schlenderte Jim in sein Arbeitszimmer. Er knipste die Lampe auf seinem Schreibtisch aus massivem Eichenholz an, setzte sich auf den ledernen Drehstuhl und blätterte durch seinen Rolodex. Beim letzten Mal, als Jamie wieder einmal nach längerer Abwesenheit nach Hause gekommen war, hatte sich Jim geschworen, den Jungen nicht mehr im Auge zu behalten. Er hatte alles getan, was er konnte, um den Jungen zu zügeln, einen Mann aus ihm zu machen, aber alles vergebens. So ungern Jim es zugab, Jamie war als Mensch ein absoluter Versager. Jim gab sich und Reba die Schuld. Sie hatten ihn nach Strich und Faden verwöhnt. Hatten ihm jeden Wunsch von den Augen abgelesen. Aber nichts war genug gewesen; nichts hatte ihn über längere Zeit zufriedengestellt.

Das Einzige, was Jamie je haben wollte, sie ihm aber nicht erlaubt hatten, war ein Leben mit Jazzy Talbot gewesen. Mit zwanzig hatte er das Mädchen heiraten wollen, doch Reba hatte allein bei dem Gedanken einen hysterischen Anfall nach dem anderen bekommen.

»Sie ist nichts weiter als eine kleine Hure aus dem weißen Abschaum«, hatte Reba gesagt. »Und ihre Tante ist völlig übergeschnappt.«

Jim machte sich nichts vor. Hätten sie Jamie erlaubt, Jazzy zu heiraten, wäre alles vielleicht anders geworden. Die Ehe hätte nicht gehalten. In Jamies Leben war nichts von Dauer. Er wollte Vielfalt, Aufregung und Herausforderungen. Am meisten aber wollte er das haben, was er nicht haben konnte. Deshalb begehrte er Jazzy noch immer. Er hatte das arme Mädel mehr als einmal durch die Hölle geschleift.

Jim hob den Hörer vom Telefon auf seinem Schreibtisch, wählte die Nummer und wartete.

Nach dem fünften Klingeln meldete sie sich mit verschlafener Stimme. »Ja?«

»Jazzy, Jim Upton hier.«

»Was wollen Sie?«

»Reba macht sich Sorgen, weil Jamie seine Begrüßungsparty verlassen hat und noch nicht wieder hier ist. Ist er vielleicht bei Ihnen?«

Jazzy lachte. »Ich vermute, die neue Verlobte ist nicht im selben Raum wie Sie.«

»Nein, sie und Reba sind schon zu Bett gegangen.«

»Jamie ist nicht hier.«

»Haben Sie eine Ahnung, wo er sein könnte?«

»Kann sein.«

»Würden Sie es mir bitte sagen?«

Jazzy seufzte. »Er kam in Jazzy's Joint, um mich zu sehen. Wir haben uns unterhalten. Ich habe ihm gesagt, er soll abhauen. Und wie Jamie nun mal ist, kam das nicht gut bei ihm an, also hat er sich an die nächste Frau gehängt, die er auftreiben konnte, um mich eifersüchtig zu machen.«

»Er hat jemanden in der Bar aufgegabelt?«

»Stimmt.«

»Wissen Sie …«

»Ich glaube, sie hieß April oder Amber. Sie war ein paar Mal dort, aber ich kenne sie nicht persönlich. Er wird wohl bei ihr sein, nehme ich an.«

»Danke, Jazzy. Und … tut mir leid.«

»Dass Sie mich geweckt haben?«

»Ja, das auch, aber vor allem, weil Jamie nie das Rückgrat hatte, sich gegen seine Großmutter zu behaupten und Sie trotz deren Protesten zu heiraten.«

Jazzy schwieg eine Weile. »Sagen Sie seiner neuen Verlobten, sie soll die Beine in die Hand nehmen und weglaufen.«

Das Freizeichen dröhnte in Big Jim Uptons Ohr.

Jacob hatte sich auf die Pritsche in seinem Büro im Gerichtsgebäude gelegt, statt nach Hause zu gehen. Nachdem er sich eine Stunde lang hin und her gewälzt hatte, war er schließlich irgendwann nach Mitternacht eingeschlafen. Als ihn die Unruhe vor seiner Bürotür weckte, drückte er auf den Knopf an seiner Digitaluhr, um das Zifferblatt zu erhellen. Vier Uhr zwölf.

»Ich will Jacob jetzt sofort sehen!«, ertönte eine laute Männerstimme.

»Aber er schläft«, teilte Deputy Tewanda Hardy dem zornigen Mann mit. »Er ist vollkommen fix und fertig.«

»Verdammt, Frau, gehen Sie mir aus dem Weg. Ich muss mit Jacob sprechen.«

Jacob setzte sich auf den Rand der Pritsche, fuhr sich mit der Hand über das Gesicht, gähnte herzhaft und stand auf. Er erkannte die Stimme des Mannes. Bürgermeister Jerry Lee Todd. Was zum Teufel hatte Jerry Lee in solche Panik versetzt?

Gleich darauf schwang die Bürotür auf, und Jerry Lee stürmte in den Raum, Tewanda dicht hinter ihm.

»Entschuldigen Sie, Jacob«, sagte Tewanda, »aber der Bürgermeister bestand darauf, Sie auf der Stelle zu sehen.«

»Schon gut«, erwiderte er. Tewanda war sein einziger weiblicher Deputy, und einer der besten, wenn nicht sogar die Beste, die er hatte. Sie nahm Kurse an der University of Tennessee in Knoxville, um ihr Diplom zu machen, daher hatte er ihren Schichtplan so eingerichtet, dass sie nachts arbeiten konnte. Ihr Traum war, Anwältin zu werden, und Jacob zweifelte nicht daran, dass sie ihre Sache gut machen würde. Sie wusste bereits ebenso viel über das Gesetz wie er. Vielleicht mehr.

»Sie müssen mir helfen«, sagte Jerry Lee.

»Was ist los?« Als Tewanda das Deckenlicht in Jacobs Büro einschaltete, nahm er den Bürgermeister genauer in Augenschein. Der Mann sah aus wie eine wandelnde Leiche. Bis auf die Haut durchnässt, das Gesicht rot von der draußen herrschenden Eiseskälte, das schüttere Haar klebte am Kopf. Ein trauriger Anblick, geradezu jämmerlich. Jacob schaute an Jerry Lee vorbei zu Tewanda, die mehrfach die Hand an die Lippen hob, um ihm anzudeuten, dass sie den Bürgermeister für betrunken hielt.

»Haben Sie getrunken?«, fragte Jacob.

»Ja, das habe ich«, erwiderte er. »Ich war draußen bei Big Jim, um Jamies Rückkehr zu feiern, und ich habe zwei Gläser Champagner getrunken. Und dann hatte ich ein paar Schlückchen Scotch zu Hause, um mich aufzuwärmen. Aber ich bin nicht betrunken.« Er wirbelte herum und funkelte Tewanda wütend an. »Ich bin aufgebracht, verdammt, nicht betrunken.«

»Wie Sie meinen, Bürgermeister.« Tewanda verdrehte die Augen.

»Würden Sie uns bitte allein lassen? Ich muss mit Jacob unter vier Augen sprechen«, sagte Jerry Lee.

Ohne ein Wort zu verlieren, drehte sich Tewanda um und ging aus dem Büro, ließ die Tür aber offen stehen. Jerry Lee machte sie mit einem Fußtritt hinter ihr zu.

»Frauen sollten keine Deputys sein«, knurrte Jerry Lee.

»Würden Sie mir vielleicht sagen, was los ist?« Jacob verschränkte die Arme vor der Brust. »Es ist vier Uhr morgens. Was ist so eilig, dass es nicht bis zu einer vernünftigen Uhrzeit warten konnte?«

»Cindy wird vermisst.«

»Was?«

Jerry Lee rieb sich die geschlossenen Augen mit den Fingerspitzen. »Sie hat die Party früh verlassen. Konnte mit dem neuen Arzt und seiner Frau mitfahren.« Er öffnete die Augen und schaute zu Jacob, doch sein Blick war unstet. »Ich habe mit ihnen gesprochen. Sie sagten, sie hätten sie unterwegs abgesetzt, so gegen Viertel vor zehn. Ich bin kurz nach elf nach Hause gekommen, und sie war nicht da.«

»Gibt es einen Grund, warum sie Sie verlassen würde?«, fragte Jacob, der nur zu gut wusste, dass die halbe Stadt von den Ehekrächen zwischen Cindy und Jerry Lee gehört hatte.

»Sie hat mich nicht verlassen. Ihre ganzen Sachen sind noch da. Immer wenn sie ein paar Tage wegfährt, packt sie zwei Taschen. Nichts fehlt.«

»Vielleicht hat sie die Nacht bei Freunden verbracht.« Jacob wählte absichtlich den geschlechtsneutralen Plural. Cindy ging der Ruf voraus, dass sie herumhurte, und sie hatte Jerry Lee in ihrer sechsjährigen Ehe mit mindestens einem halben Dutzend Männern betrogen.

»Sie bleibt mit keinem ihrer Freunde die ganze Nacht weg. Um die Uhrzeit am Morgen ist sie immer zu Hause.« Jerry Lee ließ sich auf einen der Stühle vor Jacobs Schreibtisch fallen. Der Mann wurde direkt vor Jacobs Augen um zehn Jahre älter. »Ich weiß, was Sie denken. Sie glauben, dass sie mit einem Mann auf und davon ist, aber ich sage Ihnen, das stimmt nicht.«

Jacob trat zu Jerry Lee und legte ihm die Hand auf die Schulter. »Wie können Sie sich da so sicher sein?«

»Ihre neueste Errungenschaft ist dieser Carson. Sie wissen schon, dieser Möchtegernschauspieler/Regisseur, der das kleine Stadttheater leitet.« Jerry Lee rang die Hände und ließ die Fingergelenke knacken. »Ich habe ihn angerufen, und er wollte nicht mit mir sprechen, daher bin ich zu seiner Wohnung gegangen. Schließlich hat er zugegeben, dass Cindy letzte Nacht bei ihm war, schwor jedoch, sie sei vor elf wieder gegangen.«

Jacob hätte gern Mitleid mit Jerry Lee gehabt, aber es gelang ihm nicht. Eine große Portion dieses Unglücks hatte der Mann selbst auf sich geladen. Er hatte die falsche Frau geheiratet, sich geweigert, sie frei zu geben und hatte dann sein Elend an ihr und allen in seiner Umgebung ausgelassen.

»Geben Sie mir eine Liste ihrer Freunde«, sagte Jacob. »Gegen sechs werde ich ein paar Anrufe machen.«

»Sie ist nicht bei Freunden. Ich sage Ihnen, sie steckt in Schwierigkeiten. Ich spüre es«, – er schlug mit der geschlossenen Faust auf seinen Bauch – »hier drinnen. In Cherokee County läuft ein Mörder frei herum …«

»Ziehen Sie keine voreiligen Schlüsse. Cindy geht es wahrscheinlich gut, und in ein paar Stunden wird sie zu Hause aufkreuzen.«

»Glauben Sie das wirklich?«

Jacob nickte.

»Ich möchte eine Vermisstenanzeige aufgeben«, sagte Jerry Lee. »Und wenn sie nicht nach Hause kommt, möchte ich, dass Sie …«

»Wenn sie bis heute Mittag nicht zu Hause ist, rufen Sie Roddy Watson an. Sie leben in der Stadt, schon vergessen? Sie werden die Anzeige bei der Polizei von Cherokee Pointe aufgeben müssen.«

»Ja, ja, ich weiß. Nur baue ich auf Sie, dass Sie Cindy für mich finden. Sie wissen über unsere Vergangenheit und das alles Bescheid. Roddy und ich spielen zusammen Golf, sind Mitglieder des Country Clubs, und unsere Mütter sind Bridge-Partnerinnen. Kapiert?«

Ja, das verstand Jacob nur allzu gut. Jerry Lee wollte seinen Freund, den Polizeichef, nicht mit hineinziehen, einen Mann, den der Bürgermeister als gesellschaftlich ebenbürtig betrachtete. Jacob gegenüber konnte er zugeben, dass er Cindys neuesten Geliebten zur Rede gestellt hatte, doch so ehrlich konnte er einem Freund gegenüber niemals sein.

»Gehen Sie doch einfach nach Hause, versuchen Sie, ein wenig zur Ruhe zu kommen, und wenn Cindy gegen Mittag nicht auftaucht, rufen Sie mich an, dann legen wir los.«

Mit hängenden Schultern und von Erschöpfung gezeichneten Gesichtszügen erhob sich Jerry Lee und gab Jacob die Hand. »Danke«, sagte er.

Sobald der Bürgermeister gegangen war, kam Tewanda mit zwei Tassen Kaffee in Jacobs Büro und reichte ihm eine. Er schaute von seinem Platz hinter dem Schreibtisch zu ihr auf und nahm lächelnd den Kaffee entgegen.

»Er ist ein ganz schönes Stück Arbeit, nicht wahr?«, stellte Tewanda fest.

»Tja, Ms Hardy, wenn Sie so etwas sagen, muss ich annehmen, dass Sie unseren Bürgermeister nicht leiden können.«

»Den leiden können?«, knurrte Tewanda. »Der Mann ist ein Betbruder, ein Frauenschläger und ein …«

»Nur zu, sagen Sie mir, was Sie wirklich von ihm halten.«

»Ich hoffe, Cindy Todd ist mit jemandem davongelaufen und bleibt ein für alle Mal weg.«

»Wenn sie mit einem Kerl durchgebrannt ist, wünschte ich, sie hätte Jerry Lee eine Notiz oder etwas Ähnliches hinterlassen. Wie es aussieht, rennt er uns die Türen ein, wenn sie nicht nach Hause kommt.« Jacob nippte an dem heißen Kaffee und seufzte zufrieden, als ihm klar wurde, dass er frisch aufgebrüht war. »Sie haben eine neue Kanne gemacht. Danke.«

»Sobald das Jasmine's um sechs zum Frühstück aufmacht, werde ich hinlaufen und uns ein paar Wurstbrötchen holen«, sagte Tewanda. »Bis dahin hätte ich Erdnussbutter und ein paar Cracker, wenn Sie wollen.«

»Nein danke.« Er hielt den orangefarbenen Becher hoch. »Das hier wird mir vorläufig über die Runden helfen.«

Tewanda warf einen Blick auf die Fotos, die auf Jacobs Schreibtisch verstreut lagen. Tatortfotos von Susie Richards verstümmelter Leiche.

»Wenn ich die sehe, wird mir schlecht«, sagte sie.

Jacob sammelte die Fotos ein, steckte sie in eine Mappe und legte sie beiseite. »Wir haben alles getan, was wir tun mussten, aber ich bezweifle, dass es ausreicht, um diesen Kerl dingfest zu machen. Er hat uns nicht viel hinterlassen, womit wir weitermachen können. Er hat seine Spuren verwischt wie ein Profi, woraus ich schließe, dass er so etwas schon einmal gemacht hat.«

Tewanda schauderte. »Soll es das heißen, was ich glaube?«

»Ja. Wenn er es schon einmal gemacht hat, wird er es wieder tun. Ich hoffe nur, wir finden ihn, bevor eine weitere unschuldige Person umgebracht wird.«

Nach einer unruhigen Nacht wurde Jazzy im Morgengrauen wach. Sie hatte eine Stunde geschlafen, war aufgewacht und hatte an Jamie gedacht. Dann hatte sie wieder zwei Stunden geschlafen, war aufgewacht und hatte an Jamie gedacht. Dieses Muster hatte sich die ganze Nacht wiederholt – nur gegen halb zwei hatte Big Jims Anruf sie geweckt.

Hatte sie Jamie gesehen? Verdammt, ja! Er hatte gegen halb elf im Jazzy's Joint vorbeigeschaut. Ein Blick auf ihn, und ihr Magen hatte sich verknotet. Selbst jetzt war sie nicht sicher, ob die Reaktion ein Zeichen für Begierde oder Angst gewesen war. Vielleicht beides.

Er war sich ihrer so verdammt sicher gewesen, dass es ihr eine höllische Freude bereitet hatte, ihm zu sagen, er solle sie verdammt nochmal in Ruhe lassen. Er hatte sie bedrängt; sie hatte sich zurückgezogen. »Ich bin fertig mit dir«, hatte sie ihm gesagt. »Das Kapitel ist abgeschlossen. Also glaub ja nicht, dass ich dich wieder in mein Leben und in mein Bett lasse. Nie mehr!«

Die meisten Stammkunden in Jazzy's Joint hatten mitbekommen, wie sie ihn angeschrien hatte. Das störte Jazzy nicht. Die ganze verdammte Stadt kannte ihre schmutzige Geschichte, wusste, dass sie mit siebzehn von Jamie schwanger geworden war, wusste, dass seine Großmutter ihm verboten hatte, sie zu heiraten. Die meisten dachten, sie habe abtreiben lassen, und sie hatte ihnen nie etwas anderes gesagt. Nur eine Handvoll Menschen kannte die Wahrheit – Tante Sally, Ludie, Genny und Jacob. Im vierten Monat hatte sie eine Fehlgeburt gehabt. Ein Teil ihres Herzens war mit diesem süßen kleinen Kind gestorben.

Als sie aus dem Bett aufstand, umfing sie die Kälte ihres Schlafzimmers. Sie griff nach ihrem Morgenrock, zog ihn über und machte sich auf den Weg ins Bad. Nachdem sie sich erleichtert hatte, ging sie in die kleine Küche ihrer Wohnung im ersten Stock über dem Jasmine's und füllte eilig die Kaffeemaschine.

Sie warf einen Blick aus dem Fenster nach Osten und sah den ersten Schimmer der Morgendämmerung. Schlief Jamie zu Hause mit seiner neuesten Verlobten, oder war er im Bett der Frau namens April oder Amber oder so ähnlich? Jedenfalls fing der Name mit A an und hatte einen süßlichen Klang. Er war entweder bei der einen oder bei der anderen, dachte sie. Er hatte mit einer der Frauen geschlafen, sie in den Armen gehalten, sie geküsst und ihr nette Belanglosigkeiten ins Ohr geflüstert. Auch sie hätte diese Frau sein können. Sie hätte ihn nur wieder in ihr Leben lassen müssen. Dann würde er bei ihr sein, jetzt und jede Nacht, solange er in der Stadt war, wenn sie nur Ja gesagt hätte.

Ihr Körper sehnte sich nach seinem.

Jazzy machte den Kühlschrank auf, nahm eine Packung Orangensaft heraus und trank direkt aus der Schachtel.

Sehnte sich ihr Körper nach Jamie oder bloß nach einem Mann? Nach irgendeinem Beliebigen? Sie war seit Langem mit niemandem mehr zusammen gewesen. Trotz allem, was die Leute über sie dachten – dass sie ein Flittchen war –, nahm Jazzy den Sex ernst. Im Lauf der Jahre hatte es außer Jamie ein paar andere Männer gegeben, aber nicht viele. Und jeder war ihr wichtig gewesen, mit jedem hatte sie sich eine Zukunft erhofft und war von allen enttäuscht worden.

Ein Teil ihrer selbst mochte Jamie immer noch lieben, aber sie war nicht mehr in ihn verliebt. Er war das reine Gift für sie. Jedes Mal, wenn er in der Stadt auftauchte, kam er zu ihr und erneuerte ihre Hoffnung auf etwas Richtiges und Dauerhaftes zwischen ihnen. Aber diesmal nicht. Nie wieder. Sie hatte ihre letzte Träne um Jamie Upton vergossen!

* * *

Dallas wurde sofort wach, als er die Schreie der Frau hörte. Ruckartig richtete er sich im Bett auf. Im ersten Moment wusste er nicht mehr, wo er war. *Du bist in Genny Madocs Haus in Tennessee, in den Bergen,* rief er sich ins Gedächtnis. Gute Güte, hatte Genny da so geschrien? Er sprang aus dem Bett, schlüpfte in seine Hose, die er am Abend zuvor über die Zedernkommode am Fußende des Bettes geworfen hatte, zog die halbautomatische Smith & Wesson aus dem Halfter an der Hüfte und rannte hinaus in den dunklen Flur.

»Genny?«

Stille.

»Genny?«, rief er noch einmal, stürmte zu ihrem Schlafzimmer und klopfte an die Tür. Keine Reaktion. Er klopfte noch einmal. Drudwyn knurrte. Dann vernahm Dallas eine leise, schwache Stimme.

»Helfen Sie mir«, sagte sie.

Er riss die Tür auf und wusste nicht, was ihn erwartete. Der schwache Schein einer Kerosinlampe verbreitete sich im Raum, erleuchtete den Kaminsims, auf dem sie stand, und warf Schatten über den Holzboden und an die geblümte Tapete. Genny lag in der Mitte des Bettes, reglos, starr, den Blick fest auf ihn gerichtet, während er auf sie zukam.

Drudwyn knurrte, als sich Dallas dem Bett näherte.

Genny schloss die Augen, und der Hund beruhigte sich sofort. Hätte Dallas es nicht besser gewusst, dann hätte er schwören können, dass das Tier Gennys Gedanken gelesen hatte.

Während er sich über sie beugte und ihr in die Augen schaute, fragte er: »Was ist los? Sind Sie krank? Haben Sie Schmerzen?«

Sie nickte und flüsterte: »Ja.«

Okay, er kannte sich ein bisschen in Erster Hilfe aus, genug, um im Notfall zurechtzukommen, aber wenn Genny etwas Ernsthaftes fehlte, standen sie vor einem großen Problem.

»Können Sie mir sagen, was los ist?«, fragte er. »Und was kann ich tun, um Ihnen zu helfen?«

»Bleiben Sie bei mir.« Ihr Blick richtete sich auf die Bettkante.

»Soll ich Ihnen ins Badezimmer helfen?«, fragte er. Vielleicht hatte sie ja einen Magenvirus oder eine Nahrungsmittelvergiftung.

»Nein, mir ist nicht schlecht.« Ihre Stimme war atemlos, als sei sie bei einem Wettrennen mitgelaufen und jetzt erschöpft.

»Was ist denn dann los?«

»Funktioniert das Telefon?« Sie schaute zu dem Nebenanschluss auf dem Nachttisch.

Dallas hob den Hörer ans Ohr. Tot. »Nein. Es ist noch immer aus.«

»Versuchen Sie es mit meinem Handy!«

»Wo ist es?«

»In der Nachttischschublade.«

Er zog die Schublade auf, holte ihr kleines Handy heraus und schaute sie fragend an.

»Rufen Sie Jacob an.« Sie nannte ihm die Nummer.

»Verdammt«, sagte Dallas. »Noch immer kein Empfang.«

Tränen traten Genny in die Augen. »Es spielt keine Rolle. Er käme ohnehin zu spät, um sie zu retten, selbst wenn wir Kontakt mit ihm aufnehmen könnten.«

Dallas warf das Handy wieder in die Schublade und setzte sich zu Genny auf das Bett. »Wovon reden Sie? Wen könnte Jacob nicht retten?«

»Die Frau, die er umbringen wird.«

»Ich verstehe nicht …«

»Ich hatte einen weiteren Traum. Eine neue Vision. Er wird wieder töten. Kann sein, dass er sie schon geopfert hat.«

Dallas packte Genny und riss sie hoch, dass sie zum Sitzen kam. Mit den Händen umklammerte er ihre schlanken Schultern und starrte zornig in ihre hypnotisierenden schwarzen Augen.

»Wovon zum Teufel reden Sie?«

»Ich habe sie auf dem Altar gesehen. Erleuchtete Fenster.

Farben. Buntglasfenster vielleicht. Und das Schwert. Er war erregt. Wartete. Wartete auf den richtigen Augenblick.«

Was ging hier bloß vor? Was für einen verrückten Traum hatte Genny gehabt? »Sie müssen einen Albtraum gehabt haben«, sagte Dallas. »Bei einem frei herumlaufenden Mörder ist Ihre Fantasie mit Ihnen durchgegangen.«

»Es war nicht bloß ein Traum … es war …« Sie verstummte.

Plötzlich wurde Genny ohnmächtig. Sie sank in Dallas' Arme. Zart. Zerbrechlich. Hilflos. Dallas fluchte laut.

5

Für den Bruchteil einer Sekunde konnte Dallas nicht geradeaus denken. Er konnte nur auf das Gefühl reagieren, diese schöne Frau in den Armen zu halten. Obwohl sie klein und schlank war, hatte ihr Körper an den richtigen Stellen Rundungen. Im Augenblick drückten sich ihre hohen, vollen Brüste an seine nackte Brust. Und ihr langes, seidiges schwarzes Haar fiel über seine Schulter. Er holte tief Luft, löste Genny behutsam von sich und legte sie sanft wieder aufs Bett.

Sie hatte gesagt, es sei nicht nur ein Traum gewesen. Was bedeutete das? Irgendein Irrer hatte in der Gegend, in der Genny wohnte, ein junges Mädchen draußen im Wald aufgeschlitzt. Gennys Vetter war Sheriff und hatte ihr über den grauenvollen Mord wahrscheinlich mehr als nötig erzählt. Zweifellos hatte sie den jüngsten Mord im Kopf gehabt, als sie zu Bett gegangen war, und ihr Unterbewusstsein hatte einen tückischen Albtraum daraus gemacht.

Noch immer hatte er den panischen Aufschrei im Ohr, der ihn geweckt hatte. Genny hatte Angst gehabt. Doch sobald sie aufgewacht war und erkannt hatte, dass sie nicht nur in Sicherheit, sondern auch nicht allein war, hätte sie sich rasch erholen sollen. Das war nicht geschehen. Sie war ohnmächtig geworden, als wäre sie aus irgendeinem Grund vollkommen ausgelaugt.

Während sie dort lag, die Augen geschlossen, langsam und gleichmäßig atmend, betrachtete er ihr Gesicht. Das Gesicht eines Engels. Sein Blick streifte nach unten und kam an ihren Brüsten zum Halt, die sich mit jedem Atemzug hoben und senkten. Ihre Brustwarzen waren fest und zeichneten sich als kleine Spitzen unter dem weichen Baumwollstoff ihres langärmeligen Schlafanzug-Oberteils ab.

Dallas musste schlucken. Jetzt war nicht die Zeit, heiß zu werden und sich von einem netten Arsch erregen zu lassen. Zwei Sekunden, nachdem ihm dieser Gedanke durch den Kopf geschossen war, verzog er das Gesicht zu einer Grimasse. Warum zum Teufel hatte er das getan – hatte das, was ihn an dieser Frau so anzog, auf reine Begierde reduziert? Das war bei ihm zu einer verhängnisvollen Schwäche geworden. Immer wenn er sich mehr als nur beiläufig für eine Frau interessierte, redete er sich ein, es habe nichts mit Emotionen zu tun, sondern schlicht mit normaler männlicher Libido.

Genny stöhnte leise. Ihre Augenlider flatterten.

Dallas streichelte ihre Wange.

Sie öffnete die Augen und schaute zu ihm auf. Die Angst, die er kurz zuvor bemerkt hatte, war nicht mehr da, an ihre Stelle war Müdigkeit getreten.

»Alles in Ordnung?«, fragte er.

»Müde. Sehr müde.«

»Das verstehe ich nicht. Warum nimmt ein Albtraum Sie derart mit?«

»Ich bin danach immer sehr schwach.«

Sie versuchte, die Hand nach ihm auszustrecken. Als er merkte, wie schwer ihr das fiel, ergriff er ihre Hand und hielt sie an seine Brust.

Er begriff es noch immer nicht. Dass ein Albtraum jemanden wie Genny derart auslaugte, musste sehr ungewöhnlich sein.

»Was kann ich tun, um Ihnen zu helfen?«

»Bleiben Sie hier. Bitte. Bis ich mich erholt habe.«

»Ist Ihnen das schon mal passiert?«

Sie nickte. »Schon oft.«

»Wie lange wird es …«

»Ein paar Stunden.«

»Ruhen Sie sich aus. Ich bleibe hier.«

»Dallas?«

»Ja?«

»Probieren Sie es von Zeit zu Zeit mit den Telefonen. Jacob muss es erfahren.«

»Das mit Ihrem Traum?«

Sie nickte. »Das mit dem zweiten Opfer.«

Wieder lief Dallas das Blut kalt durch die Adern. Verdammt! Ein halbes Dutzend wilder Gedanken jagten ihm durch den Kopf. Das zweite Opfer … das zweite Opfer.

»Genny?«

Als sie nicht reagierte, schaute er auf sie hinab und merkte, dass sie eingeschlafen war. Er legte ihren Arm neben sie, erhob sich leise vom Bett und ging im Raum auf und ab. Drudwyns wache Augen folgten jeder seiner Bewegungen.

»Was ist los mit ihr, Junge?«, fragte er den Hund.

Drudwyn stand auf, kam zu ihm und blieb an Dallas' Seite stehen. Zwei besorgte Blicke begegneten sich, hielten sich fest und tauschten ein eigenartiges Gefühl des Verständnisses aus. Beide würden Genevieve Madoc mit ihrem Leben beschützen.

»Verdammt«, fluchte Dallas leise. Diese Frau mit dem Leben beschützen? Woher war dieser Gedanke gekommen? Was war nur los mit ihm? Er kannte sie kaum, hatte sie erst vor ein paar Stunden kennengelernt.

Dallas schob die Spitzenvorhänge vor den langen, schmalen Fenstern zur Seite und blickte hinaus. Das Licht der Morgendämmerung kroch über den Horizont und verbreitete einen rosa Schimmer über den dunkelgrauen Himmel. Der Schneesturm musste sich irgendwann in der Nacht gelegt haben, doch so weit er es im Halbdunkel erkennen konnte, lag eine weiße Decke über allem, so weit das Auge reichte.

Er ließ den Vorhang wieder zufallen, schloss die Augen und versuchte, einen klaren Gedanken zu fassen. Er hatte diese Situation zugelassen – für eine Nacht von der Außenwelt abgeschnitten zu sein, mit einer gut aussehenden Frau, die ihn sehr schnell verhext hatte, die seine Gedankengänge verwirrte. Hätte er es nicht besser gewusst, dann hätte er Genny für eine Hexe gehalten, die ihn verzaubert hatte.

Dallas lachte in sich hinein. Ja, klar. Eine Hexe? Er glaubte an nichts, was er nicht mit seinen fünf Sinnen erfassen konnte. Was er nicht sehen, hören, berühren, schmecken oder fühlen konnte, existierte nicht. In der wirklichen Welt, in der er lebte, gab es keine Hexen, keine Wunderheiler, keine Gespenster, keine Hellseher, keine Schutzengel. Das war etwas für Trottel, für die armen, fehlgeleiteten Seelen, die mit der Wirklichkeit nicht zurechtkamen.

Er blickte sich im Raum um. Feminin, aber nicht aufgeputzt. Antike Möbel. Spitzengardinen. Helle, mit Weiß vermischte Pastellfarben. Als er in der Ecke einen großen, bequem wirkenden Sessel sah, setzte er sich und legte die großen Füße auf den runden Fußhocker. Ein kalter Schauer überlief ihn und erinnerte ihn daran, dass sein Oberkörper nackt war. Er zog die weiße Häkeldecke von der Sessellehne und wickelte sich darin ein.

Sobald die Telefone wieder funktionierten, würde er bei einem Abschleppdienst anrufen und seinen Mietwagen aus dem Graben ziehen lassen, dann würde er Genny für ihre Gastfreundschaft danken und sehen, dass er so schnell wie möglich hier wegkam. Er hatte mit Sheriff Butler zu tun, nicht mit Butlers bezaubernder Cousine.

Er musste eine eindeutige Verbindung zwischen dem Mord an Susie Richards und dem an Brooke herstellen. In den vergangenen acht Monaten, seitdem seine junge Nichte brutal umgebracht worden war, hatte er jede freie Minute damit verbracht, alle Beweise auszugraben, die auf ihren Mörder hinweisen könnten. Von Opfermorden hatte man schon gehört; tatsächlich hatte es in den Vereinigten Staaten mehr davon gegeben, als Dallas angenommen hatte. Viele waren mit einer Art heidnischer Teufelsanbetung verbunden, aber gewiss nicht alle. In den letzten acht Jahren hatte es vierundzwanzig ungelöste Fälle gegeben, darunter auch Morde, die denen an Brooke glichen. Das Eigenartigste an zwanzig dieser Morde war, dass sie anscheinend in Fünferblöcken stattgefunden hatten.

Mit Teris und Lincs Hilfe in diesen vergangenen Monaten hatte Dallas eine verblüffende Hypothese aufgestellt: jemand opferte in einem Zeitraum von drei bis sechs Wochen fünf Frauen, die in derselben Gegend wohnten, verschwand dann, nur um ein oder zwei Jahre später woanders wieder aufzutauchen und denselben Plan zu verfolgen. All diese Tatsachen waren erst zwei Wochen zuvor zusammengekommen, und Dallas hatte nicht die Möglichkeit gehabt, persönlich überall hinzufahren und alle Beweise zu überprüfen.

Doch wenn seine Vermutung stimmte, und wenn Susie Richards das erste Opfer war, dann bedeutete es, dass vier Frauen in Cherokee County in Gefahr waren. Und es hieß auch, dass Brookes Mörder hier war.

Deputy Bobby Joe Harte klopfte an Jacobs Bürotür, streckte dann den Kopf herein und sagte: »Chief Watson hat gerade angerufen. Sie sollen sich baldmöglichst mit ihm drüben an der Kongregationskirche treffen. In der Kirche liegt eine Tote, und es sieht aus wie die Vorgehensweise im Fall Susie Richards.«

»Was?«

»Mehr hat er nicht gesagt. Ich soll Ihnen nur ausrichten, dass Sie Ihren Arsch umgehend dorthin bewegen sollen.«

»Verdammt! Was geht hier bloß vor? Jahrelang hatten wir keinen Mord in Cherokee Pointe, und jetzt haben wir zwei in achtundvierzig Stunden.«

Jacob schnallte sich den Pistolenhalfter um die Hüfte, zog seine Lederjacke an, riss den Stetson vom Haken neben der Tür und durchquerte das äußere Büro. Sobald er draußen war, bewegte er sich vorsichtig über den vereisten Bürgersteig, bis er seinen Pick-up erreicht hatte. Seine Stiefel hinterließen große, tiefe Spuren im Schnee, der am Straßenrand aufgetürmt lag. Jacob schloss seinen schwarzen Dodge Ram auf, stieg ein und startete den Motor. Er ließ ihn warmlaufen und stellte dabei in Gedanken seine Entscheidung in Frage, in diesem Jahr als Sheriff kandidiert zu haben.

Er war in Cherokee County geboren und aufgewachsen, ein Mischling, ein junger Teufelsbraten, der mit achtzehn zur Marine gegangen war. Vor zehn Monaten, als er ausgeschieden war und seine Jahre bei den Navy SEALs hinter sich gelassen hatte und nach Hause gekommen war, hatte man ihn als Helden in Empfang genommen. Als Farlan MacKinnon ihm vorgeschlagen hatte, als Sheriff zu kandidieren, hatte Jacob dieses Angebot nicht ernsthaft in Betracht gezogen.

Doch Farlan war hartnäckig gewesen. Und Farlan bekam für gewöhnlich, was er wollte. Farlan war einer der beiden reichsten Männer im County und übte innerhalb seiner Partei den größten Einfluss aus. Wenn sich Jacob um dieses Amt bewerben würde, so hatte Farlan ihm versprochen, würde er gewinnen. Der alte Mann hatte recht gehabt. Jetzt fragte sich Jacob, warum zum Teufel er sich von Farlan und seinen Vasallen dazu hatte überreden lassen.

Eine laute Hupe hinter ihm brachte Jacob wieder in die Gegenwart zurück. Er warf einen Blick durch seine teilweise enteiste Heckscheibe und sah Royce Pierpont in seiner silbernen Lexus-Limousine, der ihm zuwinkte. Jacob winkte zurück. Warum gab sich Royce heute die Mühe, sein Antiquitätengeschäft zu öffnen?, fragte sich Jacob. Bei dem Wetter wären keine Touristen in der Stadt, wahrscheinlich auch nicht viele Einheimische.

Jacob schaltete in den Rückwärtsgang, setzte zurück und fuhr langsam und vorsichtig auf der dünnen Eisschicht die Straße entlang.

Die Kongregationskirche, ein großes Backsteingebäude, das Anfang des zwanzigsten Jahrhunderts erbaut und von Zeit zu Zeit renoviert worden war, stand an der Ecke Monroe und Highland Street. Jacob stellte seinen Pick-up ab, stieg aus und ging über den Bürgersteig. Polizisten schwärmten wie Bienen aus und ein. Es hatte den Anschein, als wären alle Polizisten von Cherokee Pointe zur Stelle.

Chief Watson traf Jacob im Vorraum, als er das Gebäude

betrat. »Bin froh, dass Sie hier sind«, sagte er. »Da drinnen herrscht ein verdammtes Chaos.«

»Laut Bobby Joe haben Sie erwähnt, dieser Mord sei ähnlich wie der an Susie Richards ...«

»Wieder ein Opfermord«, sagte Watson. »Ich habe die Bilder von Susie Richards gesehen, die Ihre Spurensicherung aufgenommen hat, aber ich sage Ihnen, erst wenn man es wirklich vor sich sieht, hat man eine Vorstellung, wie schlimm es ist.«

»Was dagegen, wenn ich einen Blick darauf werfe?« Jacob wappnete sich innerlich vor dem Anblick eines neuen entsetzlichen Tatorts.

Chief Watson führte Jacob in den Altarraum. Das Licht der Morgensonne strömte durch die Buntglasfenster und warf helle Regenbogen über die Holzbänke mit den roten Samtpolstern.

»Sie ist da oben, auf dem Altar«, sagte Watson.

»Hm.«

Männer von der Spurensicherung waren damit beschäftigt, Beweise zu sammeln. Jacob ging näher heran, schaute kurz hin und wandte den Blick wieder ab.

»Cindy Todd.«

Die Frau des Bürgermeisters lag nackt auf dem Altar, ihre Waden und Füße hingen über dem einen Ende, in einer klaffenden Wunde von den Brüsten bis zum Intimbereich glitzerten Blut und freigelegte Eingeweide.

»Das reicht, um einem Mann den Magen umzudrehen«, sagte Watson. Sein Gesicht war bleich und schweißnass.

»Hat jemand Kontakt mit Jerry Lee aufgenommen?«, fragte Jacob.

»Ich habe ihn direkt vor Ihnen angerufen. Habe ihn gebeten, ins Polizeirevier zu kommen, ohne genauere Angaben zu machen. Ihm nur gesagt, dass es wichtig sei.«

»Er war heute am frühen Morgen bei mir im Büro und hat nach ihr gesucht.«

»Sie gehen doch nicht davon aus, dass Jerry Lee sie ...«

»Nicht sein Stil«, erwiderte Jacob. »Er hätte sie entweder erschossen oder sie nach Strich und Faden vermöbelt. Im Übrigen trägt das hier alle Merkmale wie der Mord an Susie Richards.«

»Meinen Sie, wir haben einen Serienmörder in Cherokee Pointe?«

Jacob schüttelte den Kopf. »Für diese Einschätzung ist es noch zu früh. Könnte auch so eine Art Kult sein.«

»Meinen Sie so einen Teufelsanbeter-Kult?«

»Nur eine Möglichkeit.« Jacob schaute sich um und erblickte den neuen Geistlichen und seine Frau, eng zusammengedrängt im hinteren Bereich des Altarraums, während ein Polizist mit ihnen sprach. »Wer hat die Leiche gefunden?«

»Reverend Stowe«, sagte Watson. »Der Mann ist ziemlich erschüttert, aber wer wäre das nicht?«

»Was macht seine Frau hier?«

»Nachdem er uns von seinem Büro da hinten angerufen hatte« – Watson deutete mit dem Kopf in die Richtung – »ging er nach Hause und wartete auf uns. Er kam zusammen mit seiner Frau wieder her.«

Jacob betrachtete die Stowes eine Weile, bevor er sich Watson erneut zuwandte. »Ich glaube, wir brauchen Hilfe. Weder das Police Office noch das Sheriff's Department ist dazu ausgerüstet, mit dieser Art von Verbrechen umzugehen, vor allem, nachdem zwei identische Morde passiert sind.«

»Machen Sie uns nicht schlecht«, entgegnete Watson. »Ich habe nicht die Absicht, Hilfe von außen anzufordern. Noch nicht.«

»Glauben Sie, das Police Office kann mit diesem Fall fertig werden, wenn sich herausstellt, dass wir es mit einem Serienmörder zu tun haben?«

»Zum Teufel, Jacob, Sie haben doch gesagt, dass es sich wahrscheinlich um einen Teufelskult handelt.«

»Ich bin mir nicht sicher. Und das ist das Problem. Ich bin neu in diesem Job und habe in solchen Dingen keine Erfahrung. Das Sheriff's Department von Cherokee County verfügt nur über begrenzte Mittel. Und ich bin nicht zu stolz, um Hilfe zu bitten, wenn ich sie brauche.«

»Dann, mein Junge, holen Sie sich ruhig Hilfe. Ich brauche keine. Ich bin seit fünfzehn Jahren Polizeichef. Ich kenne mich in Morduntersuchungen aus.«

Jacob hütete sich, mit Roddy Watson zu streiten, diesem sturen, engstirnigen, ungehobelten Hurensohn. »Wie Sie wollen.«

Gerade als sich Jacob abwandte, um zu gehen, kam Jerry Lee Todd in die Kirche gestürmt. Mehrere Polizisten versuchten, ihn aufzuhalten, doch er schob sie zur Seite, und als sie ihn übermannen wollten, bedeutete Chief Watson ihnen, den Bürgermeister in Ruhe zu lassen. Jerry Lee lief zum Altar.

»Halt, bleib stehen«, rief Watson ihm zu. »Das willst du nicht sehen.«

»Ist sie es?«, fragte Jerry Lee. »Ist es meine Cindy?«

»Ja, es ist Cindy«, erwiderte Watson. »Glaub mir, Jerry Lee, du willst nicht …«

»Was ist passiert? Ist sie wirklich tot?« Jerry Lee raste an den Männern der Spurensicherung vorbei, ohne auf ihre Bitte zu achten, den Tatort nicht zu betreten.

Jerry Lee kam schlitternd zum Stehen, als er die verstümmelte Leiche seiner Frau erblickte. »Cindy! Oh Gott, Cindy!«

»Verdammt«, murmelte Watson.

Jacob eilte nach vorn und packte Jerry Lees Schulter, um ihn davon abzuhalten, noch näher an Cindys Leiche heranzugehen. Jerry Lee wirbelte herum, Kummer und Wut in den Augen. »Lassen Sie mich in Ruhe, verflucht. Ich muss sie sehen, mit ihr sprechen, sie berühren.«

»Nein«, sagte Jacob. »Lassen Sie die Polizei ihre Arbeit verrichten, damit sie den Schuldigen finden kann.«

»Sie können mich nicht aufhalten. Das ist meine Frau.« Mit einem Ruck riss sich Jerry Lee von Jacob los. »Ich habe jedes Recht, um …«

Jacob holte aus und versetzte Jerry Lee einen Fausthieb an

die Schläfe. Der Bürgermeister fiel um wie ein nasser Sack. Jacob wandte sich an Chief Watson und sagte: »Lassen Sie ihn von zwei Ihrer Männer nach Hause bringen. Sie sollten bei ihm bleiben, bis er sich beruhigt hat.«

»Er wird total durchdrehen, wenn er wieder zu sich kommt«, erwiderte Watson. »Aber Sie haben getan, was Sie tun mussten.«

Jacob nickte. »Sie wissen, wo Sie mich erreichen können, wenn Sie mich brauchen.«

Er verließ den Tatort, ließ den großspurigen, dummen Polizeichef stehen und nahm eine Menge offener Fragen mit.

Esther Stowe hielt die Hände ihres Mannes fest umschlossen, während sie im hinteren Bereich des Altarraums standen. Sie hatten in der letzten Stunde wiederholt Fragen beantwortet und durften trotzdem noch nicht gehen. Man hatte ihnen gesagt, der Chief wolle wohl noch ein paar Sachen nachprüfen. Esther war nicht sicher, wie lange sich Haden sich noch aufrecht halten konnte. Ihr Mann war emotional instabil. Hätte sie ihre Kraft nicht, wäre er nicht der Mann, der er heute war.

Manchmal bereute sie, einen solchen Schwächling geheiratet zu haben, und sehnte sich nach einem Mann, der ihr ebenbürtig war. Wenn man Haden und sie zusammen sah, würde niemand vermuten, dass sie der überlegene Part war. Nach außen hin entsprachen sie dem üblichen Klischee des altmodischen Ehepaars mit dem Mann als Haushaltsvorstand. Haden Stowe hatte nicht den Mumm, Herr im Hause zu sein, aber es kam Esthers Zwecken entgegen, ihm zu erlauben, diese Rolle zu spielen.

Haden flüsterte: »Und wenn sie nun entdecken …«

»Das werden sie nicht!«

»Aber wenn …«

»Halt den Mund. Sie können es unter keinen Umständen finden. Es ist nicht hier in der Kirche. Es ist in unserem Haus, und es besteht kein Grund für sie, unser Haus zu durchsuchen.«

»Wie hat das nur passieren können? Warum hier? Warum in meiner Kirche?« Er sah sie anklagend an. »Du hast nicht …«

»Sei nicht albern. Natürlich habe ich nicht.«

»Aber sie wurde geopfert, genau wie die andere.«

»Wir hatten mit beiden nichts zu tun. Das weißt du.«

Haden nickte.

Esther behielt den Sheriff im Blick, der das Gebäude verließ. Mit Chief Watson wurde sie fertig. Der Mann war ein Idiot. Aber Jacob Butler war ein anderes Kaliber. Der Sheriff könnte ihr gefährlich werden. Man musste ihn im Auge behalten. Sehr genau.

6

Genny wurde langsam und träge wach, fühlte sich sicher und geborgen. Ein paar Augenblicke vergingen, bevor ihr einfiel, was passiert war. Als die Erinnerung kam, erfüllte sie eine tiefe, schwere Traurigkeit. Sie hatte wieder eine Vision gehabt. Eine gestern im Morgengrauen, und eine zweite heute Morgen bei Tagesanbruch. Beide Male hatte sie gespürt, was der Mörder tun würde. Gestern hatte sie sein Verbrechen sogar mit angesehen. Heute hatte sie nur die Leiche der Frau auf dem Altar gesehen und die freudige Erregung des Mannes gespürt. Oh Gott, die arme Frau war inzwischen wahrscheinlich tot. Diesmal hatte Genny eine Vorwarnung erhalten, aber die hatte sie viel zu spät erreicht, um diesem zweiten Opfer zu helfen.

Die Morgensonne erhellte das Schlafzimmer und verriet Genny, dass sie stundenlang geschlafen hatte. Sie schaute sich im Raum um und erblickte Dallas Sloan, der auf dem Sessel in der Ecke schlief. Drudwyn hatte sich auf dem Läufer daneben zusammengerollt. Eigenartig, wie ihr Hund mit dem starken Beschützerdrang diesen Mann angenommen hatte, als spürte auch er, dass Dallas vertrauenswürdig war. Als sie aufstand und ihre nackten Füße den Boden berührten, hob Drudwyn den Kopf und schaute sie an. Sie legte den Finger auf die Lippen. Drudwyn gab ein verkümmertes Jaulen von sich. Dallas riss die Augen auf, und sein Blick verband sich mit Gennys.

»Guten Morgen«, sagte sie und griff nach ihrem Morgenmantel am Fußende des Bettes.

Als sich Dallas aufrichtete, rutschte die weiße Häkeldecke von seinen Schultern bis auf die Taille und entblößte seine muskulöse Brust.

»Ist wieder alles in Ordnung?«, fragte er.

Sie nickte, schlang den Gürtel des langen rosa Morgenmantels aus Chenille um ihre Taille und band ihn zu.

Nachdem Dallas die Häkeldecke beiseitegelegt hatte, stand er auf und reckte sich. »Ich wollte nicht einschlafen. War wohl erschöpft.«

»Dann haben Sie die Telefone nicht überprüft?«

Er schüttelte den Kopf. »Nein, tut mir leid.«

Genny nahm den Telefonhörer aus der Basisstation auf ihrem Nachttisch und hielt ihn ans Ohr. »Noch immer kein Freizeichen.« Sie trat ans Fenster, zog den Vorhang auf, befestigte ihn an einer Klammer am Fensterrahmen und schaute hinaus. »Der Tag ist wunderschön. Vielleicht taut etwas von dem Schnee in der Sonne. Heute Nachmittag sollte es möglich sein, in die Stadt zu kommen, wenn die Schneepflüge es bis hier herauf schaffen.«

Ohne auf einen Kommentar von Dallas zu warten, gab sie Drudwyn ein Zeichen. »Zeit, nach draußen zu gehen, mein Junge.« Ihr Blick fiel auf Dallas. »Wie klingen Pfannkuchen mit Ahornsirup zum Frühstück?«

»Köstlich«, erwiderte er. »Aber bitte machen Sie sich meinetwegen keine Umstände. Für gewöhnlich trinke ich nur schnell eine Tasse Kaffee, bevor ich morgens aufbreche.«

»Duschen Sie doch, während ich Drudwyn rauslasse und mit dem Frühstück anfange. Ich habe einen Gasboiler für heißes Wasser, also werden Sie jede Menge warmes Wasser haben, auch wenn der Strom ausgefallen ist.«

»Das klingt gut.«

»Tut mir leid, dass ich nichts zum Wechseln für Sie habe, aber ich glaube nicht, dass Ihnen meine Sachen passen, und als Jacob letztes Jahr in die Stadt zog, hat er seine Kleidung mitgenommen.«

»Ich komme schon klar.«

»Na gut. Wenn Sie mit dem Duschen fertig sind, finden Sie mich in der Küche.«

Obwohl sie sich von Dallas wie von einem mächtigen Magneten angezogen fühlte, riss sie sich mit Gewalt von seinem Anblick los. Als sie durch das Haus zur Küche ging, Drudwyn dicht auf den Fersen, dachte sie über die merkwürdigen Gefühle nach, die Dallas Sloan in ihr weckte. Vom ersten Augenblick an, als sie am gestrigen Abend die Tür für ihn öffnete, hatte sie gewusst, dass er dazu ausersehen war, ihr wichtig zu werden. Als Freund? Als Liebhaber? Oder einfach nur als ein Instrumentarium für einen Wandel in ihrem Leben? Sie war sich nicht sicher. Sie wusste nur, dass ihr Schicksal mit dem großen blonden Fremden verknüpft war.

Als sie die Hintertür öffnete, schoss Drudwyn hinaus auf die Veranda und von dort in den Schnee. Schaudernd machte sie die Tür rasch wieder zu. Durch zwei hohe Doppelfenster in den Außenmauern strömte Licht in die Küche. Genny betätigte den Schalter, um zu prüfen, ob Strom vorhanden war. Genau wie sie erwartet hatte, war keiner da. Sie machte sich daran, den Kaffee in einem alten Eisenkessel zuzubereiten, den sie dann auf den Gasherd stellte. Während der Kaffee kochte, machte sie den Pfannkuchenteig. Auf diese Weise beschäftigt, versuchte sie, nicht an die Vision von diesem Morgen zu denken, doch die Szene spielte sich immer und immer wieder vor ihrem geistigen Auge ab.

Noch eine junge Frau tot. Genny hatte sehen können, dass die Frau noch ziemlich jung war, denn ihre Brüste waren fest, ihr Körper geschmeidig. Wer war diesmal umgebracht worden? Und wo? Das erste Opfer war auf einem provisorischen Altar im Wald abgeschlachtet worden. Diesmal jedoch war der Altar kunstvoller gewesen, ähnlich denen, wie sie in Kirchen standen.

Oh Gott! Farbiges Licht. Buntglas. Ein mit Schnitzereien verzierter Altar. Hatte er diese Frau in einer Kirche ermordet? In einer Kirche in Cherokee Pointe?

Gennys Hände zitterten. Ein rohes Ei entglitt ihren Fingern, fiel zu Boden und verspritzte seinen klebrigen Inhalt über die breiten Dielen. Sie beeilte sich, die Schweinerei aufzuwischen und mit der Zubereitung der Pfannkuchen fortzufahren. Für das zweite Opfer konnte sie absolut nichts tun, so wie sie für Susie Richards nichts hatte tun können. *Warum, Herrgott? Warum schenkst du mir diese unglaubliche Gabe und lässt nicht zu, dass damit Leben gerettet werden?*

Eine Viertelstunde später gesellte sich Dallas zu ihr an den Küchentisch. Sein dichtes, wirres Haar war noch feucht, und die einen Tag alten, braunen Bartstoppeln verliehen seinem rauen, guten Aussehen etwas Verwegenes. Seine dunkle Hose und das weiße Hemd waren zerknittert, doch die etwas ungepflegte äußere Erscheinung schien ihn keineswegs zu stören. Und komisch, Genny fand ihn deshalb umso anziehender.

»Irgendwas riecht hier ziemlich gut«, sagte er.

»Bitte setzen Sie sich doch. Alles ist fertig.«

Sie setzten sich einander gegenüber an den großen, runden Tisch, aßen relativ schweigend und wechselten nur gelegentlich Blicke. Während Genny in ihrem Essen stocherte, aß Dallas mit Appetit und bat um Nachschlag.

»Möchten Sie noch eine Tasse Kaffee?«, fragte sie und stand auf.

»Bleiben Sie sitzen«, erwiderte er. »Ich sollte Sie bedienen. Schließlich haben Sie für uns gekocht.«

»Ich muss sowieso aufstehen. Drudwyn und die anderen müssen gefüttert werden.«

»Die anderen?«

»Die Eichhörnchen, Waschbären, Vögel und andere Wildtiere, die bei solchem Wetter auf mich angewiesen sind.«

»Sie müssen eine ziemliche Futterrechnung haben, wenn Sie alle Tiere da draußen im Wald versorgen.«

»Ich habe mehr Geld, als ich brauche, also teile ich es mit anderen.«

Dallas beendete sein Frühstück, leerte die vierte Tasse Kaffee, räumte das Geschirr ab und stellte es in die Spüle. Er schaute aus dem Fenster und sah Drudwyn durch den Schnee rennen, verspielt und ausgelassen, trotz der eisigen Kälte. Dann erhaschte er einen Blick auf Genny. Sie trug einen schweren, schwarzen Wollmantel über ihrem Schlafanzug und dem Morgenmantel, dicke Gummistiefel an den Füßen und eine schwarze Wollmütze, die sie sich über die Ohren gezogen hatte. Sie stand in der Mitte des Hinterhofs und war umgeben von allen möglichen Tieren. Eichhörnchen. Waschbären. Beutelratten. Zwei Füchse. Ein Reh. Ein silbergrauer Wolf. Und Vögel, die auf ihren Schultern und dem ausgestreckten Arm hockten.

Dallas blinzelte, weil er glaubte, nicht richtig gesehen zu haben. Aber es war keine Einbildung. Es war echt. Genny Madoc hatte die wilden Tiere des Waldes verzaubert. Sie kamen zu ihr wie Kinder zu ihrer Mutter. So etwas hatte er noch nie gesehen. Und obwohl er es jetzt mit eigenen Augen sah, fand er es unbegreiflich.

Ein komisches Gefühl traf ihn in der Magengrube. Er hatte sie im Scherz als eine Hexe betrachtet, die ihn am Abend zuvor mit einem Zauber belegt hatte. Als er sie jetzt sah, in dieser Umgebung, mit einer Horde verzauberter Tiere um sich, fand Dallas den Gedanken, dass Genny eine Art überirdischer Macht besaß, nicht mehr so lustig.

Reiß dich zusammen, Sloan, sagte er sich. *Genny ist keine Hexe, denn Hexen gibt es nicht. Sie hat weder dich noch die Tiere verzaubert. Du findest sie sexuell anziehend. Und was die Tiere betrifft – wahrscheinlich füttert sie die schon seit Jahren.* Ja, so war es. Diese Erklärungen ergaben für ihn einen Sinn. Sie waren logisch.

Plötzlich flogen die Vögel auf, und die anderen Tiere stoben auseinander. Genny drehte den Kopf und schaute zur Vorderseite des Hauses. Da vernahm Dallas das Dröhnen von Motoren in der Ferne.

Genny kam zum Haus gelaufen und streifte Mantel und Mütze ab, als sie in die Küche stürmte. »Die Schneepflüge kommen den Berg herauf«, sagte sie atemlos. »Wir können bald in die Stadt.«

»Wir?«, fragte Dallas.

»Ihr Wagen steckt noch im Graben, also werden wir meinen nehmen. Wir können einen Abschleppdienst zu Ihrem schicken. Wir wollen doch beide so schnell wie möglich zu Jacob, oder?«

»Warum wollen Sie …«

»Um ihm von dem zweiten Opfer zu berichten«, erwiderte sie. »Aber kann sein, dass er es schon weiß. Ich bin mir ziemlich sicher, dass sie in einer Kirche umgebracht wurde, wahrscheinlich in einer der schickeren in der Stadt. Keine der Kirchen auf dem Land hat Buntglasfenster.«

»Wovon sprechen Sie? Wollen Sie wirklich den Sheriff mit dem verrückten Traum behelligen, den Sie hatten? Sie glauben doch nicht im Ernst, dass es echt war, dass das, was Sie geträumt haben, wirklich passiert ist.«

Genny schaute ihn fragend an, als hätte er in einer fremden Sprache mit ihr gesprochen. »Sie begreifen es wohl nicht? Nein, natürlich nicht.« Sie warf ihren Mantel und die Mütze auf den Tisch und schleuderte ihre Stiefel von den Füßen. »Ich werde mich ein wenig frisch machen und anziehen. Die Straßen dürften bald frei genug sein, um nach Cherokee Pointe hinunter zu fahren.«

Als sie an ihm vorbei kam, packte Dallas sie am Arm. Sie blieb stehen, schaute ihn über ihre Schulter an, als wollte sie fragen *Was ist?*

»Sie haben recht, ich begreife es nicht«, sagte er. »Wie wäre es mit einer Erklärung?«

Sie wand sich unter seinem Griff. Sofort ließ er sie los.

»Alle hier in der Gegend wissen über mich Bescheid. Meine Großmutter und ihre beiden Großmütter vor ihr waren … anders. Wie ich. Ich kann Dinge spüren, sehen, fühlen, die andere Menschen nicht wahrnehmen.«

Dallas funkelte sie wütend an. Verdammt, was versuchte sie ihm da weiszumachen? Was auch immer, er glaubte ihr schon jetzt nicht.

»Bevor Sie versuchen, mich davon zu überzeugen, dass Sie so etwas wie eine Wahrsagerin, eine Hellseherin sind, oder wie auch immer sich diese Scharlatane nennen, sparen Sie sich die Mühe«, sagte Dallas streng. »Was ich nicht mit meinen fünf Sinnen erfassen kann, glaube ich nicht.«

»Oh.« Ihr Mund formte ein weiches Oval. Feuchtigkeit glitzerte in ihren schwarzen Augen.

»Oh was? Sie tun so, als wäre ich der Verrückte, weil ich Ihnen nicht glaube.«

»Niemand außer Jacob und meiner Freundin Jazzy – und wahrscheinlich Sally und Ludie – weiß von meiner letzten Vision. Wenn Sie eine Weile hier in der Gegend bleiben, werden Sie Sally und Ludie kennenlernen.« Genny schüttelte den Kopf. »Das ist natürlich ohne Belang. Die Wahrheit ist, dass es keine Rolle spielt, ob Sie mir glauben oder nicht. Jacob glaubt mir. Er weiß es.«

Genny eilte aus der Küche und ließ Dallas mit offenem Mund stehen. *Na schön, das war deutlich, oder?*

Kurz darauf folgte er ihr, nicht willens, die Dinge zwischen ihnen so zu lassen, wie sie waren. Als er sie in ihrem Schlafzimmer einholte, zog sie sich gerade mit einem Ruck das Oberteil ihres Schlafanzugs über den Kopf und schleuderte es zu dem Morgenrock auf ihrem Bett. Heilige Scheiße! Hastig streifte sie das Unterteil ab und war nun vollkommen nackt. Wie angewurzelt blieb er stehen und sah sie an, verschlang ihren perfekten Körper mit Blicken, unfähig, sich zu bewegen oder zu sprechen.

Als sie ihre Schlafanzughose auf das Bett warf, schien sie seine Anwesenheit zu spürenn. Sie drehte sich um und schnappte nach Luft. Ihre Augen wurden rund vor Überraschung.

»Entschuldigung«, sagte er, was nach Strich und Faden gelogen war. Bis zu seinem Tod würde er diesen Augenblick niemals bereuen. Genny Madoc mochte zwar eine unzurechnungsfähige Spinnerin sein, aber das störte ihn nicht. Ihre Schönheit raubte ihm den Atem.

Sie schrie weder auf, noch versuchte sie ihre Nacktheit zu bedecken. Sie stand einfach da und erlaubte ihm, sich satt zu sehen. Nach einer Weile wurde ihm klar, wie unanständig sein Benehmen war.

»Genny … Ich … Ich werde im Wohnzimmer auf Sie warten.« Er drehte sich um und rannte förmlich den Flur entlang.

Im Wohnzimmer schlug er mit der Faust gegen die Wand. »Idiot!« Der Anblick von Genny in all ihrer nackten Pracht schoss ihm immer wieder durch den Kopf. Sie war klein, schlank und zart gebaut. Ihre Haut in der Farbe von hellem Honig war makellos. Schmale Taille. Hohe, runde Brüste, gekrönt von pfirsichfarbenen Brustwarzen. Volle, konische Hüften. Ein fester, üppiger Hintern. Und ein Dreieck aus pechschwarzem Haar zwischen ihren schlanken Oberschenkeln.

Dallas schluckte und fluchte dann leise vor sich hin. Er hatte einen kolossalen Ständer.

Jim Upton erwischte seinen Enkel, als der versuchte, über die Hintertreppe hinauf zu schleichen. Der Junge war die ganze Nacht unterwegs gewesen und hatte weiß Gott was getrieben. Jim hatte nicht viel geschlafen, sich um Jamie Sorgen gemacht und sich gefragt, welchen teuflischen Unfug er wohl wieder ausheckte. Zweifellos seinen üblichen Quatsch. Ein billiges Flittchen vögeln. Sich sinnlos besaufen. Geld verzocken, das er nie verdient hatte. Sich auf einen Kampf einlassen und im Knast oder in der Notaufnahme landen. Jamie unbeschädigt vor sich zu sehen, ohne blaues Auge oder gebrochene Knochen, verschaffte Jim zunächst Erleichterung. Mehr als ein Mal hatte er in den letzten Jahren kurz davor gestanden, den Jungen als hoffnungslosen Fall abzuschreiben. Doch Reba würde ihren einzigen Enkel bis zu ihrem Tod verteidigen, ganz gleich, was er machte.

Jim ging durch die große, modernisierte Küche und blieb am Fuß der Treppe stehen. »Schön, dass du es endlich nach Hause geschafft hast.«

Jamie erstarrte. Er straffte die Schultern und drehte sich zu seinem Großvater um, ein dummes, nichtssagendes Grinsen in seinem jungen, hübschen Gesicht.

»Morgen, Big Daddy.« Jamie kam die Treppe wieder hinunter. »Sieht aus, als würde der Tag ganz schön, trotz der dreißig Zentimeter Schnee, die diese Nacht gefallen sind.«

»Bist du in der Stadt hängengeblieben?«, fragte Jim.

Jamie zuckte mit den Schultern. Sein rotzfreches Grinsen wurde breiter. »Ja, so was in der Art.«

»Du hättest anrufen können. Deine Großmutter war krank vor Sorge um dich. Und Laura war nicht allzu glücklich, dass du sie im Stich gelassen hast.«

»Ich werde die Sache mit meinen Damen wieder ins Lot bringen. Keine Bange. Sie werden mir verzeihen.«

»Reba wird dir alles verzeihen, aber ich nicht. Merk dir das. Früher oder später wirst du den Bogen überspannt haben, was mich betrifft.«

Jamie streckte den Arm aus und packte Jim an der Schulter. »Wir beide sind doch Männer von Welt. Du weißt ja, wie es ist. Ein Mann muss tun, was ein Mann tun muss.«

Jim funkelte seinen Enkel wütend an. »Was genau tust du denn, Junge, außer mein Geld ausgeben und randalieren?«

Jamie lachte, ein ansteckendes, fröhliches Gackern, das bezeichnend war für sein oberflächliches, leichtfertiges Wesen. »Jetzt sag mir nicht, dass du nicht verstehst, wie es ist, wenn man ein bisschen Abwechslung braucht. Laura ist süß. Wirklich. Aber hin und wieder brauch ich etwas Würzigeres. Du himmelst Big Mama an, doch das heißt nicht, dass du deinen Federkiel nicht auch in andere Tintenfässer steckst, und das wissen wir beide.«

Wut trieb Jim die Hitze ins Gesicht. So eine Unverfrorenheit! »Hier geht es nicht um mein Verhalten.«

»Jetzt sei nicht gleich beleidigt.« Jamie tätschelte Jims Brust. »Du kriegst noch einen Herzinfarkt, und das wollen wir nicht. Ich wollte dich nicht kränken. Ich habe nur gesagt, wie es ist. So lange ich denken kann, hast du was nebenher laufen, also spiel mir gegenüber nicht den Rechtschaffenen, nur weil ich …«

Jim versetzte Jamie eine Ohrfeige, deren Wucht den Jungen

rückwärts taumeln ließ. Jamie konnte sich am Tisch hinter ihm festhalten und hob die Hand an seine brennende Wange.

Wütend schaute er seinen Großvater an. »Was ist denn los? Kannst du die Wahrheit nicht vertragen, Alter?«

»Deine Großmutter möchte, dass du Laura heiratest, wenn du also weißt, was gut für dich ist, dann tust du nichts, womit du das Mädchen verscheuchst, so wie die anderen beiden, die du mit nach Hause gebracht hast.« Jim schluckte und atmete ein paar Mal tief durch, um sich zu beruhigen. »Wenn Laura herausbekommt, dass du die Nacht mit …«

»Ich habe die Nacht nicht mit Jazzy verbracht, falls du das meinst.«

Jim zog fragend die Augenbrauen hoch.

»Jazzy hat mich einfach abgekanzelt und mich weggeschickt«, sagte Jamie. »Sie wird mir eine oder zwei Wochen lang hart zusetzen, dann kriegt sie sich wieder ein. Das ist immer so.«

»Bei wem warst du dann?« Jazzy hatte erwähnt, dass Jamie ihr Lokal mit einer Frau namens April oder Amber verlassen habe.

»Ist das nicht egal?« Jamies Augen weiteten sich erwartungsvoll. »Hast du Angst, ich hätte deine neueste Errungenschaft flachgelegt?« Jamie lachte Jim direkt ins Gesicht. »Herrgott, wenn deine Mätresse nicht bei Jazzy's Joint abhängt, dann habe ich sie letzte Nacht nicht genagelt.«

Der Teufel sollte den Jungen holen! Jamie hatte überhaupt keine Ahnung, wie man eine Geliebte treu hielt. Er hielt die meisten Frauen für Flittchen, die ihre Beine für jeden Mann breit machten. Jim wusste es besser. Wenn ein Mann eine kluge Wahl traf und die Frau zufriedenstellte, suchte sie nicht bei anderen Männern Befriedigung.

»Schaff deinen Arsch nach oben, geh unter die Dusche und zieh dich um, dann komm wieder runter zum Frühstück mit der Familie«, sagte Jim. »Du erzählst deiner Großmutter und Laura, dass du in die Stadt gefahren bist, um einen alten Kumpel von der Highschool zu treffen, und vom Schneesturm überrascht wurdest. Sag ihnen, es täte dir leid, sie beunruhigt zu haben, aber als du merktest, dass du nicht mehr nach Hause kommen konntest, sei es zu spät gewesen, anzurufen und alle zu wecken.«

Jamie grinste. »Ja, Sir. Wie du willst. Und darf ich dir ein Kompliment machen für deine Gabe, eine überzeugende Geschichte zu stricken?«

Jim knurrte. Mit seinem dummen Grinsen im Gesicht drehte sich Jamie um und stapfte die Treppe hinauf. Auf halbem Weg begann er, vor sich hin zu pfeifen.

Jim seufzte tief. Dieser nichtsnutzige Junge war sein Vermächtnis an die Welt. Ein trauriger und jämmerlicher Gedanke. Er hatte mehr Kinder haben wollen, doch Reba hatte nach Melanies Geburt keine Kinder mehr bekommen können. Ein grausamer Trick des Schicksals hatte ihm den Sohn genommen, auf den er so stolz gewesen war, und die Tochter, die er bis zum Wahnsinn geliebt hatte. Wie kam es nur, dass Jamie so ganz anders war als Jim jr.? Hatte er ein paar schwache Gene von seiner Mutter geerbt? Oder hatten Reba und er den Jungen einfach verdorben, weil sie sein Leben lang zu nachsichtig mit ihm waren? Aber Jim jr. hatten sie doch auch verwöhnt, oder? Ja, er hatte seiner Familie alle Ehre gemacht.

Genug davon, sagte sich Jim gerade. Ich kann nichts daran ändern, verdammt. Man muss sich mit dem zufrieden geben, was man hat. Konzentrier dich auf die positiven Dinge.

Er schenkte sich eine Tasse Kaffee aus der Kanne ein, die von der Haushälterin schon bereitgestellt worden war, bevor sie in ihre Unterkunft zurückgegangen war, um sich für den Tag zu rüsten. Mit dem Becher in der Hand ging er durch die Diele in sein Arbeitszimmer. Sorgfältig machte er die Tür hinter sich zu, durchquerte den Raum und setzte sich hinter seinen großen Mahagoni-Schreibtisch. Nachdem er ein paar Schlucke schwarzen Kaffee getrunken hatte, stellte er den Becher auf den ledernen Untersetzer vor sich und nahm den Telefonhörer in die Hand. Er wählte ihre Nummer und wartete.

»Hallo«, sagte die sinnliche weibliche Stimme.

»Wie hast du es denn durch den Sturm letzte Nacht geschafft?«, fragte er.

»Ganz gut. Aber ich hätte es viel mehr genossen, wenn ich mit dir zusammen hier eingepfercht gewesen wäre.«

»Wahrscheinlich werde ich es heute nicht schaffen, rauszukommen.«

»Das dachte ich mir schon.«

»Ich wünschte, du wärst gestern Abend zur Party gekommen«, sagte Jim. »Du hast doch eine Einladung bekommen, oder?«

»Ja. Aber ich hätte dich nicht gern mit deiner Frau gesehen. Ich bin ziemlich eifersüchtig auf sie, verstehst du?«

In seinem Bauch breitete sich ein warmes Gefühl aus. »Hast du da draußen alles, was du brauchst, um ein paar Tage über die Runden zu kommen, bis die Straßen wieder frei sind?«

»Ich habe alles, was ich brauche … außer dir.«

»Du hast mich. Um deinen kleinen Finger gewickelt.«

»Wer's glaubt.«

»Sei vorsichtig, ja? Mir gefällt der Gedanke nicht, dass du da draußen ganz allein bist, wenn ein Mörder frei herumläuft.«

»Ich habe die Waffe, die du mir gegeben hast«, sagte sie. »Und ich weiß, wie man damit umgeht.«

»Sei bloß vorsichtig. Und lass niemanden ins Haus, den du nicht kennst und dem du nicht traust.«

»Komm so schnell wie möglich zu mir. Du fehlst mir.«

Jims Penis zuckte. Sie hatte eine Art, ihn nur mit dem Klang ihrer Stimme zum Leben zu erwecken. »Du fehlst mir auch … aber ich muss Schluss machen. Ich rufe dich heute Abend an.«

Das Freizeichen dröhnte in seinem Ohr. Er war ein verdammter alter Narr, und er wusste es. Erin Mercer war fünfundzwanzig Jahre jünger als er, eine gutaussehende Frau, die ihn wirklich nicht brauchte, um sich von ihm aushalten zu lassen. Er hatte sie vor ein paar Jahren kennengelernt, als sie in diese Gegend zog. Und in dem Augenblick, als er sie sah, hatte er gewusst, dass er sie haben wollte. Sie war keine Hure, daher hatte es außer Frage gestanden, sie für ihre Dienste zu bezahlen. Er hatte gedacht, keine Chancen bei ihr zu haben. Doch da hatte er sich geirrt. Sie hatte ihm nachgestellt, ihn in ihr Bett gelockt, dafür gesorgt, dass er immer wieder zu ihr kam, und um mehr gebettelt. Es konnte nicht andauern. Das war bei all seinen Affären so. Mit keiner seiner Mätressen hatte er etwas Dauerhaftes gewollt. Erin aber war anders. Er war halb in sie verliebt, und wäre er zehn Jahre jünger gewesen, hätte er Reba um die Scheidung gebeten.

Aber er war fünfundsiebzig. Er war imstande, Erin sexuell zu befriedigen, weil er einen Vorrat an Viagra zur Verfügung hatte. Doch wie viele weitere gute Jahre hatte er wohl noch – vier oder fünf? Für einen Mann in seinem Alter war er gut in Form, aber auch ein gesunder, gebräunter, muskulöser Körper konnte die Verwüstungen der Zeit nicht aufhalten.

Jim fuhr sich mit den Handflächen über das Gesicht und rieb sich die Augen. Könnte er doch nur wieder in Jamies Alter sein, dann würde er sein Leben nicht so vergeuden wie sein Enkel. Wenn er wieder von vorn anfangen müsste … was würde er anders machen?

Alles! Angefangen damit, dass er Reba nicht heiraten würde.

7

Dallas setzte sich ans Steuer von Gennys Chevrolet Trailblazer und fuhr langsam und sicher auf der frisch geräumten Straße in die Stadt. Er war absichtlich schweigsam gewesen, unsicher, wie er mit dieser Frau umgehen sollte, deren Schönheit ihn anzog, deren Eingeständnis, *Visionen* zu haben, ihn jedoch störte. Zu wissen, dass er wegen einer Frau total aus dem Häuschen geriet, die womöglich die stadtbekannte Spinnerin war, passte ihm nicht. Teri würde sich schlapp lachen, wenn sie wüsste, dass der stoische Dallas Sloan wegen so einer wie Genny völlig fertig war.

In der Vergangenheit hatte er Menschen verspottet, die behaupteten, eine Art sechsten Sinn zu besitzen. Zweimal war er zwar kurz davor gewesen, daran zu glauben, als er an Ermittlungen teilgenommen hatte, bei denen ein sogenannter Hellseher ins Spiel gebracht worden war und anscheinend geholfen hatte, den Täter in eine Falle zu locken. Doch in beiden Fällen hatte er sich einen logischen Grund hinter der Vorhersicht der Person vorstellen können.

»Wo die Straße sich gabelt, nach links«, sagte Genny. »Rechts herum geht's wieder den Berg hinauf.«

Dallas nickte knurrend und hielt nach dem Abzweig Ausschau. Kurz darauf erblickte er die Straßengabelung und steuerte vorsichtig nach links. Wenngleich geräumt und gestreut, war die Straße an vielen Stellen noch glatt, Schneematsch bedeckte die Straßenränder zu beiden Seiten und füllte die zahlreichen Schlaglöcher.

Vor sich auf der linken Seite bemerkte er große schmiedeeiserne Tore, die den Eingang zu einem Landgut markierten. Gut eine halbe Meile entfernt sah er ein großes Herrenhaus mit hoch aufragenden weißen Säulen auf der gesamten Vorderseite des Hauses.

»Beeindruckend«, sagte er.

»Das ist die Farm der Uptons«, erklärte Genny. »Die Uptons sind eine der wohlhabendsten Familien in Cherokee County.«

»Alter Geldadel?«, fragte Dallas.

»Nicht allzu alt. Ihr Geld stammt aus der Zeit nach dem Bürgerkrieg.«

»Sie sagten, sie gehörten zu den Reichsten. Gibt es noch Reichere?«

»Die MacKinnons sind wahrscheinlich genauso wohlhabend, vielleicht besitzen sie sogar noch mehr. Auch sie haben ihr Vermögen nach dem Bürgerkrieg gemacht. Die beiden Familien konkurrieren ziemlich miteinander. Sie sind in fast allem geteilter Meinung, von der Politik bis zur Religion. Die MacKinnons sind Demokraten und Methodisten. Die Uptons sind Republikaner und Kongregationalisten.«

»Jetzt erzählen Sie mir nicht, der Sohn der einen Familie habe sich in die Tochter der anderen Familie verliebt, und sie hatten eine tragische Romanze à la Romeo und Julia.«

Genny lächelte. »Nicht ganz. Als sie noch kleine Jungen waren, haben sich Big Jim Upton und Farlan MacKinnon, die inzwischen beide Mitte siebzig sind, in eine junge Frau namens Melva Mea Nelson verliebt, deren Familie ziemlich arm war und oben in den Bergen lebte.«

»Und seither hassen sie sich«, meinte Dallas. »Welcher Mann hat Miss Melva Mae denn nun bekommen? Upton oder MacKinnon?«

»Keiner von beiden. Melva Mae hat die Liebe ihres Lebens geheiratet, ein Cherokee-Halbblut wie sie selbst. Jacob Butler.«

»Jacob … verwandt mit Ihrem Vetter Jacob?«

»Jacob war unser Großvater.«

»Dann war Melva Mae …«

»Unsere Großmutter.«

»Diejenige, die …«

»… etwas Besonderes war«, sagte Genny.

»Nette Geschichte. Die beiden reichsten Männer der Stadt verliebt in ein Mädchen, das alle für verrückt hielten. Und sie hat ihnen ja recht gegeben, da sie den beiden wohlhabenden Männern einen armen Jungen vorzog.«

»Sie sind zynisch«, bemerkte Genny, als wäre ihr die Erkenntnis gerade erst gekommen.

»Wenn Sie wirklich hellsehen könnten, hätten Sie das bereits gewusst.«

»Da irren Sie sich. Menschen, die so etwas wie einen sechsten Sinn besitzen, sind nicht allwissend oder allmächtig. Und die meisten von uns haben ihre liebe Not, unsere besondere Gabe unter Kontrolle zu halten, was immer es sein mag.«

»Die Erklärung habe ich schon einmal gehört. Damit sind Menschen wie Sie aus dem Schneider, wenn sie sich irren.«

»Menschen wie ich? Menschen, die einen sechsten Sinn besitzen?«

Dallas schnaubte. »Menschen, die das von sich behaupten.«

»Ja, klar. Wir behaupten nur, diese Gabe zu haben, aber das stimmt eigentlich bei keinem von uns. Ist das Ihre Einstellung?«

»Das ist für mich eine Tatsache.« Er warf ihr rasch einen verstohlenen Blick zu und richtete seine ganze Aufmerksamkeit wieder auf die Straße vor ihnen.

»Also haben Sie schon andere wie mich kennengelernt?«

»Ein paar, die behaupteten, hellseherisch, telepathisch, vorausahnend zu sein, wie immer man es nennen will.« Er hielt kurz inne und fuhr dann fort: »Aber keiner von denen war so wie Sie, Genevieve Madoc.«

»Wer hat Ihre Gedanken vor den Möglichkeiten verschlossen, dass es im Leben mehr gibt als das, was wir mit unseren fünf Sinnen erfassen können?«

Dallas war verstimmt. »Es hat keinen Zweck, darüber zu diskutieren. Wir werden uns nur im Kreis drehen. Wie wäre es, wenn wir uns einfach darauf einigen, unterschiedlicher Meinung zu sein?«

»Na schön. Vorerst.«

Das gefiel ihm nicht. Genny glaubte wohl, ihn umstimmen zu können. Das würde ihr nicht gelingen. Erst wenn sich herausstellte, dass sie genau das war, was sie von sich behauptete. Und das war höchst unwahrscheinlich.

Ein paar Minuten später kamen sie nach Cherokee Pointe, 10 483 Einwohner. Auf den matschigen Straßen herrschte mäßiger Verkehr, aber nur eine Handvoll Menschen stapfte über die Bürgersteige. Sie fuhren an einem umgestalteten Hotel vorbei, das wahrscheinlich im frühen Zwanzigsten Jahrhundert erbaut worden war. Unzählige kleine Läden säumten die Sixth Street.

»An der nächsten Ampel rechts. Unterwegs kommen wir am Restaurant und der Bar meiner Freundin Jazzy vorbei. Dann biegen wir von der Loden Street links ab und fahren noch zwei Blocks weiter. Das Gerichtsgebäude auf der Main Street können Sie nicht verpassen. Ein großes weißes Gebäude mit riesigen weißen Säulen.«

»Ihre Freundin Jazzy, die glaubt, dass Sie Hellseherin sind, betreibt ein Restaurant hier am Ort?«

»Jazzy ist eine ortsansässige Geschäftsfrau. Ihr gehört das Jasmine's, das beste Restaurant der Stadt, sowie Jazzy's Joint, Cherokee Pointes Version einer Mischung aus Kneipe und Raststätte. Und sie ist Teilhaberin des Mietwagenverleihs von Cherokee Pointe.«

»Hm...«

Dallas bog rechts ab, fuhr an den beiden Lokalen vorbei, die Gennys Freundin Jazzy gehörten, dann nach zwei weiteren Blocks links in die Loden. Weiter vorn sah er das Gerichtsgebäude. Ein zweistöckiger, weiß gestrichener Backsteinbau mit einer Glockenturmkuppel und beeindruckenden ionischen Säulen an drei Seiten. Das Gebäude stand in der Mitte des Blocks, rechts und links davon die Feuerwehr und das Police Office.

»Sie können auf der Rückseite parken«, sagte Genny. »Alle

kennen meinen Wagen, daher werden wir keinen Strafzettel bekommen.«

»Als Cousine des Sheriffs werden Sie wohl bevorzugt behandelt, was?«, fragte Dallas scherzhaft.

Genny lachte.

Dallas parkte den Trailblazer neben einem Dienstwagen auf der schraffierten Fläche hinter dem Gerichtsgebäude. Er stellte den Motor ab und drehte sich zu Genny um. »Ich möchte mich nochmal bedanken, dass Sie gestern Abend einen gestrandeten Reisenden aufgenommen haben. Wären Sie nicht so liebenswürdig gewesen, hätte ich zwangsläufig in meinem Wagen schlafen müssen.«

»Sie wären erfroren«, erwiderte sie. »Wie auch immer, gern geschehen.«

Dallas stieg aus, kam um die Motorhaube herum und stand an der Beifahrertür, als Genny sie öffnete. Er streckte die Hand aus und half ihr hinaus auf den vereisten Hof. Er hielt ihre Hand eine Idee länger als notwendig fest, dann ließ er sie abrupt los.

»Falls ich Sie nicht wiedersehe … danke, und … ja, einfach danke.«

»Das haben Sie bereits gesagt.«

»Stimmt.«

Sie legte ihm die Hand auf den Oberarm. Verdammt! Er glaubte doch wahrhaftig, ihre Körperwärme durch sein Hemd, seine Jacke und den Mantel zu spüren. Die Logik sagte ihm, das sei unmöglich, doch seine Sinne beharrten darauf, dass es stimmte. Die Wärme ihrer Handfläche breitete sich über seinen ganzen Arm. Er starrte in die Tiefen ihrer schwarzen Augen und war sprachlos.

Als spürte sie sein Unbehagen, nahm Genny ihre Hand von seinem Arm und sagte: »Kommen Sie, reden wir mit Jacob.«

Dallas nickte nur und ließ sich von Genny ins Gerichtsgebäude führen. Er folgte ihr durch einen mit Marmor ausgelegten Flur bis zu einem Rundbau mit einer geschwungenen Treppe, die zu einem Zwischengeschoss nach oben und hinunter in die untere Etage führte.

»Zum Sheriff's Department geht es hier lang«, sagte Genny. »Es ist nicht weit.«

Kurz darauf betraten sie das Vorzimmer, in dem ein Rotschopf mit sommersprossigem Gesicht und angenehmem Lächeln hinter einem der drei Schreibtische aufsprang und auf Genny zueilte.

»Hallo, Miss Genny.« Der sichtlich hingerissene Deputy grinste wie ein Idiot. »Was führt Sie bei solchem Wetter in die Stadt?«

»Ich bin hier, um mit Jacob zu reden«, antwortete Genny und wandte sich dann an Dallas. »Special Agent Sloan, darf ich Ihnen Deputy Bobby Joe Harte vorstellen?« Sie schenkte dem Jungen ein Lächeln. »Wir müssen Jacob dringend sprechen. Ist er im Büro?«

»Ja, Ma'am.« Bobby Joe musterte Dallas von Kopf bis Fuß und schluckte. »Aber ich vermute, da es einen zweiten Mordfall gegeben hat …«

»Ein zweiter Mord?«, fragte Dallas.

»Ja, Sir. Wussten Sie das nicht?«

»Noch ein Opfermord?« Dallas' Herz pochte laut.

Genny packte Dallas am Arm. »Reden wir mit Jacob. Er kann Ihnen sagen, was Sie wissen müssen.«

»Er telefoniert gerade mit dem Kriminallabor in Knoxville«, sagte Bobby Joe. »Klopfen Sie einfach an, bevor Sie hineingehen.«

Genny schenkte ihm ein warmherziges Lächeln, und Bobby Joe Harte schmolz dahin wie ein Eis am Stiel, das im Juli auf einen glühend heißen Bürgersteig fällt. Dallas hatte Mitleid mit dem Deputy, denn er verstand den Reiz der bezaubernden Lady nur allzu gut.

Vor der Bürotür des Sheriffs hob Genny die Hand und klopfte ein paar Mal leise an. Dallas stand angespannt neben ihr und fragte sich, wie mitteilsam Butler wohl einem FBI-

Agenten gegenüber wäre, der in inoffizieller Mission unterwegs war.

»Dürfen wir reinkommen?«, fragte Genny. »Ich habe Agent Sloan mitgebracht.« Gleich darauf wurde die Tür aufgerissen. Vor ihm stand einer der einschüchterndsten Männer, die Dallas je gesehen hatte. Jacob Butler musste mindestens einsneunzig groß sein. Seine Schultern passten genau zwischen die Türpfosten, seine Arme und Beine wirkten wie Baumstämme. Nahm man zu seiner imposanten Größe noch ein Paar schrägstehender, grüner Augen in einem wettergegerbten Gesicht hinzu, das aussah, als wäre es aus Granit gemeißelt, sowie schulterlanges, pechschwarzes, zu einem Pferdeschwanz gebundenes Haar, hatte man einen Mann, dessen bloße Gegenwart andere dazu anhielt, leise zu treten.

»Genny.« Jacobs tiefe Baritonstimme klang wie Schmirgelpapier, das über Metall kratzte. Sein Gesichtsausdruck wurde ein wenig weicher. »Ist alles in Ordnung? Was machst du bei dem schlechten Straßenzustand in der Stadt?«

Bevor sie antworten konnte, blickte Jacob über ihre Schulter zu Dallas. Seine Augen verengten sich spekulativ, und seine Brauen zogen sich zusammen.

»Jacob, das ist Dallas Sloan, der FBI-Agent, mit dem du gestern Abend telefoniert hast, bevor …«

»Wo haben Sie gestern übernachtet?«, fragte Jacob.

»Bei mir«, erwiderte Genny. »Sein Wagen rutschte in einen Graben, und er kam nicht mehr in die Stadt, daher hat er in einem der Gästezimmer übernachtet.«

Dallas hätte schwören können, vom Sheriff ein animalisches Knurren zu vernehmen. Verdammt, das war nicht der richtige Anfang, wenn Butler meinte, die Ehre seiner Cousine verteidigen zu müssen.

Genny beugte sich vor und drückte Jacob einen Kuss auf die Wange. Er räusperte sich. »Bobby Joe sagte, es sei ein zweiter Mord geschehen. Kannst du uns erzählen, was passiert ist?«

»Kommt und setzt euch.« Jacob trat zur Seite, bis Genny und Dallas das Büro betreten und sich auf den Stühlen vor seinem Schreibtisch niedergelassen hatten. Er schloss die Tür.

Jacob lehnte sich mit der Hüfte an den Schreibtischrand und verschränkte die kräftigen Arme vor der Brust. »Dieser neue Reverend hat heute Morgen drüben in der Kongregationskirche die Leiche einer Frau entdeckt, die auf dem Altar festgebunden war. Er hat uns sofort angerufen.«

»Die Kirche hat Buntglasfenster, nicht wahr?«, fragte Genny.

»Ja, warum? Hattest du wieder eine …« Er warf einen Blick auf Dallas.

»Dallas weiß es. Er war im Haus, als ich heute im Morgengrauen schreiend wach wurde. Ich habe ihm gesagt, was ich gesehen habe.«

»Was hast du gesehen?«, fragte Jacob.

»Die nackte Leiche einer jungen Frau auf einem kunstvollen Altar. Die frühe Morgensonne. Buntes Licht. Und – und das Schwert.«

»Hast du das Gesicht des Mannes gesehen?«

Genny schüttelte den Kopf. Eine Träne rann ihr über die Wange.

»Ist alles in Ordnung? Hast du dich danach ausgeruht?«

»Dallas war da. Er war sehr nett.«

Dallas verfolgte die Unterhaltung, als wäre er nicht anwesend. Er hörte, was gesagt wurde, aber irgendwie kam er nicht darüber hinweg, dass Jacob Butler jedes Wort von Genny einfach hinnahm. Wie sollte er mit einem Sheriff umgehen, der an diesen ganzen Hokuspokus glaubte? Andererseits, wie zum Teufel hatte Genny wissen können, dass das zweite Opfer in einer Kirche ermordet worden war?

Jacob löste sich vom Schreibtischrand, streckte die Arme aus und ergriff Gennys Hände. *»I gi do …«*

Dallas spürte die Anspannung, die Genny packte, als ihr Vetter in einer Sprache mit ihr redete, die Dallas nicht verstand. Was hatte er zu ihr gesagt?

»Wenn du mich Schwester nennst, weiß ich, dass du mir etwas sehr Ernstes zu sagen hast.« Genny sah Jacob direkt in die Augen.

»Das Opfer war Cindy Todd.«

»Oooh …« hauchte Genny. »Arme Cindy.«

»Sie kannten das Opfer?«, fragte Dallas, der sich unerklärlicherweise zu Genny beugte.

Sie schüttelte den Kopf. »Wir waren Bekannte. Freundschaftliche Bekannte. Sie war so eine unglückliche Seele.«

»Du solltest nicht hier sein«, sagte Jacob. »Fahr wieder nach Hause, bevor es dunkel wird, ja? Oder noch besser, übernachte in der Stadt bei Jazzy.«

»Ich habe vor, mich mit Jazzy zu treffen, solange ich in der Stadt bin, aber ich werde heute Abend nach Hause fahren.«

»Mir gefällt der Gedanke nicht, dass du nachts allein den Berg hinauffährst. Nicht, wenn ein Mörder frei herumläuft. Ich werde dir nach Hause folgen, wenn du aufbrichst.«

Genny nickte zustimmend. »Ich kann dir nichts sagen, was hilfreich wäre, außer … dieser Mann, er hat seinen Spaß an der Sache. Es regt ihn an.«

»Sexuell?«, fragte Jacob.

»Ja.«

»Hurensohn.«

»Er hat kein Gewissen. Ich spüre keinen Konflikt in ihm, kein Gefühl dafür, was richtig und was falsch ist.«

Dallas beobachtete sie, während sie sprach, und wünschte, der Knoten in seinem Bauch würde sich auflösen. Er zwang sich, seine Aufmerksamkeit auf den Sheriff zu richten.

»Wurden die beiden Opfer vergewaltigt?«, erkundigte sich Dallas.

Jacob sah ihn fragend an. »Sie sind nicht in offizieller Mission hier, Agent Sloan, und diese Information ist …«

»Erzähl es ihm«, sagte Genny. »Er kann dir helfen.«

Dallas biss die Zähne zusammen. Er war hin und her gerissen. Einerseits wollte er sich bei Genny bedanken, andererseits von ihr verlangen, mit diesem idiotischen übersinnlichen Quatsch aufzuhören.

Jacob lehnte sich zurück, setzte sich auf eine Seite seines Schreibtisches und stützte sich mit beiden Händen auf dem Rand ab. »Unserem Coroner Pete Holt zufolge wurde Susie Richards und Cindy Todd sexuelle Gewalt angetan.«

Dallas schaute Genny an. »Sie haben gezögert, mir das mitzuteilen, und ich bin FBI-Agent, aber Sie haben keine Probleme, mit Ihrer Cousine darüber zu sprechen?«

»Genny hat dem Sheriff's Department und der örtlichen Polizei schon des Öfteren geholfen«, erklärte Jacob. »Sagen wir so, sie ist ehrenamtlicher Deputy.«

»Verstehe. Dann kann ich in Gegenwart von *Deputy* Madoc offen reden?«, fragte Dallas mit einem Hauch Sarkasmus in der Stimme.

Jacob nickte zustimmend, kniff aber missbilligend die Augen zusammen.

»Die beiden Opfer wurden sexuell missbraucht, auf eine Art Altar gebunden und mit einem scharfen Schwert von den Brüsten bis zum Schambein aufgeschlitzt«, sagte Dallas. »Beide Opfer waren Frauen im Alter zwischen fünfzehn und vierzig, und sie wohnten im Umkreis von fünfzig Meilen, hatten aber sonst nichts miteinander gemeinsam.«

»Sie erwähnten am Telefon, dass Sie mit einem anderen Fall zu tun hatten, bei dem der Täter eine ähnliche Vorgehensweise hatte«, warf Jacob ein. »Eine Reihe von Opfermorden in Mobile, Alabama, irgendwann im letzten Jahr.«

Dallas wappnete sich innerlich gegen den Schmerz, bevor er fortfuhr. »Fünf Frauen wurden in einem Zeitraum von sechs Wochen ermordet, alle sexuell missbraucht, mit einem Schwert aufgeschlitzt, während sie an einen Altar oder etwas gefesselt waren, das wie ein Altar benutzt wurde.«

»Wieso war das FBI mit dem Fall beschäftigt?«, fragte Jacob.

»Das war es nicht.«

»Wieso kommt es dann, dass Sie …«

»Das vierte Opfer war meine Nichte«, erwiderte Dallas gequält, denn er konnte den Kummer seiner Schwester über den grausamen Tod ihres ältesten Kindes nicht vergessen.

»Toll. Einfach toll.« Jacob umfasste den Rand des Schreibtisches so fest, dass seine Knöchel weiß wurden. »Warum kehren Sie nicht nach Washington zurück und bleiben dort? Ich brauche niemanden, der seine Nase in meine Angelegenheiten steckt, wenn er auf einem persönlichen Rachefeldzug ist.«

»Sie hat recht, verstehen Sie?« Dallas deutete mit dem Kopf auf Genny, ohne sie anzusehen. »Ich kann Ihnen helfen.«

»Wie das?«

»Ich kann Ihnen sagen, dass es drei weitere Opfer geben wird, alles Frauen, die in dieser Gegend leben, beliebig ausgewählt, und dass an dem fünften Opfer etwas Besonderes ist.«

»Und das wäre?«, fragte Jacob.

»Er schneidet ihr Herz heraus und nimmt es mit.«

Genny schnappte nach Luft.

»Da komme ich nicht ganz mit«, gestand Jacob. »Sie gründen diese Theorie auf eine Reihe von fünf Morden, die im letzten Jahr in Mobile verübt wurden, wobei das vierte Opfer Ihre Nichte war. Wieso sind Sie so sicher, dass selbst in Anbetracht der Ähnlichkeiten der Mörder derselbe Mann ist, der Susie und Cindy umgebracht hat? Und wie kommen Sie darauf, dass es insgesamt fünf Opfer hier im County geben wird?«

»Weil ich seit dem Tod meiner Nichte vor acht Monaten auf inoffiziellem Wege Hilfe von Kollegen beim FBI bekommen habe, und wir wissen, dass es in den vergangenen acht Jahren vier beinahe identische Fälle gegeben hat – insgesamt zwanzig Morde. In Mobile, Alabama; Hilton Head, South Carolina; Lafayette, Louisiana und Breckenridge, Texas. Und bei jedem Fall gab es genau fünf Opfer. Bei jedem Fall hat der Mörder das Herz des fünften entfernt.«

»Und es gibt keine Verknüpfung zwischen den fünf Opfern? Nichts, was sie irgendwie verbindet?«, fragte Jacob.

»Nichts, was die Ermittlungsbehörden vor Ort herausgefunden hätten.« Dallas fragte sich, wie ehrlich er Jacob Butler gegenüber sein sollte. »Diese vier Mordserien, die ich erwähnt habe … Ich habe herausbekommen, dass sie identisch waren und dass es nur einen Mörder gibt – einen Serientäter, der nach festen Regeln vorgeht.«

»Kann sein, dass Sie sich an Strohhalme klammern«, sagte Jacob. »Sie wollen den Mörder Ihrer Nichte finden, daher konstruieren Sie seinen Fall, basierend auf den Beweisen, die Sie ausgegraben haben. Sie können nicht sicher sein, dass wir es mit demselben Mann zu tun haben, der Ihre Nichte umgebracht hat.«

»Und Sie können sich nicht sicher sein, dass es nicht so ist«, erklärte Dallas ihm. »Wenn doch, dann gibt es da draußen drei weitere Frauen – in Ihrem County –, die eines wirklich grausamen Todes sterben werden. Es sei denn, wir arbeiten zusammen, um ihm Einhalt zu gebieten.«

8

Brian MacKinnon knallte die Zeitung auf seinen Schreibtisch und lächelte. Die heutige Ausgabe des *Cherokee Pointe Herald,* seit vier Generationen im Besitz seiner Familie und von ihr betrieben, würde in wenigen Stunden an den Zeitungsständen sein. Der Artikel, den er persönlich über die beiden brutalen Morde in der Gegend verfasst hatte, begangen gestern und heute Morgen, ließ sowohl Chief Watson als auch Sheriff Butler als stümperhafte Narren dastehen. Er wusste schon seit Jahren, dass Watson ein Witz war und nur deshalb im Dienst blieb, weil Big Jim Uptons Macht und Einfluss ihn dort hielt. Jedermann wusste, dass Big Jim diesen Watson in der Tasche hatte. Butler war etwas ganz anderes. Der Sheriff war von den Menschen des Countys in sein Amt gewählt worden. Trotz seiner Mischlingsherkunft war Jacob Butler bei fast allen beliebt. Seine Vorgeschichte bei der Navy hatte ihn zu einem lokalen Helden gemacht. Über seine Großtaten bei den SEALs kursierten viele Gerüchte.

Brian hatte versucht, sich bei Butler beliebt zu machen. Genny zuliebe. Doch aus irgendeinem Grund hatte der Mann sofort eine Abneigung gegen ihn entwickelt, was Brians Bestreben, die schöne Genevieve für sich zu gewinnen, gewiss nicht zuträglich war. Er wusste nicht genau, wann ihm klar wurde, dass er sich in die hübsche junge Frau verliebt hatte. Das hatte sich so allmählich eingestellt, dass es ihn überrumpelt hatte. Sie war nicht der Typ, den er für gewöhnlich anziehend fand; nicht so wie seine Ex-Frau Phyllis, die weltgewandt und kultiviert gewesen war. Genny verzauberte ihn mit ihrer Schönheit, ihrer Sanftmut, ihrem guten Herzen. So eine wie sie war ihm noch nie begegnet. Natürlich hatte er die Gerüchte gehört – sie sei wie ihre Großmutter Butler, die in der Stadt als Hexe galt. Aber wie konnte jemand, der Genny kannte, nur glauben, dass an einem so engelsgleichen Geschöpf etwas Böses war?

Er hatte länger und härter daran gearbeitet, Gennys Freundschaft zu gewinnen, als es ihn jemals gekostet hatte, eine andere Frau ins Bett zu bekommen. Sie hatte ihn nie ermutigt, ihm nie die leiseste Hoffnung gemacht, dass ihre Beziehung sich zu einer Romanze auswachsen würde, doch er war sich sicher, sie früher oder später zu zermürben. Er brauchte nur Geduld. Vor einigen Monaten, gerade als er beschlossen hatte, er könne Genny bald bitten, ihn zu heiraten, war ein anderer Mann zwischen sie getreten: Royce Pierpont, das Weichei. Der Mann war in seinem glänzenden, silberfarbenen Lexus in die Stadt gefahren, hatte auf der Main Street ein Antiquitätengeschäft aufgemacht und sich sofort auf Genny eingeschossen. Sie war seinem guten Aussehen und seinem Charme erlegen, so wie verschiedene andere Frauen in der Stadt.

Allein der Gedanke, dass Pierpont oder irgendein anderer Mann Genny berührte, trieb Brian schier in den Wahnsinn. Sie hatte sich von ihm küssen lassen, aber mehr nicht. Er vermutete, dass auch Pierpont nicht weiter gediehen war. Seine Genny war rein. Eine wahre Unschuld, was Männer betraf. Er hatte keinen Zweifel daran, dass sie noch Jungfrau war. Er wollte, dass sie unbefleckt blieb, sie sollte in ihrer Hochzeitsnacht rein zu ihm kommen.

Wiederholtes Klopfen an der Tür riss Brian aus seinen köstlichen Gedanken an Genny.

Er blieb sitzen, um so seine Erektion zu verbergen. Immer wenn er daran dachte, mit Genny zu schlafen, wurde sein Penis steif.

»Ja?«

Die Tür ging auf, und seine Sekretärin Glenda steckte den Kopf herein und sagte: »Ihr Onkel Wallace ist hier.«

Verdammt! Wie kam dieser Verrückte dazu, ihn im Büro aufzusuchen? Der jüngere Bruder seines Vaters war die Schande der Familie, ein geistig zurückgebliebener alter Arsch, der schon vor Jahren in ein Heim gehört hätte. Aber wie schon seine Eltern vor ihm hatte Brians Vater sich geweigert, auch nur die Möglichkeit in Betracht zu ziehen, Wallace wegzusperren. Stattdessen verwöhnten sie ihn, hielten ihn bei Laune und ließen ihn durch die Stadt streifen, als wäre er normal. Wie das Glück es wollte, hatte Genny eine Schwäche für Wallace. Ihre Großmutter hatte Wallace eingestellt, um für sie zu arbeiten, als er zwanzig war. Und nach dem Tod der alten Frau hatte Genny Brians inzwischen siebzigjährigen Onkel bei vollem Lohn weiterbeschäftigt, obwohl er nicht einmal die Hälfte dessen wert war, was sie ihm zahlte.

Brian hatte schon bald in seiner Beziehung mit Genny bemerkt, dass er ihre Zuneigung zu Wallace zu seinem Vorteil nutzen konnte.

»Sagen Sie Onkel Wallace, er soll reinkommen. Und Glenda, bringen Sie uns zwei Dr. Peppers. Die mag Onkel Wallace besonders gern.«

Glenda zog verwundert die Augenbrauen hoch, behielt sämtliche Kommentare aber wohlweislich für sich. Brian wusste, dass er den Ruf hatte, ein echtes Arschloch zu sein. Aber er hatte festgestellt, wenn man Beschäftigten gegenüber zu nachsichtig war, wurde man von ihnen ausgenutzt. Und einen Brian MacKinnon nutzte niemand aus.

Wallace tapste wie ein unbeholfener Grizzlybär ins Büro. Sein Onkel war knapp einsneunzig groß, hatte einen runden Schmerbauch und trug einen Overall und eine Baseballkappe. Ein Büschel grauer Haare quoll auf beiden Seiten unter der Kappe hervor. Wallace hatte stets ein glatt rasiertes Gesicht, dank der täglichen Pflege bei einem Friseur in der Stadt, der von der Familie MacKinnon bezahlt wurde. Wallace verschleuderte seinen eigenen mageren Lohn mit Spenden an das Tierheim des Countys und Almosen an jeden Dahergelaufenen, der eine rührselige Geschichte zu erzählen hatte.

»Was kann ich für dich tun?« Brian blieb sitzen.

»Hast du heute etwas von Genny gehört?«, fragte Wallace, nahm seine Baseballkappe ab und kratzte sich am Kopf.

»Ich habe versucht, sie zu erreichen, aber ihr Telefon geht nicht«, erwiderte Brian. »Das Eis vom Sturm gestern Abend hat Strom- und Telefonleitungen lahmgelegt.«

»Ich war oben. Bill Davis hat mich mitgenommen. Ich war bis an Gennys Haus, um nachzusehen, ob bei ihr alles in Ordnung ist. Und sie war nicht da«, sagte Wallace atemlos, die Worte sprudelten nur so über seine Lippen.

»Sie war nicht zu Hause? Hast du alles überprüft?«

»Ihr Wagen war auch weg.«

»Dann ist sie vielleicht in der Stadt. Ich werde …«

»Ja, genau, wieso bin ich nicht darauf gekommen? Genny ist in die Stadt gefahren.« Wallace streckte die Hand aus, packte Brians Arm und schüttelte ihm ausgiebig die Hand. »Ich hab mir solche Sorgen um Genny gemacht. Du weißt, da draußen ist ein böser Mann, der andere umbringt. Ich will nicht, dass jemand Genny wehtut.«

Brian gelang es, seine Hand mit einem Ruck aus dem festen Griff des Onkels zu befreien. »Wenn du willst, rufe ich Jazzy an. Ich bin mir sicher, wenn Genny in der Stadt ist, wird Jazzy wissen, wo sie sich aufhält.« Lieber würde er nicht mit Jasmine Talbot sprechen, aber wenn es nicht anders ging, würde er es tun. Gennys beste Freundin Jazzy hatte anscheinend nichts für ihn übrig, genau wie Jacob. Ohne Zweifel hatte auch sie versucht, Genny zu überreden, nichts mit ihm anzufangen.

»Schon gut«, sagte Wallace. »Ich kann direkt zu Miss Jazzy rübergehen und sie selbst fragen.«

»Schön. Dann mach das.« Brian erhob sich, endlich von seiner peinlichen Erektion befreit. »Und wenn du Genny findest, bitte sie doch, mich anzurufen. Sag ihr, ich hätte mir Sorgen gemacht … um sie.«

»Du magst Genny auch, nicht wahr?« Wallace grinste, was ihn noch einfältiger aussehen ließ.

»Ja. Ich habe sie sehr gern.«

Glenda blieb an der offenen Tür stehen, zwei eiskalte Flaschen Dr. Peppers in den Händen. »Möchten Sie die jetzt haben?«

Brian winkte sie herein. »Klar. Kommen Sie rein.«

Glenda reichte Brian eine Flasche, die andere gab sie Wallace. Sie lächelte Wallace an und fragte: »Wie geht es Ihnen heute, Mr MacKinnon?«

Wallace kicherte. »Ich bin nicht Mr MacKinnon. Das ist mein Bruder Farlan. Ich bin einfach nur Wallace.«

»Und, wie geht's, Wallace?«, formulierte Glenda ihre Frage neu.

»Mir geht's gut, danke, Ma'am.«

Brian räusperte sich. Glenda floh aus dem Büro.

»Die Leute sagen, du bist kein sehr netter Mann, aber das stimmt nicht.« Wallace hob die Flasche an den Mund und leerte sie mit einem tiefen Schluck fast bis zur Hälfte. Er grinste Brian an. »Du bist nicht mehr so wie früher. Das ist wegen Genny, nicht wahr?«

Brian wurde nur ungern von seinem verrückten Onkel ins Kreuzverhör genommen, aber er konnte wohl kaum zugeben, dass er sich einzig und allein deshalb Zeit für Wallace nahm, um bei Genny Eindruck zu schinden.

»Ja, wegen Genny. Sie ist eine ganz besondere Lady.«

»Du liebst sie.«

Brian zog kurz die Wangen ein. »Das soll vorerst noch ein Geheimnis und unter uns beiden bleiben. Ich bin noch nicht so weit, dass ich Genny meine wahren Gefühle offenbaren kann.«

»Sie liebt dich auch.«

Brian schlug das Herz bis zum Hals. »Was?«

»Genny liebt dich, und sie liebt mich. Genny liebt alle.«

Brian zwang sich, Wallace auf den Rücken zu klopfen. »Ja, sicher. Und jetzt läufst du zu Jazzy und fragst sie nach Genny.«

»Gut.« Wallace ging zur Tür.

Brian liebte Genny. Bis zum Wahnsinn. Und eines nicht allzu fernen Tages würde sie ihn auch lieben. Aber nicht so, wie Wallace es meinte. Genny würde ihn leidenschaftlich lieben, so wie eine Frau einen Mann liebt. Wenn sie seine Frau war, würde er ihr beibringen, ihn zufriedenzustellen.

Brian spürte eine neue Erektion und ließ sich auf seinen Stuhl hinter dem Schreibtisch fallen. Dann rief er seinem Onkel nach: »Vergiss nicht, Genny zu sagen, dass ich mir Sorgen um sie gemacht habe.«

»Soll ich nicht zu Jasmine's rübergehen und Gertie bitten, uns Abendessen zu machen?«, fragte Genny. »Ich weiß, ihr beide habt viel zu besprechen und wollt mich wahrscheinlich nicht dabei haben.«

»Nicht, dass ich dich nicht dabei haben möchte«, erwiderte Jacob. »Nur ...«

»Du und Dallas, ihr braucht Zeit, um herauszufinden, ob ihr euch vertraut und ob ihr wirklich zusammenarbeiten könnt. Und wenn ich hier bin, kann keiner von euch brutal ehrlich sein.«

»Sag Gertie, sie soll Suppe und Sandwiches machen und alles herbringen«, trug Jacob ihr auf. »Und dann, nach dem Abendessen, folge ich dir auf dem Heimweg.«

Genny ließ Dallas bei Jacob und wusste, noch bevor sie zur Tür hinaus war, dass Jacob ihr an dem Abend nicht folgen würde. Dallas hatte bereits entschieden, dass er dem Sheriff die Fahrt ersparen würde. Sie spürte, wie hart Dallas seine Zuneigung zu ihr bekämpfte, wusste aber, dass er diese Schlacht am Ende verlieren würde. Er war auf einer persönlichen Suche nach Cherokee County gekommen, nicht um eine Romanze mit einer Frau anzufangen, die behauptete, hellseherische Fähigkeiten zu besitzen, an die er nicht glaubte. Sie verstand, warum er sich durch nichts von seiner Mission abbringen lassen wollte. Er hatte etwas dagegen, sich durch etwas oder jemanden ablenken zu lassen, der sich in seine Suche nach dem Mörder seiner Nichte einmischen könnte. Und gerade jetzt war die größte Frage, die sich Dallas und Jacob gleichermaßen stellten, ob der Mann, der Dallas' Nichte umgebracht hatte, derselbe war, der Susie Richards und Cindy Todd geopfert hatte.

Während Genny die Straße entlang zu Jasmine's ging, dachte sie darüber nach, wann sie Cindy das letzte Mal gesehen hatte. Die Frau des Bürgermeisters war ungefähr vor einem Monat den Berg hinaufgefahren, um mit ihr zu sprechen, kurz vor Weihnachten. Genny »wahrsagte« grundsätzlich nicht. Doch für ein paar Auserwählte, die verzweifelt Hilfe brauchten, setzte Genny ihre besondere Gabe ein. Wenn jemand Hilfe gebraucht hatte, dann Cindy. Cindy war als Kind missbraucht worden, war mit sechzehn von ihrem Freund schwanger geworden, hatte mit siebzehn das Kind zur Adoption freigegeben und war anschließend drogenabhängig geworden. Ein junges Leben, das einer Horrorgeschichte gleichkam. Als Jerry Lee Todd vor sechs Jahren in Florida Urlaub machte, hatte er Cindy im Sturm erobert und sie nach Cherokee Pointe gebracht. Er hatte ihr eine fingierte persönliche Geschichte angedichtet und versucht, sie als *Klasse* auszugeben, wie er es nannte. In ihrem Privatleben jedoch war Jerry Lee allmählich ausfallend geworden. Zunächst mit Worten, dann, im letzten Jahr, auch körperlich. Sogar im ersten Jahr ihrer Ehe hatte Cindy Trost bei anderen Männern gesucht und war in alte Gewohnheiten zurückgefallen.

Genny hatte Elend für Cindy vorausgesehen und ihr geraten, Jerry Lee zu verlassen. Sie hatte geglaubt, die Tragödie, die sie in Cindys Zukunft gesehen hatte, könnte abgewendet werden, wenn sie vor ihrem brutalen Mann das Weite suchte. Jetzt aber hatte es den Anschein, als hätte die von Genny vorausgesehene Tragödie nichts mit Cindys Ehe zu tun.

Genny blieb vor dem Restaurant stehen, trat den Schnee von ihren Stiefeln und öffnete eine Hälfte der Doppeltür. Als sie das Restaurant betrat, umfing sie angenehme Wärme. Es dauerte eine Weile, bis sich ihre Augen an das gedämpfte Licht gewöhnt hatten. Nachdem sie den Mantel ausgezogen und über ihren Arm gelegt hatte, begab sie sich am Eingang vorbei zur Küche. Sie schaute sich um und stellte fest, dass eine Handvoll Gäste an verschiedenen Tischen und in Nischen saß. Da es noch früh für den abendlichen Ansturm war, wunderte sie sich, dass das Restaurant nicht leer war. Bevor sie an die Küchentür kam, rief Misty Harte ihr zu.

»Hey, Genny.«

Genny blieb stehen und drehte sich zu der Frau um, die seit geraumer Zeit hinter Jacob her war. Misty war die ältere Schwester von Deputy Bobby Joe Harte. Fünfunddreißig. Zweimal geschieden. Keine Kinder.

»Hi, Misty, wie geht's dir?«

»Ganz gut. Und was ist mit dir?« Genny musterte die Frau beiläufig. Gebleichtes blondes Haar, zu einem Pferdeschwanz zurückgebunden. Hellroter Lippenstift und Nagellack. Ein Paar riesige Goldreifen an den Ohren. Und ihre Kellnerinnenuniform – dunkle Hose und weiße Bluse – umschmeichelte ihre schlanke, langbeinige Figur.

»Mir geht's gut. Ich will zu Jazzy. Ich möchte ein Abendessen zum Mitnehmen bestellen.«

»Sie ist nicht in der Küche«, sagte Misty. »Sie ist in ihrem Büro.«

»Danke. Ich gebe meine Bestellung auf und schau dann kurz in Jazzys Büro rein.«

Genny wollte sich schon abwenden, doch bevor sie einen Schritt machen konnte, fragte Misty: »Holst du Essen für Jacob?«

Genny stöhnte leise auf. »Genau.«

»Ich nehme an, er wird heute Abend lange arbeiten, bei zwei Morden und so. Verdammte Scheiße, das mit Cindy Todd und Susie Richards. Wer hätte gedacht, dass so etwas hier in der Gegend passieren könnte.«

»Ja, Jacob arbeitet lange, und ich habe vor, mit ihm zu Abend zu essen, bevor ich nach Hause fahre.«

»Sag ihm einen schönen Gruß von Misty.«

»Mach ich.« Genny zwang sich zu einem Lächeln. Dabei hatte sie nichts gegen Misty, glaubte jedoch, dass Misty nicht die richtige Frau für Jacob war. Und Misty war nicht der Typ, der einfach aufgab.

Nachdem sie ihr Essen bei Gertie Walker bestellt hatte, der von Miss Ludie ausgebildeten Köchin vom Jasmine's, ging Genny durch den hinteren Flur zu Jazzys Büro. Bevor sie die angelehnte Tür erreichte, vernahm sie Jazzys Stimme.

»Versuch bloß nicht, mich wiederzusehen«, sagte Jazzy. »Ich habe dir gestern Abend gesagt, dass ich nichts mit dir zu tun haben will. Nie wieder.«

Genny klopfte an die Tür, um Jazzy vorzuwarnen. Sonst wäre sie sich wie eine Lauscherin vorgekommen, obwohl Jazzy ihr bestimmt alles erzählen würde. Die beiden hatten keine Geheimnisse voreinander. Seit ihrer Kindheit hatten sie ihre ureigensten Gedanken und Gefühle ausgetauscht.

»Lass mich in Ruhe, verdammt!« Jazzy knallte den Hörer auf, schob ihren Stuhl zurück und erhob sich. Sie schaute zur Tür und rief: »Herein.«

»Lass mich raten, wer am Telefon war.« Genny betrat das Büro und machte die Tür hinter sich zu.

»Er meint, wenn er mir nur weiterhin nachstellt, werde ich schließlich nachgeben.« Jazzy kam zu Genny und umarmte sie. »Was machst du in der Stadt? Ich habe heute ein paar Mal vergeblich versucht, dich telefonisch zu erreichen. Vermutlich sind die Leitungen unterbrochen.«

»Ich habe jemanden in die Stadt gebracht, der zu Jacob wollte.«

Jazzy schaute Genny fragend an.

»Er heißt Dallas Sloan, ist FBI-Agent, und sein Wagen ist gestern Abend nicht weit von meinem Haus in einen Graben geschliddert.«

»Das FBI ist eingeschaltet?«

»Nicht offiziell.«

»Das versteh ich nicht.«

»Dallas' Nichte wurde auf ähnliche Weise ermordet wie Susie Richards und Cindy Todd. Vor knapp einem Jahr in Mobile.«

Jazzy rieb sich ihre Arme. »Diese ganze Geschichte mit einem Kerl da draußen, der Frauen aus Cherokee County als Opferlämmer benutzt, jagt mir eine höllische Angst ein.« Jazzy betrachtete Genny einen Moment lang und sagte dann: »Du nennst diesen Kerl beim Vornamen. Das ging aber schnell. Und wo hat er die vergangene Nacht verbracht?«

Unwillkürlich zuckten Gennys Lippen und brachten fast ein Lächeln zustande. »Er hat bei mir übernachtet, in einem Gästezimmer. Und es ist merkwürdig, aber … ich habe das Gefühl, als würde ich ihn kennen, schon immer.«

»O-oh. Lass mich raten – er ist groß, dunkel, gefährlich und sieht umwerfend gut aus.«

Genny lachte. »Er ist groß, blond, sieht umwerfend aus und« – ihre Miene wurde ernst – »leidet innerlich.«

»Du hast etwas für ihn übrig, nicht wahr?« Jazzy packte Genny an den Schultern und schüttelte sie spielerisch. »War es Liebe auf den ersten Blick?«

»Sei nicht albern. Niemand ist verliebt. Wir fühlen uns lediglich zueinander hingezogen«, gab Genny zu. »Allerdings bin ich mir ziemlich sicher, dass er ein Problem mit meinem … meinem sechsten Sinn hat.«

»Er weiß, dass du …«

»Ich hatte wieder eine Vision … eine Vorahnung von Cindys Tod. Nur wusste ich nicht, dass es Cindy war.«

»Mein Gott, Gen, wie hast du das allein geschafft – oh, du warst ja nicht allein, oder? Dieser Dallas war bei dir.«

»Er war sehr nett, aber er hat nicht begriffen, warum ich so erschöpft war oder warum ich so etwas sagte. Ich glaube, er hält mich entweder für verrückt oder für eine Schwindlerin.«

»Aber er fühlt sich zu dir hingezogen?«

»Das weiß ich nicht.« Genny schüttelte den Kopf. »Wahrscheinlich nicht freiwillig. Im Übrigen ist es der falsche Zeitpunkt für ihn, sich mit jemandem auf eine Romanze einzulassen. Er ist hier, weil er nach Antworten sucht. Er sucht nach dem Mörder seiner Nichte.«

»Und er glaubt, derjenige, der Susie und Cindy umgebracht hat, ist derselbe, der seine Nichte getötet hat?«

»Er hält es für möglich.«

»Was meint Jacob?«

»Er ist unentschlossen, aber er steht der Angelegenheit offen gegenüber.« Das Telefon klingelte. Jazzy schaute kurz auf das Display.

»Wieder Jamie?«, fragte Genny.

»Er hat heute sechs Mal angerufen.«

»Soll ich drangehen?«

»Lass es einfach klingeln.« Jazzy nahm Genny am Arm. »Komm, wir holen uns Kaffee und Kuchen.«

»Ich habe bei Gertie Suppe und Sandwiches bestellt. Ich dachte, ich esse mit Jacob und Dallas zu Abend, bevor ich nach Hause fahre.«

»Bleib doch bei mir, bis der Mörder gefasst ist. Es heißt, wenn man zu mehreren ist, sei man sicherer.« Sie gingen aus Jazzys Büro und ließen das beharrliche Klingeln des Telefons hinter sich.

»Ist schon gut. Ich habe Drudwyn. Und ich kann für gewöhnlich spüren, wenn jemand kommt.«

Bevor sie den Gastraum erreichten, kam Misty Harte auf sie zugelaufen. »Dieser verrückte alte Idiot, Wallace MacKinnon, ist hier und macht eine Szene. Er will Genny sehen. Als er fragte, ob sie hier sei, hatte ich ja keine Ahnung, dass er durchdrehen würde. Er sagt, er hat ihr etwas von Brian auszurichten.«

Jazzy lachte. »Na dann komm, Gen. Am besten besänftigst du das wilde Tier. Der arme alte Wallace war wahrscheinlich verzweifelt, als er versucht hat, dich zu erreichen, und keinen Erfolg hatte.« Sie wandte sich an Misty. »Geh zu Wallace und sag ihm, dass Genny gleich zu ihm rauskommt. Und Misty, bezeichne Wallace nie wieder als Idionten.«

Nachdem Misty beleidigt abgezogen war, sagte Jazzy zu

Genny: »Wallace hat sich selbst zu deinem Schutzengel ernannt, als du noch klein warst, und er nimmt seine Beschützerrolle sehr ernst. Ich schwör dir, ich weiß nicht, was du an dir hast, dass Männer dich anbeten und sich um dich kümmern wollen. Mich wollen sie nur ficken.«

Genny grinste. »Jazzy, du bist unmöglich! Du willst, dass alle dich für richtig schlecht halten. Du hast dein Image als böses Mädchen kultiviert und lässt niemanden hinter die Fassade auf dein wahres Ich schauen.«

»Du siehst es.«

»Ja, aber ich kenne dich, seit wir in den Windeln steckten.«

»Und du weißt besser als alle anderen, dass das böse Mädchen nur teilweise Fassade ist. Ich bin nicht blütenrein, und das wissen wir beide. Ich habe mehr als genug Unfug getrieben. Typisches Beispiel: Jamie Upton.«

»Du hast Jamie geliebt. Er ist so dämlich, nicht einzusehen, wie wundervoll du bist.«

Wallaces beinahe hysterische Stimme hallte durch den Flur.

»Sieh lieber zu, dass du ihn beruhigst, bevor er die paar Gäste vertreibt, die ich da draußen habe«, sagte Jazzy.

Genny eilte in den Gastraum. Wallace ging von Tisch zu Tisch, suchte nach Genny und rief ihren Namen.

»Wallace«, sagte sie freundlich, aber bestimmt.

Er blieb auf halbem Weg durch den Raum stehen, drehte sich um und lächelte selig. Wallaces Lächeln war sehr nett und liebenswürdig. Wie das eines kleinen Kindes, das er in vieler Hinsicht auch war. Ein kleines, liebevolles Kind, das im Körper eines großen, körperlich starken Siebzigjährigen steckte.

Er stapfte auf sie zu, grinste, kicherte in sich hinein und breitete die Arme aus. Als er Genny erreichte, hob er sie in einer Bärenumarmung vom Boden, wobei er ihr den Mantel vom Arm riss.

»Ich habe mir solche Sorgen um dich gemacht. Ich bin bei deinem Haus gewesen, und du warst nicht da.«

»Heute bin ich in die Stadt gefahren«, erklärte sie ihm.

»Das hat Brian auch gesagt. Er sagte, Genny ist wahrscheinlich in der Stadt. Geh rüber zu Jazzy und frag sie. Die wird es wissen.«

»Lass mich wieder runter, Wallace«, sagte Genny mit ruhiger Stimme.

Er kam ihrer Bitte nach, hob ihren Mantel vom Boden auf und reichte ihn ihr. »Brian hat sich auch Sorgen um dich gemacht. Das soll ich dir ausrichten.«

»Das war sehr lieb von dir und Brian, sich um mich zu sorgen, aber wie du siehst, geht es mir gut.«

»Brian mag dich.«

»Ich mag Brian auch.«

Wallaces Lächeln wurde breiter. »Er ist ein guter Mann, nicht so wie früher. Er ist jetzt immer nett zu mir. Er spricht sogar mit mir.«

»Das ist schön.« Genny hakte sich bei Wallace unter. »Soll ich dich nicht nach Hause bringen? Es ist fast Zeit für das Abendessen, und ich bin mir sicher, Miss Veda wird Mr Farlan auf die Suche nach dir schicken, wenn du bei Einbruch der Dunkelheit nicht zu Hause bist.«

Jazzy pfiff, um Genny auf sich aufmerksam zu machen. »Bring ihn mit meinem Jeep nach Hause. Der steht hinter dem Haus.« Jazzy langte in die Hosentasche ihrer Jeans, zog einen Schlüsselbund heraus und warf ihn Genny zu, die ihn in der Luft auffing.

»Fahren wir wirklich mit Jazzys rotem Jeep?«, fragte Wallace.

»Ja, das machen wir.« Genny führte Wallace durch die Küche, zur Hintertür hinaus und in die Nebenstraße, in der Jazzys schnittiger Jeep Liberty neuester Bauart auf sie wartete.

»Möchten Sie Kaffee?«, fragte Jacob. »Ich kann eine frische Kanne machen.«

»Nein, danke«, erwiderte Dallas. »Wissen Sie, mir ist klar, dass Sie keinen Grund haben, mit mir zusammenzuarbeiten, aber wenn ich recht habe, und dieser Mörder ist derselbe, der in den vergangenen acht Jahren eine Serie von jeweils fünf Morden in verschiedenen Bundesstaaten verübt hat, dann weiß ich wahrscheinlich mehr über ihn als jeder andere. Und ganz unter uns« – Dallas sah Jacob direkt in die Augen und ging das Risiko ein, ihm zu vertrauen – »ich habe einen Fallanalytiker beim FBI, der mir ein Profil von diesem Kerl erstellt.«

»Inoffiziell?«

Dallas nickte.

Wie könnte er Sheriff Butler überzeugen, damit er ihm vertraute und mit einer Zusammenarbeit einverstanden war? Mit einigen örtlichen Polizeibeamten hatte er kein Glück gehabt, während andere, die er angesprochen hatte, sich ein Bein ausgerissen und großes Entgegenkommen gezeigt hatten, weil er FBI-Agent war. Aber keiner der anderen neuen Fälle, die er sich vertraulich angeschaut hatte, wies am Ende genug Ähnlichkeiten mit Brookes Fall auf, um weitere Ermittlungen zu rechtfertigen. Bei den beiden Morden von Cherokee County verhielt es sich anders. Bisher passte alles im Zusammenhang mit dem Tod dieser beiden Frauen zur Vorgehensweise des Kerls, der Brooke umgebracht hatte.

»Versetzen Sie sich in meine Lage«, sagte Dallas. »Was wäre, wenn jemand, den Sie lieben, diesem Unhold zum Opfer fiele? Würden Sie nicht alles in Ihrer Macht Stehende tun, um ihn zu finden und vor Gericht zu bringen?«

Jacob nickte.

»Dann lassen Sie mich in diesen Fällen mit Ihnen zusammenarbeiten. Sie helfen mir, und ich helfe Ihnen.«

»Ich habe Sie überprüft, verstehen Sie«, sagte Jacob.

»Das habe ich mir gedacht.«

»Sie haben einen recht beachtlichen Lebenslauf. Aber schon vor dem Mord an Ihrer Nichte haben Sie sich nicht immer an die Regeln gehalten. Und seitdem geht Ihnen der Ruf eines ziemlich rauen Agenten voraus.«

»Ich erledige meine Arbeit. Was ich in meiner Freizeit mache, ist meine Angelegenheit.«

»Sind Sie bereit, Ihren Job zu riskieren, um diese Sache zu Ende zu bringen?«

»Wenn es nötig sein sollte.«

»Genny scheint Sie für vertrauenswürdig zu halten, und ich baue auf Gennys Einfühlungsvermögen, obwohl sie dazu neigt, alle zu mögen. Also gut.«

»Was?«

»Ich werde unserer Zusammenarbeit eine Chance geben, doch wenn Sie die Grenze überschreiten, werden Sie mir gegenüber Rechenschaft ablegen.«

Dallas konnte sich vorstellen, dass die meisten Männer sich davor fürchteten, Jacob Butler Rechenschaft schuldig zu sein, ein Schicksal schlimmer als der Tod. Dallas war kein Narr. Lieber würde er sich nicht mit dem Sheriff anlegen, weder jetzt noch in Zukunft. Aber Butler schüchterte ihn nicht ein. Er konnte sich nicht daran erinnern, wann das zuletzt einem Mann gelungen war.

Eine bestimmte Frau jedoch schüchterte ihn ein ohne Ende. Genevieve Madoc.

»Susies Leiche ist zur Autopsie in Knoxville«, sagte Jacob. »Cindys Leiche ist auf dem Weg hierher. Ich habe bei beiden um Eile gebeten, obwohl Peter Holt, unser örtlicher Coroner, mir einen vorläufigen Bericht liefern konnte.«

»Lassen Sie mich raten.« Dallas beugte sich vor, ließ die Hände zwischen seinen Oberschenkeln hängen und legte die Fingerspitzen aneinander. »Ihr Coroner fand Sperma zwischen den Brüsten und am Bauch beider Opfer.«

Jacob kniff die Augen zusammen, bis sie nur noch Schlitze waren. »Gehört das zu der Vorgehensweise des Mörders, nach dem Sie suchen?«

»Liege ich richtig?«, wollte Dallas wissen.

»Ja.«

»Wenn der Gerichtsmediziner in Knoxville seine Sache gründlich macht, wird er eine weitere Grausamkeit entdecken.«

»Und die wäre?«

»Er wird menschlichen Speichel, vermischt mit dem Blut des Opfers, an den gesamten Rändern der Schnittwunde finden.«

Jacob legte die Stirn in tiefe Falten. »Soll das heißen, dieser Typ …«

»Trinkt Blut seines Opfers und leckt es dann ab.«

»Heiliger Strohsack.« Jacob sprang von seinem Stuhl auf, ging an die Fenster und schaute über die schneebedeckte Fläche draußen. »Sobald dieser Kerl festgenommen ist, sollte mehr als genug DNA-Beweismaterial vorliegen, um ihn in die Todeszelle zu stecken.«

»Mehr als genug«, sagte Dallas. »Aber alles DNA-Beweismaterial der Welt ist wertlos ohne einen Verdächtigen.«

9

Auf dem Weg zum Jasmine's wich Dallas vorsichtig den vereisten Stellen unter dem Schneematsch aus. Butler hatte gemeint, Genny brauche ziemlich lange, um Suppe und Sandwiches zu holen, und wollte schon im Restaurant anrufen, als er einen Anruf von Roddy Watson, dem Polizeichef von Cherokee Pointe, bekam.

»Ich gehe zum Restaurant rüber und sehe nach ihr«, hatte Dallas angeboten.

Butler hatte den Polizeichef so lange in der Leitung warten lassen, bis er Dallas den Weg beschrieben und ihn mit einem warnenden Blick durchbohrt hatte. Bei diesem finsteren Blick fragte sich Dallas, ob Butler die Chemie zwischen Genny und ihm mitbekommen hatte. Aber warum sollte er? Sie hatten beide nichts gesagt oder getan, um sein Misstrauen zu wecken. Vielleicht sandte der Sheriff beschützende Signale des großen Bruders an jeden Mann aus, der mit Genny in Kontakt kam. Hätte er, Dallas, sie zu beschützen, würde er es auf jeden Fall genauso machen.

Dallas blieb vor dem Jasmine's stehen. Von außen nichts Schickes. Nur ein renoviertes altes Gebäude mit einer grünen Markise über dem Eingang und dem Name des Restaurants in goldenen Lettern über der Tür. Der Name tauchte noch einmal auf einem schlichten, quadratischen Metallschild auf, das zwischen Parterre und erstem Stock des Lokals hing.

Sobald er drinnen war, umfing ihn die Wärme und zwang ihn, seinen Mantel auszuziehen und über den Arm zu legen. Es war nicht viel los, stellte er fest. Nur die Hälfte der Tische und Nischen waren besetzt. Wahrscheinlich lag es an der Kombination von Wintersaison und schlechtem Wetter.

Er suchte den Raum nach Genny ab. Als er sie erblickte, musste er unwillkürlich lächeln. Doch dann sah er, dass sie einem schlanken, braunhaarigen Mann gegenüber saß, makellos bekleidet mit marineblauer Hose, hellblauem Hemd und sportlicher Tweedjacke. Gennys Gesicht war von Wärme und Freundlichkeit erhellt, während sie mit *Mr Beau Brummell* plauderte. Vielleicht war sie ein wenig zu freundlich. Sie lachte über etwas, das der Kerl sagte. Dallas' Magen verknotete sich.

»Raucher oder Nichtraucher?«

Dallas' Kopf fuhr herum, und er starrte die Kellnerin an, die eine Speisekarte in der Hand hielt. Sie war ein gut aussehender Rotschopf mit katzengrünen Augen und strahlte einen Weltschmerz aus, den nur ein vom Leben gezeichnetes Opfer sofort erkennen würde.

»Keins von beiden, danke. Ich bin hier, um Genny Madoc abzuholen.« Sein Blick zielte auf Genny, die weiter mit dem Mann schwatzte, den Dallas nur im Profil sah.

Der Rotschopf nahm Dallas genau in Augenschein und grinste dann. »Sie müssen FBI-Agent Sloan sein.«

Dallas richtete seine Aufmerksamkeit auf die Kellnerin. »Und woher wollen Sie das wissen?«

»Ich bin Jazzy Talbot. Genny ist meine beste Freundin. Wir haben keine Geheimnisse voreinander.« Jazzy deutete mit dem Kopf zu dem Tisch, an dem Genny saß. »Das ist Royce Pierpont. Er und Genny sind nur befreundet, obwohl er gern mehr hätte.«

»Miss Madocs Privatleben geht mich nichts an. Wenn sie Ihnen erzählt hat, wer ich bin, muss sie Ihnen gesagt haben, warum ich in Cherokee Pointe bin.«

Jazzy nickte. »Sie hat mir auch erzählt, dass Sie die letzte Nacht in ihrem Haus verbracht haben.« Erneut musterte sie ihn von Kopf bis Fuß. »Genny hat Sie genau beschrieben.«

»Würden Sie ihr bitte sagen, dass ich hier bin?«, bat Dallas. »Ich möchte nicht stören, aber Sheriff Butler war beunruhigt, weil sie wohl zu lange brauchte, um das Essen zu holen.«

»Hm … Jacob macht sich ständig Sorgen um Genny. Ich glaube, das machen wir alle. Sie ist ein außergewöhnlicher Mensch, wissen Sie. Sehr vertrauensselig und fürsorglich.«

Jazzy wartete, als rechne sie mit einer Entgegnung von Dallas, aber er wusste nicht, was er sagen sollte. Da er Genny kaum kannte, hatte er nichts als erste Eindrücke beizusteuern, die Jazzys Einschätzung zu bestätigen schienen.

Dallas nickte nur zustimmend.

»Jacob behält die Männer in Gennys Leben genau im Auge«, fuhr Jazzy fort. »Schon immer. Dabei hat es nicht sehr viele gegeben. Neuerdings gibt es Royce da drüben. Er ist neu in der Stadt, und Genny mag ihn, aber sie hat sich nicht in ihn verliebt. Dann ist da noch Brian MacKinnon. Er ist reich und mächtig, und Jacob kann ihn nicht leiden. Ich selbst kann nicht sagen, dass ich viel von dem Geldsack halte. Aber Genny findet, er kann noch gerettet werden.«

»Miss Talbot, warum …?«

»Genny hat so eine Art, nur das Beste in den Menschen zu sehen. Das ist eine ihrer Gaben. Sie sieht das Beste in Ihnen, Dallas Sloan. Der Gedanke, Sie könnten sie vielleicht enttäuschen, missfällt mir außerordentlich.«

»Hören Sie, ich weiß nicht, was sie Ihnen über mich erzählt hat, aber …«

»Sie hat mir gesagt, dass Sie heute Morgen sehr nett zu ihr waren, nachdem sie aus … ihrer Vision aufwachte. Sie ist danach immer völlig fertig und braucht jemanden in ihrer Nähe. Ich bin froh, dass sie nicht allein war.«

Dallas schaute zu Boden und betrachtete die Spitzen seiner feuchten Schuhe. Offenbar glaubten tatsächlich alle, die Genny nahestanden, dass sie Visionen hatte, dass sie eine Art sechsten Sinn besaß. Vermutlich war es leichter, die Menschen an der Nase herumzuführen, denen man viel bedeutete.

Bevor Dallas sich eine Antwort überlegen konnte, ging Jazzy zu Genny hinüber und sprach leise mit ihr. Genny hob den Blick und sah Dallas direkt an. Ein strahlendes Lächeln erschien auf ihrem Gesicht. Sie hob die Hand und winkte ihm zu. Royce Pierpont drehte sich langsam um, gerade so weit, dass er Dallas einen Blick über die Schulter zuwerfen konnte. Zwei kristallblaue Augen nahmen Dallas neugierig ins Visier. Und eifersüchtig? Genny sagte etwas zu Pierpont, beugte sich über den Tisch, um ihn auf die Wange zu küssen, griff nach einer Schachtel, die auf dem Tisch stand, und kam auf Dallas zu.

Er ging ihr entgegen und übernahm die Schachtel. »Der Sheriff hat sich Sorgen um Sie gemacht«, sagte er.

»Tut mir leid, wenn Jacob beunruhigt war«, erwiderte Genny. »Ich wurde aufgehalten von …«

»Von Ihrem Freund? Oder sollte ich sagen, von einem Ihrer Freunde?«

Genny schaute ihn verdutzt an und seufzte. »Ich verstehe, Jazzy hat mit Ihnen gesprochen.«

Dallas knurrte. »Wo ist Ihr Mantel?«

»Ach du liebe Zeit, den habe ich liegen lassen …«

Pierpont kam hinter Genny her und legte ihr den Mantel um die Schultern. Er ließ seine Hände ein bisschen länger auf ihr verweilen, als Dallas recht war, doch Dallas zwang sich, nicht auf die besitzergreifende Berührung des Mannes zu starren.

»Den hier solltest du nicht vergessen«, sagte Pierpont. »Kann doch nicht zulassen, dass du erfrierst.«

»Danke, Royce.« Genny schenkte ihm wieder ein strahlendes Lächeln.

Der Mann schaute Dallas direkt an und streckte die Hand aus. »Ich bin Royce Pierpont, einer von Gennys Kavalieren.«

Machte der Mann Scherze? Kavalier? Seit vier Generationen hatte niemand mehr diesen altertümlichen Begriff benutzt.

»Special Agent Sloan.« Dallas schüttelte Pierpont die Hand. Der Händedruck des Mannes war weich und sanft. Und aufrichtig. Keine männliche Kraftmeierei. Offensichtlich betrachtete er Dallas nicht als Rivalen.

»Genny erzählte, Sie werden mit Jacob an diesen Mordfällen arbeiten«, sagte Pierpont. »Ich hatte keine Ahnung, dass sich das FBI für zwei Todesfälle hier in Cherokee County interessieren würde.«

»Das FBI interessiert sich für ungesetzliche Aktivitäten überall. Und wir tun immer alles, was wir können, um den örtlichen Polizeibehörden zu helfen.«

»Verstehe.«

Dallas nahm Gennys Arm und fragte: »Können wir gehen?«

Sie nickte. »Guten Appetit noch«, sagte sie zu Pierpont und warf dann einen Blick zu Jazzy hinüber. »Ich rufe dich später an, falls die Telefone funktionieren.«

»Wenn nicht, wird sie diese Nacht nicht allein sein.« Kaum hatte Dallas diese Worte gedacht, waren sie ihm auch schon herausgerutscht.

Pierpont runzelte die Stirn. Jazzy lächelte. Gennys Lippen formten ein stummes, überraschtes »Oh«.

Um sieben Uhr dreißig verließ Dallas Sloan zusammen mit Genny das Büro des Sheriffs. Die drei hatten sich die köstliche Gemüsesuppe und die dick belegten Roastbeef-Sandwiches geteilt, die Gertie zubereitet hatte. Und sie hatten die Mahlzeit mit dem absolut besten Brombeercobbler der Welt abgeschlossen, hergestellt nach Miss Ludies Rezept, mit den wilden Brombeeren aus den Hügeln von Tennessee.

Obwohl Genny gewusst hatte, dass Dallas und nicht Jacob sie an diesem Abend nach Hause begleiten würde, verspürte sie eine erstaunliche Vorfreude, als er seinen neuen Mietwagen neben ihrem Haus hinter ihrem Trailblazer abstellte. Was erwartete sie eigentlich? Sie wusste es nicht genau. Aber irgendetwas ging zwischen ihr und dem FBI-Agenten vor, der vor weniger als vierundzwanzig Stunden in ihr Leben getreten war. Etwas Ungewöhnliches. Etwas Außergewöhnliches. Hätte man ihn gefragt, dann hätte er es wahrscheinlich abgestritten, aber er würde sich schlichtweg selbst belügen. Er konnte das Unvermeidliche eine Zeitlang hinausschieben, doch letzten Endes wäre die Wahrheit nicht zu leugnen.

Als sie ihre Tür entriegelte, war Dallas bereits aus seinem Wagen gestiegen und stand neben ihr. »Ich werde mit hineingehen und überall nachsehen, bevor ich wieder aufbreche. Wenn Ihre Telefone nicht funktionieren, nehme ich Sie wieder mit in die Stadt.«

»Ich werde hier absolut sicher sein«, beharrte sie.

Er nahm sie am Arm und setzte sie sanft in Bewegung. Zusammen gingen sie vorsichtig über das von Schneematsch bedeckte Eis.

Als er sie zur Vorderseite des Hauses führte, stockte sie. »Lassen Sie uns lieber hinten reingehen. Da sind keine glatten Stufen.«

»Na schön.«

Nachdem sie die Fliegentür zur hinteren Veranda aufgestoßen hatte, steuerte sie direkt auf die Küchentür zu. Sie hielt die verzierte, mit Schlüsseln beladene Silberkette fest, steckte den Schlüssel ins Loch und drehte ihn herum. Sie machte die Tür auf, und Dallas folgte ihr in die Küche. Genny betätigte einen Schalter, und der Raum wurde hell. Drudwyn erhob sich von seinem Platz in der Ecke und kam kampfbereit auf sie zu. Genny kniete sich, schlang die Arme um Drudwyns Hals und drückte ihn an sich.

»Ich wette, du musst raus, mein Junge, nicht wahr?«

Sie sah ihm nach, während er an Dallas vorbeigaloppierte, hinaus auf die Veranda. Er stupste die Fliegentür auf und verschwand im Dunkeln.

»Wir haben wieder Strom«, sagte Genny. »Ich probiere das Telefon aus.«

»Ja, bitte.«

Während sie den Hörer aus der Wandhalterung nahm, wartete Dallas, den Blick fest auf sie gerichtet. Sie hielt den Hörer ans Ohr und vernahm das Freizeichen.

»Das Telefon funktioniert.«

»Gut.« Er stand neben der Tür, noch immer in Mantel, Schal und Lederhandschuhen.

»Möchten Sie nicht noch ein bisschen bleiben?«, fragte sie, zog ihre Handschuhe, Mütze und Mantel aus und warf alles auf einen Küchenstuhl. »Ich kann koffeinfreien Kaffee oder Tee machen.«

»Ich sollte lieber zurückfahren.« Sein Blick schweifte immer wieder von ihrem Gesicht in verschiedene Ecken des Raumes, als bereite ihm das Alleinsein mit ihr Unbehagen. »Ich muss mich bei der Vermietung melden und dann meine Hütte suchen, bevor es zu spät wird.«

»Jazzy hat gesagt, eine der Hütten in der Nähe der Stadt sei zu vermieten, daher dürften Sie kein Problem haben, sie zu finden.« Genny fuhr sich mit den Fingern durch ihr hüftlanges Haar, das von der Strickmütze zerzauste war.

»Ihre Freundin Jazzy ist die Unternehmerin schlechthin, nicht wahr? Ihr gehören ein Restaurant, eine Bar und Miethütten.«

»Sie ist Teilhaberin von Cherokee Cabin Rentals, zusammen mit zwei anderen«, erläuterte Genny. »Aber Sie haben recht – Jazzy ist eine bemerkenswerte Frau.«

»Etwas Ähnliches hat sie auch von Ihnen gesagt.«

»Tatsächlich?«

»Jazzy und Ihr Vetter Jacob glauben wirklich, dass Sie so etwas wie besondere Kräfte besitzen, nicht wahr?«

Genny vernahm die Skepsis in seiner Stimme. Dallas hatte ihr gesagt, er sei ein logisch denkender Mensch, der nur an das glaube, was er mit seinen fünf Sinnen erfassen könne. Sollte das heißen, dass er sich selbst für unfähig hielt, wahre Liebe zu empfinden? Liebe war nicht immer logisch. Und obwohl man körperliche Liebe über Geschmack, Berührung, Sehen, Hören und Riechen erfahren konnte, war es bei der spirituellen Liebe – die zwei Seelen für immer und ewig miteinander verband – nicht möglich.

»Sie glauben es nicht«, sagte sie. *Aber das wirst du. Eines Tages wirst du es glauben.*

»Wenn es jemand anderes als Sie gewesen wäre, würde ich Sie als Schwindlerin bezeichnen, aber … Zweifellos haben Sie sich selbst irgendwie eingeredet, Ihre Träume – Ihre Albträume – seien Visionen. Kann sein, dass das am Einfluss Ihrer Großmutter liegt. Wenn sie sich für eine Hexe hielt …«

»Das tat sie nicht«, sagte Genny. »Manche haben sie aufgrund ihrer Kräfte Hexe genannt. Granny hatte *das Zweite Gesicht,* mehr nicht.«

»Wissen Sie, wie absurd das klingt? Heutzutage glauben geistig gesunde Menschen nicht an Hokuspokus. Aber es gibt Tausende, die an Magie glauben wollen, daran, dass es einfache Lösungen für ihre Probleme gibt. Da draußen sind so viele verdammte Scharlatane, die sich an emotional verletzbaren Menschen schadlos halten. Sie würden nicht glauben, wie vielen Schwindlern ich bei meiner Arbeit über den Weg gelaufen bin.«

»Und was ist mit den Übersinnlichen, die keine Schwindler sind?«

»Die gibt es nicht.«

Dallas' Beteuerung war mehr als eine Feststellung. Sie war ein Schutzschild, das ihn vor ihr abschirmte. Vielleicht wusste er es nicht; aber ihr war es klar.

»Verstehe.« Sie sah unter die Oberfläche, tief hinein in diesen großen, einsamen Mann mit dem verwundeten Herzen und der gequälten Seele.

Sie drehte sich um und machte sich daran, koffeinfreien Kaffee aufzusetzen, während Dallas neben der Tür stand. Nach ein paar Momenten des Schweigens streifte er seine Handschuhe ab und steckte sie in die Manteltaschen, dann zog er den Mantel aus und legte ihn über die Rückenlehne eines Küchenstuhls.

»Kann ich irgendwie helfen?«, fragte er.

»Halten Sie einfach die Ohren für Drudwyn auf, wenn er an der Hintertür kratzt.«

»Mach ich.«

Genny holte zwei blauweiße Porzellantassen und Untertassen aus dem Hängeschrank und stellte sie auf den Tisch. Ihr fiel ein, dass Dallas seinen Kaffee schwarz trank, so wie sie, daher musste sie weder Milch noch Zucker auftischen. Das Schweigen zwischen ihnen hielt an. Der Kaffee lief durch. Die Uhr in der Diele schlug Viertel nach acht.

»Wollen Sie mir von Ihrer Nichte erzählen?«, fragte Genny, die spürte, dass Dallas seine Trauer nie richtig mit jemandem geteilt hatte. Er war nicht der Typ, der eine Ader aufschlitzte und überall emotionales Blut vergoss.

»Was wollen Sie wissen?«

»Alles, was Sie mir erzählen wollen.« Genny hob die Glaskanne von der Kaffeemaschine, füllte beide Tassen bis an den Rand und stellte die Kanne auf die Warmhalteplatte.

Dallas zog ihren Stuhl hervor und ließ sie Platz nehmen, bevor er sich ihr gegenüber hinsetzte und die verzierte Tasse an den Mund hob. Er trank einen Schluck. »Brooke war fünfzehn. Ihr Geburtstag war ein paar Wochen nach … Sie war ein hübsches Mädchen. Blond, blaue Augen. Das typische ›Mädchen von nebenan‹. Und sie war klug und goldig und …« Er nahm noch einen Schluck Kaffee und hielt seine Tasse dann zwischen beiden Händen.

»Und Sie haben sie von ganzem Herzen geliebt«, stellte Genny fest.

Dallas warf Genny einen finsteren Blick zu und kämpfte gegen das Bedürfnis an einzugestehen, wie sehr ihn Brookes Tod getroffen hatte. Er stellte seine Tasse auf die Untertasse und schaute auf den Tisch. »Sie war das erste Kind meiner Schwester. Wir haben sie alle angehimmelt. Sie war ein prächtiges Kind.«

Genny legte ihre Hand auf die seine. Sogleich spannte er sich an, als fände er ihre Berührung unerträglich. Sie nahm seine Hand und drückte sie. Ihre Blicke trafen sich, und er schaute rasch zur Seite, dann entzog er ihr seine Hand.

»Ich sollte mich auf den Weg machen.« Er schob den Stuhl zurück und erhob sich. »Schließen Sie auf jeden Fall ab, wenn ich gehe. Und bitte seien Sie besonders vorsichtig.«

Genny stand auf, folgte ihm zur Hintertür hinaus auf die Veranda. Drudwyn kam aus dem Wald gelaufen. Das bleiche Mondlicht wurde vom Schnee reflektiert und erhellte den Hof.

»Dallas?«

Er blieb stehen, warf einen Blick über die Schulter und sah sie direkt an. »Ja?«

»Viel Glück, dass Sie finden, was Sie suchen.«

»Ich will, dass dieser Mörder geschnappt wird und man ihm das Handwerk legt«, sagte Dallas. »Ich will nicht, dass noch mehr Familien die Hölle durchmachen müssen, die wir durchgemacht haben, als wir Brooke verloren.«

Genny spürte, dass Dallas in Wirklichkeit Brookes Mörder selber mit bloßen Händen töten wollte, ihn strangulieren, bis er tot war, langsam, grausam. Sie schauderte bei dem Gedanken daran, wie Dallas' große, starke Hände einen Mord begingen.

Aber war ein Racheakt wirklich Mord?

Genny nickte. »Fahren Sie vorsichtig.«

»Mach ich«, erwiderte er. »Und jetzt gehen Sie mit Drudwyn rein, und schließen Sie die Tür ab, bevor ich fahre.«

Sie folgte seiner Bitte, eilte dann durch das Haus zu den Fenstern im Wohnzimmer und schaute von dort auf die Zufahrt. Genny sah zu, wie Dallas den Wagen rückwärts auf die Straße setzte, und bewegte sich erst, als sein Mietwagen in der Dunkelheit verschwand.

Jazzy stieg in den Whirlpool in ihrem Badezimmer. Als sie ihren nackten Körper ins warme Wasser gleiten ließ, seufzte sie laut. Heute war ein langer Tag gewesen, so wie gestern. Zwei Morde in vierundzwanzig Stunden. Die ganze Stadt war angespannt und nervös, man wusste nicht, was vor sich ging und fragte sich, ob oder wann ein weiteres Opfer zu erwarten wäre. Der Wintersturm am Abend zuvor hatte viele Landbewohner von der Stromversorgung oder Telefonverbindung abgeschnitten – genau das, was die Leute nicht brauchten, wenn ein Mörder frei herumlief. An den beiden letzten Abenden war das Geschäft im Jasmine's und in Jazzy's Joint schlecht gelaufen. Auch wenn im Winter nicht viele Touristen in der Gegend waren, konnte Jazzy für gewöhnlich auf die Stammkundschaft aus dem Ort zählen, die beide Einrichtungen finanziell über Wasser hielt.

Vermutlich waren ihre Gedanken, ihre Sorgen und ihr Augenmerk zu sehr auf Geld ausgerichtet. Aber sie war ohne Geld groß geworden. Arm wie Kirchenmäuse, so hatte Tante Sally sie immer beschrieben. Arm zu sein, schien Sally Talbot nie zu stören, Jazzy aber war anders. Schon seit früher Kindheit hatte sie sich nach Dingen gesehnt, die mit Geld zu bekommen waren. Als Teenager hatte sie sich ein schönes Haus gewünscht, ein schickes Auto, hübsche Kleider. Doch mehr noch als alle materiellen Dinge, die man für Geld haben konnte, hatte sie sich nach dem Respekt gesehnt, den es allem Anschein nach mit sich brachte. Herrgott, wie hatte sie die MacKinnons und die Uptons beneidet. Wahrscheinlich hatte sie sich vor allem deshalb zu Jamie hingezogen gefühlt. Nicht so sehr, weil er gut aussah und charmant war, sondern weil er reich war. Sie hatte sich vorgestellt, dass all ihre Träume wahr würden, wenn sie Jamie heiratete und eine Upton würde.

Sie hatte Jamie ihre Jungfräulichkeit geopfert, als sie sechzehn war. Er hatte ihr seine unsterbliche Liebe erklärt, daher war sie sicher, dass er sie heiraten würde, wenn sie ihm sagte, sie sei von ihm schwanger.

Jazzy nahm den Luffaschwamm und fuhr sich damit über Arme und Beine. Mit neunundzwanzig hatte sie noch immer einen makellosen Körper, der nicht von Schwangerschaften verunstaltet war.

Eine tiefe Traurigkeit legte sich über ihr Herz, doch Jazzy vertrieb sie bewusst, denn sie wollte diesen schmerzhaften Teil ihres Daseins nicht noch einmal durchleben.

Du solltest es lieber im Gedächtnis behalten, sagte sie sich. *Nur wenn du aus deinen Fehlern lernst, wirst du dich schützen können.* Sie hatte Jamie hin und wieder verziehen, hatte sich etwas vorgemacht und geglaubt, er könne sich ändern und zu dem Mann werden, den sie brauchte. Aber letzten Endes zahlte sie, und nur sie allein, jedes Mal den Preis für ihre Dummheit.

Jamie war in den vergangenen Jahren so oft in ihr Leben getreten und wieder gegangen, dass sie den Überblick verloren hatte. Seine derzeitige Verlobte war die dritte und würde ohne Zweifel den Weg seiner früheren Eroberungen gehen. Sobald sie entdeckten, was Jamie für einer war, flohen sie zu Mommy und Daddy und in den Schutz ihrer wohlhabenden Familien. Und immer wenn Jamie zurück nach Cherokee County kam, mit oder ohne Frau im Schlepptau, suchte er Jazzy auf. Sie ging davon aus, dass er auf seine Weise ebenso von ihr abhängig war, wie sie von ihm. Sie lagen sich gegenseitig im Blut wie heimtückisches Gift.

Aber diesmal würde sie ihm nicht nachgeben. Wenn sie überleben wollte, gab es nur eine Möglichkeit: Sie musste einen Weg finden, sich von dem langsam wirkenden Gift zu befreien, das sie am Ende umbringen würde. Sie glaubte nicht, dass sie es überstehen würde, Jamie wieder zu lieben, denn sie wusste, dass es nur eine Frage der Zeit war, bis er ihr das Herz brach.

Jazzy blieb in der Wanne, bis das Wasser kaum noch lauwarm war. Dann erhob sie sich, stieg aus und trocknete sich ab. Gerade als sie ihren gesteppten Seidenmorgenrock überzog, klingelte es an der Tür. *Wer zum Teufel war das?* Aber sie wusste es. Bevor sie durch ihr Schlafzimmer ins Wohnzimmer ihrer Wohnung über dem Restaurant ging, wusste sie, wer draußen vor der Tür auf sie wartete.

Sie blieb an der Tür stehen, holte tief Luft und fragte: »Wer ist da?«

»Lass mich rein, Liebste«, nuschelte Jamie leicht lallend. Er hatte getrunken. Nur eines von vielen Lastern.

»Hau ab«, sagte sie.

Er hämmerte gegen die Tür. »Ich geh nicht.«

»Wenn du nicht verschwindest, rufe ich Jacob an.«

Jamie schnaubte. »Was läuft da mit dir und Butler? Gefällt es dir, den großen, hässlichen Indianer zu ficken?«

»Scheiße, Jamie. Lass mich in Ruhe.«

Er schlug weiter an die Tür und fing an, ihren Namen zu wiederholen: »Jazzy … Jazzy … Jazzy …«

Sie machte die Tür auf, und das Herz schlug ihr bis zum Hals. Da stand er, stützte sich mit einem Arm am Türpfosten ab, schwankte nach vorn und grinste.

»Ich habe dich vermisst, Liebste«, sagte Jamie. »Ich hab dich ganz doll vermisst.«

Ein vertrautes Kribbeln regte sich in ihrem Bauch. »Du hast mir nicht gefehlt«, sagte sie ihm ehrlich. Er hatte ihr nicht gefehlt. Ihr Leben war ohne ihn so viel besser. Was sie betraf, könnte er vom Erdboden verschwinden.

Er machte einen unsicheren Schritt auf sie zu. Sie hielt den Atem an. Er kam so nah an ihr Gesicht, bis ihre Lippen nur fingerbreit auseinander waren.

»Ich liebe dich nicht. Ich will dich nicht. Ich brauche dich nicht.« Jazzy wusste nicht genau, wen sie überzeugen wollte – Jamie oder sich selbst.

Er zerrte an ihrem Gürtel und lockerte ihn so weit, dass er mit der Hand in den Morgenrock schlüpfen und den Arm um ihre Taille legen konnte. Sie schnappte nach Luft, als er seine Hand über ihre nackte Hüfte spreizte und sie an sich zog. Sein Atem war warm und roch nach Whiskey. Er rieb seine Nase an ihrem Hals und flüsterte ihren Namen in ihr Ohr.

»Hat Butler es dir besorgt, Schätzchen? Dich für mich vorbereitet?«

Jazzy versteifte sich.

»Er ist ein großer Mann«, sagte Jamie. »Er hat dich doch nicht über die Maßen gedehnt, oder? Du weißt, ich mag meine Muschis heiß und nass … und eng. Richtig eng.«

Jazzy hob ihre Hand und wollte ihn schlagen, doch er packte ihr Handgelenk. »Jetzt sei nicht so. Ich hab nichts dagegen, wenn du in Übung geblieben bist. Du lieber Himmel, ich doch nicht. Tatsächlich habe ich ein paar neue Tricks gelernt, die ich dir gern beibringen würde.«

»Ich habe von dir alle Tricks gelernt, die ich lernen will.« Obwohl ein kranker, erbärmlicher Teil ihrer selbst noch immer an Jamie hing, hasste der starke, kluge Teil seinen verdammten Schneid. »Ich habe nichts für dich übrig, Jamie. Geh nach Hause zu deiner Verlobten. Bring ihr diese neuen Tricks bei.«

Seine Augen glitzerten vor Entschlossenheit. Er riss Jazzys Morgenrock auseinander und entblößte ihren nackten Körper. Als sie die Rockaufschläge zusammenziehen wollte, packte er Jazzy, zerrte den Morgenmantel von ihren Schultern und schob ihren nackten Körper gegen die Wand. Da sie merkte, was er vorhatte, setzte sie sich zur Wehr, doch seine überlegene Kraft überwältigte sie zunächst. Sein Mund bedeckte ihre Lippen, während seine Hände ihre Handgelenke über ihrem Kopf festhielten. Sie versuchte, seinen nassen Küssen auszuweichen, gab jedoch auf und überließ ihren Mund seinem Überfall. Als er eine Hand löste, um seinen Hosenschlitz zu öffnen, und seinen Körper ein paar Zentimeter von ihrem entfernte, nutzte sie die Gelegenheit und griff ihn an. Sie rammte ihm das Knie in die Weichteile, und als er sich vor Schmerz krümmte, versetzte sie ihm einen Schlag auf die Nase. Während er stöhnte und sich wand, lief Jazzy ins Schlafzimmer, riss die Schublade an ihrem Nachttisch auf und holte die geladene .25er Beretta heraus, die sie dort aufbewahrte.

Jamie stand im Türrahmen, das Gesicht vor Wut verzerrt. »Ich sorge dafür, dass dir das leidtun wird.«

Sie wartete, bis er nur noch einen halben Meter von ihr entfernt war, zog dann die Waffe hinter dem Rücken hervor und zielte direkt auf ihn. »Wenn du auch nur einen Schritt näher kommst, wirst du für den Rest deines Lebens Sopran singen.«

Jamie blickte von ihrem Gesicht auf die Waffe in ihrer Hand, dann wieder in ihr Gesicht. »Du würdest wirklich auf mich schießen, ja?«

»Das hast du genau richtig verstanden.«

»Was ist nur aus meiner Jazzy geworden?«, fragte er. »Was hast du mit dem Mädchen gemacht, das mich geliebt hat?«

»Du hast sie vernichtet, nach und nach, Stück für Stück.« Jazzy hielt die Waffe ruhig in der Hand, fest entschlossen, keine Schwäche zu zeigen. Sie war sich nicht hundertprozentig sicher, ob sie auf Jamie schießen könnte, aber das wusste er nicht. Sie musste ihn nur davon überzeugen, dass sie keinerlei Skrupel hatte, ihm die Eier wegzupusten.

»Diese Runde geht an dich, Liebste.« Sein Grinsen war eher unsicher als frech.

Jazzy stand reglos im Schlafzimmer, atmete kaum, bis sie hörte, wie die Wohnungstür zuschlug. Sie hielt die Waffe vor sich, eilte ins Wohnzimmer und zielte in jede Richtung, um sicherzugehen, das Jamie nicht wartete und sich auf sie stürzte. Mit raschen, sicheren Bewegungen riss sie die Küchentür auf, schaltete das Licht ein und vergewisserte sich, dass der Raum leer war. Dann eilte sie zurück ins Wohnzimmer, um die Wohnungstür doppelt zu verriegeln.

Plötzlich begann sie zu zittern. Ein Schauder durchfuhr sie vom Kopf bis in die Zehenspitzen. Sie ließ sich auf den nächsten Stuhl fallen und warf die Waffe zu Boden. Tränen strömten über ihre Wangen, und sie riss die Strickdecke von der Stuhllehne und schlang sie um ihren nackten Körper.

Völlig ermattet und mit dem dringenden Bedürfnis nach tiefem, festem Schlaf, kam Jacob um Viertel nach elf nach Hause. Gerade als er mit seinem Wagen auf den Parkplatz vor seiner Wohnung bot, bemerkte er den hellgelben Vega. Die Scheiben waren beschlagen, der Motor im Leerlauf. *Was zum Teufel machte sie hier?* Er glaubte nicht, dass er sich an diesem Abend mit Misty abgeben konnte. Er war erschöpft und frustriert. Eine Frau war das Letzte, was er jetzt brauchte. Egal welche.

Er stieg aus, schloss den Wagen ab und steckte die Schlüssel in die Tasche. Dann überquerte er den Parkplatz und spähte durch das Beifahrerfenster des Vega. Sofort schaltete Misty den Motor ab, sprang aus dem Wagen und eilte zu ihm.

»Hi, Süßer«, schnurrte sie.

Mistys Lippen weiteten sich zu einem Lächeln, das sie für verführerisch hielt. Selbst bei diesem kalten Wetter trug sie einen Minirock, gemusterte Strümpfe und knallgelbe Stiefel. Ihr einziges Zugeständnis an die Frosttemperaturen war ihre Jacke aus Pelzimitat.

»Was machst du hier?«, fragte er und gab sich die größte Mühe, höflich zu klingen.

»Behandelt man so eine Frau, die gekommen ist, um dir ein paar Streicheleinheiten zu verpassen?«

»Nennt man das jetzt so?«

Misty lachte, und es klang schrill wie eine Sirene durch die Nacht. »Ich friere mir den Arsch ab hier draußen. Was hältst du davon, wenn wir reingehen, wo es warm ist?«

»Hör zu, Misty, ich bin ziemlich kaputt. Vielleicht wäre es besser, wenn du …«

»Du musst dich nur zurücklehnen und genießen«, sagte sie und hakte sich bei ihm unter. »Ich werde die Drecksarbeit übernehmen.«

Jacobs Penis reagierte auf ihr unverfrorenes Angebot. Offensichtlich war der alte Junge nicht so müde wie er. Sein Körper erinnerte ihn daran, dass er seit geraumer Zeit nicht mehr mit einer Frau geschlafen hatte. Seit seiner letzten Verabredung mit Misty – vor gut fünf Monaten. Natürlich konnte sie das nicht wissen, da sie und die meisten aus der Stadt davon ausgingen, dass er es mit Jazzy trieb, wenn sie sich trafen.

»Ich weiß das Angebot zu schätzen, aber …«

»Du hängst doch nicht noch immer an Jazzy, oder? Ich dachte, es ist Schluss, aus und vorbei mit euch beiden.«

»Stimmt, aber wir sind immer noch Freunde.«

»Ich habe nur darauf gewartet, dass ihr beide Schluss macht, denn das musste früher oder später so kommen.«

Zum Teufel! Als würde Misty etwas anderes als Sex erwarten.

Er hatte es ihr deutlich gesagt, als sie bei ihrem ersten Date vor gut einem Jahr zum ersten Mal miteinander geschlafen hatten, gleich nach Mistys zweiter Scheidung, dass er nicht an einer wie auch immer gearteten Beziehung interessiert war.

Arm in Arm gingen sie die Treppe zu seiner Wohnung auf der ersten Etage des zweistöckigen Gebäudes hinauf, in dem acht Wohnungen untergebracht waren. Jacob schloss die Tür auf, führte Misty hinein und machte nicht einmal Licht an. Er schloss die Tür mit einem Fußtritt, hob Misty hoch und trug sie direkt ins Schlafzimmer.

Als er sie am Bettrand auf die Füße stellte, fuhr sie mit der Hand über seinen Hosenschlitz. »Du freust dich, mich zu sehen, nicht wahr?«

»Ein Teil von mir, ja«, gab er zu.

Sie lachte erneut, und bevor der Klang ihn vollkommen abtörnen konnte, küsste er sie. Ein rauer Zungenkuss, der sie zum Schweigen brachte. Misty war nicht die schönste Frau in Cherokee County und auch nicht die intelligenteste, aber sie hatte durchaus Talent. Sie konnte küssen. Und sie war gut im Bett.

Sie rissen sich gegenseitig die Kleider vom Leib, und kurz darauf hatte Jacob sie flach auf dem Rücken mitten auf sein Bett geworfen. Er machte einen hastigen Umweg ins Bad zu seinem Kondomvorrat, dann zog er seine Unterhose aus und warf sie auf dem Weg zum Bett beiseite. Er blieb vor Misty stehen und zog sich das Kondom über.

Misty wand sich verführerisch auf dem Bett und sagte: »Komm, großer Junge, gib mir, was ich will.«

»Ich dachte, du wolltest die ganze Drecksarbeit machen.«

Sie breitete die Arme aus. »Komm hier runter, und ich zeige dir, was ich mache.«

Er legte sich auf sie und fuhr mit seinem erigierten Glied über ihren Bauch, bevor er zwischen ihre Beine glitt. Als er den Kopf senkte und zuerst an der einen, dann an der anderen harten Brustwarze leckte, biss sie in seine Schulter. Er spürte den Schmerz kaum.

»Komm, wir tauschen die Plätze«, schlug Misty vor. »Ich habe Lust auf einen guten, harten Ritt.«

Sie hatte die Worte kaum ausgesprochen, als er sich auch schon herumdrehte und sie auf sich schob. Sie setzte sich rittlings auf seine Hüften. Er hob die Hände, um ihre Brustwarzen zu reizen.

»Ich komm immer, wenn ich oben bin.«

Sie erhob sich so weit, um zwischen sie beide zu greifen und sein erigiertes Glied zu umkreisen. Während er unter ihr lag, den Körper angespannt vor Begierde, führte sie ihn in sich ein. Sie glitt über ihn wie ein feuchter, heißer Handschuh, der eine Hand bedeckt.

Sie ritt auf ihm, langsam zuerst, baute die Anspannung auf, doch schon bald wurde sie schneller, während sie ihre Brüste an seine Lippen senkte. Er spürte, dass sein Höhepunkt kurz bevorstand und er in wenigen Sekunden explodieren würde. Misty pumpte immer härter und schneller. Sie schrie auf, als sie kam, doch Jacob konnte sie mit einem Kuss zum Schweigen bringen, als sein Orgasmus ihn zerriss.

Diese Schlampe Misty Harte war in der Wohnung des Sheriffs und fickte ihm in diesem Augenblick das Hirn aus der Birne. Er kannte ihre Sorte so gut. Aber war sie wirklich so anders als alle anderen Frauen? Die meisten waren nur für eines gut. Bis auf die wenigen, die ein besonderes Wesen hatten. Doch diese besonderen Frauen waren selten, und wenn er sie gefunden hatte, waren sie ihm kostbarer als alles andere auf der Welt.

Er stand im Flur vor Jacob Butlers Wohnung und fragte sich, ob Misty wohl über Nacht bleiben oder vor dem Morgengrauen gehen würde. Er würde die Treppe wieder hinuntersteigen und in Mistys Wagen warten. Die dumme Schlampe hatte sich nicht einmal die Mühe gemacht, die Türen abzuschließen.

Wenn sie das Bett des Sheriffs vor Tagesanbruch verließe, wäre es ein Zeichen, dass sie dazu bestimmt war, das dritte Opfer zu werden.

10

Der Sonnenschein, der am frühen Morgen den Himmel erhellte, war trügerisch. Die Temperaturen lagen nur knapp über dem Gefrierpunkt, gerade so viel, dass die Schneeschmelze, die am Vortag eingesetzt hatte, weiterging. Dallas zögerte, bevor er aus seinem Mietwagen stieg. Seine Hand lag auf dem Handy, das an seinem Gürtel befestigt war. Er konnte sich nicht daran erinnern, wann er zum letzten Mal ein so überwältigendes Bedürfnis gehabt hatte, eine Frau anzurufen. Aber er würde Genny Madoc nicht anrufen, auch wenn er es noch so gern wollte. Er hatte sich wiederholt ins Gedächtnis gerufen, dass sie ihn nicht als Beschützer brauchte. Ihr Vetter, der Sheriff, spielte die Rolle des großen Bruders ganz gut. Außerdem hatte sie Freundinnen wie Jazzy Talbot. Und zwei Freunde.

Ja, Sloan, vergiss die Freunde nicht.

Dallas' Magen knurrte und mahnte ihn, dass er Hunger hatte. Er stieg aus dem Wagen, schloss die Tür ab und ging die Straße hinunter zum Jasmine's. Als er sich am Abend zuvor im Cherokee Cabin Rentals angemeldet hatte, bekam er vom Mann am Empfang den Hinweis, man bekomme im Jasmine's das beste warme, hausgemachte Frühstück in der Stadt.

Sobald er das Restaurant betrat, empfing ihn der Duft nach frisch aufgebrühtem Kaffee und gebratenem Speck. Die Besitzerin war nirgends zu sehen. Doch das überraschte Dallas nicht. Er hatte Jazzy als Spätaufsteherin eingeschätzt.

Eine junge Kellnerin mit braunem Kraushaar und warmherzigem Lächeln kam auf ihn zu. »Raucher oder Nichtraucher?«, fragte sie.

»Nichtraucher«, erwiderte er, zog seinen Mantel aus und hängte ihn über den Arm.

»Kommen Sie bitte mit.«

Als sie ihn zu einer hinteren Nische führte, entdeckte er Sheriff Butler, der allein an einem Tisch saß, einen großen Stapel halb aufgegessener Pfannkuchen vor sich.

Butler nickte ihm zu. »Wollen Sie sich zu mir setzen?«

»Klar.« Dallas nahm eine Speisekarte von der Kellnerin entgegen. Er warf seinen Mantel auf die andere Seite der Bank, schlüpfte in die Nische und nahm gegenüber dem Sheriff Platz.

»Kaffee?«, fragte die Kellnerin.

»Schwarz«, antwortete er. »Und ein großes Glas Orangensaft.«

»Kommt sofort.« Vor sich hin pfeifend eilte die junge Frau davon.

Dallas wollte Butler fragen, ob er an diesem Morgen schon mit Genny gesprochen habe, konnte sich aber noch bremsen, die Cousine des Sheriffs zu erwähnen.

»Ich hätte eine Frage«, sagte Dallas.

»Und die wäre?« Jacob zerteilte die Pfannkuchen mit seiner Gabel, spießte ein Stück auf und führte es an den Mund.

»Haben Sie eine Liste von Verdächtigen aufgestellt?«

Jacob kaute und schluckte, hob seinen Becher und schaute Dallas über den Rand an. Er grunzte. Nachdem er einen Schluck Kaffee getrunken hatte, antwortete er: »Wir haben keine Verdächtigen. Noch nicht.«

»Bestimmt haben Sie die. Stellen Sie einfach fest, wer neu in die Stadt gekommen ist – sagen wir, in den letzten sechs Monaten.«

»Hier gehen ständig Touristen ein und aus.«

»Dieser Kerl wird jemand sein, der hierher gezogen ist. Er hat sich mit dem Gebiet und den Menschen vertraut gemacht … und vielleicht entschieden, wer seine Opfer sind, hat die Frauen ausgewählt, die er für seine perversen Zwecke haben will.«

»Worauf gründen Sie diese Theorie? Wie kommen Sie auf den Zeitraum von sechs Monaten?«

»Weil der fünfte Mord in Mobile letztes Jahr siebeneinhalb Monate zurückliegt. Nachdem er meine Nichte umgebracht hat, ermordete er zehn Tage später eine andere Frau.«

Die Kellnerin kam zurück und stellte einen Becher mit dampfendem Kaffee und ein großes Glas kalten Orangensaft vor Dallas. »Haben Sie sich entschieden?«, fragte sie.

»Speck, Rührei und Biskuits«, bestellte er. »Ich nehme an, das steht auf der Speisekarte. Richtig?« Er hielt ihr die geschlossene Karte hin.

Sie nahm sie ihm ab. »Stimmt. Ich gebe Ihre Bestellung weiter.« Als sie ihn wieder anlächelte, bemerkte er, dass auf ihrem Namensschild Tiffany stand.

Sobald Tiffany sie wieder allein ließ, aß Butler seine Pfannkuchen auf und schob den leeren Teller beiseite. »Sie gehen davon aus, dass der Mann, der Susie Richards und Cindy Todd umgebracht hat, derselbe ist, der im vergangenen Jahr fünf Frauen in Mobile getötet hat. Das ist bloße Spekulation. Sie haben keine Beweise, um die Morde wirklich miteinander in Verbindung zu bringen.«

»Hätte ich stichhaltige Beweise, würden Sie wissen, dass wir es mit einem Serientäter zu tun haben«, sagte Dallas. »Vorerst habe ich nur ein paar Tatsachen, die mehrere Serien von jeweils fünf Morden verbinden, alle in verschiedenen Teilen des Landes im Verlauf der letzten acht Jahre begangen. Doch mein Bauchgefühl sagt mir, dass es derselbe Kerl ist.«

»Mir ist klar, dass Sie wahrscheinlich ein paar verdammt gute Instinkte haben«, sagte Butler. »Aber …«

»Ich habe Ihnen gestern gesagt, dass er in Fünfergruppen tötet. Sie werden am Ende drei weitere Opfer haben, wenn wir nicht herausfinden, wer dieser Irre ist, und ihm nicht auf der Stelle das Handwerk legen.«

»Okay, angenommen, ich kaufe Ihnen die Theorie ab. Wo fangen wir an? Haben Sie herausgefunden, warum es fünf und nicht vier oder sechs Opfer sind?«

Dallas schüttelte den Kopf. »Sicher weiß ich nur, dass er jede

Frau sexuell missbraucht, und wenn er die ersten vier opfert, trinkt er ihr Blut. Aber beim fünften Opfer gibt es einen entscheidenden Unterschied – er entfernt das Herz. Ich vermute, er isst es.«

»Er isst das Herz des fünften Opfers?«

Die Kellnerin kam wieder mit einer Kaffeekanne und füllte rasch die Becher der beiden Männer nach. »Habe ich das richtig gehört? Dieser Mörder hat Cindys Herz gegessen?«

»Vergessen Sie, dass Sie das gehört haben«, sagte Butler. »Agent Sloan hat nicht über Susie oder Cindy gesprochen. Er hat mir von einem anderen Fall in einer anderen Stadt berichtet.«

Tiffany stieß einen langen Seufzer aus. »Gott sei Dank. Schlimm genug, dass hier ein Mörder frei herumläuft. Wenn er die Herzen seiner Opfer essen würde …« Sie schauderte und hastete davon, als sie sah, dass ein neuer Gast das Restaurant betrat.

Butlers wacher Blick richtete sich auf den Eingang des Restaurants, an dem ein breitschultriger Mann, etwa einsachtzig groß, auf Tiffany wartete. Der Mann legte seinen teuren Mantel ab und reichte ihn der Kellnerin, was Dallas darauf schließen ließ, dass der Mann wahrscheinlich an Bedienstete gewöhnt war, die nach seiner Pfeife tanzten. Alle anderen Gäste hatten ihre Mäntel entweder an die Garderobe gleich hinter der Eingangstür gehängt, oder sie mit an ihre Tische genommen. Dallas stellte Vermutungen über den Beruf des Gastes an. Vielleicht Anwalt. Wohlhabend. Daran bestand kein Zweifel. Er trug sein ergrauendes braunes Haar konservativ kurz und strahlte etwas Herrschaftliches aus.

Dallas warf einen Blick auf Butler und bemerkte, wie dessen schrägstehende Augen sich zu Schlitzen verengten und seine Miene düster wurde. Der Sheriff mochte Mr Wichtigtuer nicht.

Tiffany führte den Mann in den Raucherbereich auf der anderen Seite des Restaurants. Sie wuselte um ihn herum und verbeugte sich regelrecht, bevor sie mit seinem Mantel über dem Arm davon eilte.

»Wer ist der Typ?«

»Brian MacKinnon«, antwortete Butler.

Jazzys Stimme hallte in Dallas' Kopf wider. *Er ist reich und mächtig, und Jacob kann ihn nicht ausstehen. Aber Genny glaubt, er ist noch zu retten.*

»Warum mögen Sie ihn nicht?«

»Was?« Jacob Butler sah Dallas direkt an.

»Jazzy hat mir gestern Nachmittag erzählt, dass der Kerl auf Genny steht, und dass Sie ihn nicht ausstehen können.«

Butler räusperte sich. »Sagen wir mal so, Mr MacKinnon und ich stimmen in manchen Dingen nicht überein.«

»Unter anderem, was seine Beziehung zu Genny angeht?«

Butler nahm Dallas genau in Augenschein. »Ich glaube, er ist von ihr besessen. Das stört mich.«

»Was meint Genny?«

»Vielleicht sollten Sie Genny fragen.« Butler hob seinen Kaffeebecher.

Bevor Dallas etwas entgegnen konnte, brachte Tiffany sein Frühstück, legte die Rechnung auf den Tisch und eilte davon, um Brian MacKinnon seine erste Tasse Kaffee zu bringen.

Butler stand auf, nahm seine braune Lederjacke vom Sitz, schlüpfte hinein und setzte seinen Stetson auf. »Wenn Sie hier fertig sind, kommen Sie doch rüber ins Büro, dann stellen wir eine Liste aller Männer auf, die in den letzten sechs, sieben Monaten nach Cherokee County gezogen sind.« Er zog sein Portemonnaie aus der Tasche, holte drei Dollar heraus und legte sie als Trinkgeld auf den Tisch. Dann nahm er seine Rechnung an sich.

»Ja, okay.« Mit einem klugen Sheriff wie Butler als Verantwortlichem hatten sie vielleicht eine Chance, den Mörder dingfest zu machen. Dallas zählte Butler zu den Guten – jemand, dem er vertrauen konnte.

Bevor Butler zur Kassiererin kam, die auch als Kellnerin arbeitete, blieb er stehen und rief Dallas zu: »Ich hab heute Morgen mit Genny gesprochen. Alles in Ordnung. Und ich soll Sie von ihr grüßen.«

Dallas versuchte, nicht zu reagieren. Er nickte, um anzuzeigen, dass er Butler gehört hatte, der einen Blick durch das Restaurant zu Brian MacKinnon warf, dann wegschaute, seine Rechnung bezahlte und zur Tür hinausging. Dallas nahm Blickkontakt mit MacKinnon auf. Sofort spürte er den Hass, der in dem Mann kochte. Hatte Butler seinen Kommentar über Genny abgegeben, um MacKinnon zu ärgern? Wenn ja, dann hatte seine Masche gewirkt.

Als Tiffany an seinen Tisch kam, um seinen Becher neu zu füllen, fragte Dallas: »Wer genau ist Mr MacKinnon?«

»Brian MacKinnon ist der Besitzer des *Cherokee Pointe Herald* und unseres lokalen Fernsehsenders WMMK«, erwiderte sie. »Und sein Vater ist Mr Farlan MacKinnon, einer der reichsten Männer hier in der Gegend. Sie wohnen in dem großen alten viktorianischen Herrenhaus drüben an der Bethel Street.«

»Verstehe. Danke.« Dallas beendete sein Frühstück, ließ ein ordentliches Trinkgeld für Tiffany liegen, bezahlte seine Rechnung und vermied den Blickkontakt mit MacKinnon, als er das Restaurant verließ.

Er kannte Brian MacKinnon überhaupt nicht, aber wenn Sheriff Butler meinte, der Kerl sei wie besessen von Genny, war das Grund genug für Dallas, ihn nicht zu mögen. Besessenheit war gefährlich. Er sollte es wissen. Er war verdammt nahe daran gewesen, wie ein Besessener nach Brookes Mörder zu suchen. Nur durch schiere Willenskraft, gepaart mit jahrelanger Ausbildung und Erfahrung als FBI-Agent, war er in der Lage gewesen, sich davon abzuhalten, die Grenze zwischen rücksichtsloser Entschlossenheit und Besessenheit zu überschreiten. Wenn MacKinnon Genny haben wollte und die Grenze zwischen dem bloßen Wunsch hin zur Besessenheit überschritten hatte, konnte er gefährlich werden.

* * *

Er hatte die ganze Nacht in ihrem Vega gewartet und die Hoffnung aufgegeben, dass sie die Wohnung des Sheriffs vor Tagesanbruch verlassen würde, doch als er gerade gehen wollte, kam sie die Treppe hinuntergeschlichen. Die Morgensonne war am Himmel im Osten aufgegangen. Zu spät, um sie heute zu opfern. Ein paar Augenblicke lang war er unentschlossen gewesen. Sollte er sie gehen lassen oder sollte er sie nehmen? Seine ersten vier Opfer wählte er nie aus. Das überließ er dem Schicksal. Ihm war es so vorgekommen, als habe das Schicksal ihm Misty Harte direkt in die Hände gespielt, und er war nicht der Mann, der gegen das Schicksal anging. Er hatte schon in jungen Jahren gelernt, wie wichtig das Unerwartete und Unerklärliche war, sowie die Macht der kosmischen Kräfte, die das Universum beherrschten.

Nachdem er Misty gefesselt und geknebelt und sie im Keller deponiert hatte, war er ihren kleinen gelben Wagen losgeworden, hatte ihn hinter einer aufgegebenen Tankstelle knapp eine Meile außerhalb der Stadt abgestellt. Zurück nach Cherokee Pointe war ein leichter Spaziergang gewesen, und keine Menschenseele hatte ihn gesehen, weil er sehr vorsichtig gewesen war. Das war er immer.

Der Keller war der ideale Ort, an dem er sie unterbringen konnte. Hier kam niemand hinunter. Er konnte sie ein paar Tage dort halten, wenn er seinen Genuss hinauszögern wollte. Aus früherer Erfahrung hatte er gelernt, wenn er eine Frau für mehr als ein paar Stunden festhielt, war es am besten, sie stark unter Betäubungsmittel zu setzen. In sediertem Zustand fingen sie keinen Kampf an. Er wollte keine verräterischen Kratzer auf seinen Armen oder im Gesicht haben.

Er benutzte das Handtuch, das er mitgenommen hatte, als er seine Gefangene zum zweiten Mal besuchte, wischte seinen Penis ab und zog Unterhose und Hose hoch. Er warf einen Blick auf die nackte, an die Pritsche gefesselte Frau und lächelte, als er sein Sperma auf ihrem Bauch glitzern sah.

Er würde duschen, sich rasieren und sich später anziehen,

bevor er in den Tag startete. Gegen Mittag müsste er wieder hier herunterkommen und Misty eine weitere Injektion verpassen. Obwohl sie geknebelt und fest angebunden war, wollte er keinerlei Risiko eingehen. Im Lauf der Jahre, auf der Suche nach seinem letzten Ziel, war ihm die Polizei keines einzigen Bundesstaates auch nur ansatzweise auf die Schliche gekommen. Er hatte sie alle ausgetrickst. Und er würde es wieder tun. Jacob Butler war ein intelligenter Mann, aber er war bloß ein unerfahrener Sheriff in einem hinterwäldlerischen County von Tennessee. Butler würde auch nicht mehr Glück haben als die anderen, den Mörder von fünf ortsansässigen Frauen zu entdecken.

Aber was war mit dem FBI-Agenten? Was zum Teufel hatte der in Cherokee Pointe verloren? Das FBI wurde nicht in solche Fälle hineingezogen, wenn die örtliche Polizei keine Hilfe anforderte. Selbst dann beschränkte sich die Einmischung des FBI darauf, Recherchemittel zur Verfügung zu stellen. Hatte Butler die Feds hinzugezogen?

Er würde sehr umsichtig vorgehen müssen. Keine Fehler. Er konnte es sich nicht leisten, dass etwas schiefging. Nach all den Jahren der Suche hatte er sie schließlich gefunden. Die Eine, die ihm geben konnte, was er sich am sehnlichsten wünschte.

Wallace war von MacKinnons Chauffeur abgesetzt worden und ein wenig zu spät in den Cherokee Nurseries eingetroffen. Genny hatte gut zehn Minuten gebraucht, um Wallace zu versichern, dass sie ihm nicht böse war. Der gute Wallace. Wären alle nur so freundlich und liebevoll wie er, dann wäre die Welt viel besser. Der alte Mann gehörte zu ihrem Leben, so lange sie denken konnte, da er seit seiner Jugend für Granny Butler gearbeitet hatte. Er mochte Genny außerordentlich gern, und sie ihn auch. Wallace gehörte für sie mit zur Familie. Im Lauf der Jahre hatte sie Gelegenheit gehabt, andere Mitglieder der Familie MacKinnon kennenzulernen, obwohl sich ihre gesellschaftlichen Kreise nur selten überschnitten. Mr Farlan war ganz nett, wenn man den altmodischen Alleinherrschertyp mochte. Miss Veda war nie freundlich, aber grob war sie auch nicht. Die wenigen Male, die Genny tatsächlich in Gegenwart der Grande Dame gewesen war, hatte sie eine furchtbare Traurigkeit in der Frau wahrgenommen. Genny vermutete, dass Veda MacKinnon an keinem einzigen Tag in ihrem Leben glücklich gewesen war.

Dann war da noch Brian, der einzige Sohn und gesetzliche Erbe. Er war viel älter als Genny, und ihre Wege hatten sich bis vor ein paar Jahren nicht oft gekreuzt. Als sich Wallace das Bein gebrochen hatte und ins Krankenhaus kam, hatte Farlan seinen Sohn geschickt, um sich der Sache anzunehmen. Da hatte sie Brian zum ersten Mal wirklich kennengelernt. Obwohl sie sich nie zuvor begegnet waren, hatte sie immer gewusst, wer er war – und dass er den Ruf hatte, ein herzloser Schweinehund zu sein.

Aus irgendeinem Grund hatte sich Brian in sie verliebt, und sie musste zugeben, dass ihr seine Aufmerksamkeit zunächst geschmeichelt hatte. Es war, als hätte ihr noch nie jemand nachgestellt. Dabei war das durchaus der Fall. Aber nie mit einer so hartnäckigen Entschlossenheit. Selbst die Gerüchte, sie sei eine Hexe wie ihre Großmutter, hatten Brian nicht abgeschreckt.

Sie liebte ihn jedenfalls nicht, und es gab Zeiten, da sie ihn nicht mochte. Doch sie spürte, wie verzweifelt er sie brauchte. Auch Wallace hatte ihr gegenüber erwähnt, welch guten Einfluss sie auf seinen Neffen ausübe. Wie sollte sie Brian also völlig abweisen? Aber sie hatte ihn nie belogen – hatte ihm nie falsche Hoffnungen gemacht.

»Ich möchte, dass wir Freunde sind«, hatte sie ihm gesagt, als er ihre Hand gehalten hatte.

Er hatte ihre Hand an seine Lippen geführt und zärtlich geküsst. »Das möchte ich auch. Ich möchte, dass wir gute Freunde werden. Ich bin ein geduldiger Mann, Genevieve. Ich kann auf dich warten, so lange es dauert.«

Genny schüttelte den Kopf und verdrängte die Gedanken an Brian. In letzter Zeit war er ihr mit seiner unablässigen Aufmerksamkeit auf die Nerven gegangen, aber Jacob hatte mit ihm gesprochen, und das hatte Brians Glut anscheinend abgekühlt. Vorerst wenigstens. Genny ging davon aus, dass Jacob ihn auf seine starke, nüchterne Art bedroht hatte. Jacob war kein Mann für Feinheiten.

»Was ist los, Genny?«, fragte Wallace, als er ihr Mittagsgeschirr vom Tisch räumte und in die Spüle stellte.

Genny warf ihm einen Blick zu und lächelte. »Nichts. Ich habe nur nachgedacht.«

»Worüber?«

»Über Jacob.«

»Ich mag Jacob. Er ist ein guter Mann.«

Genny legte Wallace die Hand auf die Schulter. »Er hat eine sehr schwere Arbeit, weißt du. Er muss zwei Morde aufklären und hat keine Verdächtigen.«

»Warum sollte jemand diesen Frauen wehtun?«, fragte Wallace arglos.

Genny drückte seine Schulter. »Ich weiß es nicht. Aber ich weiß, dass in diesen Todesfällen viel Böses mitspielt.«

»Könntest du nicht eine deiner Visionen haben und sehen, wer der Mörder ist?«

Genny seufzte. »Ich wünschte, es wäre so einfach.« Sie spülte das Geschirr ab und räumte es in die Spülmaschine. »Ich kann meine Visionen nicht steuern.«

Wallace tätschelte ihr den Rücken. »Schon gut. Nicht deine Schuld, dass du nicht sehen kannst, wer der Mörder ist. Melva Mae hat immer gesagt, ihre Visionen seien eher ein Fluch als ein Segen.«

»Da hat Granny recht gehabt.« Genny hatte die Spülmaschine gefüllt, gab Reinigungsmittel hinzu und schloss die Tür. »Komm. Heute müssen wir die Kräuter verschicken. Wir packen sie fertig, und du kannst sie auf dem Heimweg zur Versandstelle in der Stadt bringen.«

»Ich dachte, du wolltest zuerst nach dem Trockenschuppen sehen«, sagte Wallace. »Kommt Miss Sally nicht nachher vorbei, um beim Verpacken zu helfen?«

»Stimmt«, erwiderte Genny. »Geh schon mal voraus und bereite die Kartons im Packraum vor, während ich nach dem Trockenschuppen sehe. Aber wir werden nicht auf Sally warten. Kann gut sein, dass sie jetzt gleich aufkreuzt, oder gar nicht. Du kennst sie ja.«

Wallace kicherte. »Ich finde Miss Sally lustig. Sie bringt mich zum Lachen.«

»Du hast recht. Sie kann zum Schreien komisch sein.«

Genny wusch sich die Hände und trocknete sie ab. Dann ging sie zur hinteren Veranda. Drudwyn, der friedlich neben der Fliegentür geschlafen hatte, hob den Kopf und schaute zu Genny auf.

»Komm mit, mein Junge, wenn du rausgehen und eine Weile herumlaufen willst.«

Sobald sie die Fliegentür öffnete, schoss Drudwyn hinaus. Die Sonne stand hoch oben wie ein glänzender, gelbroter Ball. Der Wetterbericht sagte eine leichte Erwärmung voraus, mit Höchsttemperaturen um die neun Grad. Der Schnee war gestern um mehr als die Hälfte geschmolzen, überall waren weiße Flecken verstreut. Genny nahm ihren schweren Mantel vom Haken auf der hinteren Veranda und zog ihre Handschuhe und die Mütze aus den Taschen.

»Wir treffen uns im Packraum«, rief Genny und ließ Wallace auf der hinteren Veranda stehen.

Vor ein paar Jahren hatte sie den Trockenschuppen vergrößert, als sie ihr Geschäft ausgeweitet hatte. Biologisch angebaute Kräuter waren auf dem heutigen Markt der Renner, und Genny erzielte fast ein Drittel ihrer Gewinne durch den Verkauf medizinischer Kräuter. Ihre Heilkräuterliste war ziemlich umfangreich und enthielt alles von Anis bis zur Zaubernuss. Ein paar Kräuter gediehen ganz gut in den Gewächshäusern, andere züchtete sie bei warmem Wetter in ihren Gärten, manche jedoch waren Wildpflanzen, die in den Wäldern der Umgebung wuchsen. Alles, was sie über Heilkräuter wusste, hatte Granny ihr beigebracht, die Kräuterheilkunde von ihren beiden Großmüttern gelernt hatte; die eine stammte von den Cherokee ab, die andere von keltischen Druiden. Man hatte sie gelehrt, dass sowohl ihre nordamerikanischen als auch ihre schottisch-irischen Vorfahren die Natur respektierten. Die Cherokee, so wie die meisten anderen Stämme, lebten in Harmonie mit der Natur und verwendeten Kräuter als Mittel, Heilkräfte aus dem Universum zu beziehen.

Der Trockenschuppen hinter den Gewächshäusern bestand aus Holz und Glas, besaß eine Luftumwälzanlage, und Granny und Wallace hatten aus einem Stück Schlauch vom Wäschetrockner ein schlichtes Solar-Heißluftgebläse gebastelt, doch Genny hatte das selbstgemachte System durch eine Propangasanlage ersetzt. Propangas war besser als Strom, denn es war effizienter und verlässlicher.

Genny öffnete die Schuppentür und machte sie rasch wieder hinter sich zu. Prüfend wanderte ihr Blick über den fünfzig Quadratmeter großen Raum. Sie hatte Dachsparren, Trennwände und Gestelle verwendet, um ihn voll auszunutzen. In einem Bereich hatte sie auch einen »doppelten« Boden angelegt, ein Rahmengestell aus Balken, die mit durchlässigem Sisaltuch bedeckt waren.

Nach ihrem Rundgang durch den Raum, bei dem sie die getrockneten Kräuter überprüft hatte, notierte Genny, was bald zu verarbeiten war. Sie behielt stets einen Vorrat an verarbeiteten Kräutern zurück, den sie mit der Familie und guten Freunden teilte. Hin und wieder kamen Bewohner von Cherokee County zu ihr und baten sie um Heiltränke, Arzneien und Ähnliches.

Getrocknete Kräuter konnten natürlich nicht unendlich lange gelagert werden, ohne dass sie ihre heilenden Kräfte verloren. Granny hatte ihr beigebracht, dass man Heilpflanzen nur für die Dauer ihres Wachszyklus aufbewahren konnte. Wenn eine Blume einjährig ist, kann sie nur für ein Jahr gelagert werden. Wenn ein Kräutersamen zwei Jahre braucht, um heranzureifen, kann man die Samen auch nicht länger als zwei Jahre aufheben.

Als Genny aus dem Trockenschuppen auftauchte, sah sie Sally an der hinteren Veranda stehen. Sally und Wallace waren in eine Unterhaltung vertieft. Die beiden waren im gleichen Alter und hatten anscheinend viel gemeinsam. Wallace war als der Dorftrottel bekannt, Sally als die Exzentrikerin des Ortes. Beide hatten ein goldenes Herz.

Vielleicht braucht diese Welt mehr Trottel und Exzentriker.

Sally hatte Peter und Paul mitgebracht, ihre Bluthunde. Die roten Hunde, beide an die fünfzig Kilo schwer, tollten mit Drudwyn in der Sonne herum. Auch die Tiere waren alte Freunde.

Sally hob die Hand und winkte, als sie Genny sah. Dann rief sie ihr zu: »Hast du heute mit Jazzy gesprochen?«

Genny schüttelte den Kopf. Als sie sich Sally und Wallace näherte, fragte sie: »Warum hast du dich nach Jazzy erkundigt? Stimmt etwas nicht?«

»Ich weiß nicht so genau.« Sally nahm eine Dose Schnupftabak aus der Tasche, klappte den Deckel auf und packte den fein gemahlenen Tabak mit Hilfe eines Stäbchens in die Mulde zwischen Zahnfleisch und Kiefer. »Ich habe zweimal versucht, sie in ihrer Wohnung anzurufen, und keinen Anschluss bekommen, und die Leute im Restaurant sagten, sie habe angerufen, dass sie heute Morgen nicht da sein werde.«

»Das klingt nicht nach Jazzy, nicht wahr? Hast du es auf ihrem Handy versucht? Vielleicht ist sie aus irgendeinem Grund aus der Stadt gefahren?«

»An ihr Handy geht sie auch nicht«, antwortete Sally. »Im Übrigen verlässt das Mädel Cherokee County nicht, ohne mir Bescheid zu geben. Sie weiß, dass ich mir dauernd Sorgen mache.«

»Hat dir jemand aus dem Restaurant gesagt, Jazzy sei krank?«

»Ich habe mit Tiffany gesprochen. Sie hat mit Jazzy geredet, und sie sagte, Jazzy habe ihr keinen Grund genannt.«

»Hoffentlich ist Miss Jazzy ist nicht krank«, sagte Wallace. »Genny, vielleicht solltest du ihr von unseren Heilkräutern vorbeibringen.«

»Ich werde versuchen, sie heute Nachmittag zu erreichen, und wenn das nicht klappt, fahre ich heute Abend in die Stadt«, sagte Genny.

»Du weißt, dass Jamie Upton wieder in der Stadt ist.« Sally spuckte eine dunkelbraune Flüssigkeit auf den Boden und wischte sich den Mund mit dem Handrücken ab. »Ich wünschte, er würde wegbleiben.« Sally knurrte. »Zum Teufel, ich wünschte, er würde tot umfallen. Denkt an meine Worte, eines Tages wird jemand diesen nichtsnutzigen Schurken umbringen.«

»Meinst du, Jazzy ist bei Jamie?« Genny hoffte inständig, dass dem nicht so war. Jamie hatte Jazzy nichts als Kummer bereitet, seitdem die beiden sich kannten, was praktisch ihr ganzes Leben lang war.

»Sie hat mir geschworen, sie wolle diesmal nichts mit ihm zu tun haben. Auf jeden Fall finde ich es schade, dass es zwischen ihr und Jacob nicht geklappt hat. Das braucht mein Mädel – einen guten Mann, der sie richtig zu nehmen weiß.«

»Geh du doch mit Wallace in den Packraum, und ich rufe bei Jazzy an, bevor ich zu euch stoße.« Genny schenkte Sally ein gezwungenes Lächeln und eilte ins Haus.

Sie nahm den Hörer vom Wandtelefon und wählte Jazzys Privatnummer. Das Telefon läutete wiederholt, dann schaltete sich der Anrufbeantworter ein. Genny versuchte es auf dem Handy. Die Mailbox. Danach rief sie im Restaurant an.

»Tiffany, hier ist Genny Madoc. Ist Jazzy inzwischen da?«

»Ja, Ma'am, gerade eben ist sie aufgetaucht. Ich weiß nicht, was los ist, aber wir haben Ausfälle, als wäre eine Seuche ausgebrochen. Zuerst kam Jazzy nicht, dann rief Lois an, um zu sagen, dass eins ihrer Kinder krank sei, und Misty ist nicht zur Nachmittagsschicht gekommen.«

»Tut mir leid, dass ihr Probleme habt«, sagte Genny. »Würdest du mich bitte in Jazzys Büro durchstellen?«

»Klar.«

Jazzy meldete sich nach dem dritten Klingeln. »Jasmine Talbot. Was kann ich für Sie tun?«

»Das nächste Mal, wenn du beschließt, nicht an dein Telefon zu gehen oder nicht zur Arbeit zu erscheinen, rufst du besser Sally an, damit sie sich keine Sorgen um dich macht.«

»Mein Gott, Genny, sag ihr, es tut mir leid. Aber … na ja, ich …«

»Was ist los?«

»Wir müssen uns treffen. Ich möchte, dass du mir die Zukunft vorhersagst.«

»Was ist denn passiert? Geht es um Jamie?«

»Er war gestern Abend bei mir.«

»Hast du …«

»Nein. Ich habe ihn gezwungen, zu gehen. Mit vorgehaltener Waffe.«

Genny überlief ein kalter Schauer. »Komm so gegen halb sechs her. Ich werde dafür sorgen, dass Sally und Wallace bis dahin verschwunden sind.«

»Genny?«

»Was?«

»Ich habe Angst.«

»Vor Jamie?«

»Ja, vor Jamie. Und vor mir selbst. Ich glaube, ich hätte ihn gestern Abend erschießen können. Ich … ich wollte, dass er tot ist.«

Brian MacKinnon hatte am Morgen als Erstes Senator Everett angerufen. Er musste wissen, was Dallas Sloan in Cherokee Pointe machte. Wäre er mit Jacob Butler auf besserem Fuß gestanden, hätte er ihn nach dem FBI-Agenten gefragt. Die beiden hatten beim Frühstück am Morgen verdammt kumpelhaft gewirkt. Jacob war vor der Presse mit Äußerungen über die beiden letzten Morde besonders zurückhaltend gewesen. Aber ein Mord in ihrem relativ gewaltfreien County war eine große Nachricht. Und zwei Opfermorde waren Schlagzeilen wert.

Hatte Jacob die Hilfe des FBI angefordert? Die Leser des *Cherokee Pointe Herald* hatten schließlich ein Recht, das zu erfahren. Und Hunderte Zuschauer des Senders WMMK hatten seit dem Morgen nach dem ersten Mord bei der Hotline »Ihre Meinung ist gefragt« angerufen.

Im Übrigen musste er unbedingt alles über den Mann herausfinden, der an Genny interessiert war. Pierpont zum Rivalen zu haben, war schlimm genug, doch während Pierpont ihm nur ein kleinerer Dorn im Auge war, könnte sich Agent Sloan als echte Konkurrenz erweisen.

11

Da er Jacob nicht im Büro antraf, hatte Dallas die Gelegenheit genutzt, von dort Teri Nash anzurufen. Er hatte ihr von dem zweiten Mord berichtet und sie gefragt, ob Linc Hughes mit dem Profil fertig war, das er anhand der Informationen erstellen wollte, die ihm Dallas über die Morde in Mobile geliefert hatte.

»Schick mir ein Fax über alles, was Sheriff Butler dir mitteilt, und ich werde es Linc geben, damit er die Morde in Mobile mit denen in Cherokee Pointe vergleichen kann«, hatte Teri ihm gesagt. »Rutherford hält ihn gerade Tag und Nacht mit einem anderen Fall beschäftigt.«

Rutherford hatte Dallas nur so viel Spielraum gelassen, wie er es für richtig hielt. Der Mann war zuweilen ein echter Scheißkerl, ein richtiger Korinthenkacker. Rutherford hatte Dallas zwei mündliche Verweise erteilt und ihm damit gedroht, ihn für Wochen oder Monate zu suspendieren. Vermutlich würde sich Dallas beurlauben lassen müssen, wenn er einer Suspendierung zuvorkommen wollte.

Obwohl sie vorsichtig sein mussten, um ihre Jobs nicht aufs Spiel zu setzen, wusste Dallas, dass Teri und Linc ihn nicht im Stich lassen würden. Sie verstanden, wie viel ihm persönlich daran gelegen war, den Mörder zu finden – und ihnen war auch klar, wenn er mit seiner Vermutung recht hatte, dass Brookes Mörder ein Serientäter war, konnte das Leben anderer Frauen davon abhängen, die Zahl der Verdächtigen mit Hilfe eines erstklassigen, von einem FBI-Experten erstellten Profils einzugrenzen. Doch da das FBI nur über eine Handvoll Profiler verfügte, waren die ständig im Einsatz.

Da keine der Polizeibehörden von Alabama, Texas, South

Carolina oder Louisiana Hilfe vom FBI angefordert hatte, waren die Feds nicht an den anderen vier Fällen beteiligt gewesen, bei denen jeweils fünf Opfermorde verübt worden waren. Das FBI kümmerte sich nur selten um Fälle, bei denen es um Einzeltäter ging. Wenn der Mörder auch weiterhin Frauen im selben County umgebracht und man die Verbrechen als Werk eines Serientäters betrachtet hätte, wäre das FBI zweifellos von den Polizeibehörden vor Ort hinzugezogen worden. Die Tatsache, dass es bei den vier Mordserien in verschiedenen Südstaaten Ähnlichkeiten vorlagen, war nur ans Tageslicht gekommen, weil Dallas nach Informationen gegraben hatte.

Teri hatte ihm geholfen, die vom FBI geführte Kriminalstatistik nach Informationen über gemeldete Tötungsdelikte zu durchforsten, die irgendetwas Relevantes mit dem Mord an Brooke gemeinsam hatten. Und als sie auf diese Fälle gestoßen waren, hatte Dallas jede Polizeibehörde angerufen, um alle Informationen zu erfragen, die sie zu jedem Einzelfall hatten. Erst an dem Tag, an dem er Washington verlassen hatte, waren noch weitere Unterlagen über einen ähnlichen Fall vor Mobile, in Hilton Head, South Carolina, eingetroffen.

Dallas hatte noch einen Anruf getätigt, während Jacob nicht im Büro war – bei der Außenstelle des FBI in Knoxville. Chet Morris, der das Büro als diensthabender Special Agent leitete, war ein alter Freund und hatte sich bereit erklärt, mit Sheriff Butler zu kooperieren und die Labors des FBI zu benutzen, um Beweismaterial zu prüfen. Dallas musste nur Butler dazu bewegen, Chet anzurufen.

Jacob betrat sein Büro, in dem Dallas hinter seinem Schreibtisch saß und alle Information über die beiden Morde in Cherokee Pointe durchging. Als Dallas aufschaute, nickte Jacob ihm zu, während er Mantel und Hut an den Ständer in der Ecke hängte.

»Tut mir leid, dass ich so lange weg war, aber ich bin jedem Hinweis nachgegangen, habe persönlich auf jeden Anruf über etwas Verdächtiges reagiert.« Jacob trat an die Kaffeemaschine auf dem kleinen Tisch an der Wand. »Ein halbes Dutzend Menschen sind davon überzeugt, dass die Tieropfer, die wir vor Weihnachten hatten, irgendwie mit den Morden an Cindy und Susie zusammenhängen.«

Dallas erhob sich, ging um den Schreibtisch herum und trat zu Jacob. Er war mit dem Studium der Akten so beschäftigt gewesen, dass er nicht mal eine Mittagspause eingelegt hatte.

»Was meinen Sie? Gibt es eine Verbindung?«, fragte Dallas.

»Ich weiß nicht, was ich davon halten soll, aber wenn Sie mich nach meinem Bauchgefühl fragen, würde ich sagen, dass wahrscheinlich keine Verbindung existiert.«

»Dem würde ich auch eher zustimmen. Tieropfer sind nicht so ungewöhnlich, Menschenopfer hingegen schon.«

Jacob goss Kaffee in einen sauberen Becher und reichte ihn Dallas, der sich bedankte. Dann fragte Jacob: »Gab es denn Berichte über Tieropfer vor den Menschenopfern in einem der anderen Fälle? Bei der Mordserie in Mobile?«

Dallas schüttelte den Kopf.

»Haben Sie heute mit Ihren Kollegen vom FBI gesprochen?«

»Kein Profil für meinen Mörder. Noch nicht. Aber bald.«

Jacob lehnte sich mit der Hüfte an den Schreibtisch und führte den orangefarbenen Becher an die Lippen. Er trank ein paar Schlucke und stellte den Becher auf seinen Schreibtisch. »Ich will Ihnen gegenüber ganz offen sein – ich glaube, ich bin nicht erfahren genug, mit diesem Fall fertig zu werden, und dass unser Polizeichef ein Hohlkopf ist, hilft auch nicht gerade weiter. Ich überlege, ob ich Hilfe anfordern soll.«

»Rufen Sie Chet Morris bei der Außenstelle in Knoxville an und bitten Sie um offizielle Hilfe vom FBI, damit das Sheriff's Department Zugang zu all unseren Quellen bekommt. Chet ist ganz in Ordnung, und er wird auch nicht jammern, wenn ich Ihnen über die Schulter sehe. Wenn Sie bereit sind, das zuzulassen, werde ich in inoffizieller Eigenschaft mit Ihnen arbeiten. Ich habe die Erfahrung in der Strafverfolgung, die Ihnen fehlt.«

»Zuerst muss ich mit Roddy Watson sprechen. Der Blödmann ist fest entschlossen, diese Morde selbst zu bearbeiten. Er wird Theater machen.«

»Sie sind für den Fall Susie Richards zuständig. Rufen Sie Chet wegen der Benutzung der Quellen des FBI an, nur zu diesem Fall, und Sie werden Watson keine andere Wahl lassen. Und Sie könnten Chet vielleicht bitten, ein paar Leute herzuschicken, die sich Ihrer Sondereinheit anschließen.«

»Ja, das klingt nach einer guten Idee.« Jacob lachte in sich hinein. »Ist zwar verdammt hinterhältig, Roddy zu umgehen, aber wahrscheinlich der beste Weg, mit ihm fertig zu werden.«

Dallas trank seinen Kaffee in großen Schlucken und stellte den Becher auf den Boden. Er zog einen Stuhl an die Seite von Jacobs Schreibtisch und griff nach einem Schreibblock und einem Stift.

»Haben Sie Zeit, mit mir die Liste von Verdächtigen zusammenzustellen?«

»Sie meinen die Liste der neu Hinzugezogenen?«

Dallas nickte.

Jacob rieb sich das Kinn. »Zunächst hätten wir da Reverend Stowe und seine Frau drüben in der Kongregationskirche. Sie sind erst seit ein paar Monaten hier. Sie kamen, nachdem der alte Pfarrer Thomas in den Ruhestand gegangen war.«

»Ist Reverend Stowe nicht derjenige, der Cindy Todds Leiche gefunden hat?«

»Genau der.«

»Wie heißt der Pfarrer mit Vornamen?«

»Haden«, erwiderte Jacob. »Und seine Frau heißt Esther.«

Dallas schrieb die Namen auf den Notizblock. »Wer noch?«

»Dr. MacNair ist neu. Seit zwei Monaten hier. Galvin MacNair ist Allgemeinmediziner. Der Vorname seiner Frau ist Nina.«

Dallas setzte MacNairs Namen auf die Liste.

»Ein Geistlicher und ein Arzt«, sagte Jacob. »Nicht gerade die üblichen Kriminellen.«

»Ein Serientäter kann sich hinter jeder Fassade verbergen«, erklärte Dallas. »Mal sehen, ob Teri sie für uns überprüfen kann, oder falls Sie Chet bald auf den Fall ansetzen, kann er unsere Liste der Verdächtigen überpüfen. Wir müssen einen Mann finden, der ziemlich oft unterwegs ist oder zumindest viel reist.«

»Jamie Upton.«

»Wer?«

»Vergessen Sie es.« Jacob leerte seinen Kaffee und durchquerte den Raum, um sich neuen zu holen.

»Wieso? Wer ist Jamie Upton?«

»Ein verwöhntes Balg, das zu einem armseligen Schweinehund herangewachsen ist. Er reist viel. Gelegentlich kommt er nach Cherokee Pointe zurück. Vor einer Woche tauchte er wieder in die Stadt auf.«

»Kurz vor dem Mord an Susie Richards?«

»Ja, ungefähr. Aber vergessen Sie Jamie. Sein Name fiel mir nur so ein. Ich fürchte, ich bin voreingenommen, wenn es um ihn geht.«

»Ich sehe schon, dass dieser Jamie neben Brian MacKinnon hoch oben auf Ihrer schwarzen Liste steht.«

Jacobs Mundwinkel hoben sich kaum merklich. Die Andeutung eines Lächelns. »Ja, ich habe Probleme mit reichen Typen, die meinen, sie könnten sich mit ihrem Geld aus Schwierigkeiten herauskaufen oder sich alles leisten, was sie wollen.«

Dallas notierte Jamies Namen.

»Wenn Sie schon Jamie hinzufügen, dann können Sie MacKinnon auch gleich auf Ihre Liste setzen. Er reist ziemlich viel. Kann nicht schaden, ihn zu überprüfen.«

Dallas grinste, als er Brian MacKinnon hinzufügte. »Wer wohnt noch seit sechs Monaten oder weniger in Cherokee County oder reist viel?«

»Dillon Carson leitet das kleine Theater in der Stadt. Er ist neu und ein echter Frauenheld. Dann ist da noch Gennys Freund Royce Pierpont. Der Typ ist ein Weichei und spinnt ein bisschen, wenn Sie mich fragen. Aber Genny mag ihn. Ihm gehört ein Antiquitätengeschäft hier in der Stadt. Er ist nicht länger als sechs Monate hier.«

»Noch jemand?«

»Spontan fällt mir niemand ein. Ist die Liste nicht schon lang genug? Wie viele Namen haben Sie?«

»Sechs.« Dallas warf rasch einen Blick über die Namen. »Immerhin ein Anfang.«

»Wollen Sie warten, bis ich Kontakt mit Chet Morris aufnehme, oder wollen Sie Ihre Freundin Teri bitten, mit der Namensliste den Ball ins Rollen zu bringen?«

»Ich werde Teri anrufen. Wir dürfen keine Zeit verlieren. Aber wenn Sie mit Chet sprechen und ihn um Hilfe bitten, sagen Sie ihm, dass ich eine Freundin in der Zentrale sitzen habe, die mir einen Gefallen tut; nur damit wir uns nicht in die Quere kommen. Und erwähnen Sie Teris Namen nicht.«

»Wenn Ihr Mörder derselbe ist wie der, der die Verbrechen in Mobile begangen hat, wie lange dauert es Ihrer Meinung nach, bis er wieder zuschlägt?«, fragte Jacob. »Er hat bereits zwei Frauen im Abstand von vierundzwanzig Stunden umgebracht.«

»Er hat keinen festen Zeitrahmen. Ein paar Morde wurden im Abstand von vierundzwanzig Stunden begangen, andere wiederum lagen drei Wochen auseinander. Man kann sich keinen Reim darauf machen. Aber eines haben alle Morde zeitlich gemeinsam.«

Jacob kniff die Augen zusammen. »Und das wäre?«

»Alle fanden am frühen Morgen statt, wahrscheinlich in der Morgendämmerung.«

»Je mehr ich über Ihren Serienmörder erfahre, desto durchgeknallter kommt mir die ganze Sache vor. Wenn unser Mann derselbe ist wie Ihrer, dann haben wir es mit einem richtig kranken Geist zu tun.« Jacob fluchte leise vor sich hin. »Zum Teufel, was sage ich da? Selbst wenn es zwei Kerle sind, ist unser Mörder ein echter Irrer. Er hat zwei unschuldige Frauen aufgeschlitzt.«

»Und wenn er mein Mörder ist, und dessen bin ich mir sicher, dann ist er schon auf der Jagd nach seinem dritten Opfer.«

* * *

Genny setzte Wasser auf, damit sie Kamillentee machen konnte, wenn Jazzy kam. Etwas Beruhigendes. Jazzy war zutiefst besorgt und brauchte eine ruhige, fürsorgliche Freundin – eine Schulter zum Anlehnen. Nur selten wünschte Genny einem Geschöpf Gottes Böses an den Hals, nicht einmal einem Widerling wie Jamie Upton. Aber wenn sie die Macht hätte, sich in das Leben von Menschen einzumischen, würde sie Jamie aus Jazzys Leben entfernen. Dauerhaft. O nein, sie würde ihn nicht sterben lassen, aber sie würde dafür sorgen, dass er Cherokee County auf Nimmerwiedersehen verließ.

Nachdem sie die Kamillendose vom Regal geholt hatte, maß Genny die richtige Menge ab und gab sie in die Teekanne auf der Anrichte. Granny hatte die römische Kamille mit doppelten Blüten angepflanzt, weil sie die stärksten Heilkräfte besaß.

Das Geräusch eines Wagens in der Auffahrt alarmierte Genny, dass ihr Gast eintraf. Als sie an die Haustür kam, stand Jazzy schon auf der Veranda. Genny riss die Tür auf und breitete die Arme aus. Jazzy ließ sich hineinfallen.

»Ich bin schier durchgedreht, seitdem es passiert ist.« Jazzy hob ihren Kopf von Gennys Schulter. »Du weißt nicht, wie knapp ich davor war, diesen Hurensohn umzubringen.«

Genny nahm Jazzy an der Hand und führte sie ins Haus. Nachdem sie die Tür geschlossen hatte, geleitete sie Jazzy in die Küche.

»Komm mit«, sagte sie zu ihrer Freundin. »Ich mach uns einen Tee, und dann reden wir.«

Jazzy folgte ihr wie ein gehorsames Kind. Und jeder, der Jazzy kannte, wusste, dass sie nicht gerade zu den Gehorsamen und Unterwürfigen gehörte. Aber sie vertraute Genny wie sonst niemandem auf der Welt, und Genny ging es umgekehrt genauso. Echte Freundinnen.

Während Jazzy am Küchentisch saß, bereitete Genny den Tee zu. Dann reichte sie Jazzy eine Tasse und setzte sich ihr gegenüber.

»Fang vorn an und erzähl mir alles.«

Jazzy seufzte laut. »Ich hab dir doch gesagt, dass er mich belästigt hat, so, wie ich es geahnt hatte.« Jazzy schaute prüfend in Gennys Gesicht und suchte offenbar nach einem Anzeichen für Verständnis. »Ich bin fertig mit ihm. Ich kann mir das nicht ständig wieder antun. Ich will, dass er für immer aus meinem Leben verschwindet. Aber …« – Jazzy holte tief Luft – »ich will nicht, dass er tot ist. Ehrlich.«

»Trink deinen Tee, und dann erzähl mir genau, was gestern Abend passiert ist.«

Jazzy führte die Tasse an die Lippen und nippte an der heißen Flüssigkeit. Sie schauderte. »Ich hasse das Zeug.«

»Es tut dir gut«, sagte Genny. »Trink weiter.«

Jazzy nahm noch ein paar Schlucke. »Er hatte getrunken. Er drohte, Krawall zu schlagen, falls ich ihn nicht in die Wohnung ließe. Ich war so blöd und dachte, ich würde mit ihm fertig und könnte ihn zur Vernunft bringen.«

»Du hättest Jacob anrufen sollen.«

»Damit habe ich ihm auch gedroht, aber er hat mich nur beschuldigt, es mit Jacob zu treiben.«

»Jacob wäre egal gewesen, was Jamie sagte. Er hätte ihn über Nacht eingesperrt. Du weißt, dass Jacob keine Angst vor Big Jim Upton hat.«

»Er … er hätte mich vergewaltigt.«

Genny blieb vor Entsetzen der Mund offen stehen.

Jazzy sprach langsam, leise. So leise, dass Genny sie ein paar Mal kaum verstehen konnte. Aber sie unterbrach sie nicht, während Jazzy ihr über das beunruhigende Erlebnis mit Jamie berichtete.

»Und da habe ich ihm angedroht, ihm die Eier wegzupusten. Er wusste, dass ich es ernst meinte.« Tränen glitzerten in Jazzys leuchtend grünen Augen. »Aber es ist nicht vorbei. Das lässt er nicht auf sich beruhen. Er wird wiederkommen … und ich weiß nicht, was ich dann machen werde.«

Genny ergriff Jazzys Hände. »Komm und bleib bei mir, bis er die Stadt verlässt.«

»Das kann ich nicht. Ich habe drei Geschäfte in der Stadt.« Ein vorsichtiges Lächeln umspielte Jazzys Lippen. »Im Übrigen gönne ich diesem Schweinehund nicht die Genugtuung, zu meinen, er hätte mir Angst eingejagt.«

»Wir werden Jacob bitten, mit Jamie zu reden.«

»Jacob hat mit diesen Mordfällen alle Hände voll zu tun.«

»Er wird sich die Zeit nehmen, um zwei Minuten mit Jamie zu sprechen.«

»Zwei Minuten?« Jazzys Mund verzog sich zu einem breiten Lächeln. »Ja, du hast recht, Jacob könnte jeden in zwei Minuten Gottesfurcht lehren.«

»Bleib hier und iss mit mir und Drudwyn zu Abend, dann rufe ich Jacob an.« Als Jazzy zögerte, sagte Genny: »Ich verspreche dir, dass ich dir keinen Kamillentee mehr einflößen werde.«

Jazzy lachte. »Ich bleibe, aber du musst Jacob nicht anrufen. Ich schaue bei ihm vorbei, wenn ich in die Stadt zurückfahre.« Jazzy schaute auf die Tischdecke und begann, unsichtbare Fältchen im Stoff glatt zu streichen. »Genny … ich … würdest du …«

Genny sah ihrer Freundin direkt in die Augen. »Was möchtest du?«

»Du weißt schon.«

»Bist du sicher?«

Jazzy nickte. »In all den Jahren hab ich dich nie gebeten, es für mich zu tun, aber … Ist es ein Fehler von mir, wenn ich es wissen will?«

»Die Zukunft erfahren zu wollen, ist weder richtig noch falsch, aber manchmal ist es … gefährlich.«

»Ich muss über Jamie Bescheid wissen. Das ist alles. Mehr nicht.«

»Du weißt, dass es so nicht funktioniert. Sobald ich in deine Zukunft blicke, kann ich nicht kontrollieren, was ich sehe.«

Jazzy packte Gennys Hände. »Komm, wir gehen in Grannys Zimmer. Da drinnen ist es ruhig und dunkel. Und die Kerzen sind schon aufgestellt.«

Jazzy folgte Genny die Treppe hinauf in Melva Mae Butlers Zimmer, das im Dunkeln lag, die Vorhänge zugezogen, der unverwechselbare Duft nach Rosen in der Luft. Granny hatte immer nach Rosen gerochen, weil sie Puder mit Rosenduft verwendete. Ein altes Himmelbett beherrschte den quadratischen, fünf mal fünf Meter großen Raum. Genny zündete die weißen Kerzen an, die nach einem genauen Muster aufgestellt waren. Dann nahm sie auf einem der beiden Stühle neben einem kleinen, antiken Tisch Platz. Jazzy holte tief Luft und setzte sich auf den anderen Stuhl. Sie legte ihre Hände offen auf den Tisch.

Genny schloss die Augen und wiederholte den Namen »Jasmine« ein paar Mal. Die Augen noch geschlossen, streckte sie die Arme aus, fuhr mit ihren Handflächen über Jazzys und ließ sie dort liegen.

Schweigen. Das flüsternde Stöhnen des Winterwindes. Gleichmäßiges Atmen. Zwei schlagende Herzen.

Genny sagte nur wenigen Menschen die Zukunft voraus, Menschen, von denen sie wusste, dass sie wirklich an ihre Fähigkeiten glaubten. Sie nahm nie Geld dafür, bat nie um eine Gegenleistung. Für gewöhnlich kamen Menschen nur dann zu ihr, wenn alles andere fehlgeschlagen war. Die meisten fürchteten sich vor der Zukunft; wenige waren tapfer genug – oder töricht genug –, um wirklich wissen zu wollen, was vor ihnen lag.

Deutungen waren anders als Visionen. Genny hatte die Visionen nicht unter Kontrolle, und sie waren verheerend echt, beinahe so, als würde man einen Blick durch das Objektiv einer Videokamera werfen. Aber diese Kamera befand sich in den Händen eines anderen. Wenn Genny eine Deutung vornahm, bekam sie keine klaren Bilder. Zumindest nicht oft. Sie empfing Gefühle, spürte etwas, vernahm zuweilen eine Stimme in ihrem Kopf, die ihr zuflüsterte.

»Traurigkeit. Schreckliche Traurigkeit. Ein Tod. Nicht deiner, aber jemand, den du kennst, jemand …« Genny schnappte nach Luft. »Ein Mann wird sterben.«

»Jamie? Bringe ich ihn um?« Jazzys Stimme bebte vor Sorge.

Genny drückte Jazzys Hände, öffnete ihre Handflächen und legte sie erneut auf Jazzys. »Ich weiß nicht, wer er ist. Aber du bist für seinen Tod nicht verantwortlich. Er wird bald sterben. In ein paar Monaten. Sein Tod verletzt dich irgendwie.« Genny schauderte.

»Inwiefern? Wie?«

»Ich weiß es nicht.«

»Ist das alles, was du siehst?«

Genny antwortete nicht. Sie saß nur reglos da, sehr still, und wartete. Wenn es mehr zu sagen gäbe, würde es über sie kommen. Sie sah den Schatten eines Mannes, sein Bild war verschwommen. Genny spürte eine Freundlichkeit in ihm, eine zärtliche Liebe zu Jazzy. Und in diesem Augenblick wusste sie es.

»Danke, Gott«, flüsterte Genny.

»Was? Was?«

»Da ist ein Mann – nicht Jamie und nicht Jacob –, der dich glücklich machen wird. Er wird gut zu dir sein.«

»Werde ich ein für alle Mal frei von Jamie sein?«

Genny zögerte. »Ja. Ja, du wirst von ihm befreit sein.« Für einen Moment verzehrte die Dunkelheit sie. Eine schwarze, wirbelnde Wirklichkeit, die sie hineinzuziehen und einzuschließen drohte. Genny begriff und zog sich vor ihrer Macht zurück. Böse, nicht gut. Sie schlug die Augen auf. Ihr Körper erschlaffte.

Jazzy sprang auf. »Ist alles in Ordnung?«

Genny nickte. »Es geht schon wieder. Ich muss mich nur ein wenig ausruhen.«

»Vielen, vielen Dank.« Jazzy umarmte Genny. »Ich musste nur wissen, dass ich Jamie nicht umbringe, sondern ihn loswerde. Herauszufinden, dass es in meiner Zukunft einen guten Mann geben wird, der mich richtig behandelt, war eine Zugabe.«

Zwei Stunden später, als Jazzy gerade das Abendgeschirr abräumte, stellten sich Drudwyns Ohren auf, und er knurrte.

»Schon gut, mein Junge.« Genny langte zu ihm hinunter

und kraulte ihm den Kopf. »Ich höre es auch. Jemand ist vorgefahren.«

»Hast du denn jemanden erwartet?«, fragte Jazzy.

Genny schüttelte den Kopf. »Eigentlich nicht, nein.«

»Was soll das heißen?«

»Soll heißen, ich habe niemanden erwartet, aber ich hatte irgendwie gehofft, dass … nun ja, dass Dallas Sloan vielleicht …«

Das laute Klopfen an der Haustür ließ Genny mitten im Satz verstummen.

»Wer es auch sein mag, er verlangt deine sofortige Aufmerksamkeit«, sagte Jazzy. »Du bleibst sitzen und ruhst dich aus. Ich sehe nach, wer es ist.«

Sitzungen wie die, die sie mit Jazzy gehabt hatte, kosteten sie Energie, doch für gewöhnlich erholte sie sich schnell, es sei denn, sie erlebte Visionen, die sie nicht unter Kontrolle hatte. Wenigstens konnte sie sich bei den Deutungen jederzeit zurückziehen.

Genny erhob sich und ging, begleitet von Drudwyn, aus der Küche. Als sie in die Diele trat, vernahm sie Stimmen.

»Kommen Sie rein. Ich glaube, Genny hat Sie erwartet«, sagte Jazzy. »Ich wollte gerade gehen. Ich muss wieder zurück in die Stadt und mich ums Geschäft kümmern.«

»Wegen mir müssen Sie nicht loshasten«, sagte Dallas. »Ich bin vorbeigekommen, um Genny um Hilfe zu bitten.«

»Was für eine Art von Hilfe? Sie sind doch nicht wegen einer Deutung hier? Wenn ja, dann …«

»Sei still!«, rief Genny. »Du sagst zu viel.«

Sie musste Jazzy Einhalt gebieten. Dallas Sloan glaubte nicht an Übernatürliches, glaubte nicht, dass Menschen wirklich einen sechsten Sinn hatten. Sie wollte ihn nicht abschrecken, bevor er sie kennengelernt hatte. Er brauchte die Möglichkeit, sich voll mit ihr zu verbinden, ihr zu vertrauen, bevor er an sie glauben konnte.

Dallas und Jazzy drehten sich um und starrten Genny an.

»Ich bin mir sicher, dass Dallas nicht deshalb hier ist. Er interessiert sich für nichts, das auch nur ansatzweise mit dem sechsten Sinn zu tun hat.« Genny lief durch die Diele, aber die rasche Bewegung machte sie schwindelig. Sie taumelte und stützte sich an der Wand ab, um wieder ins Gleichgewicht zu kommen.

»Alles in Ordnung?«, fragte Jazzy.

Dallas schoss an Jazzy vorbei, direkt zu Genny. Seine großen Hände legten sich auf ihre Schultern. »Was ist los? Sie sehen aus, als würden Sie gleich ohnmächtig.«

Sie schaute in seine blauen Augen und lächelte. »Ich war einen Moment lang etwas benommen. Jetzt geht es wieder.«

»Sie hatten doch nicht eine dieser Visionen, oder?«, forschte er nach.

Sie schüttelte den Kopf. Er nahm die Hände von ihren Schultern, fuhr an ihren Armen entlang bis zu den Handgelenken und ließ sie dann los.

Jazzy räusperte sich. »Ich hole meinen Mantel und bin dann weg.«

»Versprich mir, dass du mit Jacob redest«, mahnte Genny sie.

»Versprochen.«

Genny wandte sich an Dallas. »Möchten Sie etwas essen? Ich habe noch jede Menge vom Abendessen übrig.«

»Nein danke. Ich habe schon gegessen. Im Jasmine's.«

»Das beste Restaurant in der Stadt«, rief Jazzy noch und machte dann die Haustür hinter sich zu.

Genny lachte. Dallas lächelte.

»Warum sind Sie hier?«, fragte sie.

»Ich brauche Ihre Hilfe.«

»Inwiefern kann ich Ihnen helfen?«

»Sie können mir dabei behilflich sein, einen Serienmörder zu fassen, bevor er wieder zuschlägt.«

12

Was zum Teufel mache ich hier?, fragte sich Dallas, als er die Hände von Gennys schlanken Schultern nahm und zurücktrat. Er hatte alles versucht, sich die Fahrt hierher auszureden, aber, Himmel hilf, es hatte ihn wieder zu dieser Frau hingezogen, was für ihn absolut keinen Sinn ergab. Nach allem, was er wusste, war sie eine totale Spinnerin. *Verdammt, du Idiot, sie glaubt, sie könne hellsehen. Die Frau hat Visionen. Und ihre Freunde und Verwandten glauben tatsächlich, dass sie diese übernatürlichen Kräfte besitzt.* Aber er wusste es besser. Sie war eine Schwindlerin – das musste so sein –, so wie all die anderen Scharlatane, die behaupteten, mit außergewöhnlichen Fähigkeiten wie übersinnlicher Wahrnehmung gesegnet zu sein.

Genny stand da, die schwarzen Augen auf ihn gerichtet, als dringe sie weiter vor, als ein normales menschliches Auge blicken kann. Dallas wandte den Blick ab und räusperte sich.

»Schon gut«, sagte sie zu ihm.

»Wovon reden Sie?« *Sie hat deine Gedanken nicht gelesen,* sagte er sich. *Sie hat einfach nur eine Vermutung angestellt und richtig geraten.*

»Sie können so skeptisch sein, wie Sie wollen, es ändert nichts.«

»Es ist kein Geheimnis, dass ich nicht an Ihren Hokuspokus glaube.« Dallas schob die Hände in die Manteltaschen. »Hören Sie, wahrscheinlich war es ein Fehler von mir, hierher zu kommen. Ich dachte nur, vielleicht …« Er hob die Hand, fuhr sich mit den Fingern durch das dichte, blonde Haar und grummelte unverständlich vor sich hin. Dann sagte er: »Zum Teufel, ich weiß nicht, warum ich hier bin.«

»Doch. Das haben Sie mir selbst gesagt. Sie wollen, dass ich

Ihnen helfe, den Serienmörder zu finden, der Ihre Nichte umgebracht hat.«

»Ich weiß, was ich gesagt habe, aber ich sehe nicht, wie Sie mir helfen könnten. Nicht so richtig. Schreiben Sie diesen Besuch einfach einem Typen zu, der scharf auf Sie ist.«

»Sind Sie scharf auf mich, Agent Sloan?«

Ihre Blicke trafen sich. Sie lächelte.

Dallas grinste. »Sie scheinen nicht weiter überrascht zu sein. Jetzt sagen Sie mir nicht, Sie hätten in Ihrer Kristallkugel gesehen, dass ich heute Abend herkomme und mich wie ein Narr benehme.«

Gennys Lächeln schwankte unmerklich. »Ich benutze keine Kristallkugel.«

»Was ist nur los mit Ihnen, Lady? Wir haben absolut nichts gemeinsam. Mein Leben ist ein heilloses Durcheinander. Ich habe nur ein Ziel, und das ist, Brookes Mörder zu finden. Wenn ich also nicht dringend flachgelegt werden muss, besteht kein Grund, warum ich heute Abend hier bin.«

Gennys Lächeln verschwand. »Müssen Sie unbedingt flachgelegt werden?«

Hatte er das wirklich zu ihr gesagt? Verdammt! Dallas zuckte mit den Schultern und knurrte. »Ich wollte Ihnen nicht zu nahe treten. Nur müssen Sie wissen, dass ich nicht zu denen gehöre, die Verpflichtungen eingehen und sich auf etwas einlassen. Ich bin nicht der Mann, mit dem Sie auf Dauer rechnen können.«

»Weisen Sie mich ab?«

»Stellen Sie immer so viele Fragen?«

»Ja, wenn die Antworten wichtig sind.«

»Wir wären wie Hund und Katze.«

Wünsch ihr eine gute Nacht und geh, sagte er sich. Du kriegst keinen Stich bei Genny Madoc. Sie ist nicht der Typ für einen One-Night-Stand. Das wusstest du, bevor du bei ihr aufgekreuzt bist.

»Wie Hund und Katze, ja?« Sie machte einen vorsichtigen

Schritt auf ihn zu. »Ich dachte da eher an eine Dynamitstange und ein Streichholz.«

Dallas holte tief Luft, als ihm Bilder durch den Kopf schossen von Genny, wie sie neben ihm lag, ihr langes, schwarzes Haar ausgebreitet auf einem weißen Kissen und ihre schlanken Gliedmaßen um ihn geschlungen.

»Lady, Sie wissen, wie man einem Mann wehtut.«

Sie kam noch einen Schritt auf ihn zu. Er rührte sich nicht, obwohl ihm sein Verstand riet wegzulaufen. Wenn sie noch näher käme, würde er sie wahrscheinlich packen und in die Arme reißen.

Sie blieb stehen. »Wie wäre es mit Apfelkuchen und Kaffee?«

»Wie bitte?« Ihr gastfreundliches Angebot überrumpelte ihn ebenso wie der Themenwechsel.

»Gehen Sie nicht fort«, bat sie ihn. »Und man braucht keinen sechsten Sinn, um zu merken, dass Sie kurz davor stehen, vor mir wegzulaufen. Bleiben Sie auf ein Stück Kuchen und Kaffee, und wir unterhalten uns. Über den Serienmörder. Über Brooke. Über alles, worüber Sie sprechen müssen. Ich habe das Gefühl, dass Sie jemanden brauchen, der Ihnen zuhört, mit dem Sie etwas besprechen können, dem wichtig ist, was Ihnen wichtig ist, viel mehr, als flachgelegt zu werden.«

Sie hatte recht. Er brauchte jemanden zum Reden, jemanden, der zuhörte. Teri war in den vergangenen acht Monaten eine echte Freundin gewesen, und er hatte sich darauf verlassen, dass sie nach dem Mord an Brooke sein Kummerkasten war. Aber er hatte schon bald gemerkt, dass er die Gefühle ausnutzte, die sie noch immer für ihn hegte. Er hatte sich zurückgezogen. Sie hatte Besseres verdient. Er hatte ihr eine Chance bei Linc einräumen wollen, und so lange sie glaubte, Dallas brauche sie, würde sie da nicht weitermachen. Er hatte zugelassen, dass sie ihm bei seinen inoffiziellen Ermittlungen half und Linc mit einbezog, weil Dallas dringend Hilfe brauchte. Aber er hatte das emotionale Band schnell getrennt, das Teri zwischen ihnen wieder hatte knüpfen wollen.

Jetzt bot ihm Genny eine Schulter zum Ausweinen an, und er war verdammt versucht, ihr Angebot anzunehmen.

»Ich weiß Ihr Angebot zu schätzen, meine Vertraute zu sein. Und Sie haben recht, dass ich jemanden brauche, der mir zuhört und sich kümmert. Aber Sie irren sich leider, wenn Sie meinen, ein bisschen Händchenhalten würde mich mehr befriedigen als Vögeln.«

Genny schnappte nach Luft. »Versuchen Sie absichtlich, mich abzuschrecken?«

»Glauben Sie das?«

Sie nickte. »Ja, aber das funktioniert nicht.« Sie bedeutete ihm, ihr zu folgen. »Kommen Sie mit ins Wohnzimmer, während ich Kaffee und Kuchen hole.«

»Sie wissen, dass ich Sie ins Bett kriegen will und laden mich trotzdem ein zu bleiben?«

»Ja, ich möchte, dass Sie bleiben. Sie brauchen mich.« Sie drehte sich um und entfernte sich von ihm. Als er ihr folgte, blieb sie stehen und warf einen Blick über die Schulter. »Sie werden mich nicht ins Bett kriegen. Heute Abend nicht.«

Die Anspielung traf ihn wie ein Schlag. Sie hatte nicht gesagt, *niemals, auf keinen Fall.* Sie hatte gesagt, *heute Abend nicht.*

»Ich lasse mich auf Kaffee, Kuchen und eine Unterhaltung nieder. Heute Abend.«

Jazzy's Joint hatte eine wilde Seite, aber diese ausgelassene, rauflustige Seite zeigte es an diesem Abend nicht. Da es ein Wochentag mitten im Winter war, saßen nur ein paar der üblichen Stammgäste an der Bar, und noch einige mehr waren an verschiedenen Tischen im Raum verteilt. Jazzy hatte gelernt, dass es sich nicht lohnte, in den Wintermonaten eine Liveband zu engagieren, außer an Wochenenden. Doch die treuen Kunden bedienten die alte Musikbox, die Jazzy vor einigen Jahren auf einer Antiquitätenmesse in Knoxville gefunden hatte, und ließen Oldies laufen. Das Brummen von einem halben Dutzend Trinkern, die sich unterhielten, und der beiden Männer am

Poolbillard störte die laute Musik nicht. Fats Dominos Interpretation von »Blueberry Hill« dröhnte in gleichmäßigem Rhythmus.

Als Jazzy dieses Gebäude gekauft und die untere Etage in eine Bar umgewandelt hatte, war ihr Ziel gewesen, ein wenig Atmosphäre zu schaffen. Etwas mehr als nur laute Musik, Alkohol, der wie Wasser fließt, und einen verräucherten Innenraum. Obwohl die Bar diese drei Eigenschaften im Überfluss besaß, verband das Dekor gepflegte Moderne mit etwas Country-Stil. Die Bar, Tische und Stühle hatten eine klar geschnittene Form, das helle Holz und das Glas waren sauber mit Chrom umrahmt. Der wieder aufgearbeitete Hartholzboden wies allmählich Abnutzungserscheinungen auf. Über zwei Billardtischen im hinteren Teil des Raums hing jeweils eine Chromleuchte. Kunstwerke der Cherokee-Indianer – darunter Friedenspfeifen, handgearbeitete Töpferware und Körbe, sowie geschnitzte Masken – schmückten die Wände ebenso wie Gemälde von Ureinwohnern Amerikas. Drei faszinierende Bilder hingen an der Eingangswand, das eine ein Porträt von Austenaco, einem Häuptling der Cherokee im Achtzehnten Jahrhundert, das andere war Robert Lindneux' Darstellung von Sequoyah, der das Alphabet der Cherokee erschaffen hatte; das dritte war ein Porträt von George Lowery, einem prominenten Anführer der Cherokee, der als Mischling ein Delegierter der verfassunggebenden Versammlung von 1827 gewesen war.

Da Cherokee Pointe so nah an den Smoky Mountains lag und das Land der Cherokee von den Ureinwohnern gehalten wurde, die den Pfad der Tränen überlebt hatten, war alles Indianische für die Touristen reizvoll. Um sicherzugehen, dass nichts, was sie unternahm, für Genny und Jacob kränkend war, in deren Adern auch indianisches Blut floss, hatte Jazzy ihre Freundin Genny gebeten, ihr bei der Inneneinrichtung zu helfen.

Jazzy betrat die Bar von hinten. Ihr Büro im Jasmine's hatte eine Tür, die in den Lagerraum von Jazzy's Joint führte, wodurch es ihr leichter fiel, hin und her zu gehen und beide Lokale im Auge zu behalten. Sie nickte ihrer Barkeeperin Lacy Fallon zu, einer Brünetten in mittleren Jahren mit der kiesigen Stimme einer Raucherin und tiefen Furchen im Gesicht. Lacy winkte Jazzy zu sich.

Als Jazzy sich auf einem Barhocker niederließ, fragte sie: »Worum geht's, Lacy?«

»Bert hat sich heute Abend nicht blicken lassen«, sagte Lacy.

»Hat er sich die Mühe gemacht, anzurufen?«

Lacy schüttelte den Kopf. »Das ist seit Weihnachten das vierte Mal, dass er nicht zur Arbeit gekommen ist, ohne anzurufen oder eine auch nur halbwegs anständige Entschuldigung vorzubringen, wenn er dann kommt. Ich würde sagen, es wird Zeit, dass du dir einen neuen Türsteher suchst.«

Jazzy schnaubte verärgert. »Das war kein guter Tag für meine Angestellten. Zuerst taucht Misty nicht im Jasmine's auf, und jetzt Bert. Ich werde Misty noch eine Chance geben, da es sonst nicht ihre Art ist, zu schwänzen, obwohl sie mit heute schon zwei Mal in diesem Monat ausgefallen ist. Doch auf Bert wird sein letzter Gehaltsscheck warten, wenn er denn auftaucht.«

»Wollen nur hoffen, dass wir heute Abend keine Probleme kriegen.«

Jazzy schaute sich unter den wenigen Kunden um. »Sieht ziemlich zahm aus, würde ich sagen. Aber jede anständige Kneipe braucht einen guten Türsteher. Ich werden morgen beim *Cherokee Pointe Herald* anrufen und eine Anzeige aufgeben.« Während Jazzy die Abendgäste weiter in Augenschein nahm, blieb ihr Blick am Billardtisch hängen, an dem Dillon Carson, der Mann, der das kleine Theater führte, und ein Fremder in ihr Spiel vertieft waren.

Dillon war Stammgast. Er mochte Cola mit Whiskey. Und er spielte ebenso gern Billard, wie er fast jede willige Frau aufgabelte, die mit ihm zusammen hinausging. Es war wirklich kein Geheimnis gewesen – zumindest nicht für sie oder die Stammgäste von Jazzy's Joint –, dass Dillon etwas mit Cindy Todd gehabt hatte. Doch Cindy war nur eine von vielen gewesen. Dillon war nicht wählerisch, solange die Frau unter fünfzig und willig war.

Jazzy wusste eigentlich nicht viel über den ehemaligen Schauspieler, der zum Amateurregisseur und Produzenten geworden war. Er hatte ihr eines Abends erzählt, nachdem er ein paar Gläser getrunken hatte, dass er es mit Mitte zwanzig in Hollywood und am Broadway probiert habe. Nachdem seine aussichtslose Karriere ins Schleudern geriet, als er Anfang dreißig war, hatte er irgendwo in Texas eine Stelle als Regisseur an einem kleinen Theater angenommen. Seitdem war er von einem Job zum anderen gezogen. Jazzy nahm an, dass Cherokee Pointe so ziemlich die letzte Station für einen Regisseur oder Schauspieler sein musste.

»Dillon wird Cindy bestimmt keine Träne nachweinen, oder?« Lacy schnalzte mit der Zunge und schüttelte den Kopf. »Ich sag dir, seitdem ich weiß, dass da draußen jemand ist, der sich Frauen schnappt und sie dann umbringt, als würde er ein Schwein abschlachten, prüfe ich meine Schlösser nachts zweimal nach.«

»Ja, ich weiß, was du meinst. Als Misty heute nicht zur Arbeit erschien und nicht anrief, habe ich mich schon gefragt, ob ich nicht die Polizei einschalten sollte.«

»Hast du?«

»Ich hab beim Sheriff angerufen und mit Bobby Joe gesprochen. Er hatte keine Ahnung, warum sie nicht aufgtaucht ist, und deshalb wird er heute Abend bei ihr vorbeischauen, um sicherzugehen, dass alles in Ordnung ist.«

»Das wird es schon, hat nur verschlafen oder so. Misty ist eine ziemliche Nachteule, bei ihrer Zecherei, daher kann sie am Mittag noch immer geschlafen haben. Oder sie ist krank geworden und hat einfach nicht daran gedacht, dir Bescheid zu geben.«

»Das hab ich mir auch gedacht. Ich hab Bobby Joe gesagt, er soll mich später anrufen.«

Ausgelassenes Gelächter aus dem hinteren Bereich des Raums ließ alle aufhorchen. Jazzy und Lacy drehten rechtzeitig den Kopf und sahen, wie ein kichernder Dillon seinen Gegner auf den Rücken schlug, dann seinen Geldbeutel zückte und mehrere Scheine überreichte.

»Der Typ muss ja wirklich gut sein«, sagte Lacy. »Ich hab noch nie erlebt, dass Dillon ein Spiel verloren hat, seit er hierherkommt.«

»Wenigstens ist er kein schlechter Verlierer.«

Während Dillon mit einem fast leeren Glas Whiskey-Cola zur Bar kam, betrachtete Jazzy den Mann, der die Kugeln zusammenschob und die Queues aufhängte. Den habe ich noch nie in Cherokee Pointe gesehen, und mir entgehen nicht viele Reisende, da mir eine Bar und ein Restaurant gehören und ich außerdem noch Teilhaberin einer Hüttenvermietung bin, dachte sie, während sie ihn von seinem zotteligen braunen Haarschopf, der auf den Kragen seines schwarzen Hemdes reichte, bis zu den Spitzen seiner abgewetzten schwarzen Lederstiefel musterte.

Er war groß – einsachtzig, würde sie schätzen –, war schlank und muskulös, was jede Frau mit rotem Blut in den Adern anziehen würde, und hatte einen wiegenden Gang, der seine Selbstsicherheit zur Geltung brachte, obwohl er nicht großspurig war. Er war ganz in Schwarz gekleidet. Preiswerte Kleidung. Jeans. Schwarzes Flanellhemd mit weißem T-Shirt darunter, das am Ausschnitt sichtbar war. Aber sie würde jede Wette eingehen, dass ihn die Schuhe ein nettes Sümmchen gekostet hatten.

Sie beobachtete ihn, als er quer durch den Raum an einen Tisch im hinteren Bereich ging. Er hatte einen leichtfüßigen, gemächlichen Gang, wie ein großer, selbstbewusster Tiger, der wusste, dass er der Herr im Dschungel war. Er ließ sich auf einen Stuhl fallen, an dem eine schwarze Lederjacke hing, nahm die Bierflasche, leerte den warmen Inhalt und stellte sie wieder ab. Er drehte sich halb herum und warf einen Blick über die Schulter, offensichtlich auf der Suche nach der Barkeeperin.

Als Lacy schon hinter der Bar hervortreten wollte, sagte Jazzy: »Ich frage ihn mal, was er will.«

Sie schlenderte zu seinem Tisch und ließ sich Zeit, damit er sie beobachten und ebenso mustern konnte, wie sie ihn. Als sie an seinen Tisch kam, lächelte er.

»Was darf's sein?«, fragte sie.

»Nochmal dasselbe.« Er schaute auf die Bierflasche. »Und wie wär's mit ein bisschen Unterhaltung?«

»Während ich Ihr Bier hole, können Sie über ein interessantes Thema nachdenken.«

Sein Lächeln wurde breiter, und für den Bruchteil einer Sekunde war sie wie verzaubert. Er sah nicht so gut aus wie ein Filmschauspieler, kein hübscher Junge, so wie Jamie, aber er war auf vollkommen männliche Weise verblüffend anziehend. Seine Augen hatten die Farbe von kräftigem Whiskey und funkelten golden. Und sein dunkelbraunes Haar wies dieselben honigfarbenen Töne auf.

»Beeilen Sie sich«, sagte er mit tiefer, polternder Stimme.

Jazzy kehrte an die Bar zurück und bat Lacy um ein Budweiser.

»Sieht mir irgendwie gefährlich aus«, sagte Lacy.

»Kann sein.« Jazzy nahm die Bierflasche. »Aber seit wann lasse ich mich von Gefahr einschüchtern?«

Lacy kicherte.

Nachdem Jazzy dem Fremden das Bier gereicht hatte, setzte sie sich auf den Stuhl ihm gegenüber. »Sie sind neu hier in der Stadt.«

»Seit ein paar Tagen.« Er führte das kalte Bier an die Lippen, nahm einen tiefen Schluck und wischte sich dann den Mund mit dem Handrücken ab.

»Wo wohnen Sie?«

»Im Motel draußen an der Dreieinundzwanzig.«

»Sie sollten eine meiner Hütten mieten«, schlug sie ihm vor. »Wir haben Winterpreise.«

»Die Hütten gehören Ihnen?«

Sie nickte. »Und diese Bar und das Restaurant nebenan.«

Er pfiff leise. »Reiche Lady.«

Jazzy lachte. »Weit gefehlt. Nur eine schwer arbeitende Frau, die weiß, wie sie mit ihrem Geld umgeht.«

»Dann müssen Sie Jazzy sein. Oder soll ich Jasmine sagen?« Er nahm noch ein paar Schlucke aus der Flasche.

»Jasmine Talbot«, erwiderte sie. »Aber meine Freunde nennen mich Jazzy.«

»Darf ich Sie Jazzy nennen?«

»Meinen Sie, wir werden Freunde?«

Sein Lächeln verschwand. »Ich gehöre nicht zu denen, die einen guten Freund abgeben. Wie wär's also, wenn wir einfach nur gute Bekannte bleiben … Jasmine.«

Die Art, wie er ihren Namen aussprach, löste sinnliche Schauer in ihr aus. Ein weicher, zärtlicher Ton, den ein Mann im Bett anschlagen würde, nachdem sie miteinander geschlafen hatten.

»Geht klar«, sagte sie. »Und, mein *guter Bekannter,* wie heißen Sie?«

»Caleb McCord.«

Der passte zu ihm. Ein starker Name. Ihr Bauchgefühl sagte ihr, dass Caleb ein guter Mann war, wenn auch vielleicht ein gefährlicher. Und sie hatte keinerlei Zweifel daran, dass er ein starker, zäher Teufelskerl war. Ohne es zu merken, verbreitete er die Warnung, sich nicht mit ihm anzulegen.

»Woher kommen Sie, Caleb?«

»Memphis.«

»Aha. Was machen Sie in Cherokee Pointe?«

»Bin zu Besuch.«

»Dann haben Sie Freunde oder Verwandte in Cherokee County?«

Er schüttelte den Kopf. »Besuche nur die Gegend.«

»Haben Sie vor, länger zu bleiben?«

»Schon möglich.«

»Sie sind nicht gerade gesprächig, nicht wahr?«

»Meine Talente liegen woanders.«

Tief in Jazzy entzündete sich ein Feuer und breitete sich rasch in ihrem Körper aus. Das Bild von ihnen beiden, nackt und eng umschlungen, schoss ihr blitzartig durch den Kopf. Noch nie hatte sie sich so sehr zu einem Mann hingezogen gefühlt – nicht seit ihrem sechzehnten Lebensjahr, als sie sich Hals über Kopf in Jamie Upton verliebt hatte. Doch im Nachhinein betrachtet hatte sie sich eher in das verliebt, was Jamie darstellte, als in den Jungen selbst. Dieser Mann hier war anders. Sie schätzte ihn als jemanden ein, der sich treiben ließ, keine Bindungen, keine Wurzeln – wenig oder kein Geld. Was also hatte er an sich, das sie erregte?

»Sie nehmen auch kein Blatt vor den Mund, wie ich sehe.« Jazzy schaute ihm in die Augen und sah ihr eigenes Verlangen darin gespiegelt.

»Wenn man von Anfang an vollkommen offen und ehrlich ist, fährt man am besten, habe ich festgestellt.« Er nahm noch einen Schluck aus der Bierflasche. »Sollte etwas zwischen uns laufen, wird es nicht mehr als körperliche Hitze sein. Sie erregen mich, ich errege Sie. Keine emotionalen Verwicklungen.«

»Falls etwas zwischen uns läuft, kommt mir eine rein körperliche Beziehung gerade recht.«

Jazzy schob ihren Stuhl zurück und stand auf. Caleb schaute zu ihr auf.

»Sie gehen schon?«, fragte er.

Sie grinste. »Ich bin fast jeden Abend um diese Zeit hier. Wenn Sie wiederkommen, werde ich es als ein Zeichen nehmen, dass Sie interessiert sind. Wenn nicht …« Sie zuckte mit den Schultern.

»Ich bin interessiert. Heute Abend. Jetzt sofort.«

»Ziehen Sie die Bremse an. Wir haben uns gerade erst kennengelernt. Ich küsse nicht mal beim ersten Date.«

»War das unser erstes?«

»Könnte unser einziges Date sein.«

Bevor sie Calebs tödlicher Anziehungskraft erlag, drehte sich Jazzy um und ging. Auf halbem Weg zur Bar atmete sie tief ein und langsam wieder aus. Als sie zum hinteren Lagerraum gehen wollte, um in ihr Büro zu entkommen, öffnete sich die Eingangstür von Jazzy's Joint und ließ kalte Nachtluft herein. Jazzy blieb kurz stehen, warf einen Blick zurück und stöhnte. Jamie Upton marschierte in die Bar, und als sich ihre Blicke trafen, lächelte er und steuerte auf sie zu. Dieselbe alte aufreizende, überhebliche Prahlerei. Sollte seine schwarze Seele doch zum Teufel gehen!

»Jazzy, Schätzchen, lauf nicht weg«, rief Jamie ihr zu.

Jazzy setzte eine stoische Miene auf, straffte kampfbereit die Schultern und drehte sich zu ihm um.

Breit lächelnd betrachtete er sie von Kopf bis Fuß und ließ seinen Blick auf ihren Brüsten verweilen. »Du siehst so gut aus heute Abend. Zum Anbeißen.«

Jazzy schaute sich im Raum um. Alle hatten den Blick auf sie gerichtet. Bis auf Caleb McCord. Er funkelte Jamie an und betrachtete ihn wie eine Probe unter dem Mikroskop.

Die acht Zentimeter hohen Absätze ihrer wadenlangen Stiefeln klapperten laut auf dem Holzboden, als sie schnurstracks auf Jamie zuging.

»Was willst du?« Sie sprach leise, denn sie wollte vor den Gästen nicht noch mehr von ihrem Privatleben preisgeben.

Jamie griff nach ihr, aber sie wich ihm aus. Er lachte. »Du weißt, was ich will. Ich will dich. Dasselbe wie immer.«

»Es wird nicht so sein wie immer«, sagte sie ihm. »Nie wieder.«

»Ach, Schätzchen, warum führst du dich so auf, wenn du doch weißt, dass du früher oder später kapitulieren und uns beiden geben wirst, was wir wollen.«

»Ich möchte, dass du gehst.« Sie zeigte zur Tür. »Verschwinde. Geh und lass dich nie wieder blicken.«

»Ich gehe, wenn du mitkommst.« Sein Blick wanderte an die Decke. »Lade mich nach oben ein. Komm schon, Jazzy, Kleines, du weißt, dass du es auch willst.«

Als er diesmal nach ihr griff, manövrierte er sie aus, und sie konnte seinen Pranken nicht ausweichen. Er packte sie und zog sie an sich. Sein Atem roch nach Alkohol. Jamie war immer sehr hinterhältig und charmant, wenn er getrunken hatte.

»Finger weg«, forderte sie. »Lass mich in Ruhe.«

»Keine Chance, Herzchen. Ich bleibe genau hier und halte dich fest, bis du zur Vernunft kommst.«

»Wenn du mich nicht loslässt …«

»Was machst du dann?«

Jamie versuchte sie zu küssen. Sie wehrte sich. Warum war Bert ausgerechnet heute Abend nicht gekommen? Wenn sie jemals jemanden gebraucht hatte, der Jamie vor die Tür von Jazzy's Joint setzte, dann heute Abend.

Plötzlich krallte sich eine große Hand in Jamies Schulter und riss ihn von Jazzy weg. Sie verlor beinahe das Gleichgewicht, als Jamie sie so unterwartet freigab. Nachdem sie tief Luft geholt und sich abgestützt hatte, sah sie zu, wie Jamie von Caleb McCord unsanft behandelt wurde. Er hatte eine Hand an Jamies Schulter, und mit der anderen packte er ihn im Nacken. Jamie wand sich knurrend. Caleb ließ nicht locker.

»Was zum Teufel?« Jamie versuchte freizukommen, aber vergeblich. »Wenn Sie wissen, was gut für Sie ist, lassen Sie mich auf der Stelle los.«

»Und wenn Sie wissen, was gut für Sie ist, tun Sie genau das, worum die Lady Sie gebeten hat, und gehen.«

Caleb machte sich mit Jamie auf den Weg zur Tür. Jamie ließ die Füße über den Holzboden schleifen, um seinen Abgang zu verzögern.

»Wissen Sie, wer ich bin?«, fragte Jamie, seine Stimme von Wut und Angst durchsetzt.

Jazzy war nicht sicher, ob sie jemals Angst in Jamies Stimme vernommen hatte.

»Ist mir scheißegal, wer Sie sind«, sagte Caleb. »Sie marschieren jetzt hier raus und kommen nicht wieder. Wenn ich mitkriege, dass Sie Jasmine noch mal belästigen, nehme ich es persönlich.«

Caleb geleitete den widerstrebenden Jamie zur Tür hinaus auf den Bürgersteig bis an seinen Wagen. Wie von einer unsichtbaren Macht angezogen, folgte Jazzy den beiden, genau wie alle Gäste in der Bar. Selbst Lacy kam herüber und stellte sich hinter die anderen in die offene Tür.

Caleb beugte Jamie über den Kühler seines schicken kleinen

Mercedes, der im Halteverbot direkt vor Jazzy's Joint stand. Caleb beugte sich vor und flüsterte Jamie etwas ins Ohr.

Jazzy hielt die Luft an.

Caleb lockerte seinen Griff und trat ein paar Schritte zurück. Jamie richtete sich zu seiner vollen Größe auf, drehte sich um und funkelte Caleb an. Aber er vermied den Blickkontakt mit allen anderen.

»Wir sehen uns noch«, sagte Jamie.

»Nur zu«, erwiderte Caleb. »Jederzeit. Wo Sie wollen.«

Jamie zerrte die Schlüssel aus der Tasche, schloss den Wagen auf, stieg ein und ließ den Motor aufheulen. Als er die Straße hinunterschoss, erhob sich lauter Jubel aus der Gruppe, die hinter Jazzy stand. Sobald Caleb auf sie zukam, zerstreuten sich die anderen und gingen wieder in die Bar.

Jazzy stand auf dem Bürgersteig, der bitter kalte Winterwind fegte um die Ecken, und sie wartete auf Caleb.

»Danke«, sagte sie. »Nur wenige aus Cherokee Pointe würden es mit Jamie Upton aufnehmen.«

Caleb zog die Augenbrauen hoch. »Jamie Upton, wie? Ich vermute, er ist es nicht gewohnt, dass man ihm etwas abschlägt.«

»Was haben Sie zu ihm gesagt? Als Sie ihn über seinen Wagen beugten, was haben Sie da gesagt?«

Caleb schob Jazzys Arm unter seinen und führte sie zum Eingang der Bar. »Was ich zu ihm gesagt habe, geht nur ihn und mich etwas an. Im Übrigen ist es nicht für die Ohren einer Lady bestimmt.«

Jazzy war platt. Niemand hatte sie je eine Lady genannt. Und nur wenige hatten sie je wie eine solche behandelt.

»Kommen Sie rein, ich gebe Ihnen einen aus«, sagte sie. »Und sagen Sie Jazzy zu mir. Ich glaube, wir werden doch noch Freunde.«

13

Genny spürte, dass Dallas länger bleiben wollte, auch wenn es ein Bedürfnis wider besseres Wissen war. Er war ein paar Mal aufgestanden, um zu gehen, zögerte aber immer wieder. Natürlich begriff er nicht warum, aber sie. Alles im Leben hatte einen Sinn. Und entgegen aller anderweitigen Beweise wusste sie, dass Ereignisse einen Grund hatten, selbst solche, die unerklärlich schienen. Ein Leben lang hatte sie auf ihn gewartet, vielleicht noch länger. Auf den Mann gewartet, der dazu ausersehen war, ihr Gefährte zu sein. Natürlich hatte sie von Anfang an gewusst, dass Brian MacKinnon nicht der Mann für sie war, und obwohl sie sich zu Royce Pierpont hingezogen fühlte, hatte sie nie »die Verbindung« gespürt.

Granny Butler hatte ihr einmal vor langer Zeit erzählt, sie habe in dem Augenblick, als sie Papa Butler begegnete, gewusst, dass er es war. Sie hatte es aufgrund der starken spirituellen Verbindung gewusst. Granny hatte es ihr zu erklären versucht, doch bis Genny die Gegenwart von Dallas Sloan gespürt hatte – noch bevor er vor ihrer Tür auftauchte –, hatte sie keine Ahnung gehabt, wie mächtig die Verbindung sein würde. Und je mehr Zeit sie mit Dallas verbrachte, desto stärker wurde das Band zwischen ihnen. Er fühlte es, tat es jedoch als bloße körperliche Anziehung ab. Er glaubte an nichts, was über die fünf Sinne hinausging, daher würde es eine Weile dauern, bis er damit klarkam, was mit ihm passierte.

»Sie sind furchtbar still«, sagte Dallas. »Habe ich Sie ermüdet? Ich habe ununterbrochen geredet.« Er zuckte mit den Schultern. »Sieht mir nicht ähnlich, so viel zu reden. Aber Sie haben etwas an sich, das mich veranlasst, Ihnen alles erzählen zu wollen.«

»Man hat mir gesagt, ich könne gut zuhören.«

»Muss wohl so sein. Ich habe im ganzen Leben noch nicht so viel geredet.«

»Es hat Ihnen gut getan, mir über Ihre Familie zu erzählen, über Ihre beiden Schwestern. Mir gefallen die Namen, die Ihre Mutter für ihre Kinder ausgesucht hat. Savannah, Alexandria und Dallas.«

»In den ersten Jahren ihrer Ehe ist sie mit Dad ganz schön herumgekommen. Wenn einer von uns geboren wurde, gab sie diesem Kind den Namen ihres derzeitigen Aufenthaltsorts.«

»Zum Glück kamen Sie nicht in New Orleans oder Los Angeles oder Salt Lake City zur Welt.«

»Ja, und ich hätte es verabscheut, derjenige mit dem Namen Savannah zu sein.« Dallas lachte in sich hinein. »Alles lief ziemlich gut, als wir heranwuchsen. Bis Mom starb. Danach war Dad nie wieder der Alte. Und leider war seine zweite Ehe nicht glücklich.«

Genny legte ihre Hand auf seine. Sogleich versteifte er sich. »Haben Sie keine Angst vor mir«, sagte sie.

Er betrachtete sie skeptisch. »Wovon reden Sie da? Warum sollte ich Angst vor …«

Sie beugte sich auf dem Sofa zu ihm vor und legte ihm den Zeigefinger auf die Lippen, damit er es nicht leugnen konnte. »Ich würde Ihnen nie wehtun. Wissen Sie das nicht?«

Er packte ihr Handgelenk und zog ihre Hand von seinem Mund. »Vor Ihnen habe ich auch keine Angst, sondern vor mir selbst. Und Sie könnten am Ende verletzt werden. Meine Erfolgsgeschichte mit Frauen ist nicht so gut.«

»Wollen Sie mir damit sagen, dass Sie eine ganze Reihe gebrochener Herzen hinter sich gelassen haben?«

Dallas ließ ihr Handgelenk los und umschloss ihre Hand. »Ich möchte Ihnen sagen, dass ich der falsche Mann für Sie bin, selbst für eine kurze Affäre. Sie und ich haben nicht dieselbe Wellenlänge, sozusagen. Zum Teufel, wir sind nicht einmal im selben Meer. Ich bin ein zynischer Schweinehund. Ich bin seit zwölf Jahren beim FBI und habe die Schattenseiten der Welt gesehen, und das ist kein erfreulicher Anblick. Ich hatte zwei kurze, halbwegs ernste Beziehungen, aber meistens bin ich ein Einzelgänger.« Er ließ ihre Hand los und lehnte sich zurück, um auf Distanz zu gehen.

»Ich bin auch eine Einzelgängerin«, sagte sie. »Ich hatte ein paar romantische Beziehungen, aber keine erreichte ein ernsthaftes Stadium. Und obwohl ich eher optimistisch bin, habe auch ich die dunklen Seiten des Lebens gesehen. In meinen Visionen.«

»Verdammt, Genny, das ist etwas anderes.« Dallas schoss in die Höhe, baute sich vor ihr auf und richtete den Blick starr auf ihr Gesicht. »Sie haben Träume und Albträume, und Sie nennen sie Visionen. Es ist Ihr Unterbewusstsein oder schlicht Ihre Fantasie. Mehr nicht. Jemand hat Sie böse reingelegt, als er Ihnen einredete, Sie hätten eine Art hellseherische Gabe. Ich vermute, Ihre Großmutter hat den Leuten in dieser Gegend die Hexerei übergestülpt und …«

»Granny hatte mächtige Fähigkeiten«, sagte Genny. »Sie hat niemandem die Hexerei übergestülpt.«

»Wenn Sie sich nur selbst reden hörten! Sie glauben im Ernst, Sie könnten hellsehen! Haben Sie überhaupt eine Ahnung, wie verrückt das ist?«

Warum musste der Mann, der für sie und nur für sie bestimmt war, als er schließlich in ihr Leben trat, ein so sturer Bock sein? »Ich kann hellsehen. Ich habe Visionen. Ich kann in die Zukunft sehen. Ich weiß oft etwas, bevor es eintritt. Und ich bin nicht verrückt. Ich trage diese Gabe in mir. Oder diesen Fluch. Wie Sie wollen. Es gibt Zeiten, da täte ich alles dafür, normal zu sein. Einfach so zu sein wie jeder andere.«

Dallas streckte die Arme aus, packte sie an den Schultern und riss sie auf die Füße. »Ich kann den Quatsch nicht glauben. So einen Blödsinn zu glauben, geht mir gegen den Strich.« Nachdem er sie abrupt losgelassen hatte, drehte er sich um und lief auf und ab, blieb dann abrupt stehen und richtete den Blick wieder auf sie. »Ich gebe ja zu, dass Sie anders sind als die Frauen, die ich bisher gekannt habe. Sie haben etwas Besonderes an sich, aber … Wir wollen es einfach vergessen, ja? Ich war ein Narr, heute Abend herzukommen, und ein noch größerer, anzunehmen …«

Mitten im Satz verstummte er, schaute sie scharf an und verließ das Zimmer. Genny holte tief Luft. Lass ihm Zeit, sagte sie sich. Er kämpft gegen Gefühle an, die er nicht versteht.

Er versteht mich nicht!

Als Genny hinter Dallas herkam, traf sie ihn in der Diele dabei an, seinen Mantel überzuziehen. Er blieb mit dem Rücken zu ihr stehen und griff nach dem Türknauf.

»Gehen Sie nicht so«, sagte sie.

Sie spürte, wie angespannt er war, und wusste, dass er vor ihr weglief, um zu entkommen, solange es ihm noch möglich war. Er begriff einfach nicht, dass er ihr nie entkommen konnte. Nicht jetzt, da sie sich tatsächlich begegnet waren. Ihr Leben würde für immer verflochten sein.

»Damit habe ich nicht gerechnet … mit dem, was da zwischen uns ist«, gab er zu. »Ich will es nicht, habe keine Zeit dafür.«

»Sie können weglaufen, aber Sie können nicht entkommen.«

Er fuhr mit dem Kopf herum und funkelte sie an. »Ich kann es aber versuchen, verdammt.«

Als er die Tür öffnete, aus dem Haus ging und die Tür hinter sich zuschlug, blieb Genny eine Weile in der Diele stehen und lauschte dem Geräusch seines sich entfernenden Wagens. Sie zog ihre Strickweste vor der Brust zusammen und schlang die Arme um sich.

Ihr Leben lang war sie anders als andere Menschen gewesen, anders als die Mädchen, die sie kannte. Manche hielten sie für eine Spinnerin, andere beneideten sie um ihre einzigartigen Begabungen. Die Einwohner der Stadt akzeptierten oder ignorierten sie, viele verwiesen auf sie als die Nachfahrin der alten Hexe. Das war sie wohl. Solange ihre Großmutter noch am

Leben war, hatte sie Genny beschützt, so gut sie konnte. Und nur Granny hatte wirklich verstanden, was es hieß, Fähigkeiten zu besitzen, die nur wenige andere hatten. Andererseits schienen diese Begabungen erblich zu sein, weitergegeben von den Großmüttern an die Enkelinnen, ähnlich wie bestimmte Gene von ihren Eltern auf sie übergegangen waren und ihr schwarze Haare und braune Augen gegeben hatten.

Genny seufzte, als sie Drudwyn aus seinem Nickerchen weckte und ihn zur Hintertür trieb. Bevor sie ihm nach draußen folgte, schlüpfte sie in ihren schweren Mantel und die Handschuhe. Am Abendhimmel glitzerten Sterne, blinkende Leuchtfeuer, Millionen Meilen entfernt. Die Temperatur war bereits unter den Gefrierpunkt gesunken, aber es war windstill und fühlte sich daher nicht so kalt an. Während Drudwyn seine Geschäfte erledigte, sah Genny nach den Gewächshäusern.

Eine Schleiereule flog über sie hinweg, ließ sich auf einem Baum nieder und stimmte ein unheimliches, schwermütiges Heulen an. Am Waldrand standen zwei graue Wölfe, ihre Augen wie Bernstein.

Sobald Genny ihren abendlichen Kontrollgang beendet hatte und den Weg zur hinteren Veranda einschlug, überkam sie eine plötzliche innere Unruhe. Sie blieb stehen, atmete tief durch und wartete. Ihre Augen schlossen sich von allein. *Nein, nicht jetzt. Nicht hier.* Sie versuchte, ihre Beine zur Mitarbeit zu bewegen, versuchte zu gehen, aber sie stand wie angewurzelt, während dunkle Schatten in ihren Geist krochen. Hellwach stand Genny mitten im Hof und überließ sich der Dunkelheit. Die Vision verzehrte sie. Wie alle Visionen, die sie bisher erlebt hatte, konnte sie auch diese nicht unter Kontrolle halten.

Die Frau in Gennys Vision lag ruhig, die Augen vor Angst weit aufgerissen. Als er sie berührte, zuckte sie zusammen, konnte aber weder schreien noch protestieren. Sie war geknebelt. Geknebelt und gefesselt. Er hob sie aus dem Bett und trug sie zu einer Tür. Genny konnte den Raum nicht sehen, konnte auch die Frau oder den Mann nicht identifizieren.

»Bald, mein Lämmchen, sehr bald«, flüsterte er der Frau ins Ohr.

Genny erkannte die kaum hörbare Stimme nicht. Die Worte schienen in ihrem Kopf widerzuhallen, als hörte sie alles wie durch einen Filter. Sie sank auf die Knie, aber die Vision war noch nicht zu Ende, die Bilder verblassten einfach und setzten sich dann zu einer anderen Zeit an einem anderen Ort wieder zusammen.

Die Frau lag auf einer Holzplatte, die von zwei Böcken gestützt wurde. Ein provisorischer Altar. Eine behandschuhte Hand hielt ein beeindruckendes, reich verziertes Schwert. Morgengrauen vertrieb die Dunkelheit in einem großen, leeren Raum. Genny vernahm deutlich zwei schlagende Herzen. Der Mann entfernte den Knebel aus dem Mund der Frau. Ihr entsetzlicher Schrei zerriss die tödliche Stille.

Plötzlich sah Genny nur noch die Frau. Ihren Mund. Ihr blondes Haar. Ihre tränennassen, blauen Augen.

Genny schrie auf. Die Eule strich niedrig über sie hinweg und setzte sich auf einen Ast. Drudwyn trottete auf Genny zu. Die beiden Wölfe krochen aus dem Wald und bewegten sich langsam in ihre Richtung.

Genny wusste, wer das nächste Opfer des Mörders sein würde. Sie hatte ihr Gesicht gesehen. Deutlich.

Im Morgengrauen würde Misty Harte sterben.

Jacob blickte vom Schreibtisch auf und schaute durch die offene Tür, als Tewanda Hardy hereinkam. Sie setzte ihre Mütze ab, zog ihre Jacke aus und kam direkt auf sein Büro zu.

»Probleme?«, fragte Jacob.

Sie schüttelte den Kopf. »Im Westen nichts Neues.«

»Irgendwelche Spuren von Misty?«

»Keine«, erwiderte Tewanda. »Niemand ist ihr heute begegnet. Sieht so aus, als wären Sie der Letzte, der sie gesehen hat.«

Jacob sah sich nicht gern gezwungen, Informationen über sein Privatleben mit anderen zu teilen, ganz bestimmt nicht mit seinen Deputys. Selbst wenn Misty nicht Bobby Joes Schwester wäre, hätte er in der Regel nicht erwähnt, dass Misty die Nacht mit ihm verbracht hatte. Er war nicht der Typ, der mit seinen sexuellen Eroberungen prahlte. Aber da Misty offensichtlich vermisst wurde und Bobby vor Sorge fast den Verstand verlor, war Jacob nichts anderes übrig geblieben, als den Deputys, die nach Misty suchten, mitzuteilen, dass sie wohlauf gewesen sei, als sie am frühen Morgen seine Wohnung verlassen habe.

»Hat Bobby Joe all ihre Freunde kontaktiert?«, fragte Tewanda, und Jacob vernahm den unausgesprochenen Vorwurf, Misty habe schließlich so viele Freunde gehabt, dass es wohl eine Woche dauern würde, sie alle zu befragen.

»Diejenigen, von denen er annimmt, dass Misty Kontakt mit ihnen hatte. Aber er hat nichts herausgefunden. Es ist, als wäre Misty spurlos verschwunden.«

»Sie glauben doch nicht … na ja, ich meine, wo doch ein Mörder frei herumläuft und so …«

»Ich habe an nichts anderes gedacht«, gestand Jacob.

»Sinnlos, wenn wir voreilige Schlüsse ziehen. Flatterhaft wie Misty ist, lässt sich nicht sagen, wo sie sein könnte. Schon möglich, dass sie einfach spontan irgendwohin gefahren ist und Bobby Joe morgen anrufen wird. Das hat sie schon mal gemacht.«

»Ja, kann sein.«

Das Telefon auf Jacobs Schreibtisch klingelte. Tewanda erschrak. Jacob spannte sich an. Er hob den Hörer und meldete sich.

»Hier ist Jimmy Lewey, draußen am Pike's Gap. Sie erinnern sich an mich, nicht wahr? Ihr alter Herr und meiner waren Jagdgefährten. Jedenfalls habe ich gehört, ihr sucht nach Misty Harte.«

»Stimmt. Wissen Sie etwas über Misty?«

Tewanda riss die Augen weit auf und sah Jacob fragend an. Als sie zu sprechen begann, bedeutete ihr Jacob mit erhobenem Zeigefinger, sie solle warten.

»Hab keine Ahnung, wo sie steckt, aber ich kann euch sagen, wo ihr Wagen ist.«

»Was für ein Wagen?«, fragte Jacob.

»Gelber Vega.«

»Wo ist er?«

»Abgestellt hinter der alten Tankstelle am Pike's Gap. Das Gebäude gehört mir noch, obwohl ich seit Jahren aus dem Geschäft bin. Aber ich habe einen fünfundsechziger Mustang in der Werkstatt dort stehen, an dem ich arbeite. Ich gehe zwei Mal die Woche rüber, für gewöhnlich recht spät. So wie heute Abend.«

»Hören Sie, Jimmy, rühren Sie nichts an. Lassen Sie alles, wie es ist.«

»Sie gehen davon aus, dass der Mörder sich Misty geschnappt hat, nicht wahr?«

»Ich denke nichts Bestimmtes«, sagte Jacob. »Deshalb laufen Sie jetzt nicht los und erzählen den Leuten, der Sheriff glaube, Misty sei das dritte Opfer.«

»Klar. Ich halt die Klappe.«

»Warten Sie bitte, ja? Wir machen uns sofort auf den Weg«, sagte Jacob.

Er legte den Hörer auf und wandte sich an Tewanda. »Mistys Wagen steht hinter Jimmy Leweys alter Tankstelle draußen am Pike's Gap. Erledigen Sie bitte zwei Anrufe für mich. Ich möchte, dass ein Abschleppfahrzeug rausfährt und den Wagen hierherbringt, und ich brauche so schnell wie möglich einen Durchsuchungsbeschluss. Rufen Sie Richter Tubbs zu Hause an. Und entschuldigen Sie sich, wenn Sie ihn geweckt haben sollten.«

»Ich rufe auch Bobby Joe an und sage ihm Bescheid.«

»Ja, machen Sie das. Und rufen Sie Chief Watson an.«

»Was soll ich ihm sagen?«

»Ich möchte einige seiner Leute dabei haben. Ich brauche jede Hilfe, die ich bekommen kann. Sagen Sie dem Chief, dass wir unsere Arbeit abstimmen müssen. Höchste Zeit, dass wir eine Sondereinheit bilden, um diesen Mörder zu finden.«

»Sie glauben, der Mörder hat auch Misty, nicht wahr?«
»Ich halte es für verdammt wahrscheinlich.«

Der Raum war nur von Kerzen erhellt, golden schimmernde Beleuchtung, die düstere Schatten warf und jede Ecke zur Dunkelheit verdammte. Ein leises, beständiges Summen dröhnte in seinem Kopf, während er den Gesängen lauschte, die er so oft als Kind gehört hatte. Wohin er auch ging, er suchte sich Menschen wie diese, die Kinder der Nacht, die sich magische Kräfte von der spirituellen Welt erbaten. Heute Abend war ein verheißungsvoller Zeitpunkt, denn wie alle guten Hexen wussten, kann man bei zunehmendem Mond alles erreichen. Aber um jeden Aspekt perfekt auszurichten, mussten die Experimente von wahren Gläubigen durchgeführt werden, treu ergeben und sorgfältig hinsichtlich der bevorstehenden Aufgabe.

Die Mitglieder des Kults trugen dunkle Roben mit Kapuzen und bildeten einen Kreis um das Pentagramm, das auf den Zementboden gemalt war. Er zog seine Kapuze über den Kopf und nahm seinen Platz im Kreis ein. Obwohl er wusste, woher die größte Macht kam, ließen sich alte Gewohnheiten schwer überwinden. Im Übrigen brauchte er alle Kraft, die er erlangen konnte, aus welcher Quelle auch immer, bevor das letzte fünfte Opfer ihm gab, wonach er sich sein Leben lang gesehnt hatte.

Die Hohepriesterin dieser kleinen Gruppe von Okkultisten leitete die Zeremonie, ihre Augen glänzten, als wäre sie in Trance, während ihr Körper nach einer unhörbaren Musik schwankte, die nur sie vernahm.

»Ich beschwöre Euch, Herrscher Luzifer, Prinz der Dunkelheit, Heiliger Gebieter aller rebellischen Geister«, befahl die Priesterin. »Verlasst Eure Bleibe und kommt herzu. Ich brauche Euch sehr. Kommt, großer Herr, und nehmt Verbindung zu Eurer demütigen Dienerin auf.«

Er spürte, wie die angenehme, grausige Dunkelheit um ihn herumwirbelte, ihn liebkoste, an seiner Haut leckte wie eine

Feuerzunge, ihm zuflüsterte, dass alles, was er sich wünschte, bald ihm gehören würde. Er schloss die Augen und stimmte mit den anderen einen gemurmelten Singsang an, der die Hohepriesterin bei ihrer Beschwörung unterstützen würde.

»Ich flehe Euch an, vor mir zu erscheinen, Beelzebub, ohne mir und den hier Versammelten zu schaden, die gekommen sind, Euch anzubeten.«

Immer wenn seine Mutter den Teufel angefleht hatte, zu erscheinen, hatte er den Gebieter nie gesehen. Nicht ein einziges Mal. Aber er hatte bei vielen Gelegenheiten seine Gegenwart gespürt, besonders dann, wenn seine Mutter Opfer dargebracht hatte. Der hypnotisierende Geruch nach Blut hatte ihn stets erregt, schon als Kind. Seine Mutter und der Kult, den sie anführte, hatten ihr Handwerk verstanden, kannten sich in den alten Gebräuchen aus und praktizierten schwarze Magie, wie Okkultisten sie seit Tausenden von Jahren ausübten. Diese kleine Gruppe hier in Cherokee Pointe bestand im Vergleich dazu aus absoluten Amateuren.

»Sollte Eure Gegenwart unmöglich sein, dann bitte ich Euch, einen Boten aus der bodenlosen Hölle an Eurer Statt zu schicken. Wählt einen Dämon und erlaubt ihm, in menschlicher Gestalt vor uns zu erscheinen, und durch ihn werden wir Euch rühmen.«

Stille senkte sich über den Raum. Sie warteten. Die Kerzen flackerten.

»Bringt das Opfer vor«, rief die Hohepriesterin.

Eine verhüllte Gestalt trat vor, eine gefesselte Ziege auf den Armen, und legte das Tier auf einen Altar aus glänzendem Metall.

Sein Herz schlug schneller, sein Körper spannte sich an. Erregung zischte durch seine Adern.

»Wir bringen Euch dieses Opfer dar, Heiliger Luzifer, Lord Abbadon. Kommt zu uns und durchdringt uns mit Eurer Macht.«

Wasser lief ihm im Mund zusammen, er dürstete nach dem

Geschmack des Tierbluts, während er das Messer genau beobachtete, das die Opfertat ausführte. Sobald er die nötige Kraft aus dieser Zeremonie und von diesen Teufelsanbetern gesammelt hatte, würde er zu seinem kleinen Opfer zurückkehren, das in seinem Keller schlief und auf ihn wartete. Bei Tagesanbruch könnte er sich an ihrem Blut satt trinken. In nur wenigen Stunden wäre er seinem letzten Ziel um einen Schritt näher gekommen.

Jazzy stand mit Caleb McCord auf der Treppe im ersten Stock vor ihrer Wohnung und schenkte dem Fremden, der sie vor Jamie gerettet hatte, ein verführerisches Lächeln. Sie konnte sich nicht erinnern, dass ein Fremder sie jemals derart unmittelbar angezogen hatte. Nur gesunder Menschenverstand hielt sie davon ab, sich zur Närrin zu machen und ihn auf einen Absacker zu sich einzuladen. Sie war sich ziemlich sicher, dass Caleb dann am Ende die ganze Nacht bleiben würde. Herr im Himmel, sie war noch nicht bereit für eine Affäre, besonders nicht mit jemandem, den sie gerade erst kennengelernt hatte. Aber dem Mann eine Stelle in Jazzy's Joint anzubieten, stand auf einem ganz anderen Blatt.

»Wenn Sie vorhaben, eine Weile in der Stadt zu bleiben, kann ich Ihnen Arbeit geben«, sagte sie.

»Welche?« Er beugte sich zu ihr vor, und seine große, schlanke Gestalt versperrte ihr die Sicht.

»Ich werde meinen Türsteher rauswerfen, sollte er je wieder aufkreuzen. Ich hatte vor, eine Anzeige in die Zeitung zu setzen, aber wenn Sie Interesse haben …«

»Ich denke darüber nach.«

»Ich brauche bis morgen eine Antwort.«

»Wie wär's mit zwölf Uhr mittags? Ich komme zum Essen ins Jasmine's.«

Er war zu nah, seine Männlichkeit beinahe bedrohlich. Als er den Kopf senkte, hielt sie die Luft an und rechnete mit einem harten, besitzergreifenden Kuss. Stattdessen drückte er seine Lippen auf ihre Stirn. Zärtlich. Dann fuhr er sanft mit dem Handrücken über ihre Wange, bevor er sich umdrehte, die Treppe hinunterging und sie im Zustand sexueller Erregung zurückließ.

Völlig verblüfft von Caleb McCord entriegelte sie das Sicherheitsschloss und öffnete ihre Wohnungstür. Plötzlich hörte sie, dass ihr Telefon klingelte. Hoffentlich nicht Jamie! Verdammt. Sie musste eine Rufnummererkennung an ihrem privaten Telefon installieren lassen. Nachdem sie die Tür zugemacht und abgeschlossen hatte, eilte sie ans Telefon und nahm den Hörer ab. Das Freizeichen trällerte laut in ihr Ohr.

Genny lag auf dem Küchenboden, den Telefonhörer in der Hand. Es hatte sie jedes bisschen Kraft gekostet, sowie Drudwyns Unterstützung, um vom Hof ins Haus zu gelangen. Die letzte Vision hatte sie stark in Mitleidenschaft gezogen, emotional und körperlich.

Zuerst hatte sie in Jacobs Wohnung angerufen und eine Nachricht auf seinem Anrufbeantworter hinterlassen, dann hatte sie das Büro des Sheriffs angewählt und von Tewanda erfahren, dass Jacob im Einsatz sei.

»Sagen Sie ihm … sagen Sie ihm, Misty ist das nächste Opfer. Ich habe sie gesehen.«

»Der Herr steh uns bei«, hatte Tewanda gesagt. »Ich wusste es. Mistys Wagen wurde gefunden und … ich werde Jacob sofort anfunken und ihm sagen, dass Sie Misty gesehen haben.«

»Sagen Sie ihm, er soll kommen …« Der Hörer wurde ihr zu schwer und glitt aus ihrer Hand.

»Genny … Genny, Genny!«

Leicht benebelt und schwach wie ein neugeborenes Kätzchen kam sie ein paar Minuten später wieder zu Bewusstsein. Es gelang ihr, Jazzy anzurufen. Sie brauchte Hilfe. Jetzt. Aber niemand ging ans Telefon.

Oh Gott, was soll ich tun?

Nachdem sie ihre ganze Kraft für den Anruf verbraucht hatte, brach Genny auf dem Boden zusammen. Sie hielt sich am Hörer fest und starrte auf die Tonwahltasten. Sie zuckte mit den Fingern und gab sich die größte Mühe, nur eine Nummer zu drücken. In dem Augenblick, als sie die erste Taste drückte, spürte sie die schwarzen Schatten, die durch ihren Kopf wirbelten.

Eine verhüllte Gestalt trug Misty in einen dunklen, höhlenartigen Raum und legte sie auf den Boden. Genny spürte Mistys Angst. Sie fühlte auch die Erregung des Mörders. Ein schwaches Licht ging an, ein Blitz, um die Dunkelheit zu verbannen und das Innere einer alten Scheune zu erhellen.

Die Vision war so schnell vorbei, wie sie begonnen hatte, und ließ Genny wie gelähmt auf ihrem Küchenboden zurück. Sie konnte sich kaum bewegen und hatte nicht die Möglichkeit, erneut zu wählen. Vorerst nicht.

Sie schloss die Augen und blieb still liegen, um die wenige Kraft, die sie noch hatte, zu sammeln und eine telepathische Botschaft zu schicken.

Dallas. Dallas, ich brauche dich. Bitte, öffne dein Herz und höre mich. Komm zu mir. Komm jetzt.

14

Dallas stellte den Mietwagen auf dem Asphaltstreifen vor der Hütte ab, stieg aus und ging zur Haustür. Auf der Fahrt von Genny hierher hatte er versucht, sie sich aus dem Kopf zu schlagen. Er würde sich nicht auf eine Frau einlassen, die behauptete, sie besitze hellseherische Fähigkeiten. Für den Rest seines Aufenthalts hier in Cherokee Pointe hatte er vor, Genny Madoc aus dem Weg zu gehen. Das war das einzig Vernünftige. Auch nur in ihrer Nähe zu sein, war viel zu verführerisch.

Er schloss die Tür auf, und als er hineingehen wollte, überkam ihn ein eigenartiges Gefühl, bei dem sich ihm die Nackenhaare sträubten. Angespannt wartete er ein paar Sekunden, schaute dann in alle Richtungen und suchte nach einem Anzeichen für eine andere Person oder ein Tier, das sein inneres Radargerät ausgelöst hatte. Nichts. Nur eine winterliche Brise, die durch die Baumwipfel zog.

Er knöpfte Mantel und Jacke auf, um leichter an die Waffe in seinem Halfter zu kommen, und schaute sich noch einmal nach etwas Ungewöhnlichem um. Dann betrat er die Wohnküche der Hütte, die außerdem noch über ein Schlafzimmer und ein Bad verfügte. Sie war von der Stadtmitte aus zu Fuß zu erreichen.

Kaum hatte er die Tür zugemacht und abgeschlossen, überfiel ihn erneut Unbehagen.

Was zum Teufel geht hier vor?

Er hörte immer auf sein Bauchgefühl, denn es führte ihn nur selten in die Irre. Und er ging häufig Ahnungen nach, die eigentlich begründete Vermutungen waren, basierend auf jahrelanger Erfahrung. Diese Schwingungen jetzt hatten aber nichts mit Bauchgefühl oder Ahnungen zu tun.

Plötzlich wusste Dallas, dass etwas mit Genny nicht stimmte. Er wusste nicht, woher – er wusste es einfach.

Wach auf, sagte er sich. Wie kannst du so etwas wissen?

Ein kalter Schauer überlief ihn, als er Gennys Stimme in seinem Kopf vernahm. Er schüttelte den Kopf und versuchte die Worte zu verdrängen, die sich ständig wiederholten. *Ich brauche dich. Komm zu mir.*

»Du verlierst deinen verdammten Verstand«, sagte Dallas laut.

Was er brauchte, war ein starker Drink und fester Schlaf. Er zog seinen Mantel aus und warf ihn auf einen Stuhl. Bemüht, den Klang von Gennys schwacher, geflüsterter Bitte zu überhören, ging er ins Bad, erleichterte sich und wusch sich die Hände. Unbeabsichtigt erhaschte er einen kurzen Blick auf jemanden im Spiegel über dem Waschbecken. Er fuhr herum, schaute hinter sich, sah aber niemanden. Dann blickte er wieder in den Spiegel und begegnete nur seinem eigenen Spiegelbild.

Sein Herz polterte. Er verlor tatsächlich den Verstand. Für den Bruchteil einer Sekunde hatte er geglaubt, Gennys Gesicht im Spiegel zu sehen.

Dallas ging ins Schlafzimmer, setzte sich auf die Bettkante und zog die Stiefel aus. So sehr er sich auch bemühte, er wurde das Gefühl nicht los, dass etwas mit Genny nicht stimmte. Sie steckte in Schwierigkeiten und brauchte ihn.

Herrgott, ruf sie einfach an und prüf nach. Wenn du es nicht machst, findest du diese Nacht keinen Schlaf.

Er griff zu dem Nebenanschluss auf dem Nachttisch, doch dann wurde ihm klar, dass er Gennys Nummer nicht wusste. Bestimmt lag hier irgendwo ein Telefonbuch. Er zog die Nachttischschublade auf und stellte fest, dass der einzige Inhalt eine Bibel und ein Telefonbuch waren. Rasch durchblätterte er die Seiten und stieß bald auf den Namen Genevieve Madoc. Er merkte sich die Nummer, warf das Telefonbuch zur Seite und drückte die richtigen Tasten.

Seine Mühe wurde mit einem Besetztzeichen belohnt. Verdammt! Mit wem sprach sie zu dieser Nachtzeit?

Vielleicht sprach sie auch mit niemandem. Vielleicht war das Telefon ausgehängt. Wenn der Mörder nun in Gennys Haus eingebrochen war und ihr, als sie versuchte, Hilfe zu holen, den Hörer aus der Hand geschlagen hatte? Oder wenn sie wieder so einen Albtraum hatte und völlig ausgelaugt war? Sollte das der Fall sein, hatte sie womöglich anrufen wollen, um Hilfe zu holen, und nicht die Kraft dafür gehabt.

Dallas zog die Stiefel wieder an, stapfte in die Wohnküche, nahm seinen Mantel und ging zur Tür hinaus. Auf dem Weg zu seinem Wagen gelang es ihm, in den Mantel zu schlüpfen und die Schlüssel aus der Hosentasche zu fischen.

Gegen besseres Wissen, gegen den gesunden Menschenverstand würde er heute Abend erneut den Berg hinauffahren, um sicherzugehen, dass es Genny gut ging.

Er verabreichte ihr eine weitere Injektion, diesmal nur die halbe Dosis, genug, um sie bis zum Morgengrauen gefügig zu halten. Sie an den Ort zu bringen, den er für das Opfer ausgesucht hatte, wäre viel einfacher, wenn sie bewusstlos war. Im Übrigen brauchte er ihre Mithilfe nicht, um Befriedigung zu erlangen, wenn er sie benutzte.

Er hatte bereits die Taschenlampen, seine Robe und das Schwert in den Kofferraum gelegt und musste Misty daher nur noch vom Keller auf den Rücksitz transportieren.

Als er sie aufhob und durch den Raum zu der Stelle trug, an der er den Leichensack auf den Boden gelegt hatte, bemerkte er, dass ihre Augenlider flatterten, und wusste, dass sie halb bei Bewusstsein war. Vielleicht war sie sich vage bewusst, was er mit ihr machte, vielleicht auch nicht. Wichtig war nur, dass sie im Augenblick der Opferung wach und aufmerksam war.

Er steckte Misty in den Sack, zog den Reißverschluss zu und ließ nur ihr Gesicht frei.

»Bald, mein Lämmchen.«

In wenigen Stunden würde sie das dritte Opfer werden, ihr Blut würde ihn stärken und zu seiner Macht beitragen. Bevor der überragende Moment der Herrlichkeit eintrat, musste er sich bis zur vollsten Leistungsfähigkeit stärken. Nur wenn er in Bestform war, konnte er hoffen, die Macht des fünften Opfers auf sich zu übertragen.

Die Lichter in Gennys Küche brannten. Dallas war sich nicht sicher, ob das ein gutes oder ein schlechtes Zeichen war. Nachdem er den Wagen in der Zufahrt abgestellt hatte, rannte er zur Rückseite des Hauses. Beim Anblick der Tiere blieb er wie erstarrt stehen. Neben der hinteren Veranda lungerten zwei Wölfe. Sie starrten ihn an, als fragten sie sich, ob er Freund oder Feind war. Eine Schleiereule flog über ihn hinweg und setzte sich auf das Dach der Veranda.

Drinnen im Haus jaulte Drudwyn. Dallas' Herzschlag setzte für den Bruchteil einer Sekunde aus.

Ohne auf die Wölfe zu achten, stürmte Dallas auf die Veranda und durch die angelehnte Küchentür. Sein einziger Gedanke war, zu Genny zu kommen. Wenn ihr etwas zugestoßen war …

Sie lag auf dem Boden, zusammengekrümmt wie ein Embryo. Nur ein paar Zentimeter neben ihr ertönte das Freizeichen aus dem Telefonhörer. Dallas eilte zu ihr, kniete sich hin und nahm Genny in die Arme. Drudwyn, der neben ihr gelegen hatte, erhob sich und ging aus dem Weg. Er beobachtete und wartete.

Genny schlug die Augen auf und schaute zu Dallas hoch. »Du hast mich vernommen. Du hast auf dein Herz gehört.«

»Genny, was ist los? Bist du verletzt?«

»Wieder eine Vision«, erzählte sie ihm. »Muss Jacob anrufen. Sofort.« Ihre Finger zuckten.

»Verdammt!« Dallas trug sie durch das Haus in ihr Schlafzimmer. Immer wieder bat sie ihn, Jacob anzurufen. Sobald Dallas sie aufs Bett gelegt hatte, setzte er sich neben sie, riss sein

Handy aus der Halterung an seinem Gürtel und gab die Nummer des Sheriffs ein.

Deputy Hardy nahm ab. Dallas setzte sie kurz darüber in Kenntnis, wer er war, und dass bei Butlers Cousine Genny ein Notfall aufgetreten sei.

»Er ist schon auf dem Weg dorthin«, sagte Tewanda Hardy. »Wie geht es Genny? Ich weiß, wie sehr sie diese Visionen mitnehmen.«

»Genny wird schon wieder.«

»Passen Sie gut auf sie auf, ja?«

»Genau das habe ich vor.«

Dallas trennte die Verbindung und wandte sich Genny zu. Er strich ihr die verirrten Strähnen der pechschwarzen Haare aus dem Gesicht und streichelte ihre Wange.

»Kommt Jacob hierher?«, fragte sie.

»Er ist unterwegs.« Dallas nahm Gennys Kinn zwischen Daumen und Zeigefinger. »Woher wusste Jacob, dass du ihn brauchst?«

»Ich hatte schon angerufen, und er war nicht da. Ich habe …« Genny atmete ein paar Mal tief durch. »Ich habe Tewanda gesagt, ich wüsste, dass Misty Harte das nächste Opfer sein wird.« Schwerfällig hob sie die Hand, als würde sie fünfzig Kilo wiegen, und griff nach Dallas' Mantelaufschlag. »Wenn wir sie finden, können wir sie retten.«

Dallas legte seine Hände auf Gennys Schultern. »Du bleibst hier liegen und ruhst dich aus. Kann ich dir etwas bringen? Wasser? Tee? Kaffee? Etwas zu essen?«

Ein zerbrechliches Lächeln erschien auf ihren Lippen. »Ich brauche nichts … nur dich.«

Ihre Äußerung berührte ihn in einer Weise, die ihm nicht gefiel. Zum Teufel, an diesem Abend verhielt er sich vollkommen untypisch. Irgendwie hatte er sich in diese Spinnerei über Gennys Visionen hineinziehen lassen. Er wollte ihr helfen, wagte dabei jedoch nicht, sein Festhalten an der Realität zu lockern. Er musste weiterhin logisch denken.

Voserst aber saß er einfach neben Genny, während sie die

Augen schloss und sich ausruhte. Schon nach wenigen Minuten, wie ihm schien, vernahm er das Dröhnen von Jacobs Geländewagen. Dann stapften zwei Paar gestiefelter Füße durch das Haus.

»Genny!«, rief Jacob. »Sloan, wo seid ihr?«

»Hier«, erwiderte Dallas. »In Gennys Schlafzimmer.«

Jacob stürmte in den Raum, Bobby Joe Harte dicht auf den Fersen. »Geht es ihr gut?«

»Alles in Ordnung«, sagte Genny. »Nur schwach wie üblich. Aber diesmal … oh, Jacob, ich habe sie gesehen. Es war Misty. Er hat Misty.«

Bobby Joe hielt sich am Fußende von Gennys Bett fest. »Du hast Misty in einer deiner Visionen gesehen? Du hast gesehen, dass der Mörder sie hat?«

Genny nickte. »Wenn wir sie vor dem Morgengrauen finden, können wir sie retten.«

»Aber wie sollen wir sie finden, wenn wir keine Ahnung haben, wohin er sie gebracht hat?«, fragte Bobby Joe.

Jacob, der Dallas gegenüber auf der anderen Bettkante saß, griff nach Gennys Hand. »Kannst du uns mehr sagen? Irgendwas, das uns einen Hinweis auf ihren Aufenthaltsort geben könnte?«

Dallas sah und hörte verwundert zu. Konnte es sein, dass Genny tatsächlich hellseherische Fähigkeiten besaß? Anscheinend glaubten es alle, die sie kannten.

Genny klammerte sich an Jacobs Hand. »Er hat sie von dem Ort, an dem er sie gefangen hielt, in eine alte Scheune gebracht. Ich konnte nicht viel erkennen, nur dass die Scheune wahrscheinlich sehr, sehr alt und schrecklich heruntergekommen ist.«

»Und wahrscheinlich nicht mehr benutzt wird«, sagte Jacob.

»Wissen Sie, wie viele verfallene alte Scheunen noch in Cherokee County herumstehen?«, fragte Bobby Joe. »Mindestens ein Dutzend. Vielleicht mehr. Und sie sind über das ganze County verteilt.«

»Stimmt«, sagte Jacob. »Es könnte uns einen halben Tag kosten, nur die Scheunen abzuklappern, von denen wir wissen.«

»Sie müssen einen Suchtrupp aufstellen«, schlug Dallas vor.

»Ja, Sie haben recht.« Jacob wandte sich an Bobby Joe. »Meinen Sie, das kriegen Sie hin, obwohl Misty …«

»Sagen Sie mir einfach nur, was ich tun soll.«

»Tewanda soll alle Deputys zusammenrufen«, sagte Jacob. »Und sie soll Chief Watson anrufen und ihn bitten, all seine Leute mitzubringen. Dann sagen Sie ihr, dass wir die Autobahnpolizei mit einbeziehen müssen.«

»Ich kümmere mich sofort darum.« Bobby Joe wollte das Schlafzimmer schon verlassen, blieb aber im Türrahmen stehen. »Was haben Sie vor, Sheriff?«

Jacob drückte Gennys Hand. »Meinst du, du hast die Kraft, mit mir zu kommen?«

Sie nickte. »Wenn du mich zu deinem Wagen trägst.«

»Was zum Teufel geht hier vor?«, fragte Dallas. »Sie sollte nirgendwohin gehen. Sehen Sie sie doch an. Verdammt, sie braucht einen Arzt.«

»Ich brauche keinen Arzt. In ein paar Stunden geht es mir wieder gut, aber so lange können wir mit der Suche nach Misty nicht warten«, erklärte ihm Genny. »Wenn ich mit Jacob fahre, kann ich ihm vielleicht helfen.«

»Wie kannst du ihm helfen?«, wollte Dallas wissen, aber verdammt, er kannte die Antwort, bevor Genny sprach.

»Mit meiner Gabe des Zweiten Gesichts«, sagte sie beiläufig.

»Du bist nicht kräftig genug, um …«

Genny schnitt Dallas das Wort ab. »Wenn du dir Sorgen um mich machst, komm mit.« Langsam hob sie die geöffnete Hand in einer flehenden Geste. »Ich brauche dich. Ich kann aus deiner Kraft schöpfen.«

Dallas erlaubte sich einen Augenblick der Vernunft, atmete tief ein und aus. Er musste umgehend eine Entscheidung treffen. Zu Jacob gewandt, sagte er: »Wir fahren mit Ihnen.« Er beugte sich vor und hob Genny auf seine Arme.

Vertrauensvoll legte sie ihren Kopf an seine Brust und flüsterte: »Danke.«

Als sie durch das Haus gingen, gab Jacob letzte Anweisungen an Bobby Joe. »Nehmen Sie auf der Rückfahrt in die Stadt Kontakt zu Tewanda auf; sie kann den Ball ins Rollen bringen. Sobald sie allen Bescheid gegeben hat, möchte ich, dass Sie ihr helfen, den Suchtrupp zu koordinieren. Ich werde Sie wissen lassen, wo wir sind, und wo die Sucher anfangen sollen.«

»Soll ich Sally abholen, oder machen Sie das?«, fragte Bobby Joe.

»Ich werde bei ihr vorbeifahren und sie und ihre Hunde mitnehmen«, erwiderte Jacob.

Bobby Joe lief vor den anderen hinaus, sprang in den Streifenwagen und nahm sofort Funkkontakt mit Tewanda auf.

Auf dem Weg zur Hintertür nahm Dallas Gennys schwarzen Mantel vom Haken und hüllte sie darin ein. Kurz darauf saß Jacob hinter dem Lenkrad des großen, bulligen Dodge Ram, und Dallas hielt auf der Beifahrerseite Genny in den Armen.

Jacob beugte sich hinüber, legte die Hand auf Gennys Schulter und sagte: »Okay, *i gi do,* wo fangen wir an?«

Genny schloss die Augen. Niemand sprach. Niemand rührte sich. Zu hören waren nur drei Menschen, die atmeten. Dann heulte irgendwo in der Ferne ein Wolf. Genny riss die Augen auf.

»Er verlegt sie in diesem Augenblick«, sagte Genny und hob den Kopf von Dallas' Brust. »Ich sehe eine lange, gewundene Straße. Er bringt sie den Berg hinauf.« Genny seufzte leise und lehnte sich erschöpft an Dallas.

Jacob kurbelte sein Fenster herunter und rief Bobby Joe zu: »Wir müssen sofort ein paar Straßensperren aufstellen lassen. Alle Straßen, die in die Berge führen.« Er kurbelte das Fenster wieder hoch und wandte sich an Genny. »Sonst noch was?«

»Verdammt, sehen Sie denn nicht, dass sie völlig fertig ist?« Dallas funkelte Jacob wütend an. »Sie kann nicht mehr. Was auch mit ihr vorgehen mag, wenn sie macht, was immer es ist, es zehrt ihre Energie auf.«

»Ost«, flüsterte Genny. »Fahr nach Osten.«

Jacob überging Dallas' beschützenden Ausbruch, setzte zurück, wendete den Pick-up und fuhr direkt hinter Bobby Joe die Auffahrt hinunter. Der Deputy schlug die südwestliche Richtung zur Stadt ein, Jacob die entgegengesetzte.

Kurz darauf räusperte sich Jacob. »Wir halten bei Sally an. Wenn es uns gelingt, in die Nähe von Misty zu kommen, werden Sallys Hunde ihre Witterung aufnehmen.«

»Sie werden etwas brauchen, das …«, sagte Dallas.

»In dem Sack da hinten ist eine ihrer Blusen.« Jacob deutete mit dem Kopf auf den Rücksitz. »Bobby Joe hat sie aus ihrem Haus mitgenommen, als er heute Abend dort war. Der Junge denkt stets voraus.«

Gennys kleiner, zarter Körper lag eingemummt in Dallas' Armen. Sie war leicht. Ihre Hitze drang durch ihre Kleidung und wärmte ihn. Hatte er sich nicht noch vor knapp einer Stunde geschworen, sich von dieser Frau fernzuhalten?

Aber er konnte ebenso wenig auf Abstand zu ihr gehen, wie das Atmen einstellen. Und er konnte sich beim besten Willen nicht vorstellen, warum sie ihn derart in der Gewalt hatte. Vielleicht, weil er allmählich an ihren hellseherischen Hokuspokus glaubte. Wenn Genny recht hatte, wenn ihre Voraussagen richtig waren, könnten sie den Mörder heute Abend ergreifen. Womöglich Brookes Mörder.

Doch zum ersten Mal in acht Monaten – seit Brookes Tod – war ihm plötzlich etwas anderes ebenso wichtig geworden wie die Suche nach dem Mann, der seine Nichte ermordet hatte. Genny zu beschützen. Wenn er die Wahl hätte zwischen Gennys Sicherheit und der Festnahme von Brookes Mörder, wie würde er sich entscheiden? Noch vor wenigen Tagen wäre das keine Frage gewesen. Aber das war, bevor Genevieve Madoc ihn verhext hatte.

15

Er stellte den Wagen auf dem unbefestigten Weg ab und schaltete die Scheinwerfer aus. Die Wahrscheinlichkeit, dass jemand zu dieser Morgenzeit vorbeikommen und seinen Wagen sehen würde, war gering, aber es lohnte sich nicht, Risiken einzugehen. Die Scheune lag gut fünfzehn Meter von der überwucherten Straße entfernt. Eines Tages, als er im letzten Herbst durch die Gegend gefahren war, hatte er diesen Platz gefunden und ihn sich für die Zukunft gemerkt. Ein verlassenes Gebäude mitten im Niemandsland. Ein perfekter Ort für die Zeremonie.

Hilfreich wäre, wenn der Mond heller schiene, aber er würde sich mit den Taschenlampen behelfen müssen. Bei Tagesanbruch würde er die Scheunentore öffnen, um die Morgensonne hereinzulassen. Freudige Erregung zischte durch seine Adern und versetzte ihm einen Adrenalinstoß. Opfer Nummer drei. Er kam immer näher. Allein der Gedanke daran, was kommen würde, berauschte ihn. Er klappte den Kofferraumdeckel auf, sah nach Misty, um sicherzugehen, dass sie noch bewusstlos war, nahm dann seine schwarze Robe heraus und schlüpfte hinein. Er holte den Holzkasten mit dem Schwert, klemmte ihn sich unter den Arm und griff nach der großen Taschenlampe, die er brauchte, um den Weg zur Scheune zu finden.

Obwohl die Nacht kalt war und an verschiedenen Stellen noch Überreste von Eis und Schnee lagen, spürte er die eisige Luft kaum. Er war stark … und wurde mit jedem neuen Opfer stärker. Es war nur eine Frage der Zeit, bis er unbesiegbar wäre.

Er holte die Vinylstiefel aus dem Kofferraum und streifte sie über seine Schuhe. Dann zog er dicke Handschuhe an. Die Schuhe, die er trug, waren aus italienischem Leder, und er hatte nicht die Absicht, sie durch nächtliche Feuchtigkeit oder Schneematsch zu ruinieren.

Langsam und vorsichtig überquerte er das offene Feld. Als er an die Scheune kam, öffnete er die klapprigen Holztore, die quietschend und ächzend auseinanderglitten. Doch wer würde den traurigen Jammerlaut hier schon hören? Mit der Taschenlampe leuchtete er in den düsteren Innenraum, nach rechts und links, vor und zurück. Der große Raum war größtenteils leer, bis auf zwei verwitterte Sägeböcke, die er beim ersten Mal, als er die alte Scheune erforschte, auf dem Dachboden gefunden hatte. Die Kiste mit dem Schwert legte er auf einen fauligen Holztrog, leuchtete mit der Taschenlampe auf den Boden und stellte fest, dass er feucht war. Er führte den Lichtstrahl nach oben und sah, dass ein Teil der Decke fehlte und der Rest aussah, als könnte er jederzeit einstürzen.

Er schob zuerst den einen, dann den anderen Sägebock an Ort und Stelle, direkt vor die beiden großen Türen. Dann holte er die Sperrholzplatte, die er am Tag zuvor dort abgestellt hatte, legte sie über die beiden Sägeböcke und schuf so einen perfekten, zweckmäßigen Altar.

Nachdem er auf die Uhr geschaut und gesehen hatte, dass es fast vier Uhr war, stapfte er zum Wagen zurück, um den wichtigsten Gegenstand für die morgendliche Zeremonie zu holen – das Opfer.

Jacob war nicht religiös, hatte jedoch in dieser Nacht seinen Anteil an Gebeten geleistet. Alles, was getan werden konnte, würde getan werden, aber vielleicht war es nicht genug. Polizeibeamte aus Stadt, County und Bundesstaat waren über den Berg verteilt, der sich über unzählige Meilen und endlose Morgen Land erstreckte. Alle örtlichen Mitglieder des Suchtrupps versuchten sich an jede alte Scheune in der Gegend zu erinnern. Jacob wusste, dass es zwei Tage dauern konnte, alle Scheunen in Cherokee County zu überprüfen. Genny und Jacob waren sich einig, dass die Scheune, in die der Mörder

Misty gebracht hatte, leer stand und wahrscheinlich nicht mehr benutzt wurde, doch sie wussten auch, dass sie sich irren konnten. Genny würde die Erste sein, die zugab, dass ihre Visionen nicht immer hundertprozentig zutrafen, dass sie nicht unfehlbar war.

Ihre Gruppe bestand nun nicht mehr nur aus Genny, Dallas und Jacob, sondern auch aus Sally und ihren Hunden Peter und Paul sowie einem halben Dutzend Gesetzeshütern – Bobby Joe und Tim Willingham, den beiden Deputys; drei Polizisten aus Cherokee Pointe, und einem Autobahnpolizisten. In den letzten paar Stunden hatten sie drei Scheunen östlich von Gennys Haus gefunden und durchsucht. Zwei waren unbenutzt und leer, eine gehörte einem pensionierten Farmer, der seinen alten Traktor darin unterstellte.

Sie hielten die Funkverbindung zu den anderen Gruppen aufrecht – insgesamt fünf –, doch bisher standen sie mit leeren Händen da. Als sie von der Straße abbogen, am Zaun hielten, der die alte Farm der Wells umgab, und die beiden anderen Wagen hinter seinem Pick-up parkten, schaute Jacob auf seine Uhr. Halb fünf. Die Zeit lief ihnen davon. In weniger als zwei Stunden würde die Morgendämmerung heraufziehen. Wenn sie Misty nicht bald fänden, würde es zu spät sein.

Er versuchte, an Misty nicht als an seine Geliebte zu denken, sich nicht klarzumachen, dass sie Bobby Joes Schwester war, aber dass sie ihnen beiden etwas bedeutete, wollte ihm nicht aus dem Kopf. Vor vierundzwanzig Stunden hatten sie miteinander geschlafen. Ausgelassen, vulgär, genießerisch. Er liebte Misty nicht, und manchmal ging sie ihm auf die Nerven. Doch sie war ein guter Kumpel, der nie einer Menschenseele etwas zuleide getan hatte. Allein der Gedanke, dass irgendein Geisteskranker sie aufschlitzen und ihr Blut trinken würde, versetzte Jacob in Wut. Aber er durfte die Zeit nicht mit Emotionen verschwenden.

Jacob stieg aus und trat zu den anderen aus der Truppe, die sich um die Kühlerhaube seines Pick-up sammelten. Sally Talbot machte die hintere Tür auf, hievte sich vom Rücksitz und pfiff nach Peter und Paul. Die beiden schweren Hunde hüpften von der Ladefläche und kamen direkt zu ihrer Herrin. Nachdem sie ihre Leinen gepackt hatte, schaute sie mit ihren gealterten, aber immer noch scharfen Augen prüfend über das Gelände. Sie schürzte die Lippen, spuckte aus und wischte sich den Mund ab. Dallas tauchte aus der Fahrerkabine auf, hob Genny heraus und stellte sie auf die Füße. Stützend hielt er den Arm stützend um ihre Taille, und als sie nach ein paar Schritten taumelte, hob er sie wieder auf seine Arme.

Jacob wandte sich an Genny. »Kannst du etwas wahrnehmen?«

Den Arm um Dallas Sloans Hals gelegt, starrte sie in die Dunkelheit zu den schemenhaften Umrissen der alten Scheune. »Da drinnen ist etwas.«

»Allmächtiger Gott«, rief Bobby Joe. »Ist es Misty? Haben wir sie gefunden?«

»Ich … ich weiß nicht. Ich bin mir nicht sicher. Gennys Stimme zitterte.

Jacob sah Dallas an. »Setzen Sie Genny wieder in den Pickup und bleiben Sie bei ihr.«

Dallas nickte.

»Wir gehen rein«, sagte Jacob. »Sally, du wartest hier. Halte Peter und Paul vorerst ruhig. Die anderen schwärmen aus. Ich möchte, dass die Scheune umstellt wird. Ich werde allein reingehen. Haben alle verstanden?« Als ihm niemand widersprach, fügte er hinzu: »Und was ihr auch macht, seid vorsichtig.«

Jacob hatte den Überblick verloren, an wie vielen Rettungseinsätzen er in den Jahren bei den SEALs teilgenommen hatte. Vielleicht fehlte ihm die Erfahrung als Sheriff, aber er war Experte, wenn es um Geiselnahme ging.

Als er der Scheune näher kam, wies er seinen Leuten per Handzeichen die Plätze an. Er lehnte sich mit dem Rücken an die nördliche Wand und lauschte. Stille. Während die anderen sich im Umkreis aufstellten, ging Jacob um die Scheune herum und stellte fest, dass die Türen auf der Rückseite der Scheune fehlten. Leise schlich er hinein. Mit gezückter Waffe und der Taschenlampe in der Hand hielt er sich mit dem Rücken an der Wand. Er knipste die Taschenlampe an und suchte den Innenraum ab, wobei er den Strahl langsam wandern ließ.

Als das Licht auf ein Bündel am Boden traf, ging Jacob näher heran. Vorsichtig. Das Bündel stöhnte und rollte sich herum. Als das Licht auf das Gesicht des Mannes traf, riss der die Augen auf und schrie, als hätte er Schmerzen. Jacob erkannte den Mann nicht, aber er sah an seiner zerfetzten Kleidung, dem verfilzten Haar und dem schmutzigen Gesicht, dass er wahrscheinlich ein Penner war, ein Landstreicher, der Schutz für die Nacht gesucht hatte.

»Ich habe nichts Unrechtes getan«, brüllte der Mann, als er auf die Füße kam und die Hände über den Kopf hob. »Schießen Sie nicht, Mister. Ich schwöre, ich bin harmlos.«

»Behalten Sie die Hände über dem Kopf«, wies Jacob ihn an.

»Ja, Sir.« Der Mann legte beide Hände auf den Kopf.

»Kommt rein«, rief Jacob den anderen zu. »Es ist nicht Misty. Nur ein Landstreicher.« Jacob nahm den zitternden Mann in Augenschein. »Wie heißen Sie?«

»Curry Horvater.«

»Woher kommen Sie, Curry?«

»Ich komme viel herum. Ich habe in Kingsport und Bristol und Johnson City gelebt.«

»Waren Sie die ganze Nacht allein hier?«

»Ja, Sir, ganz bestimmt. Nur ich und die Mäuse.«

»Willingham«, rief Jacob seinem Deputy zu. »Nehmen Sie Mr Horvater mit. Und wenn wir in die Stadt zurückfahren, holen Sie ihm ein Frühstück bei Jasmine's und setzen ihn in den nächsten Bus, der die Stadt verlässt.«

Während die anderen herumstanden, Jacob zusahen und auf ihre Befehle warteten, wandte er ihnen den Rücken zu und schloss kurz die Augen. Am liebsten hätte er mit den Fäusten gegen die Wand geschlagen und diese zerfallene Scheune niedergerissen. Verdammt! Er hatte gedacht, sie würden Misty vielleicht lebend in dieser alten Scheune finden.

Er drehte sich zu den Männern um und bellte einen Befehl: »Auf geht's. Wir haben noch ein großes Gebiet abzusuchen.«

Als sie auf der gewundenen Bergstraße um eine scharfe Kurve bogen, wurde jeder Nerv in Gennys Körper hellwach, aber sie konnte die Augen nicht öffnen. Sie hatte endlose Stunden damit verbracht, sich auf die Suche nach Misty zu konzentrieren, und ihre Kraft war verbraucht. Zum ersten Mal im Leben hatte sie sich gezwungen, so viele Stunden mit den Kräften verbunden zu bleiben, die ihren sechsten Sinn mit Energie versorgten. Die Dunkelheit versuchte immer wieder, sie einzusaugen, aber sie kämpfte unermüdlich um ihre Sicherheit.

Großes Übel lauerte in der Nähe. Sie spürte seine Gegenwart. Grausam und bösartig. Nah. Ganz nah.

»Halt an!«, rief Genny, schlug die Augen auf und hob ihren Kopf von Dallas' Schulter.

Jacob kam mitten auf der Straße schlitternd zum Stehen. Bobby Joe trat auf die Bremse und schaffte es gerade noch, den Pick-up nicht zu rammen.

»Was ist los? Ist alles in Ordnung?« Dallas legte ihr die Hand auf die Schulter.

»Spürst du etwas?«, fragte Jacob.

»Er ist irgendwo in der Nähe.«

»Misty und der Mörder?«, fragte Dallas.

Genny nickte.

Jacob warf einen Blick durch die Windschutzscheibe auf die Umgebung. »Das ist das andere Ende des Countys, in dem ich aufgewachsen bin, und ich kenne mich nicht so gut aus, daher weiß ich nicht, ob es hier eine verlassene Scheune gibt. Genny, kannst du uns sagen, ob sie noch in einer Scheune sind?«

Genny blieb die Luft weg, als sie einen schwachen Schimmer am östlichen Horizont bemerkte. Die Morgendämmerung schritt rasch voran. »Ich weiß es nicht, ich kann nichts sehen.«

Genny packte Jacobs Arm. »Finde sie. Finde sie jetzt, sonst ist es zu spät.«

Erneut versammelte sich die gesamte Mannschaft an Jacobs Pick-up, aber diesmal bestand Genny darauf, sie zu begleiten. Dallas stützte sie mit dem Arm um ihre Taille.

»Weiß jemand, ob es hier irgendwo eine Scheune gibt?«, fragte Jacob.

Zunächst reagierte niemand, denn sagte Jess Whitaker, ein Polizist aus Cherokee Pointe, schließlich: »Früher bin ich in dieser Gegend mit meinen Brüdern auf die Jagd gegangen und meine mich zu erinnern, dass es da eine uralte Scheune gab, die schon vor zwanzig Jahren auseinanderfiel. Ich weiß aber nicht mehr genau, wo sie ist.«

»Okay. Sally, es ist an der Zeit, Peter und Paul loszulassen und zu sehen, ob sie Mistys Witterung aufnehmen können.«

Sally zog Mistys Bluse aus dem Beutel, den Jacob ihr vorher gegeben hatte. Sie ließ die Bluthunde daran schnuppern und gab sie dann frei.

»Wir folgen den Hunden«, sagte Jacob. »Ihr anderen schwärmt aus und sucht nach der verdammten Scheune.«

Genny versuchte mitzuhalten, aber sie konnte einfach nicht. Völlig erschöpft blieb sie stehen und lehnte sich an Dallas.

»Geht ihr ohne uns weiter«, rief er Jacob und Sally nach, die ihnen schon ein gutes Stück voraus waren und Peter und Paul folgten. »Ich kümmere mich um Genny.«

»Die Hunde haben Mistys Witterung aufgenommen, nicht wahr?«, fragte sie.

»Ja, schon möglich.«

Sie warf einen Blick nach Osten. Das erste zaghafte Tageslicht färbte den dunklen Himmel. »Oh, Dallas. Die Morgendämmerung ist da.« Sie lehnte sich fester an ihn, brauchte seinen Trost, suchte seine Stärke.

In der Ferne hörte sie Sallys Hunde aufheulen. Traurige Schreie, die ihr kalte Schauer über den Rücken jagten. Dann hallte das Geräusch schlagender Wagentüren und lauter Stimmen – zahlreicher Stimmen – über die offenen Felder. Wie aus dem Nichts tauchte eine Gruppe Männer auf, marschierte die Straße hinauf, und ihre Laternen und Taschenlampen beleuchteten die Gegend wie Glühwürmchen in einer warmen Sommernacht.

Genny war klar, dass diese Männer aus ihren abgestellten Autos auf sie zukamen. Im Morgengrauen und auf die Entfernung konnte sie keine Gesichter erkennen. »Was ist los? Wer sind diese Leute?«

»Keine Ahnung, aber keiner von denen trägt eine Uniform.«

Als die Gruppe lärmender Männer näher kam, erkannte Genny sofort den Anführer der Bande – Jerry Lee Todd. Er schrie so laut, dass er noch im nächsten County zu hören war.

»Da sind sie!« Jerry Lee fing an zu rennen, direkt auf Genny und Dallas zu. »Wir sind am richtigen Ort. Jacob muss hier irgendwo sein.«

»Verdammt!« Dallas stieß ein paar leise Flüche aus. »Sieht aus wie ein Lynchmob. Wer ist der Vollidiot, der sie anführt?«

»Dieser Vollidiot ist unser geliebter Bürgermeister Jerry Lee Todd. Seine Frau Cindy Todd war das zweite Opfer.«

»Dann kann er nicht geradeaus denken«, sagte Dallas. »Er ist wahrscheinlich halb von Sinnen. Und eines ist sicher – er hat nicht die leiseste Ahnung, dass er mit dem, was er macht, Jacobs Chancen aufs Spiel setzen könnte, den Mörder zu ergreifen.«

Bevor Genny antworten konnte, war Jerry Lee bei ihnen, und seine Bürgerwehr blieb nur ein paar Schritte hinter ihm stehen.

Jerry Lee blickte von Genny zu Dallas. »Als ich das von Misty hörte, habe ich eine Gruppe Ortsansässiger zusammengestellt, um bei der Suche zu helfen. Ist Jacob hier? Habt ihr Misty gefunden?«

»Wie sind Sie um die Straßensperren herumgekommen?«, wollte Dallas wissen.

»Ich bin der Bürgermeister von Cherokee Pointe«, antwortete Jerry Lee, als würde diese Erklärung ausreichen.

»Bringen Sie diese Männer zum Schweigen«, sagte Dallas. »Wenn Sie für diesen Haufen quasselnder Schwachköpfe verantwortlich sind, dann halten Sie die unter Kontrolle. Jacob und seine Männer haben die Situation im Griff und brauchen Ihre Hilfe nicht.« Jerry Lee starrte Dallas mit weit aufgerissenen Augen und offenem Mund an. Mit ruhiger Stimme fügte Dallas hinzu: »Machen Sie schon.«

»Hey, Kumpels, seid mal ruhig«, rief Jerry Lee den anderen zu und wandte sich wieder an Dallas. »Und, haben Sie Misty denn nun gefunden oder nicht?«

Obwohl sie so schwach war, dass sie kaum gehen konnte, trat Genny ein paar Schritte auf Jerry Lee zu und legte ihm die Hand auf den Arm. »Sie sollten nicht hier sein. Das wissen Sie, oder?«

»Ich habe das Recht, bei der Suche nach Cindys Mörder zu helfen. Ich habe jedes Recht …«

Genny drückte Jerry Lees Arm. »Überlassen Sie es Jacob und den anderen Polizisten.«

Jerry Lee riss sich von Genny los. »Wo ist Jacob?«

Dallas packte Jerry Lee an der Schulter. »Jacob und seine Männer machen ihre Arbeit.«

»Hier gibt es irgendwo eine verlassene alte Scheune«, ertönte eine Stimme. »Ich wette, da ist Misty drin. Und da wo sie ist, werden wir unseren Mörder finden!«

Genny erkannte die Stimme und schaute sich suchend nach dem Sprecher um. Jamie Upton, salopp und gut aussehend in seinen Designer-Jeans, dem teuren Ledermantel und den italienischen Slippern, bahnte sich einen Weg durch die rumorende Gruppe.

»Ich würde sagen, wir folgen dem Heulen dieser Hunde«, sagte Jamie. Er musterte Genny. »Das sind doch Sallys Bluthunde, oder nicht?«

»Sie sollten alle nach Hause gehen und der Polizei die Sache überlassen«, sagte Dallas nachdrücklich.

»Und wer sind Sie?«, erkundigte sich Jamie.

Dallas schaute ihn wütend an.

Eine weitere bekannte Stimme ließ sich laut und deutlich vernehmen. »Das ist Dallas Sloan, Special Agent vom FBI«, sagte Royce Pierpont.

Genny begegnete Royces Blick. Er lächelte sie an. Sie verstand nicht, was Jamie Upton in dieser Gruppe zu suchen hatte, aber Royce bei ihnen zu sehen, überraschte sie noch mehr. Offensichtlich war Royce aus dem Bett gezerrt worden, um sich der Suche anzuschließen, denn trotz seines makellosen Aufzugs – vom Kaschmirmantel bis zu italienischen Slippern, ähnlich denen von Jamie – war seine Frisur in Unordnung, und er war nicht rasiert.

Genny vermutete, dass Jerry Lee jeden Mann in Cherokee Pointe kontaktiert und wahrscheinlich angedeutet hatte, dass alle, die sich nicht an diesem kleinen Suchtrupp beteiligten, Zweifel an ihrer Männlichkeit zulassen mussten.

»Wenn Sie vom FBI sind, warum sind Sie dann nicht bei Jacob und den anderen?«, fragte Jerry Lee.

»Weil ich weiß, dass Sheriff Butler und seine Männer die Sache auch ohne meine Einmischung – oder die anderer – im Griff haben.«

Gennys Blick wanderte über die Männer, einen nach dem anderen. In der etwa fünfundzwanzig Mann starken Gruppe war kein Gesicht, das sie nicht erkannte. Farmer, Handwerker und Lastwagenfahrer. Postboten, Müllmänner und Lehrer. Dillon Carson, Reverend Stowe, Dr. MacNair, sogar Brian MacKinnon.

War die gesamte männliche Bevölkerung von Cherokee County gleichzeitig verrückt geworden? Die Bürger waren jetzt in Panik geraten, da sie wussten, dass ein drittes Opfer entführt worden war, und der Himmel mochte wissen, wie dieser Haufen reagieren würde, wenn Misty tot aufgefunden wurde.

Genny erhaschte einen flüchtigen Blick auf Brian, als er sich von den anderen entfernte, sein Handy aus der Tasche nahm und schnell zu sprechen begann. Sie glaubte zu wissen, was er machte. Er gab seiner Zeitung eine Story durch. Und wahrscheinlich ließ er eine Nachrichtencrew von WMMK kommen.

Jacob wusste, dass die Zeit abgelaufen war, aber er bemühte sich, nicht darüber nachzudenken, sondern klammerte sich an die Chance, dass sie nicht zu spät kamen, um Misty zu retten. Als sie die Scheune erreichten, spähte die Sonne gerade über den Berggipfel. Umgeben von strahlenden, rosafarbenen und roten Ausläufern, die sich wie Flüssigkeit über den östlichen Horizont ausbreiteten, verbannte die obere Rundung des feurigen Balls die Dunkelheit. Jacobs Magen verkrampfte sich schmerzhaft, als er sich dem zerfallenen Gebilde näherte, das einst eine Scheune war. Die anderen schwärmten auf dem Gelände aus, kreisten die verwitterten Holzgebeine des Gebäudes ein. Sallys Hunde hatten gefunden, wonach sie suchen sollten. Heulend verkündeten sie ihren Erfolg und stellten sich neben ihre Beute. Die Doppeltür der Scheune stand offen, wie ein Mund, der in einem ersterbenden Schrei erstarrt war. Jacob näherte sich dem Eingang mit gezückter Waffe. Was er sah, ließ ihn sofort stehen bleiben. Einen Moment lang schloss er die Augen und betete, dass er nicht gesehen hatte, was er glaubte erblickt zu haben.

Er schlug die Augen auf. Misty Hartes nackter Körper lag ausgebreitet auf einem provisorischen Altar, der nichts weiter als eine Sperrholzplatte auf zwei Sägeböcken war. Selbst aus drei Metern Entfernung konnte Jacob das frische und geronnene Blut sehen. Verdammt, er konnte das Blut riechen.

Herr im Himmel! Die Galle kam ihm hoch. Vorsichtig trat er ein paar Schritte vor und blieb dann stehen. Reiß dich zusammen, sagte er sich. Für Misty kannst du jetzt nichts mehr tun. Der Mörder könnte noch hier sein. Vergiss deine Ausbildung nicht, nur weil die Frau, die dort von den Brüsten bis zum Schambein aufgeschlitzt liegt, diejenige ist, mit der du nur wenige Stunden vor ihrer Entführung noch geschlafen hast.

Nachdem er sich sorgfältig in dem heruntergekommenen

Bau umgesehen und festgestellt hatte, dass niemand dort war, rief Jacob nach seinen Männern. Als Bobby Joe an die offenen Scheunentore kam, packte Jacob ihn am Arm, um ihn zurückzuhalten.

»Das wollen Sie nicht sehen«, sagte Jacob.

»Doch. Ich muss es sehen.« Bobby Joe befreite sich und eilte in die Scheune.

Tim Willingham trat zu Jacob. »Ist es Misty?«

Jacob nickte.

Bobby Joe stieß einen durchdringenden Schrei aus und fiel neben dem Altar auf die Knie. Alle Männer des Suchtrupps standen absolut reglos da und schwiegen, denn jeder wusste, wie er sich fühlen würde, wenn das Opfer seine Schwester gewesen wäre.

Jacob zwang sich zu tun, was getan werden musste. Er funkte die anderen Einheiten an, um ihnen mitzuteilen, dass Misty gefunden worden war. Zu spät. Und er musste ihnen berichten, dass der Mörder entkommen war. Dann ordnete er an, dass so schnell wie möglich das Spurensicherungsteam kommen sollte.

Er musste den Tatort unberührt lassen, so gut es ging, doch bevor er ihn absicherte, musste er sich um Bobby Joe kümmern.

Als er ihm gerade die Hand auf die Schulter legte, rief Sally nach ihm. »Die Jungs haben Witterung aufgenommen.«

Jacob fuhr mit dem Kopf herum und schaute die alte Frau direkt an. »Die Witterung des Mörders?«

»Kann sein«, antwortete sie. »Sie rennen zur anderen Seite der Scheune hinaus. Am besten, wir folgen ihnen, bevor sie zu weit voraus sind.«

16

Erin Mercer wachte auf und fragte sich, was sie geweckt hatte. Dann hörte sie jemanden an die Tür ihrer Miethütte hämmern. Wer um alles in der Welt war zu dieser frühen Stunde schon auf den Beinen? Sie schlug die Augen auf, drehte den Kopf und versuchte, ohne Brille die Zahlen auf ihrem Digitalwecker zu erkennen. Weitsichtigkeit war ein Fluch für Menschen über fünfundvierzig, und diesen Geburtstag hatte sie schon vor vier Jahren gefeiert. Das beharrliche Klopfen ging weiter. Mit Mühe richtete sich Erin auf, zog die Uhr näher zu sich, damit sie die Vorderseite sehen konnte, und erkannte, dass es fast sieben Uhr war. Eine unchristliche Zeit für eine Frau, die selten vor elf Uhr aufstand.

Als sie sich schließlich aus dem Bett quälte, ihren Morgenrock überzog und ins Wohnzimmer ging, vernahm sie eine tiefe männliche Stimme.

»Erin, verdammt, Frau, bist du da drinnen?« Big Jim Upton rief so laut, dass er Tote wecken konnte.

Was machte Jim hier?

Warum war er so aufgebracht? Seit Beginn ihrer Affäre hatte er sie selten mehr als ein paar Mal in der Woche besucht, und nie am Morgen.

»Bist du da drinnen? Ist alles in Ordnung?« Angst machte Jims ohnehin schon kräftigen Bariton noch tiefer.

Sie eilte durch den Raum und rief: »Ich bin hier, Jim. Und mir geht's gut.«

Sie schob den Riegel zurück und riss die Tür auf. Jim hob sie hoch, umarmte sie stürmisch und küsste sie so fest, dass ihr die Luft wegblieb. Als er den Kuss beendete, stellte er sie auf die Füße und führte sie zurück in die Hütte, wobei er ihre Taille umschlungen hielt. Mit einem wuchtigen Fußtritt schlug er die Tür zu.

Er nahm ihr Gesicht in seine großen, wettergegerbten Hände. »Der Mörder hat wieder zugeschlagen. Er hat Misty Harte entführt, eine Kellnerin aus dem Jasmine's. Jerry Lee hat eine Gruppe Männer zusammengestellt, die den Polizisten helfen soll, die Gegend auf der Suche nach ihr zu durchkämmen.«

Erin legte ihre Hände auf seine. »Und du bist hier, um nach mir zu sehen, weil du dir Sorgen um mich gemacht hast. Angst, ich könnte die Nächste sein.«

Er schüttelte ihre Hände ab und lockerte den liebevollen Griff um ihr Gesicht. Dann nahm er ihre Hand und schaute ihr in die Augen. »Ich habe dich gerade erst gefunden, Schätzchen. Ich könnte es nicht ertragen, dich so bald schon wieder zu verlieren.«

Sie drückte seine Hand. »Du wirst mich nicht verlieren.«

»Doch. Eines Tages wirst du mich ansehen und einen alten Mann vor dir haben. Dann wirst du grünere Weiden aufsuchen.«

»Sei nicht albern.« Sie stellte sich auf Zehenspitzen, um ihn rasch auf den Mund zu küssen. »Ich bin zufällig in dich verliebt, Jim Upton. Ist dir das noch nicht klar geworden?«

Jim schüttelte den Kopf und fuhr sich mit gespreizten Fingern durch das dichte, weiße Haar. »Ich bin zu alt für dich. Ich könnte dein Vater sein.«

»Wenn die Leute über uns Bescheid wüssten, würden sie glauben, du seist ein alter Knacker, der mich aushält.«

Jim grinste. »Haben die eine Ahnung!«

»Wie bist du so früh am Morgen von zu Hause fortgekommen? Wird Reba sich nicht fragen, wo du steckst?«

»Ich habe eine Nachricht hinterlassen und erklärt, dass ich mich wahrscheinlich dem Suchtrupp anschließe, den Jerry Lee zusammengestellt hat.«

»Du hast gesagt, eine weitere Frau sei vermisst. Hat der Mörder sie? Ist … ist sie tot?«

Jim nickte. Erin sah ihrem Liebhaber an, dass ihn noch etwas anderes beunruhigte, etwas mehr als seine Besorgnis um ihre Sicherheit. Vom ersten Augenblick an, als sie ihn kennenlernte – ausgerechnet in der Kirche –, hatte sie sich zu dem großen, ruppigen Mann mit den schönen blauen Augen hingezogen gefühlt. Er war fünfundzwanzig Jahre älter als sie und verheiratet. Sie hatte noch nie etwas mit einem verheirateten Mann angefangen. Niemals. Und wenn sie darauf gewartet hätte, dass er den ersten Schritt tat, würde sie noch immer warten. Sie hatte sich spontan entschieden, so viel wie möglich über ihn in Erfahrung zu bringen, und lief ihm vorsätzlich überall über den Weg, wohin er ging. Sie konnte nicht genau erklären warum, aber sie hatte ihn begehrt wie schon lange nichts oder niemanden mehr. Die Leute könnten meinen, sie sei hinter seinem Geld her, doch das stimmte nicht. Sie brauchte Big Jims Vermögen nicht. Sie besaß selbst ein ansehnliches Vermögen, einen Treuhandfonds von ihrem Großvater seit ihrem einundzwanzigsten Lebensjahr. Dieser Wohlstand hatte es ihr ermöglicht, ihren Traum zu verfolgen, Malerin zu werden. Aber jetzt war sie fast fünfzig, und auf ihrem erwählten Gebiet war ihr kein Erfolg beschieden.

»Komm rein und setz dich.« Erin ging ihm voraus zum Sofa. Sie setzte sich und klopfte auf das Polster neben sich. Jim ließ sich auf der karierten Couch nieder. »Was ist los?«, fragte sie.

»Ich habe dir doch gesagt – solange ein Mörder frei herumläuft, mache ich mir Sorgen, wenn du hier ganz alleine bist.« Er hob eine ihrer Haarsträhnen und kringelte sie um ihr Ohr.

Ihr gefiel, dass er die Hände nicht von ihr lassen konnte. Immer wenn sie zusammen waren, berührte er sie ständig, als bereiteten ihm diese einfachen Gesten unermessliches Vergnügen. Er berührte ihre Haare, ihr Gesicht, ihre Hände. Und wenn er mit ihr schlief, ließ er keinen Quadratzentimeter ihres Körpers unberührt. Er war der aufmerksamste, liebevollste Liebhaber, den sie je hatte.

»Jim, wir kennen uns vielleicht noch nicht so lange, aber ich bin mit deinen Stimmungen inzwischen so vertraut, dass ich weiß, wann dich etwas beunruhigt.« Sie streichelte seine Wange. »Wenn du jemanden zum Reden brauchst, ich bin hier. Sprich mit mir.«

Er schloss die Augen, und ein Ausdruck schierer Pein spannte seine Gesichtszüge an. Erins Herz schlug schneller. Dieser schreckliche Schmerz in seinem Gesicht flößte ihr Angst ein.

»Herrgott, Jim, was ist los?«

Er sackte nach vorn, stützte sich mit den Ellbogen auf den Schenkeln ab und vergrub das Kinn in den Händen. »Ich möchte von dir hören, dass du mich für verrückt hältst, weil ich auch nur die Vermutung hege … ich habe das Gefühl, dass allein der Gedanke falsch ist. Wie kann ich ihn für fähig halten, etwas so Grauenvolles zu tun?«

Sie legte Jim die Hand auf den Rücken und streichelte ihn tröstend. »Du sprichst in Rätseln. Worum geht es? Wem unterstellst du was?«

»Jamie.« Jim sprang vom Sofa auf, drehte sich um und sah Erin an. »Er ist letzte Nacht wieder nicht nach Hause gekommen. Ich habe keine Ahnung, wo zum Teufel er war. Ich dachte, er sei bei Jazzy oder einer anderen Frau. Aber jetzt bin ich mir nicht mehr sicher.«

»Weil dein Enkel gestern Abend nicht nach Hause gekommen ist, hast du den Verdacht, dass er was getan haben könnte?«

Jim ergriff ihre Hände und riss sie auf die Füße, dann schaute er ihr eindringlich in die Augen. »Sag mir, dass ich mich irre. Sag mir … Jamie ist gestern Nacht nicht nach Hause gekommen, und eine Frau wurde umgebracht. Als ich hierherfuhr, habe ich im Radio gehört, dass man sie tot aufgefunden hat.«

»Die Kellnerin wurde genauso umgebracht wie die beiden anderen Frauen?«

Jim nickte. »In der Nacht, als Susie Richards getötet wurde, war Jamie auch nicht zu Hause, und da war er erst knapp achtundvierzig Stunden wieder bei uns. Und er war an dem Abend nicht da, als Cindy Todd ermordet wurde. Und jetzt …«

»Oh mein Gott, Jim, du willst damit doch nicht sagen … du kannst doch nicht glauben …«

»Ich will weiß Gott nicht denken, was ich denke, doch ich weiß schon lange, dass der Junge nicht gut ist. Aber ich hätte mir nie vorstellen können, dass er fähig ist … Ich kann nicht glauben, dass er diese Frauen umbringen könnte, aber … was, wenn er der Mörder ist?«

Erin schlang ihre Arme um Big Jim und flüsterte beruhigend auf ihn ein. »Jamie hat diese Frauen nicht umgebracht. Ob gut oder schlecht, er ist dein Enkel. Er wäre nicht fähig, einen kaltblütigen Mord zu begehen.«

Als Jim zitterte, merkte sie, dass er leise weinte. Sie hielt ihn noch fester und liebte ihn um so mehr.

Bis die Spurensicherung eintraf und sich den Tatort vornehmen konnte, hatten sich zusätzlich zu Jerry Lees Bürgerwehr mindestens hundert Menschen an der Straße eingefunden und über das Feld verteilt. Reporter vom *Cherokee Pointe Herald* nervten alle mit Fragen, und eine Nachrichtencrew von WMMK versuchte ständig, näher an die alte Scheune heranzukommen. Jacob hatte Tim Willingham mit Bobby Joe nach Hause geschickt. Er konnte sich vorstellen, wie schwierig es für ihn sein würde, ihrer Mutter zu sagen, dass Misty tot war.

Jacob hätte Genny zwar auch gern nach Hause geschickt – Herrgott, sie sah völlig zerschlagen aus –, aber er brauchte sie hier, so lange sie es ertragen konnte, sich in den geheimen Ort zu vertiefen, an den sie sich begab, wenn sie ihre Gabe des Zweiten Gesichts einsetzte. Sallys alte Bluthunde hatten die Spur des Mörders bis hinter die Scheune verfolgt und sich nach ein paar Metern plötzlich eigenartig verhalten. Sofort hatte Sally erkannt, dass ihnen übel war, und sie hatte nicht lange gebraucht, den Grund dafür herauszufinden.

»Unser Mörder ist ein verdammt cleverer Bursche.« Sally bückte sich und rubbelte zunächst Peters Kopf und Schultern, dann Pauls. »Er hat versucht, meine Hunde zu vergiften. Ich brauche Hilfe, um sie zu Doc Swain zu bringen.« Sie schüttelte den Kopf. »Die werden dir heute Morgen nicht mehr von Nutzen sein.«

Während Jacob und ein paar Deputys halfen, die beiden Hunde hinten in einen Geländewagen zu laden, erklärte Sally, der Mörder habe wahrscheinlich Arsen mit einem chemischem Düngemittel vermischt, sehr wahrscheinlich altem Zeug, das noch in der Scheune gelegen hatte, dann Wasser hinzugefügt – der Schnee hatte genügend Pfützen hinterlassen – und damit ein langsam wirkendes Gas hergestellt. Er hatte die Mischung ein paar Meter von der Scheune entfernt an seinem Weg verteilt.

»Ich vermute, er hat gehört, wie Peter und Paul anschlugen, und musste schnell reagieren«, hatte Sally gesagt. »Er ist klug genug, um zu wissen, dass der Geruchssinn der Hunde durcheinander gerät, wenn sie das Gas riechen, und sie somit davon abgehalten werden, ihm zu folgen.«

Da Peter und Paul außer Gefecht gesetzt waren, blieb Jacob nichts anderes übrig, als sich vollkommen auf Genny zu verlassen.

»Ich will Mistys Leiche sehen«, verlangte Genny.

»Auf keinen Fall«, erwiderte Jacob.

»Bitte. Ich muss die Leiche sehen. Ich spüre etwas sehr Starkes, das ganz aus der Nähe kommt.«

Zögernd gab Jacob ihrer Forderung nach. Zusammen mit Dallas führte er sie bis auf sechs Meter an Mistys Leiche heran. Genny sah zu, während die Spurensicherung ihrer Arbeit nachging. Mit leidvoller Miene betrachtete Genny den Tatort und konzentrierte sich besonders auf Mistys verunstalteten Körper.

»Nein … nein … oh nein …« Dallas fing Genny auf, als sie zusammenbrach. In Dallas' Armen geborgen, schlug sie die Augen auf, schaute Jacob an und sagte: »Er ist noch hier. Ganz in der Nähe. Beobachtet uns.«

»Wie kannst du dir da so sicher sein?«, fragte Dallas.

»Er kommuniziert mit mir.«

»Was?«

Jacob legte ihr die Hand auf den Mund. »Nicht«, sagte er. »Es ist zu gefährlich.«

»Sagt mir, was zum Teufel hier vorgeht!«, forderte Dallas.

Jacob nahm die Hand weg. »Sie nimmt absichtlich telepathischen Kontakt zu dem Mörder auf«, erklärte Jacob und wandte sich wieder an Genny. »Hör auf. Sofort. Es ist zu gefährlich für dich.«

»Er lacht«, sagte sie. »Lacht dich aus, lacht alle aus, weil er weiß, dass du ihn nicht erwischen kannst.« Sie packte Jacobs Arm. »Er singt – in seinem Kopf. Er singt immer wieder ›ihr könnt mich nicht fangen‹. Er ist so … glücklich.«

»Bringen Sie Genny um Himmels willen von hier weg«, sagte Jacob zu Dallas. »Bringen Sie meine Cousine nach Hause. Rufen Sie Jazzy an, damit sie Ihnen hilft. Und sorgen Sie dafür, dass sie nicht wieder versucht, Kontakt zu dem Mörder aufzunehmen.«

Nach der besorgten Miene zu urteilen, wusste Jacob, dass Dallas Sloan gut auf Genny aufpassen würde, doch Jacob sah auch, dass Dallas verstört war. Er war noch immer ein Ungläubiger. Aber nicht mehr lange.

»Du brauchst mich hier«, flüsterte Genny kaum hörbar.

»Geh. Auf der Stelle«, blaffte Jacob und warf Dallas seine Autoschlüssel zu. »Nehmen Sie meinen Pick-up. Ich lasse mich nachher mitnehmen.«

Dallas zögerte nicht. Er trug Genny über das offene Feld direkt zu Jacobs Dodge Ram.

Nachdem Genny außer Gefahr war, rief Jacob einigen seiner Deputys zu, mit allen noch am Tatort verbliebenen Polizisten eine gründliche Suche in den Wäldern rings um die Scheune vorzunehmen. Nach kurzem Zögern fügte er hinzu: »Und knöpft euch die Meute vor. Ich will mit jedem sprechen, der verdächtig erscheint.«

* * *

Dallas schob Genny auf den Vordersitz und wollte gerade die Beifahrertür schließen, als plötzlich Royce Pierpont auftauchte. Noch bevor Dallas ihn aufhalten konnte, spähte er in den Wagen und sprach Genny an.

»Schätzchen, ist alles in Ordnung?«

»Sie ist erschöpft, und ich bringe sie nach Hause«, sagte Dallas.

»Ja, ja, Sie müssen sie nach Hause bringen, damit sie sich ausruhen kann«, seufzte Royce. »Wenn sie ihre Fähigkeiten einsetzt, ist sie hinterher furchtbar ausgelaugt. Arme Kleine.«

»Bitte treten Sie zurück.« Dallas zwang sich, Genny zuliebe höflich zu sein. »Ich muss die Tür zumachen.«

»Oh, Verzeihung.« Er rührte sich nicht von der Stelle. »Würde es Ihnen wohl etwas ausmachen, mich mitzunehmen?«

»Wir fahren nicht in die Stadt«, erwiderte Dallas.

»Ach, nur ein Stück die Straße entlang. Mein Wagen steht etwa eine Meile von hier am Straßenrand.«

Dallas schaute Pierpont fragend an.

»Ich habe ihn dort abgestellt, als zwei der anderen mit ihrem Wagen vorbeikamen. Wir fanden es nicht nötig, zwei Wagen zu nehmen.«

»Natürlich kannst du mitkommen«, sagte Genny.

Dallas war verstimmt. Royce Pierpont machte die hintere Tür auf und hüpfte in den Pick-up.

Kurz darauf kamen sie zu Pierponts Lexus. Er bedankte sich fürs Mitnehmen, stieg aus und eilte zu seinem Wagen. Dallas wollte schon losfahren, aber als er nicht hörte, dass der Motor des Lexus angelassen wurde, warf er einen Blick aus dem Fenster und stellte fest, dass die Scheinwerfer des Wagens eingeschaltet waren. War der Idiot weggegangen und hatte das Licht angelassen? Wenn ja, dann war seine Batterie wahrscheinlich leer.

Nach ein paar Minuten tauchte Pierpont aus seinem Wagen auf und warf hilflos die Arme hoch. Er kam wieder zum Pick-up.

»Vermute, meine Batterie ist leer«, sagte er. »Was dagegen, wenn ich mit zu Genny komme?«

Bevor Dallas etwas erwidern konnte, sagte Genny: »Nein, wir haben absolut nichts dagegen.«

»Ich könnte Ihnen Starthilfe geben«, schlug Dallas vor. »Ich bin mir sicher, dass Jacob hier irgendwo im Wagen ein paar Startkabel hat.«

»Nein, nein, bemühen Sie sich nicht«, sagte Royce. »Sie müssen Genny so schnell wie möglich nach Hause bringen. Jacob kann mich später mit in die Stadt nehmen. Ich bin mir sicher, dass er vorbeikommt, um nach Genny zu sehen.«

Dallas verzog das Gesicht, antwortete aber nicht. Wieder zwang er sich Genny zuliebe, höflich zu sein. Auch wenn es ihn schier umbrachte.

Genny verschlief die Rückfahrt. Sie wurde erst in dem Augenblick wach, als sie vor ihrem Haus ankamen, Dallas sie aus Jacobs Pick-up hob und die kalte Morgenluft auf ihr Gesicht traf.

Dallas lächelte sie an. »Geht's besser?«

»Ein bisschen.«

»Ich bringe dich rein, lege dich ins Bett und mache dir etwas zum Frühstück.« Er schlug die Beifahrertür zu. »Soll ich Jazzy anrufen?«

»Wenn du bei mir bleibst, brauche ich sie nicht.«

Royce sprang vom Rücksitz und knallte die Tür zu. »Ich bleibe gern bei Genny, wenn Sie zurück müssen, um Jacob zu helfen.«

»Ich glaube nicht, dass der Sheriff meine Hilfe braucht«, entgegnete Dallas. Ohne auf Royce zu achten, stapfte er zur hinteren Veranda.

Genny rief Royce zu: »Komm doch rein und bleib, bis Jacob kommt, um seinen Pick-up zu holen.«

Dallas knurrte.

»Es dauert bestimmt nicht lange, bis Jacob kommt«, flüsterte sie Dallas zu.

»Hoffentlich nicht.«

Genny kuschelte sich in die Wärme von Dallas' großem, starken Körper. »Ich kann doch nicht ungastlich sein«, murmelte sie.

Dallas grummelte.

»Wenn Jacob nicht bald kommt, rufe ich in der Stadt bei Pilkingtons Werkstatt an, sobald sie aufmachen«, sagte Royce, der ihnen dicht auf den Fersen war. Er musste schnell gehen, um mit Dallas großen Schritten mitzuhalten. »Ich muss schon zugeben, dass diese ganzen Morde mich auch ganz schön mitnehmen.«

Dallas stapfte auf die Veranda, schloss die Tür auf und trug Genny in die Küche. Drudwyn trottete auf sie zu. Er schnüffelte an Dallas und leckte Gennys Hand, die sie ihm hinhielt.

»Lauf raus, Junge«, sagte Genny.

Drudwyn tappte zur offenen Hintertür und blieb stehen, als er Royce sah. Die borstigen Haare auf seinem Rücken stellten sich auf, und er knurrte.

»Der Hund mag mich nicht«, sagte Royce. »Er knurrt mich jedes Mal an, wenn ich Genny besuche.«

»Benimm dich«, gab Genny ihrem Hund warnend zu verstehen. »Royce ist Gast in unserem Haus.«

Royce schlug einen großen Bogen um Drudwyn und blieb in einer Ecke der Veranda stehen, bis Drudwyn in den Hof hinunter gelaufen war. Dann trat er in die Küche.

Dallas sagte nichts. Er trug Genny einfach durch das Haus, direkt in ihr Schlafzimmer. Nachdem er sie auf das Bett gelegt hatte, stapelte er ein paar Kissen auf und half ihr, sich aufzusetzen.

»Du bleibst hier und ruhst dich aus, während ich uns Frühstück mache. Was möchtest du essen?«, fragte er.

»Ich habe wirklich nicht viel Hunger. Vielleicht nur ein bisschen Tee … oder Kaffee, wenn du den lieber magst.«

»Du isst etwas.«

»Dann eine Scheibe Toast.«

»Wenn du etwas brauchst …«

»Es geht schon.«

Dallas war auf dem Weg aus dem Schlafzimmer, als er beinahe mit Royce zusammenstieß, der auf der Schwelle stand.

»Gehen Sie ruhig in die Küche und holen Sie Toast und Tee für Genny«, sagte Royce. »Ich leiste ihr Gesellschaft.«

»Genny braucht Ruhe«, wehrte Dallas ab.

»Ich störe sie nicht.« Royce schaute sie nach Bestätigung heischend an. »Oder, Genny?«

»Natürlich nicht«, sagte sie, obwohl sie eigentlich wollte, dass Royce ging. Sie brauchte oder wollte niemanden – außer Dallas.

»Gehen Sie schon«, sagte Royce. »Sie lassen sie in guten Händen.«

Dallas knurrte leise vor sich hin. Genny glaubte zwei Bemerkungen aufzuschnappen, die nicht für empfindliche Ohren bestimmt waren.

Kaum war Dallas in der Diele verschwunden, zog Royce den mit Leder bezogenen Korbsessel von der Frisierkommode neben das Bett. Er ließ sich darauf nieder und beugte sich näher zu ihr.

»Agent Sloan benimmt sich dir gegenüber ziemlich besitzergreifend«, sagte Royce. »Muss ich eifersüchtig sein?«

»Du und ich, wir sind Freunde. Brian und ich sind befreundet. Und Dallas und ich sind …«

»Mehr als nur Freunde.«

»Nein, nicht ganz. Wir sind eigentlich nicht einmal Freunde, aber ich bin mir nicht sicher, wie ich unsere Beziehung definieren soll.« Genny seufzte. »Ich werde nicht mit dir darüber reden, was ich für Dallas empfinde.«

Genny drückte ihren Kopf und die Schultern noch tiefer in die weichen Daunenkissen. Sie brauchte unbedingt Ruhe. In diesem Augenblick hatte sie das Gefühl, als könnte sie tagelang schlafen. Sie gähnte. Die Augen fielen ihr zu.

»Ich störe dich, nicht wahr?« Royce schaute Genny sehnsüchtig an.

»Nein, natürlich nicht. Aber du verstehst, wie müde ich nach einer meiner Visionen bin, oder nachdem ich die anderen Kräfte benutzt habe, die ich von Granny geerbt habe. Während wir auf der Suche nach Misty waren, habe ich meine Gabe wiederholt eingesetzt.«

»Die arme Frau.«

»Wir waren nahe dran, sie zu retten.«

»Und den Mörder zu ergreifen.«

»Er war da, weißt du«, sagte Genny. »Danach. Hat Jacob und die anderen beobachtet. Und mich.«

»Ja, ich weiß.«

Genny sah Royce fest an. »Was soll das heißen?«, fragte sie.

»Du weißt, dass meine Fähigkeiten, was den sechsten Sinn betrifft, nur sehr eingeschränkt sind. Nichts im Vergleich zu deinen«, sagte Royce. »Ich habe dir doch erzählt, dass ich schon immer eine ausgeprägte Intuition hatte und manchmal spüre ich im voraus, dass etwas geschieht. Und ich hatte in meinem Leben schon ein paar sehr ungenaue Visionen. Aber heute Morgen …«

»Was willst du mir sagen?« Genny richtete sich auf.

»Ich … ich glaube, ich hatte eine Vision. Heute am frühen Morgen, kurz bevor ich hörte, dass Jerry Lee eine Gruppe zusammenstellte, die bei der Suche nach Misty Harte helfen sollte«, erklärte Royce. »Entweder war es ein mächtiger Traum, oder eine echte Vision. Ich habe dich auf einem offenen Feld gesehen. Du warst bei Jacob und Sloan. Und ich habe die dunkle Gestalt eines Mannes gesehen, der im Wald lauerte. Er hat beobachtet … dich beboachtet, Genny.«

Genny streckte Royce die Hand entgegen, worauf er sich vom Stuhl erhob, ihre Hand ergriff und sich auf die Bettkante setzte.

»Der Traum … die Vision hat mir Angst eingejagt, weil … weil ich gespürt habe, dass dieser Mann dich haben wollte, Genny. Er wollte dich haben, um dir etwas anzutun.«

Tränen stiegen Royce in die Augen. Genny schloss ihn in die

Arme und drückte ihn an sich. »Ist schon gut. Alles in Ordnung. Nichts wird mir zustoßen. Ich habe Jacob und Dallas, die auf mich aufpassen.«

Dallas platzte herein, eine Tasse heißen Tee in der Hand. »Was zum Teufel geht hier vor?«

Royce sprang auf und erzitterte beinahe vor Dallas.

»Royce war beunruhigt, und ich habe ihn getröstet.«

»Was beunruhigt ihn?«, fragte Dallas heiser knurrend.

»Royce verfügt seit seiner Kindheit über geringfügige hellseherische Fähigkeiten«, erklärte Genny. »Das haben wir gemeinsam, und es hat uns zu Freunden werden lassen.«

»Und?« Dallas funkelte Royce wütend an, während er sich hinabbeugte und Genny den Tee reichte.

Lächelnd nahm sie den Becher entgegen. »Royce hatte heute am frühen Morgen eine Traumvision. Er sah den Schatten des Mörders. Und er sah, wie der Mörder mich beobachtete, als ich mit dir und Jacob auf einem offenen Feld stand.«

»Eine Traumvision, wie?«, knurrte Dallas. »Nett, dass ihr beide etwas gemeinsam habt.«

»Hören Sie, ich glaube, ich sollte gehen. Ich kann telefonieren und versuchen, ob eine andere Werkstatt außer Pilkington schon auf hat, kann jemanden hierher bestellen, der mich abholt, mich zu meinem Wagen bringt und den wieder ans Laufen bekommt.« Royce ging an der Wand entlang zur Tür und vermied, Dallas zu nahe zu kommen.

Dallas holte Autoschlüssel aus der Hosentasche und warf sie Royce zu. »Hier, nehmen Sie meinen Mietwagen und fahren Sie damit in die Stadt. Parken Sie den Wagen einfach vor dem Jasmine's und geben Sie Jazzy die Schlüssel. Ich hole ihn später ab.«

Royce umklammerte die Schlüssel. »Geht klar. Und vielen Dank.« Vorsichtig schob er sich zur Schlafzimmertür. »Ich finde schon allein raus, Genny, ruh dich aus. Ich rufe später an und frage, wie es dir geht.«

»Das brauchst du nicht«, erwiderte Genny.

Royce schaute zu Dallas. Dallas runzelte finster die Stirn.

»Ja, ich glaube, ich muss dann gehen.« Er wich Dallas' Blick aus und rannte förmlich aus Gennys Schlafzimmer.

»Du hast ihm Angst eingejagt«, sagte Genny. »Du hättest Royce nicht so einschüchtern sollen.«

»Trink deinen Tee. Ich habe gerade Speck in der Pfanne und muss noch die Eier schlagen.«

»Wechsle nicht das Thema.«

»Der Typ ist ein Spinner. Er tut nur so. Er ist nicht hellseherischer als ich. Er bindet dir einen Bären auf, nur weil er dir an die Wäsche will.«

Genny schnappte nach Luft und lachte dann. »Dallas Sloan, du bist eifersüchtig.«

»Ja, vielleicht.« Dallas zuckte mit den Schultern. »Ich muss nach dem Speck sehen, bevor er verbrennt.«

Als er zur Tür ging, rief Genny ihm nach: »Du hältst Royce für einen Spinner. Mich auch?«

Mit dem Rücken zu ihr blieb er im Türrahmen stehen. »Nein, ich glaube nicht, dass du eine Spinnerin bist. Ich fange an zu glauben, dass du vielleicht, nur vielleicht, diese Gabe besitzt.«

17

Dallas' Handy klingelte. Er schoss aus dem Sessel in der Ecke von Gennys Schlafzimmer hoch, riss sofort das Handy aus der Halterung an seinem Gürtel und lief aus dem Zimmer. Nachdem Genny vor zwei Stunden eingeschlafen war, hatte er Wallace Bescheid gegeben, er könne sich einen Tag freinehmen, hatte Drudwyn gefüttert, die Küche aufgeräumt und war dann in ihr Zimmer zurückgekehrt, um sich still hinzusetzen und über sie zu wachen, während sie ruhte. Was er Genny gegenüber empfand, war verdammt seltsam für eine Frau, die er erst ein paar Tage kannte. Beschützend bis zum Äußersten. Und total besitzergreifend.

Mit leiser Stimme meldete er sich. »Sloan.«

»Ist alles in Ordnung?«, fragte Teri Nash. »Du klingst irgendwie komisch.«

Dallas räusperte sich. »Ich war die ganze Nacht auf den Beinen.« Er schloss die Schlafzimmertür und ging durch die Diele. »Der Mörder hat wieder zugeschlagen. Heute Morgen bei Tagesanbruch. Beinahe wären wir rechtzeitig am Tatort gewesen und hätten ihn aufhalten können.«

»Mein Gott, soll das heißen, ihr habt herausgefunden, wo er die Frau hingebracht hat, um sie zu opfern?«

»Ja, der Sheriff hatte einen Hinweis, dem er nachgegangen ist, und es stellte sich heraus, dass es ein Volltreffer war.«

»Wenn deine Theorie also stimmt, dass dieser Kerl derselbe ist, der die Morde in Mobile verübt hat, dann bedeutet das, es wird zwei weitere Opfer geben, bevor er weiterzieht.«

Dallas brummte.

»Hör zu, ich rufe aus einem bestimmten Grund an, nicht nur, um mich nach dir zu erkundigen«, sagte Teri.

»Hat Linc das Täterprofil für uns fertiggestellt?«

»Noch nicht, aber er lässt ausrichten, dass er es bald geschafft hat und jetzt schon sagen könne, die Morde in Mobile waren organisiert.« Teri verstummte. »Du weißt, das bedeutet, dass der Täter sehr wahrscheinlich durchschnittlich bis überdurchschnittlich intelligent sowie sozial und sexuell kompetent ist.«

»Das trifft auf alle sechs Kerle auf der Liste unserer Verdächtigen zu.«

»Apropos – ich bin dabei, die Namen auf der Liste zu überprüfen, die du geschickt hast. Ich habe gerade erst angefangen, daher habe ich nur Informationen über ihre Aufenthaltsorte im letzten Jahr, seit dem ersten Mord in Mobile.«

Dallas biss die Zähne zusammen und wappnete sich innerlich gegen alle Neuigkeiten, die Teri hatte. »Und?«

»Okay. Zwei Männer waren im vergangenen Jahr nicht in der Nähe von Mobile. Es gibt keinen Nachweis, dass Brian MacKinnon in der Zeit, als die Morde verübt wurden, nach Mobile gereist oder der Stadt näher als fünfhundert Meilen gekommen ist. Und Dr. MacNair wohnte und arbeitete zwei Jahre lang in Bowling Green, Kentucky, bevor er nach Cherokee Pointe zog. In der ganzen Zeit hatte er keinen Urlaub.«

»Okay. Damit können wir MacKinnon und den Arzt wohl ausschließen. Was ist mit den vier anderen?«

»Es ist fast unglaublich, aber alle vier konnten zur Zeit der Mordfälle Mobile von ihrem Wohnort aus leicht mit dem Auto erreichen.«

»Alle vier?«

»Genau. Dillon Carson arbeitete letztes Jahr für eine kleine Theatergruppe in Pascagoula. Und von Pascagoula, Mississippi, ist es nur ein Katzensprung nach Mobile.«

»Ist Carson vorbestraft?«

»Ein paar Festnahmen«, antwortete Teri. »Keine Verurteilungen. Meist belangloses Zeug. Zweimal Alkohol oder Drogen am Steuer; Festnahme wegen Widerstands gegen die Staatsgewalt; eine Anzeige wegen Ladendiebstahls, die fallengelassen wurde. Und eine Anzeige wegen Körperverletzung. Doch die Frau, die ihn beschuldigte, sie geschlagen zu haben, änderte ihre Meinung und zog die Anzeige zurück.«

»Ist das alles über Carson?«

»Alles, was ich bisher habe.«

»Wer ist der Nächste?«, fragte Dallas.

»Royce Pierpont arbeitete in einem Antiquitätengeschäft in Pass Christian an der Mississippi Gulf Coast. Von dort aus ist man mit dem Wagen schnell in Mobile.«

»Was ist mit seinem Strafregister?« Aus eigenen, abartigen Gründen hoffte Dallas, dass der Kerl ein armlanges Vorstrafenregister hatte.

»Er ist blitzsauber. Nicht einmal ein Strafzettel für zu schnelles Fahren.«

»Das passt.«

»Ich nehme an, du hast den Mann kennengelernt.«

»Tatsächlich habe ich alle sechs Männer getroffen, erst heute Morgen. Sie gehörten alle zu einem Suchtrupp, den der Bürgermeister von Cherokee Pointe zusammengestellt hatte.«

»Ah, der Mann des zweiten Opfers hat seinen eigenen kleinen Lynchmob zusammengerufen.«

»Zum Glück waren sie leicht zu bändigen und haben sich nicht in einen Pöbelhaufen verwandelt.«

»Okay, zum nächsten Verdächtigen. Reverend Haden Stowe. Anscheinend hat er in einer Kongregationskirche in Atmore, Alabama, gepredigt. Von Atmore nach Mobile ist es eine kurze Fahrt über die Autobahn.«

»Ich nehme an, der gute Reverend hat keine Vorstrafen?«

»Keine einzige.«

»Was ist mit Jamie Upton?«

»Uptons Familie gehört ein Strandhaus in Gulf Shores. Voriges Jahr hat er dort mit einer Freundin gewohnt, als die fünf Morde in Mobile geschahen. Gulf Shores ist praktisch ein Vorort von Mobile.« Teri hielt einen Moment inne und fuhr dann fort: »Bevor du fragst, Jamie Upton wurde nie wegen irgendetwas verurteilt, aber er ist mehrfach festgenommen worden. Alkohol, Drogen, Schlägereien und zwei Anzeigen wegen Vergewaltigung, die fallengelassen wurden. Anscheinend hat das Geld seiner Familie seine Verbrechen alle niederbügeln können.«

»Sieht so aus, als wären Upton und Carson die beiden Hauptverdächtigen, aber unser Mörder könnte jeder dieser vier sein. Keiner von denen ist auszuschließen.« Dallas konzentrierte sich darauf, was er über die vier Männer wusste, und versuchte sich an alles zu erinnern, was über sie gesagt worden war.

»Sie könnten auch alle unschuldig sein«, mahnte ihn Teri.

»Ich weiß.« Dallas wollte nicht daran denken, dass sie auf der Suche nach diesem Mörder ins Leere liefen, aber er wusste, die Möglichkeit bestand.

»Ich werde noch tiefer graben, sobald ich kann. Ich werde drei Jahre zurückgehen nach Hilton Head und nachprüfen, ob einer der Männer zur Zeit der Morde dort in der Gegend war.«

»Ich kann dir gar nicht genug danken für alles, was du getan hast«, sagte Dallas.

»Chet Morris hat Rutherford angerufen. Wie gut, dass du Sheriff Butler überredet hast, Hilfe anzufordern. Und jetzt, nachdem ein dritter Mord passiert ist, glaube ich nicht, dass Rutherford es ablehnen wird, Agenten für die Sondereinheit des Sheriffs zur Verfügung zu stellen.«

»Rutherford wollte nicht sehen, was direkt vor seiner Nase war, weil der Kerl mich nicht leiden kann. Das konnte er noch nie. Aber trotz seiner persönlichen Abneigung gegen mich muss ich zugeben, dass es einigermaßen anständig von ihm war, mich die Vorschriften umgehen zu lassen.«

Teri kicherte. »Lass ihn das bloß nie hören. Trotz seiner guten Eigenschaften kann der Typ manchmal ein Arschloch sein, und das wissen wir alle.«

»Hör zu, ich wollte es dir sagen, bevor ich Rutherford anrufe – ich werde mich beurlauben lassen. Ich habe meine sämtlichen Urlaubs- und Krankheitstage verbraucht.«

»Verstehe. Du glaubst, du bist Brookes Mörder auf der Spur. Du tust, was du tun musst.«

»Sag Linc, er soll uns das Täterprofil so schnell wie möglich zukommen lassen. Wenn wir unsere vier Verdächtigen auf nur einen beschränken könnten …« Dallas schnaubte laut. »Verdammt, wir waren so nah dran, diesen Typ zu erwischen. Wären wir nur eine halbe Stunde früher da gewesen, hätten wir einer Frau das Leben retten und ein Ungeheuer festnehmen können. Und weil wir absolut keinen Beweis gegen unsere Verdächtigen haben, hatte Butler keinen Grund, sie auch nur zu verhören, schon gar nicht, ihre Wagen und Häuser zu durchsuchen. Im Übrigen wollen wir den Mörder auf keinen Fall verschrecken.«

»Woher hatte der Sheriff die Information über den Aufenthaltsort des Mörders? Wenn er eine Quelle hat, jemanden, der …«

»Du wirst es mir nicht glauben, wenn ich es dir erzähle.«

»Vielleicht doch. Versuch es einfach.«

Dallas holte tief Luft. »Butler hat eine Hellseherin, die ihm hilft. Sie hat hier mit dem Büro des Sheriffs und mit dem Polizeirevier schon vorher zusammengearbeitet, aber noch nie, um einen Serienmörder zu ergreifen.«

»Willst du mich auf den Arm nehmen? Eine Hellseherin? Herrgott, Dallas, ich dachte, du hieltest alle Hellseher für Spinner.«

»Ja, das habe ich auch, bis … Genny ist anders.«

»Genny?«

Verdammt, er hatte zu viel gesagt. Teri würde mehr wissen wollen. »Genevieve Madoc. Sie ist Butlers Cousine. Alle, die sie schon von Kind auf kennen, schwören, dass sie einen sechsten Sinn besitzt.«

»Was glaubst du?«

»Ich bin mir nicht sicher.« Warum log er Teri an? Oder belog er sich nur selbst? »Genny ist einzigartig. Sie hat auf jeden Fall etwas Besonderes an sich. Herrgott, sie könnte tatsächlich hellseherisch sein.«

»Wunder gibt es immer wieder.«

Dallas gefiel der Sarkasmus in Teris Stimme nicht. Sie machte sich im Stillen über ihn lustig.

»Ist sie hübsch?«, fragte Teri.

»Was hat das mit …«

»Sie ist nicht nur hübsch, nicht wahr? Sie ist eine Schönheit, diese Frau namens Genevieve, von der du glaubst, sie könnte wirklich hellsehen.«

»Es ist nicht das, was du denkst.«

»Oh ja, mein Guter, es ist genau das, was ich denke. Du hast dich in eine Frau verliebt, die behauptet, sie sei eine Hellseherin.«

»Ich habe mich in niemanden verliebt.«

»Wenn du meinst.«

»Lass uns von etwas anderem sprechen«, forderte Dallas.

»Kein Problem. Hör zu, ich werde versuchen, Linc dazu zu bringen, die ganze Nacht an dem Täterprofil zu arbeiten. Und ich werde nach Informationen über deine vier Verdächtigen aus dem Zeitraum der Morde von Hilton Head suchen.«

»Danke, Teri.«

»Pass auf dich auf.«

»Ja, gleichfalls.«

Dallas steckte das Handy wieder in die Halterung und ging durch die Diele. Vor Gennys Zimmer blieb er stehen, machte leise die Tür auf und schaute nach ihr. Sie schlief noch.

Ein paar Minuten stand er dort und betrachtete sie. *Gesteh es dir ein,* sagte er sich. *Du hast dich in Genny verliebt. Du bist verwirrt und verstört. Du hast dich so sehr in Gennys Leben verstricken lassen, in ihre mystischen Kräfte, in dein Verlangen nach ihr, dass du nicht mehr aus noch ein weißt. Du bist nach Cherokee Pointe gekommen, um nach Brookes Mörder zu suchen, und irgendwo unterwegs ist Genny zu einem wichtigen Teil dieses Szenarios geworden.*

Dallas kam ein seltsamer Gedanke, den er nicht abzuschütteln vermochte. Ihm war, als hätte das Schicksal ihn nach Cherokee County geführt, speziell weil Genny hier war, weil Genny ihn brauchte, seinen Schutz.

Alle drei Fernseher im Jasmine's waren auf den Lokalsender WMMK eingestellt. Die Mittagsnachrichten hatten gerade angefangen, doch den ganzen Morgen über hatte sich das Nachrichtenteam ins laufende Programm eingeschaltet, um aktualisierte Meldungen über die Morde in Cherokee County zu bringen. Und alle Gäste, die hereingekommen waren, vom Frühstück bis zum Mittag, hatten von nichts anderem gesprochen.

Da sie eine Kellnerin zu wenig hatte und die anderen schockiert über Mistys brutalen Tod waren, übernahm Jazzy in der Mittagszeit die Platzierungen. Und weil Sandie, eine ihrer Kellnerinnen, in beinahe hysterischem seelischen Zustand nach Hause gegangen war, würde Jazzy, wenn es sein musste, an den Tischen bedienen und abräumen.

Nachdem sie in den Frühnachrichten gehört hatte, dass die ortsansässige Hellseherin Genevieve Madoc dabei gewesen war, als Misty Hartes Leiche gefunden wurde, wusste Jazzy, dass Genny ihre Gabe eingesetzt hatte, um Misty aufzuspüren. Das hieß, Genny war völlig ausgelaugt. Jazzy hatte zweimal angerufen, um sich nach Genny zu erkundigen, und Dallas hatte ihr jedes Mal versichert, dass Genny schlafe. Sie konnte nicht genau sagen warum, aber sie vertraute Dallas, dass er sich um ihre beste Freundin kümmerte. In seiner Stimme war etwas gewesen, das ihr deutlicher als alle Worte gesagt hatte, wie viel ihm Genny bedeutete.

Als Jazzy das schmutzige Geschirr aus einer der vorderen Nischen abräumte, hörte sie, wie der Moderator ein Interview mit Sheriff Butler ankündigte. Ihr Blick wanderte gerade rechtzeitig zum Fernseher, um einen aufgezeichneten Beitrag zu sehen, der Jacob am Tatort des dritten Mordes zeigte. Der Reporter, Matt Newton, hielt Jacob ein Mikrofon vor das Gesicht. Gute Güte, dachte Jazzy, der Mann spielt mit seinem Leben. Wenn der Kerl wüsste, wie gefährlich es war, einen wilden Stier zu reizen, hätte er sich von Jacob ferngehalten.

»Sheriff, was können Sie uns über das Scheitern Ihres Departments sagen, Misty Hartes Leben zu retten? Und wie kommt es, dass Sie nach drei entsetzlichen Morden in unserem County nicht in der Lage sind, auch nur einen Verdächtigen zu nennen?«

Jacob funkelte Newton wütend an, antwortete aber nicht. Unbeeindruckt von Jacobs bösem Blick fuhr Newton fort: »Wie wir hörten, war das dritte Opfer, Misty Harte, nicht nur die Schwester eines Ihrer Deputys – Bobby Joe Harte –, sondern Sie hatten auch ein persönliches Verhältnis mit ihr. Stimmt das? Waren Sie und Misty Harte ein Liebespaar?«

Jacob ließ Newton stehen. Der Idiot folgte ihm und drangsalierte ihn weiter.

»Sheriff, die Menschen von Cherokee County, die Sie gewählt haben, verlangen Antworten. Wenn Sie meine Fragen nicht beantworten, werden die Leute glauben, Sie hätten etwas zu verbergen.« Newton rannte beinahe, um mit Jacob Schritt zu halten, der zu einem Dienstwagen am Straßenrand ging.

Jazzy hielt die Luft an, denn sie wusste, was passieren würde. Und so wahr sie Jazzy hieß, wusste sie, dass Brian MacKinnon diesen Matt Newton geschickt hatte, um dem Sheriff zuzusetzen.

Jacob blieb am Wagen stehen, drehte sich aber nicht zu Newton um. Erst als der Reporter fragte: »Was war das für ein Gefühl, Sheriff, als Sie Ihre Geliebte sahen, aufgeschlitzt wie eine reife Wassermelone?«

Heilige Scheiße!

Jazzy konzentrierte sich auf den Bildschirm und sah, wie Jacob Butler blitzartig herumfuhr und Matt Newton einen harten Schlag ins Gesicht versetzte. Das Mikrofon, das der Reporter in der Hand gehalten hatte, flog hoch in die Luft, kippte und traf neben Newton auf, der zu Boden ging.

Der Kameramann, der den ganzen Zwischenfall gefilmt hatte, war offensichtlich in dem Augenblick geflohen, denn das aufgezeichnete Interview mit dem Sheriff war abrupt zu Ende.

Der Moderator der Mittagsnachrichten kommentierte: »Wie wir erfahren haben, wurde der Sheriff beschuldigt, ihm sei die Sicherung durchgegangen. Ich würde sagen, nachdem wir diesen Zwischenfall mit eigenen Augen gesehen haben, können wir alle bestätigen, dass Jacob Butlers Temperament ihm und dem Sheriff's Department aller Wahrscheinlichkeit nach ein Gerichtsverfahren eingebracht hat. Und meiner Meinung nach sollte gegen Butler Anklage erhoben werden.«

»Butler sollte eine Belohnung erhalten, dass er diesen idiotischen Reporter nicht umgebracht hat«, sagte Caleb McCord.

Da sie Caleb nicht hatte kommen hören, schnappte Jazzy nach Luft und fuhr zusammen, als er sie ansprach. »Verdammt, Sie hätten sich bemerkbar machen sollen. Sie haben mich zu Tode erschreckt.«

»Oooh … das gefällt mir – eine Frau, die dreckige Reden schwingt.«

»Halten Sie die Klappe, McCord.«

»Sie schienen wie gebannt von den Nachrichten.«

»Die ganze Stadt ist wie gebannt«, sagte Jazzy, räumte den Tisch zu Ende ab und hob die eckige Wanne hoch, in der das schmutzige Geschirr stand. »Innerhalb weniger Tage hat es drei Morde gegeben. Die Leute haben Angst und sind verstört. Und dass unser lokaler Fernsehsender, das Radio und die Zeitung Jacob lächerlich machen, hilft überhaupt nicht. Er gibt sich die größte Mühe. Niemand ist entschlossener als er, diesen Mörder zu finden und ihm das Handwerk zu legen.«

»Klingt so, als wären Sie mit Sheriff Butler gut befreundet.«

Jazzy setzte sich die Metallwanne auf die Hüfte. »Wir sind verdammt gute Freunde. Einen ehrbareren Mann finden Sie nirgendwo.«

»Lieben Sie sich?«, fragte Caleb.

»Das geht Sie nichts an.« Jazzy schob sich an ihm vorbei und ging zur Küche.

Als sie die Schwingtür mit der Hüfte aufstieß und die Küche betrat, blieb die Tür offen. Sie warf einen Blick über die Schulter und sah, dass Caleb ihr folgte. Sie setzte die Wanne mit dem schmutzigen Geschirr auf einer Arbeitsplatte ab, drehte sich um, stemmte die Hand in die Hüfte und funkelte ihn wütend an.

»Was ist?«, fragte sie.

»Wir waren für heute Mittag verabredet, oder nicht?«

»Verabredet? Nein, ich glaube nicht.« Sie riss ein Papierhandtuch von einem Gestell über ihr, wischte sich die Hände ab und warf das zerknüllte Papier in den Abfall. »Ich habe Ihnen einen Job angeboten und Ihnen bis heute Mittag Zeit gegeben, ihn anzunehmen.«

»Aha, also halten wir es rein geschäftlich, wie?«

»Streng geschäftlich.« Sie wollte sich nicht in den lässigen Charme dieses Mannes verlieben. Mit Jamie Upton hatte sie ihre Lektion gelernt – auf die harte Art.

»Ich nehme den Job«, sagte er.

»Bevor Sie über Einzelheiten Bescheid wissen? So wie Arbeitsstunden, Lohn, Zusatzleistungen …«

»Ich habe keinen Job. Ich brauche einen, um meine Rechnungen zu bezahlen. Sie bieten mir an, was ich brauche. Arbeitsstunden sind mir egal. Ich kann mir vorstellen, dass Sie wenigstens einen Mindestlohn zahlen müssen, und Zusatzleistungen sind dann eben das Sahnehäubchen.«

»Wie lange kann ich damit rechnen, dass Sie in Cherokee Pointe bleiben?«

»Kommt drauf an.«

»Worauf?«

»Wie gut es mir hier gefällt.«

»Dann vermute ich, wir sollten beide davon ausgehen, dass es eine vorübergehende Vereinbarung ist. Richtig?«

Er nickte. »Also, Chefin, habe ich nun den Job?«

»Ich gebe Ihnen eine Probezeit, beginnend heute Abend. Kommen Sie so gegen fünf hierher und füllen Sie die Formulare aus. Und freies Abendessen gehört zum Job. Sie werden unter der

Woche von achtzehn Uhr bis Mitternacht und an Freitagen und Samstagen von achtzehn bis zwei Uhr arbeiten. Sonntags haben Sie frei.«

»Ich nehme an, dass das strikte puritanische Gesetz gegen die Entheiligung des Sonntags in Cherokee noch in Kraft ist?«

»Stimmt. Sonntags kein Alkohol.«

»Noch etwas, das ich wissen muss?«, fragte Caleb.

»Nicht, dass ich wüsste, aber wenn Sie Fragen haben, wenden Sie sich heute Abend an Lacy.«

»Lacy ist die Barkeeperin, ja?«

Jazzy nickte.

Caleb grinste.

»Das ist alles. Sie können jetzt gehen«, sagte Jazzy. »Wir sind fertig.«

Calebs Grinsen wurde breiter. »Da irren Sie sich gewaltig.« Er beugte sich vor, aber nicht so nah, dass sich ihre Körper tatsächlich berührten, stützte sich mit beiden Händen rechts und links von Jazzys Kopf an der Wand ab und fuhr fort: »Sie und ich, Miss Jasmine, stehen gerade erst am Anfang.«

Seine Nähe raubte ihr den Atem. Bevor sie etwas sagen konnte, zwinkerte Caleb ihr zu, drehte sich um und verließ die Küche.

Verdammt, der Kerl war tödlich, selbst in geringen Dosen. Sie wollte schon hinter ihm herlaufen und ihm sagen, sie habe ihre Meinung geändert und wolle ihn nun doch nicht als Türsteher im Jazzy's einstellen. Aber sie ließ es. Sie brauchte einen Türsteher. Caleb brauchte einen Job. Auf jeden Fall war er am Abend zuvor locker mit Jamie Upton fertig geworden. Offenbar war Caleb nicht leicht einzuschüchtern, eine Eigenschaft, die sich als nützlich erweisen konnte, wenn man Türsteher in einer Kneipe war. Also würde sie ihm seine Probezeit geben und abwarten, was passierte.

Wer weiß, vielleicht hatte er ja recht. Vielleicht standen sie gerade erst am Anfang.

* * *

Dillon Carson kam um Punkt halb drei zur Kongregationskirche, genau zu der Zeit, die Esther Stowe mit ihm vereinbart hatte.

»Komm an die Seitentür«, hatte sie ihm gesagt. »Ich werde sie für dich offen lassen. Sieh zu, dass du sie von innen verschließt, wenn du drinnen bist. Ich warte im Altarraum auf dich.«

Dillon war schon seit geraumer Zeit an der Frau des Pfarrers interessiert, und nach den Seitenblicken zu urteilen, die sie ihm im letzten Monat bei zufälligen Begegnungen zugeworfen hatte, konnte er sich vorstellen, dass es nur noch eine Frage der Zeit war, bis er die Frau flachgelegt hatte. Daher war er nicht allzu überrascht gewesen, als sie ihn gestern angerufen hatte, um dieses kleine Rendezvous heute Nachmittag zu vereinbaren. Damit, dass sie sich mit ihm in der Kirche treffen wollte, hatte er allerdings nicht gerechnet.

Er war froh, dass er sich ein Nickerchen hatte genehmigen können. Er war fast die ganze Nacht auf den Beinen gewesen. Nachdem er um zehn Uhr morgens in seine Wohnung zurückgekehrt war, hatte er geduscht, sich rasiert und sich auf sein Bett fallen lassen, hundemüde. Um eins war er wach geworden und hatte gerade noch Zeit, einen Happen zu essen, bevor er zu seinem Rendezvous mit Esther aufbrach. Der reizenden, faszinierenden Esther.

Als er durch den Gang zum Altarraum ging, fragte er sich, ob sie wirklich wollte, dass sie es dort in einer der mit rotem Samt bezogenen Kirchenbänke trieben, oder vielleicht sogar auf dem Boden der Kanzel, von der ihr Mann jeden Sonntag Predigten über das Fegefeuer herabdonnerte. Allein der Gedanke machte ihn an. Er mochte Perverses. Tatsächlich mochte er Sex in jeder Form. Er hatte sich eine Weile auf SM eingelassen und es als befriedigend empfunden, solange er die Peitsche in der Hand hielt. Aber wenn Esther es grob wollte, dann würde er wetten, dass sie den Schmerz verursachen wollte.

Der Altarraum war leer, als Dillon kam. Was zum Teufel? Wo war sie?

»Esther?«

Plötzlich wurde das Licht schwächer und hüllte den Raum ins Halbdunkel. Dillon musste schlucken. Was für ein Spiel trieb sie?

Die Lichter über dem großen Taufbecken gingen an, gleichzeitig teilten sich die Samtvorhänge. Wasser spritzte hoch und zu allen Seiten, als sich ein Körper aus den Tiefen erhob. Mit weit ausgebreiteten Armen tauchte Esther Stowe aus dem Taufbecken auf wie Aphrodite aus dem Meer. Dillon blieb der Mund offen stehen, als er sah, wie die nackte Frau auf den roten Teppich hinter der Kanzel trat. Sie lachte unzüchtig und schüttelte den Kopf, die langen, nassen Strähnen ihres hellblonden Haars klatschten um ihr Gesicht, und Wassertropfen wirbelten um sie herum.

Gute Güte, sie war schön. Wollüstig. Große, runde Brüste mit festen Warzen. Lange, schlanke Beine. Schmale Taille. Er beobachtete jede Bewegung, erregt durch ihre Sinnlichkeit. Sie breitete die Arme aus und winkte ihn zu sich. Sein Penis schwoll an und pochte.

»Oh, Süße, ich werde dir geben, wonach du verlangst.« Als er sich ihr näherte, fiel ihm auf, dass ihr Schambereich rasiert war und direkt über dem Schambein ein schwarzes Tattoo glitzerte. Er konnte die Augen nicht von dem Symbol losreißen.

Sie folgte seiner Blickrichtung und schaute auf das Tattoo hinab. »Kennst du das Zepar-Siegel nicht?« Sie streichelte sich mit der Spitze ihres Mittelfingers. »Zepar, einer der großen Geister des Firmaments, entflammt Frauen mit der Liebe zu Männern. Er hat die Macht, eine Frau in jede Gestalt zu verwandeln, wie es ihrem Geliebten gefällt.«

»Die Gestalt, in der du jetzt gerade bist, gefällt mir schon ganz gut«, sagte Dillon, noch immer fasziniert von dem kleinen Tattoo.

Schon streckte er die Arme aus und zog sie an sich. Ihr großer Mund öffnete sich, und sie leckte ihn vom Kinn bis zum

Ohr ab, dann nahm sie seine Hand und schob sie sich zwischen die Beine.

»Beim ersten Mal will ich es sehr schnell und sehr hart«, sagte sie. »Und ich will es jetzt!«

Er steckte zwei Finger in sie hinein und stellte fest, dass sie zerfloss. Sie war bereit, mehr als das. Sie war heiß und nass und keuchte.

Als sie seine Hose aufknöpfte und den Reißverschluss öffnete, stand er reglos da und ließ sie gewähren. Kurz darauf hatte sie sein Glied aus der Unterhose geholt und führte ihn zu einem der großen goldenen Stühle auf dem Podium. Sie schob ihn auf den roten Samtsitz und setzte sich rittlings auf ihn. Sie nahm die richtige Position ein, glitt in einer raschen, fließenden Bewegung über ihn und nahm sein Glied gänzlich in sich auf.

Verdammt, sie war so heiß und so fest und … Sie biss ihn in den Hals, fuhr mit gespreizten Fingern über sein Hemd und ließ dabei ein paar Knöpfe aufplatzen.

Dillon packte ihre Hüften und schob sie in pumpenden Bewegungen auf und ab. Die Reibung an ihrem festen, fließenden Körper brachte ihn dem Höhepunkt immer näher. Er war schon halb weg und noch nicht einmal zwei Minuten in ihr.

Keuchend und nach Luft schnappend warf sie den Kopf zurück, während sie auf ihm ritt. Die Welt zog sich um sie herum zusammen. Er konnte nicht sehen. Nicht denken. Er konnte nur fühlen.

Sein Orgasmus traf ihn hart. Sobald er erleichtert aufstöhnte, wurde Esther wild. Sie packte seine Schultern und ritt ihn wie eine Wahnsinnige. Sie schrie auf, als sie kam und sank dann gegen ihn. Er saß unter ihr, sein Herz dröhnte in seinen Ohren, er hob ihren Kopf von seiner Schulter, packte ihr Gesicht mit der Hand und gab ihr einen Zungenkuss.

Als sie wieder zu Atem kam, lächelte sie verrucht. »Ich wusste, dass du das gut kannst. Ich sehe es einem Mann immer an.«

»Er war gut, nicht wahr, meine Liebe«, sagte Reverend Mr Stowe.

Dillon schluckte. Verdammt, wann war Esthers Mann hereingekommen? Himmel, er hätte wissen müssen, dass ihnen Vögeln in der Kirche Ärger einbringen würde.

Als Dillon begann, Esther von seinem Schoß zu schieben, schlang sie ihm lachend die Arme um den Hals. »Reg dich nicht auf. Alles ist in Ordnung.«

»Wie kann das sein? Dein Mann ist gerade hereingekommen und hat uns erwischt …«

»Er ist nicht gerade hereingekommen«, sagte Esther. »Haden hat die ganze Zeit zugeschaut.« Sie warf einen Blick über die Schulter, streckte die Hand aus und wackelte mit den Fingern. »Komm her, Liebling, und sag Dillon, wie gern du zuschaust, wenn andere Männer es mit deiner Frau treiben.«

18

Genny kam aus dem Halbschlaf, reckte sich genüsslich und richtete sich im Bett auf. Der Raum lag in kühlen, grauen Schatten, ein wenig Sonnenlicht drang durch die Fenster. Noch bevor sie auf die Uhr neben dem Bett schaute, vermutete sie, dass es schon ziemlich spät war, wahrscheinlich nach vier Uhr nachmittags. Zweifellos hatte sie den Tag verschlafen, doch die Ruhe hatte sie wieder belebt. Das Letzte, woran sie sich erinnerte, war ein verschlafener Blick zu Dallas, der auf dem Sessel in der Ecke des Zimmers saß. Er hatte sie beobachtet – über sie gewacht. Aber er war nicht mehr da. Der Raum war leer. Nicht einmal Drudwyn war zu sehen. Erst als sie aus dem Bett stieg und ihre Füße auf den kalten Boden setzte, merkte sie, dass sie Socken trug. Ihre Stiefel waren fein säuberlich ans Fußende gestellt worden. Sie zog sie an.

Wo Dallas wohl sein mag? Sie wusste, er hatte sie nicht allein gelassen. Sein Beschützerinstinkt ihr gegenüber war zu stark geworden, um sie unbewacht zu lassen. Als sie die Schlafzimmertür öffnete und in die Diele hinaustrat, hörte sie Stimmen aus der Küche. Weibliche Stimmen. Streitende Stimmen. Oh Gott, das waren Sally und Ludie.

Genny eilte in die Küche und blieb an der Tür stehen. Keine der beiden alten Damen bemerkte sie.

»Ich sage, wir wecken sie, wenn sie nicht bis fünf Uhr aufgestanden ist«, bestimmte Sally. »Das Mädel muss essen. Dallas hat gesagt, sie hat ihr Frühstück kaum angerührt. Sie ist schon dünn genug. Ein starker Wind würde sie umpusten.«

»Lass sie schlafen. Sie wird schon wach, wenn es ihr wieder gut geht. Dallas hat gesagt, das arme kleine Ding war total erschöpft.«

»Du weißt doch, dass sie immer so ist, wenn sie ihre Hexenkunst ausübt. Melva Mae war genauso.« Sally machte sich daran, den Küchentisch zu decken, ohne auf Ludie zu achten. »Ich wecke sie um fünf, und wir können alle zusammen essen, bevor Dallas wieder in die Stadt fährt.«

»Gennys Gabe hat nichts mit Hexenkunst zu tun, und das weißt du verdammt genau«, korrigierte Ludie sie. »In dem Kind steckt nur Gutes.«

»Meinst du, das weiß ich nicht?« Sallys Miene wurde hart, als sie ihre Freundin anfunkelte. »Genny übt weiße Magie aus, genau wie Melva Mae.«

»Du bist eine verrückte alte Frau«, sagte Ludie leise, aber laut genug, um gehört zu werden.

»Wen nennst du hier verrückt?«

»Dich«, erwiderte Ludie. »Melva Mae hatte das Zweite Gesicht, so wie ihre beiden Großmütter. Sie wusste, was passieren würde, bevor es eintrat, und sie hatte Visionen. Sie konnte Sachen finden, die verlorengegangen waren, und sie konnte mit Katzen, Hunden und allen Waldtieren sprechen.«

»Ja, und sie konnte auch mit Leuten sprechen, ohne ein Wort zu sagen. Sie konnte sich direkt in den Verstand eines Menschen schleichen.« Sally stemmte ihre großen, knochigen Hände in die Hüfte. »Das nenne ich Magie. Und weil Melva Mae ihre Magie niemals gegen jemanden einsetzte, war es weiße Magie.«

»Das war überhaupt keine Magie. Es war ein Geschenk Gottes. Du weißt genau, dass Melva Mae eine gottesfürchtige Frau war.«

»Hab ich was anderes gesagt?«

»Du hast behauptet …«

Genny räusperte sich. Erschreckt verstummten Sally und Ludie und drehten sich zu Genny um.

»Wieso bist du schon auf?«, fragte Ludie.

»Sie ist auf, weil sie genug geruht hat«, sagte Sally. »Siehst du das denn nicht? Und wer ist jetzt die verrückte alte Frau?«

»Mir geht es viel besser«, teilte Genny ihnen mit. »Ich nehme an, ich habe den ganzen Tag geschlafen, nicht wahr?«

»Fast«, sagte Sally.

»Wie lange seid Ihr denn schon hier?«, fragte Genny.

»Seit zwölf«, erwiderte Sally. »Doc Swain behält die Hunde über Nacht bei sich. Er sagt, die werden in null Komma nichts wieder auf dem Damm sein, sie haben nicht genug von diesem verdammten Gas eingeatmet, um dauerhaft Schaden davonzutragen. Als Jacob bei uns vorbeikam, um nach uns zu sehen, und sagte, er sei auf dem Weg zu dir, bin ich gleich mitgefahren.«

»Ich bin hergekommen, um nach dir zu sehen, als ich im Fernsehen hörte, dass der Mörder Misty umgebracht hat und du der Polizei geholfen hast«, sagte Ludie. »Ich war schon eine Stunde vor Sally hier.« Ludie warf einen Blick auf den Herd. »Ich habe uns ein richtig gutes Abendessen gekocht. Gebratene Hähnchen, grüne Bohnen, Kartoffelbrei, gefüllte Eier, Maisbrot und einen Kuchen aus Süßkartoffeln als Nachtisch.«

»Riecht köstlich.« Genny betrachtete den Tisch, der für vier gedeckt war. »Wo ist Dallas?«

Als Ludie lächelte, wurden ihre Wangen rund und die feinen Falten in ihrem weichen Gesicht tiefer. »Er ist spazieren gegangen. Hat gesagt, er muss den Kopf frei bekommen.«

»Der Mann ist um dich rumgeschwirrt wie eine Drohne um eine Bienenkönigin«, sagte Sally. »Er war krank vor Sorge um dich, Kleines.«

»Wisst ihr, welchen Weg er eingeschlagen hat?« Genny war auf dem Weg zur Hintertür.

»Nur ein Stück die Straße runter.« Sally trat zu Genny und legte ihr die Hand auf die Schulter. »Lauf nicht hinter ihm her. Der kommt schnell genug wieder.«

Ludie hob den Deckel des Topfes, in dem die Kartoffeln kochten und ließ ihn mit lautem Krachen wieder fallen. »Ein bisschen frische Luft und Bewegung täten dir vielleicht gut. Drudwyn ist draußen. Nimm ihn mit und mach einen kleinen Spaziergang. Dallas ist in westliche Richtung gegangen. Sag ihm, das Abendessen ist noch nicht ganz fertig.«

Sally schmollte und schaute Ludie wütend an.

Genny machte die hintere Tür auf. »Ich bin nicht lange weg. Und ich nehme Drudwyn als Leibwächter mit.«

Als sie in ihren Mantel schlüpfte und über die Veranda hinunter in den Hof ging, hörte sie, wie Sally und Ludie ihren nie enden wollenden Streit wieder aufnahmen. Jazzy und sie hatten oft über die eigenartige Freundschaft der alten Frauen gelacht. Wer sie nicht kannte, würde schwören, dass sie sich nicht leiden konnten.

Drudwyn kam auf sie zugelaufen, sobald er Gennys Gegenwart wahrnahm. Sie kniete nieder und umarmte ihn. Dann bedeutete sie ihm, ihr zu folgen.

Nachdem sie über die Stufen den Hügel hinuntergegangen war, wandte sich Genny nach Westen. Vor ihr lag eine Meile einigermaßen gerader, ebener Straße. Mit der rasch untergehenden Sonne war der Abend kalt geworden. Genny holte ihre Mütze und die Handschuhe aus den Manteltaschen. Sie ging mit Drudwyn etwa eine Viertelmeile, bevor sie auf Dallas traf, der wieder auf dem Rückweg zum Haus war. Als noch knapp zehn Meter zwischen ihnen lagen, blieb er stehen und sah sie an. Sie hob die Hand und winkte. Er winkte zurück. Zunächst gingen sie in normalem Tempo aufeinander zu, legten dann einen Schritt zu, bis sie sich am Ende förmlich in die Arme liefen. Dallas packte sie an den Schulten. Genny atmete schwer, und ihr warmer Atem bildete Dampfwolken vor ihrem Mund. Sie schaute zu Dallas auf und lächelte.

»Was machst du hier draußen?«, fragte er.

»Ich bin gekommen, um dir zu sagen, dass das Abendessen bald fertig ist.«

»Wie geht es dir?«

»Ganz gut.«

»Keine bleibenden Nachwirkungen?«

Sie schüttelte den Kopf.

Dallas' linke Hand glitt von ihrer Schulter, über ihren Arm bis zu ihrem Handgelenk. Die Finger seiner rechten Hand fuhren in ihre Haare, und ihre Strickmütze geriet in Schräglage.

»Du ahnst ja nicht, welche Sorgen ich mir um dich gemacht habe.«

»Tut mir leid, dass du beunruhigt warst.«

»Mir tut es leid, dass du das durchmachen musstest …«

Sie legte ihm die Finger an die Lippen. »Danke, dass du so gut auf mich aufgepasst hast.«

»Genny …«

Sie bemerkte einen eigenartigen Ausdruck in seinen Augen. Urtümlich. Besitzergreifend. Ein urzeitliches Verlangen. Er wollte sie – auf die elementarste Weise, wie ein Mann eine Frau begehren kann. Diese Art von Begierde verstand er. Aber ihr war klar, dass er nichts von dem noch größeren Bedürfnis wusste, das seine Sinne überwältigte. Eine Leidenschaft des Geistes. Der Wunsch nach ewiger Bindung.

Sie wartete, denn sie wusste, was kommen würde. Wollte es. Brauchte es. Ebenso wie er.

Seine Lippen legten sich auf ihre, während er sie in seine starken Arme schloss. Eine hungrige, verschlingende Inbesitznahme, und doch abgemildert durch die Zärtlichkeit, die er ihr gegenüber empfand. Sie reagierte mit gleicher Hingabe.

Der Kuss dauerte lange, und als sie nach Luft schnappten, bewegte Dallas seine Lippen weiter bis an ihr Ohr, dann ihren Hals hinunter bis zu ihrer Kehle. Sie rieb sich an ihm, ihre Brüste an seiner Brust, ihre Beine an seinen. Dann küsste er sie wieder. Tiefer. Noch intensiver.

Ich liebe dich, sagte Genny ihm telepathisch, denn sie wusste, dass er noch nicht bereit war, die Worte laut zu hören.

Drudwyn winselte. Langsam beendete Dallas den Kuss und hob den Kopf. Genny seufzte.

»Was bist du, unsere Anstandsdame?« Dallas schaute den Wolfshund direkt an.

Genny lachte. »Ich glaube, er hat einfach nur Hunger. Er weiß, dass Ludie gebratene Hähnchen zum Abendessen gemacht hat.«

»Dann sollten wir vielleicht wieder zum Haus gehen.« Dallas legte seinen Arm um ihre Taille.

»Du bleibst nicht über Nacht bei mir, nicht wahr?«, fragte sie, als sie sich umdrehten und wieder nach Osten gingen.

»Sally hat mir gesagt, sie wolle heute Nacht bei dir bleiben«, erwiderte Dallas. »Und als Ludie das mitbekam, beschloss auch sie zu bleiben.«

Genny nahm Dallas' große Hand in ihre kleine. »Ich habe eine Idee, wie ich dir helfen kann, den Mörder zu finden. Morgen komme ich in die Stadt und …«

»Was hast du vor?« Dallas ging langsamer und umschloss nun seinerseits ihre Hand.

»Ich kann versuchen, mich wieder mit dem Geist des Mörders zu verbinden. Heute Morgen habe ich es für ein paar kurze Augenblicke gemacht.«

»Nein, verdammt!« Dallas blieb mitten auf der Straße stehen. »Das ist zu gefährlich für dich. Oder nicht?«

Genny konnte ihm nicht in die Augen schauen und ihn belügen. Sie hielt den Blick starr auf die Straße gerichtet. »Es könnte Gefahr bestehen, aber du bist doch da. Und Jacob auch. Sollte ich zu tief hineingezogen werden, habe ich eine Rettungsleine. Du könntest mich zurückholen …«

»Das kannst du vergessen.« Dallas drückte ihre Hand und ging weiter.

Sie musste einen Schritt zulegen, um mitzukommen.

»Sei mir nicht böse. Ich möchte dir nur helfen … und Jacob. Dieser furchtbare Mann hat schon so viele Frauen umgebracht.«

»Wir werden ihn finden.« Dallas fiel in normales Schritttempo zurück. »Aber das machen wir, ohne dein Leben in Gefahr zu bringen.«

Sie hütete sich, jetzt mit ihm über diesen Punkt zu diskutieren. Doch sie war sich sehr wohl bewusst, was sie zu tun hatte, was sie tun musste, um die Morde zu unterbinden. Wenn sie sich wieder mit dem Verstand des Mörders verbinden könnte, war sie vielleicht imstande herauszufinden, wer er war.

* * *

Er saß zusammengerollt auf seinem Sessel am Kamin und rief sich glücklich die neuesten Ereignisse ins Gedächtnis, während er sich immer wieder aufs Neue die aufgezeichneten Nachrichtensendungen des Tages auf WMMK anschaute. Er wurde ziemlich berühmt in Cherokee Pointe, und sie waren mit ihrer Weisheit am Ende. Jeder dumme Polizist, der an dem Fall arbeitete.

Er fuhr sich mit der Zunge über die Lippen. Ah, Misty Hartes Blut war köstlich gewesen. Und kräftigend. Und die unerwartete geistige Verschmelzung mit Genny Madoc war belebend gewesen. Er wusste nicht, worauf er sich mehr freuen sollte – seine sexuellen Bedürfnisse mit dem vierten Opfer zu befriedigen, oder Kopfspielchen mit Genny zu treiben. Natürlich konnte er ihren Geist nicht anzapfen, diese Fähigkeit besaß er nicht. Er würde warten müssen, bis sie den nächsten Kontakt herstellte, so wie sie es heute Morgen getan hatte. Aber sobald sie verbunden wären, glaubte er in der Lage zu sein, problemlos mit ihr zu kommunizieren.

Er lächelte, als köstliche Bilder des Erfolgs vor seinem inneren Auge auftauchten. Er war so nahe daran, alles zu erreichen, was er wollte.

Nur noch ein Opfer, um seine Kraft aufzubauen, bevor er seinen Siegespreis einstrich. Sein Leben lang hatte er auf sie gewartet. Alle anderen Übergänge waren nur teilweise erfolgreich gewesen, weil die Frauen, die er ausgesucht hatte, zu schwach gewesen waren, zu machtlos. Aber diesmal hatte er die perfekte Frau gefunden. Dieses fünfte Opfer würde ihm alles geben, wonach er sich ein Leben lang gesehnt hatte. Stärke. Macht. Perfektion.

Als Linc Hughes ihr seinen Becher hinhielt, schenkte Teri Nash Kaffee nach. Guten, hochwertigen Kaffee. Sie hatten die letzten vier Nächte im Hauptquartier der Verhaltensforschung in Quantico verbracht und ihre Bemühungen gebündelt. Beide hatten andere Fälle, die tagsüber liefen, aber sie waren fest entschlossen, Dallas und Sheriff Butler zu helfen. Da nur zehn

Profiler eine volle Stelle bei der Verhaltensforschung hatten, arbeitete jeder dieser Ermittler häufig an fünf Fällen gleichzeitig.

Linc, der erfahrenste Profiler, hatte dem Mörder von Mobile und dem von Cherokee Pointe bereits den Status eines »organisierten Straftäters« verliehen, ausgehend von der geordneten und ungeordneten Dichotomie, die in fünf grundlegenden Aspekten der Interaktion zwischen den Opfern und dem Täter involviert waren: interpersonelle Kohärenz, Stellenwert von Zeit und Ort, kriminelle Eigenschaften, kriminelle Laufbahn und kriminaltechnisches Bewusstsein. Ein Mann, der in diese Kategorie fiel, würde aller Wahrscheinlichkeit nach ziemlich intelligent sein, womöglich sogar hoch intelligent. Er wäre sozial und sexuell kompetent und geschickt bei jeder Arbeit, die er sich aussuchte, würde aber häufig den Job wechseln oder nach einem oder mehreren Morden die Stadt verlassen. Sehr wahrscheinlich wäre er mobil und besäße ein Fahrzeug in gutem Zustand. Und dieser Typ verfolgte seine Verbrechen gern in den Medien.

»Du weißt, dass Dallas für den Rest seines Lebens in deiner Schuld stehen wird«, bemerkte Teri, als sie sich vorbeugte, um Linc auf die Stirn zu küssen.

»Der erste Bericht ist so weit fertig, den kannst du ihm schicken. Er ist zwar unvollständig, aber er wird Dallas und dem Sheriff etwas an die Hand geben, womit sie arbeiten können.« Linc schaute auf seine Armbanduhr. »Es ist fast vier Uhr. Ich werde ein Fax ins Büro des Sheriffs schicken, und du kannst Dallas anrufen, wenn du meinst, dass er noch wach ist.«

»Ich gebe ihm bis halb sechs«, erwiderte Teri. »Wie ich ihn kenne, wird er momentan nicht viel schlafen.« Sie gähnte. »Apropos Schlaf. Vielleicht sollten wir versuchen, uns ein bisschen aufs Ohr zu legen.«

Linc warf einen Blick auf die Akten, die auf dem Schreibtisch in seinem Büro ausgebreitet lagen. »Wie kommst du mit deiner Untersuchung über die Opfer voran?«

»Ich habe noch nicht alle Daten, die ich brauche, aber bis jetzt stehe ich mit einem fetten Minuszeichen da.«

»Es ergibt keinen Sinn, dass die Opfer keinerlei Gemeinsamkeiten hatten, nur dass alle fünf in jeder Mordserie in ihrer Heimatregion lebten und starben.«

»Das Alter liegt zwischen heranwachsend und über vierzig. Unterschiedliche Rassen. Verschiedene körperliche Beschreibungen. Andere Herkunft und andere Beschäftigungen. Als würde dieser Kerl seine Opfer wahllos aussuchen.«

»Schon möglich«, sagte Linc. »Aber mein Instinkt und meine Ausbildung sagen mir, wichtig ist, dass bei jedem Fall fünf Morde vorliegen, die alle bei Tagesanbruch verübt und alle Frauen auf dieselbe Art geopfert wurden.«

»Und er trinkt Blut von den ersten vier.«

»Aber er schneidet jedem fünften Opfer das Herz raus.«

»Und isst es?«, fragte Teri. »Habt ihr beide, du und Dallas, das nicht vermutet?«

Linc nickte. »Ja, daher sind die ersten vier Opfer vielleicht wahllos ausgesucht, nur weil sie leicht zugänglich sind. Aber am fünften Opfer ist etwas Besonderes. Wenn wir diese Besonderheit herausbekommen, werden wir eine Verbindung zwischen allen fünften Opfern finden.«

»Klingt plausibel«, sagte Teri. »Ich muss also alle Informationen über die fünften Opfer sammeln, die ich kriegen kann.«

»Ich glaube, das wird am Ende unser fehlendes Bindeglied sein.«

Teri goss sich noch einen Becher Kaffee ein und überflog rasch die grundlegenden Informationen über die fünften Opfer.

»Vier Frauen als fünftes Opfer. Hm.« Teri biss sich seitlich auf die Unterlippe und schnalzte mit der Zunge, während sie die Informationen durchlas. »Unsere erste Nummer fünf war Kim Johnson, siebenundzwanzig, eine Fernsehreporterin aus Texas. Die Nächste war Daphne Alaire, achtunddreißig, Besitzerin eines Buchladens, die in Louisiana lebte. Die dritte Nummer fünf, Lori Wright, stammte aus Hilton Head, South Carolina. Sie war eine zwanzigjährige College-Studentin und wurde ermordet, als sie zu den Frühlingsferien zu Hause war.«

»Ich sehe keine Ähnlichkeiten.«

»Weil es keine gibt.« Teri schüttelte den Kopf und schnalzte wieder mit der Zunge. »Das fünfte Opfer in Mobile war eine Hausfrau, Barbara James, dreißig, zwei Kinder, die ehrenamtlich mit notleidenden Kindern arbeitete.«

»Welchen Familienstand hatten diese vier Frauen?«

Teri durchsuchte die Informationen in der Datei. »James war verheiratet, Wright alleinstehend, Alaire Witwe und Johnson geschieden.«

»Körperliche Beschreibungen?«

Teri scrollte die Dateien der Frauen und merkte sich die Beschreibungen. »Eine blond, ein Rotschopf, zwei Brünette. Die eine war dick, eine dünn, zwei normal. Eine klein, eine groß, zwei durchschnittlich.« Ruckartig wirbelte sie auf dem Drehstuhl herum und schaute Linc an. »Und bevor du fragst – eine Schwarze, drei Weiße.«

Linc zuckte mit den Schultern. »Du musst tiefer graben. Überprüfe Sachen wie Religion, Klubs und Organisationen, denen sie angehörten, Hobbys und so.«

»Dir ist aber klar, wie lange das dauern kann.«

»Wir schränken die Suche von zwanzig auf vier Frauen ein. Wenn es eine Verbindung gibt, einen gemeinsamen Faden – und ich bin mir sicher, dass es den gibt –, wird sie zwischen diesen fünften Opfern bestehen.«

»Du willst also damit sagen, wenn wir uns beeilen und diesen gemeinsamen Nenner finden, werden wir wahrscheinlich immer noch nicht in der Lage sein, das vierte Opfer zu retten, aber wir könnten uns womöglich vorstellen, wer das fünfte Opfer wird, und hoffentlich diese Frau retten.«

»Stimmt.«

»Brooke war das vierte Opfer in Mobile«, sagte Teri. »Ich weiß, Dallas würde die Nummer vier in Cherokee County gern retten.«

»Das wird vielleicht nicht möglich sein. Er muss sich eventuell damit abfinden, das fünfte Opfer zu retten.«

19

Die Stimmung in Cherokee County war höchst angespannt, und die Tatsache, dass die örtlichen Medien Sheriff Butler und Chief Watson durch den Kakao zogen, verstärkte das Problem nur. Dallas hatte das schon einmal erlebt – eine Stadt, die in Panik ausbrach, wenn die Kompetenz ihrer ortsansässigen Polizeikräfte in Frage gestellt wurde. Der *Cherokee Pointe Herald* und der Fernseh- und Radiosender WMMK, beides im Besitz der Familie MacKinnon, berichteten dank der Feindseligkeit zwischen Jacob und Brian MacKinnon weiterhin einseitig über die Ereignisse. Doch ohne Wissen der Medien war in der vergangenen Woche ein gewisser Fortschritt bei der Lösung der Mordfälle erzielt worden. Mit einer Sondereinheit vor Ort und der offiziellen wie auch inoffiziellen Beteiligung des FBI, das mit lokalen und bundesstaatlichen Strafverfolgungsbehörden verknüpft war, hatten sie jetzt eine gestraffte Liste von Verdächtigen, die sie zu dem Mörder hinführen könnte.

Weder Matt Newton, der Reporter, den Jacob umgehauen hatte, noch MacKinnon-Media hatten ein Gerichtsverfahren gegen Jacob angestrengt oder Anzeige wegen Körperverletzung gestellt. Dallas ging davon aus, dass Newton alles tun würde, was die MacKinnons ihm auftrugen, und Brian MacKinnon machte es Spaß, Jacob zappeln zu lassen. Dallas hielt MacKinnon für den Typ, der Freude daran hatte, mit einem Mann zu spielen, von dem er glaubte, ihn in der Gewalt zu haben.

Die Mehrheit der öffentlichen Meinung blieb noch immer auf Jacobs Seite, obwohl sich die Medien gründlich über die lokalen Polizeikräfte hermachten. Man mochte und vertraute Jacob Butler, Brian MacKinnon hingegen war weder beliebt noch vertrauenswürdig. Dallas bekam allerdings nicht heraus, ob MacKinnon, wenn er Jacob schon absichtlich angriff, tatsächlich in Genny verliebt war.

Dallas legte die Füße auf den Rand von Jacobs Schreibtisch, lehnte sich zurück und faltete die Hände hinter dem Kopf. Seit seiner Ankunft in Cherokee County hatte er nicht gut geschlafen. Zu viel geschah zu schnell, um Zeit mit acht Stunden Nachtschlaf zu verschwenden. Verdammt, er würde sich mit fünf Stunden abfinden. Sobald der Mörder gefasst war, könnte er sich ausruhen.

Das erste Täterprofil, das Linc Hughes ihnen vor sechs Tagen gefaxt hatte, bestätigte Dallas in seiner Überzeugung, dass einer ihrer ursprünglichen vier Verdächtigen der Serienmörder war, der Brooke und die drei Frauen aus Cherokee County umgebracht hatte. Obwohl kein anderer Beweis gegen einen der Männer vorlag, hatten sie auch keine weiteren Verdächtigen.

Gestern noch hatte Teri bei Dallas angerufen, um ihm ihre letzten Erkenntnisse aus den fünf Morden in Hilton Head durchzugeben, die anderthalb Jahre vor den Morden in Mobile verübt worden waren. Ihre Resultate hatten die Verdächtigen auf drei Personen beschränkt – das heißt, falls sie auf der richtigen Fährte waren. Sollten sie auf dem Holzweg sein, möge ihnen der Himmel beistehen, denn nur eine höhere Gewalt konnte dann die letzten beiden Opfer retten.

»Dillon Carson hat zur Zeit der fünf Morde bei einem Dinner-Theater in Savannah gearbeitet«, hatte Teri gesagt. »Von dort aus fährt man mit dem Auto eine Dreiviertelstunde nach Hilton Head.«

Royce Pierpont war in einem Antiquitätengeschäft in Charleston beschäftigt, anderthalb Fahrstunden von Hilton Head entfernt. Und Jamie Upton hatte das Frühjahr damals mit Freunden in Hilton Head verbracht, Golf gespielt, geangelt, war Kajak gefahren und zweimal wegen Trunkenheit und Ordnungswidrigkeiten aufgegriffen worden. Reverend Stowe und seine Frau hatten zur Zeit der Morde in Whiteville, North Carolina, gewohnt. Bei der Entfernung zwischen den beiden

Städten war es unwahrscheinlich, dass Haden Stowe bei diesen fünf Morden der Täter gewesen war. Unwahrscheinlich, aber durchaus noch im Bereich des Möglichen. Da ihnen die Zeit davonlief, waren Jacob und Dallas übereingekommen, sich auf Carson, Pierpont und Upton zu konzentrieren, die wahrscheinlichsten Verdächtigen. Auf jeden traf das Täterprofil zu, das Linc erstellt hatte.

Carson und Pierpont hatten bereitwillig mitgearbeitet, als Jacob sie zur Vernehmung vorlud, doch beide hatten kein Alibi für die Zeit der ersten beiden Morde in Cherokee County, nur für den dritten. Beide hatten an Jerry Lee Todds Verbrecherjagd an jenem Morgen teilgenommen, und Dutzende anderer Männer konnten das bestätigen. Doch Dallas wusste, dass in Anbetracht der Geisteshaltung dieser vom Bürgermeister zusammengestellten Gruppe niemand hundertprozentig sicher sein konnte, wann sich ein bestimmter Mann dem Trupp angeschlossen hatte.

Carson hatte behauptet, er könne sich nicht genau daran erinnern, wo er zur Zeit der Morde in Louisiana und Texas gelebt habe, wusste jedoch, dass er nie in Texas gelebt oder gearbeitet hatte. Aber ja, er hatte im angrenzenden Oklahoma gewohnt und im benachbarten New Mexico Urlaub gemacht. Er wusste nur nicht mehr, wann. Außerdem konnte er sich nicht erinnern, wann er zuletzt in Louisiana gewesen war. Pierpont sagte, er sei nie in Texas gewesen, habe aber in Baton Rouge, Louisiana, gearbeitet, von wo aus man mit dem Auto leicht nach Lafayette fahren konnte, dem Ort der zweiten Mordserie. Er war sich jedoch der genauen Daten nicht sicher. Vor ein paar Jahren? Ja. Mindestens vier? Ja, vor mindestens vier Jahren. Pierpont war sehr ruhig und beherrscht gewesen und hatte ohne Zögern geantwortet. Dillons Erwiderungen waren oft vage, aber dass er seine Zeit verschwendete, schien ihn mehr zu belasten, als Fragen zu beantworten.

Beide Männer hatten sich geweigert, DNA-Proben abzugeben. Doch selbst ein Unschuldiger könnte diese Aufforderung abschlagen.

Jamie Upton war ein ganz anderes Kaliber. Er hatte sich geweigert, ohne seinen Anwalt auf Fragen zu antworten. Und der Rechtsanwalt seines Großvaters riet ihm, keine Fragen zu beantworten, solange er keines Verbrechens beschuldigt war.

»Beschuldigen Sie Jamie wegen irgendetwas, oder lassen Sie ihn gehen«, hatte Tyson Baines mit feixendem Lächeln gefordert, das seine fetten Wangen hervorhob.

Hatte Jamie etwas zu verbergen, oder machte sich Big Jim Upton nur wichtig? Wahrscheinlich traf beides zu. Erst an diesem Morgen hatte Dallas von Jacob erfahren, dass der alte Mann den berüchtigten Strafverteidiger aus Texas, Quinn Cortez, in seine Dienste gestellt hatte. Bedeutete das, Jamies Großvater hielt ihn eventuell für einen Mörder?

Dallas verbrachte die meiste Zeit im Sheriff's Deparment, das zu einer Kommandozentrale für die Sondereinheit geworden war. Aber es war ihm gelungen, sich eine Weile davonzuschleichen, um an den Tagen, an denen Genny es nicht in die Stadt schaffte, den Berg hinauf zu fahren. Da er wusste, dass Jacob ihm zustimmen und Gennys Plan verwerfen würde, hatte er Jacob von ihrer Idee erzählt, sich telepathisch mit dem Geist des Mörders verbinden zu wollen. Jacob war ausgerastet. Da erst hatte Dallas begriffen, in welche Gefahr sich Genny mit einem solchen Versuch begeben würde.

»Das können wir nicht mal ansatzweise zulassen«, hatte Jacob gesagt. »Wenn sie sich zu weit hineinbegibt, können wir sie vielleicht nicht wieder zurückholen.«

Zum Glück hatte Genny es nicht wieder erwähnt, nicht ein einziges Mal in den vergangenen sechs Tagen. Nach dem, was Dallas für Genny empfand, konnte er kaum glauben, dass er sie erst seit gut einer Woche kannte. Zum ersten Mal in seinem Leben war ihm eine Frau so wichtig geworden. Er nannte es nicht Liebe. Liebe war nur ein Wort. Zu häufig gebraucht. Er wollte Genny haben. Wollte sie unbedingt. Aber da war mehr an seinen Gefühlen, etwas, das er nicht richtig einzuordnen wusste. Und diese andere Komponente beunruhigte ihn.

Ein Tritt traf Dallas' Beine, die auf dem Schreibtisch lagen. Er stellte die Füße auf den Boden und schaute zu Jacob auf.

»Schlafen Sie mit offenen Augen?«, fragte Jacob.

»Eigentlich nicht. Wieso?«

»Haben Sie nicht gehört, was ich zu Ihnen gesagt habe?«

»War es wichtig?«

Jacob brummte. »Ich wünschte, es gäbe eine legale Möglichkeit für uns, an Jamie Uptons DNA heranzukommen.«

»Wie kommen Sie darauf?«

»Ich habe gerade mit Jazzy gesprochen. Sie überlegt, ob sie gegen Jamie nicht einen Unterlassungsbeschluss erwirken soll. Der neuer Türsteher in Jazzy's Joint hat Jamie in dieser Woche zwei Mal loswerden müssen. Das kommt einer Belästigung verdammt nahe, aber wenn sie versucht, ihn anzuzeigen, wird er verschwinden, und das weiß sie.«

»Sie meinen, Upton ist unser Mörder?«

»Ich halte es durchaus für möglich.«

Dallas schüttelte den Kopf. »Ich bin anderer Meinung.«

»Also, Sie FBI-Agent, was glauben Sie, wer es ist?«

»Carson oder Pierpont.«

»Carson ist ein Trottel und Pierpont ein Waschlappen, aber beides ist kein Verbrechen.«

»Upton ist zu offensichtlich. Er ist ein aggressiver Typ, der sich nicht darum schert, wie viel Aufmerksamkeit er auf sich zieht.«

»Jamie ist ein amoralischer Schweinehund, der immer nur an sich denkt. Unser Mörder hat kein Gewissen. Das trifft haargenau auf Jamie zu.«

»Ich schließe ihn nicht grundsätzlich aus«, sagte Dallas. »Nur vom Bauchgefühl und der Erfahrung her.«

»Meiner Erfahrung nach ist das, was wie eine Ente quakt, wie eine Ente watschelt und so aussieht wie eine Ente, auch eine Ente.«

Dallas grinste, doch bevor er mit einer witzigen Bemerkung antworten konnte, klopfte Tim Willingham an die Bürotür und schaute herein.

»Da ist ein Anruf auf Leitung zwei, den Sie wohl entgegennehmen sollten«, sagte Tim.

»Wer ist es?«, fragte Jacob.

»Dr. MacNair. Er meldet seine Frau als vermisst.«

Genny öffnete Brian MacKinnon die Tür und bat ihn herein, wobei sie eine höfliche, wenn auch kühle Miene wahrte. Sie war froh, dass Drudwyn gerade im Wald war, denn sonst hätte der Hund die Feindseligkeit aufgegriffen, die sie empfand. Und obwohl sie Drudwyn unter Kontrolle hatte, wusste sie nicht genau, ob sie sich davon abhalten konnte, Brian durch ihn wenigstens ein bisschen Angst einzujagen.

Als sie Brians Wagen in der Auffahrt hörte, hatte sie gedacht, Dallas und Jacob seien gekommen. Sie erwartete die beiden zum Abendessen. Sie hatte vor, ihnen die Idee noch einmal nahezubringen, telepathisch Verbindung mit dem Geist des Mörders aufzunehmen.

»Ich war mir nicht sicher, ob du mich sehen willst«, sagte Brian, als er ins Wohnzimmer trat.

»Und warum sollte ich mich weigern, dich zu sehen?«

Brian lächelte, aber in seinen Augen lag kein Humor, nur wachsame Neugier. »Du ärgerst dich über mich, nicht wahr?«

»Möchtest du Kaffee oder Tee?«, fragte Genny.

»Du bist zu Recht unzufrieden mit der Art und Weise, wie WMMK und der *Cherokee Pointe Herald* Jacobs Anteil an den Mordermittlungen behandelt haben.«

Genny behielt ihre gelassene Miene bei. Brian hatte keine Ahnung, wie unzufrieden sie tatsächlich war. Sie hatte ihm Vertrauensvorschuss gewährt, jede Gelegenheit, sich als guter Mann zu erweisen, hatte über einige Macken in seinem Verhalten hinweggesehen. Aber diesmal nicht. Sie war bereit zuzugeben, dass sie sich in Brian getäuscht hatte. Der Mann war nicht zu retten.

Brian räusperte sich. Er stand mit dem Rücken zum Kamin. »Jacob kann mich nicht leiden. Das hat er bei mehr als einer

Gelegenheit deutlich genug zum Ausdruck gebracht. Er ist nicht damit einverstanden, dass ich eine Beziehung mit dir eingehen will.« Er hielt inne, als erwarte er eine Reaktion von ihr. Sie schwieg. Er fuhr fort: »Bis vor Kurzem hatte ich ihm keinen Grund gegeben, mich nicht zu mögen.«

»Soll das heißen, Jacobs Kreuzigung in den Medien ist eine Art Heimzahlung?«

»Nein, natürlich nicht.« Schweißperlen traten auf Brians Stirn. »Meiner Meinung nach geben Jacob und Roddy bei diesen Morden eine erbärmliche Vorstellung. Eigentlich hat die gesamte Sondereinheit sehr wenig erreicht. Es ist Aufgabe von WMMK und dem *Herald,* die Nachrichten aus unserer Sicht zu bringen.«

»Das alles hättest du mir auch am Telefon sagen und dir die Fahrt den Berg hinauf sparen können.« Genny verschränkte die Arme vor der Brust.

Brian zog ein Taschentuch aus der Manteltasche, wischte sich den Schweiß aus dem Gesicht und trat vom Kamin weg. »Ich habe ein paar Mal versucht anzurufen, aber du bist nicht ans Telefon gegangen.«

Nicht, wenn deine Nummer auf meinem Display erschien, dachte Genny. Sie hatte Brian aus dem Weg gehen wollen, aber sie hätte wissen müssen, dass er eine persönliche Gegenüberstellung erzwingen würde.

»Jacob ist wie ein Bruder für mich. Er ist einer der nettesten Männer, die ich kenne. Wenn du etwas für mich empfindest, egal was, dann hättest du eine andere Taktik anwenden müssen, als du über das berichtet hast, was du für die Wahrheit hältst.«

»Genau das ist es, Genny …« Flehend streckte er die Hände aus, ließ die Arme aber sinken, als Genny vor ihm zurückwich. »Ich habe Gefühle für dich. Starke Gefühle. Und ich bin hier, um zu beweisen, wie viel du mir wirklich bedeutest.«

»Wie willst du das anstellen?«

»Dir ist doch klar, dass Jacob den Reporter von WMMK,

Matt Newton, angegriffen hat, als der Mann nur seiner Arbeit nachgegangen ist.«

Genny atmete tief ein und langsam wieder aus. Sie verlor nur selten ihre Fassung. Tatsächlich würden die meisten, die sie kannten, behaupten, dass sie nie aus der Fassung geriet. Nur Jazzy und Jacob wussten es besser. Wenn sie an ihre Grenzen gedrängt wurde, reagierte sie. Brian hatte sie fast bis an ihre persönliche Grenze gebracht.

Brian trat einen zögernden Schritt auf sie zu, blieb aber stehen, als sie ihn anfunkelte. »Wenn wir wollen, können wir Jacob anzeigen und ihn gerichtlich verfolgen lassen.«

»Und das ist deine Absicht? Ich bin mir sicher, dass du Matt Newton manipulierst, also …«

»Genny, Genny …«

Als Brian noch weiter auf sie zukam, hob sie abwehrend die Hand. Sofort blieb er stehen.

»Aufgrund meiner Wertschätzung und meiner tiefen Gefühle für dich werde ich dafür sorgen, dass weder Matt Newton noch MacKinnon-Media Jacob anzeigt oder eine Klage gegen ihn erwirkt.«

»Und was erwartest du als Gegenleistung für diese großzügige Geste?«

Warum hatte sie so lange gebraucht, um die Wahrheit zu akzeptieren, die ihr die ganze Zeit ins Gesicht gestarrt hatte? Brian MacKinnon war schlecht. Sie spürte das Böse rings um sich. In der Vergangenheit hatte er seine wahre Natur verdecken können, wenn er mit ihr zusammen war, oder war sie einfach nur nicht bereit gewesen, tiefer in seine Seele vorzudringen, aus Angst, ihre Hoffnung auf seine Läuterung könnte platzen?

»Du vermutest einen Hintergedanken?«, fragte Brian. »Genny, Liebste, ich bin bereit, dir Jacobs Karriere zu schenken, die in meinen Händen liegt. Nur um dir zu zeigen, wie viel du mir bedeutest.«

Wagentüren schlugen. Drudwyn bellte. Schritte waren auf der Treppe vorn und auf der Veranda zu hören.

Brian schaute in die Diele zur Haustür. »Erwartest du jemanden?«

»Jacob und Dallas kommen zum Abendessen«, erwiderte sie.

»Verstehe.«

»Brian, wenn du es wirklich ernst meinst, dass du das für Jacob tun willst … für mich … dann bin ich dankbar. Aber …«

Die Haustür flog auf. Dallas kam zuerst herein, Jacob dicht auf den Fersen. Drudwyn huschte an den beiden Männern vorbei und trabte zu Genny. Jacob blieb an der Tür zum Wohnzimmer stehen, aber Dallas stürmte herein und stellte sich neben Genny.

»Brian, ich glaube, du hast Special Agent Dallas Sloan vom FBI noch nicht kennengelernt«, sagte Genny. »Dallas, darf ich dir Brian MacKinnon von den MacKinnon-Media vorstellen.«

Brian schaute von dem Mann auf den Hund, zwischen denen Genny stand, und hielt dem Mann vorsichtig die Hand hin. Dallas betrachtete Brians Hand abwägend und ergiff sie dann. Die beiden tauschten einen kurzen Händedruck. Nach Brians Grimasse zu urteilen, konnte Genny sich vorstellen, dass Dallas eine Machotaktik überlegener Kraft angewendet hatte, um Brian einzuschüchtern.

Jacob schlenderte mit langsamen, vorsichtigen Bewegungen in den Raum. »Was machen Sie hier, Mr MacKinnon?«

»Ich bin hier, um Genny etwas zu schenken.« Brian lächelte Genny an.

Sie zwang sich, ihm mit einer verwässerten Version ihres üblichen Lächelns zu antworten. »Ich würde dich ja bitten, zum Abendessen zu bleiben, aber …«

Drudwyns Knurren übertönte beinahe Jacobs unverhohlenes Brummen.

»Ein andermal«, sagte Brian. »Ich rufe dich morgen an.«

Genny ging auf Brian zu in der Absicht, ihn zur Tür zu bringen. Noch ehe sie den zweiten Schritt gemacht hatte, krallte sich Dallas' Hand in Gennys Taille und hielt sie fest. Jacob setzte sich in Bewegung und geleitete Brian aus dem Wohnzimmer und zur Haustür hinaus. Als die beiden Männer auf der Veranda verschwanden, wandte sich Genny an Dallas.

»Brian hat mir gesagt, dass Matt Newton nicht vorhat, Jacob anzuzeigen, und sie werden Jacob auch nicht verklagen.«

»Verstehe.« Dallas umfasste ihre Taille mit beiden Händen und drehte sie zu sich um. »Was hat denn dieses Wunder bewirkt? Was genau wollte MacKinnon als Gegenleistung von dir?«

»Er sagt, es sei eine Geste, um mir zu beweisen, wie viel ich ihm bedeute.« Genny warf einen Blick über ihre Schulter zur geschlossenen Haustür und fragte sich, was Jacob wohl zu Brian sagte. »Ich hoffe, Jacob wird nicht …«

»MacKinnon wird nicht bekommen, was er haben will – denn er will dich.«

»Ja, stimmt, doch vorerst ist er bereit, sich mit meiner guten Meinung über ihn abzufinden.«

»Aber die hast du doch nicht, oder?«

Genny schüttelte den Kopf. »Ich habe viel Zeit vergeudet mit dem Glauben daran, Brian könne sich ändern, wolle sich ändern. Selbst der arme Wallace glaubte Anzeichen für eine Verbesserung in Brians Verhalten zu sehen.«

Jacob kam wieder ins Haus, zog seinen Mantel aus und hängte ihn an den Garderobenständer in der Diele. »Sieht ganz so aus, als müsste ich mir keine Sorgen mehr machen, gerichtlich verfolgt zu werden, oder dass Matt Newton Anzeige gegen mich erstattet.«

»Ich glaube, ich kann noch ein bisschen länger nett zu Brian sein«, sagte Genny. »Das wird nicht leicht sein, aber es ist notwendig.«

»Wenn die Medienfolter, der man mich ausgesetzt hat, für sonst nichts gut war, dann hast du wenigstens erkannt, dass MacKinnon unverbesserlich ist.«

»Ich will nicht, dass du zu nett zu ihm bist«, bemerkte Dallas.

»Ich war nie zu nett zu ihm«, erwiderte Genny. »Nicht die Art von Nettigkeit, die du meinst.«

Plötzlich klingelte Jacobs Handy. Er hielt einen Moment inne, bevor er in seine Manteltasche griff. »Könnte etwas Neues über Nina MacNair sein.«

Genny schaute Dallas an. »Was ist mit Nina MacNair?«

»Ihr Mann hat sie als vermisst gemeldet. Anscheinend war sie weg, als er heute Morgen aufwachte. Keine Nachricht. Alle ihre Sachen sind noch im Haus. Sie hat ihr Portemonnaie mitgenommen, mehr nicht. Der Arzt glaubt, sie könnte zum Lebensmittelladen gegangen sein, aber dort hat sie niemand gesehen.«

»Meinst du …«

»Kann sein. Unser Mörder hat seit sechs Tagen nichts unternommen.«

Jacob steckte das Handy wieder in die Manteltasche und kam ins Wohnzimmer. »Keine Spur von Mrs MacNair. Niemand in der Stadt hat sie gesehen. Roddy und ich sind uns einig, dass wir angesichts der Tatsache, dass hier ein Mörder frei herumläuft, auf die Wartefrist bei einer Vermisstenanzeige verzichten.«

»Müsst ihr jetzt gehen, oder könnt ihr noch zum Abendessen bleiben?«, fragte Genny.

»Ich nehme schnell einen Happen, dann fahre ich wieder in die Stadt.« Jacob wandte sich an Dallas. »Wenn Sie noch eine Weile bleiben wollen, kann ich einen meiner Deputys schicken, der Sie später abholt.«

»Danke«, erwiderte Dallas, ohne Genny aus den Augen zu lassen, »aber ich glaube, ich sollte lieber mit Ihnen zurück in die Stadt fahren.«

»Während ihr esst, könnte ich nachsehen, ob ich etwas über Nina MacNair herausbekomme«, schlug Genny vor. »Da ich sie nicht näher kenne und nur zweimal gesehen habe, bin ich mir nicht sicher …«

»Sieh zu, ob du etwas über sie spüren kannst«, sagte Jacob. »Aber komm dem Geist des Mörders nicht zu nahe. Hast du mich verstanden?«

»Ja, laut und deutlich.« Genny führte die beiden Männer in die Küche, tischte Teller mit Hühnchen und Klößen auf, dazu ein wenig Gemüse, sowie Teegebäck nach Grannys Rezept als Nachtisch.

Während sie aßen, ging Genny ins Wohnzimmer und setzte sich allein an den Kamin. Sie blickte in die Flammen, entspannte sich und ließ ihrem Geist freien Lauf. Mehrfach wiederholte sie den Namen Nina MacNair. Dunkle Schatten wirbelten herum und verschwanden dann. Weiches, graues Licht strömte durch ihr Bewusstsein. Sie spürte das verzweifelte Verlangen, zu entkommen, aber keine richtige Angst. Lachen stieg in ihr auf. Ein Gefühl der Erleichterung. Lauf weiter. Schau nicht zurück. Eine Männerhand streckte sich aus. Noch immer keine Angst. Eine Frauenhand. Eine Männerhand. Zusammen. Zärtliche Berührung.

Gennys Augenlider flatterten. Wie komisch, dachte sie. Äußerst komisch. Sie ging wieder zu Dallas und Jacob in die Küche, schenkte sich ein Glas Milch ein und setzte sich an den Tisch. Sie nahm einen Butterkeks und brach ihn halb durch.

»Ich glaube nicht, dass der Mörder Nina MacNair hat«, sagte Genny und biss in den Keks.

»Dann hast du etwas aufgefangen?«, fragte Dallas.

Genny nickte und fragte sich, ob Dallas klar war, welche Kehrtwende er seit ihrer ersten Begegnung vollzogen hatte. Vor gut einer Woche. Dallas Sloan war ein Skeptiker gewesen, der an nichts glaubte, was über seine fünf Sinne hinausging. Jetzt erkannte er ihre hellseherischen Fähigkeiten fraglos an. Oder zumindest mit wenigen Fragen.

»Ich glaube, Mrs MacNair ist mit einem anderen Mann durchgebrannt«, sagte Genny.

Jacob schnaubte. »Sie hat nicht zufällig eine Nachsendeadresse hinterlassen?«, fragte er flapsig.

»Ich fürchte, nein«, erwiderte Genny, aß ihren Keks auf und spülte ihn mit einem halben Glas Milch herunter.

Kurz darauf, als Dallas ihr gerade beim Abräumen half und

Jacob die Reste von ihren Tellern in Drudwyns Fressnapf kippte, klingelte ein Telefon. Drei Augenpaare richteten sich auf das Wandtelefon. Doch dann war klar, dass es der Klingelton von Dallas' Handy war.

Er nahm es aus der Halterung an seinem Gürtel, drückte auf den Einschaltknopf und meldete sich.

Jacob und Genny blickten ihn abwartend an.

»Was gibt's, Teri?«, fragte Dallas. Er schwieg, während sie antwortete. »Was?« Eine kurze Pause trat ein, als Teri Nash wieder sprach. »Mein Gott! Bist du dir sicher?«

Dallas' Blick begegnete Gennys. Sie spürte, dass das, was Teri Nash ihm mitteilte, etwas mit ihr zu tun hatte.

»Du weißt, was das bedeutet, ja?« Dallas sprach ins Handy. »Festzustellen, dass die vier Frauen, die jeweils das fünfte Opfer waren, tatsächlich etwas so Charakteristisches gemeinsam hatten, sagt uns, wen er hier in Cherokee County als sein letztes Opfer auserwählt hat.«

20

Dallas bedankte sich bei Teri und steckte das Handy wieder ein, ohne den Blickkontakt mit Genny zu unterbrechen. Was auch immer er von Teri zu hören gehofft hatte, er hätte nie erwartet, dass ihre Entdeckung sein Leben wieder an den Ausgangspunkt zurückführen würde. Acht Monate lang hatte er sich schuldig gefühlt, dass er Brooke nicht hatte retten können, obwohl diese Schuldgefühle völlig irrational waren. Wenn er realistisch war, wusste er, dass es nichts gab, was er hätte tun können, um den Tod seiner Nichte zu verhindern, aber er konnte etwas tun, um ihren Mörder zu finden. Verdammt, schließlich war er FBI-Agent. Er hatte die meiste Zeit seines Erwachsenenlebens eine Tätigkeit ausgeübt, die in seinen Augen wichtig war. Als er persönlich die Verfolgung dieses schwer zu fassenden, teuflischen Mörders aufnahm, hatte er geglaubt, wenn er diesen Mann dingfest machen und vor Gericht bringen könnte, wäre es für ihn und seine Familie eine Art Abschluss. Das war ein Irrtum. Selbst in seinen schlimmsten Albträumen hätte er sich nicht vorstellen können, mit dem Verlust eines weiteren geliebten Menschen durch die Hand desselben Wahnsinnigen konfrontiert zu werden.

Und der Herr möge ihm beistehen, er liebte Genny Madoc.

»Worum geht es?«, fragte Genny. »Was hat Teri dir über mich erzählt?«

Jacob fuhr mit dem Kopf herum und starrte Genny an. »Was soll das heißen, was sie Dallas über dich gesagt hat? Was könnte sie denn …«

»Teri ist allen Informationen nachgegangen, die sie über das jeweils fünfte Opfer bei jeder Mordserie finden konnte«, erwiderte Dallas. »Linc Hughes glaubt, dass alle anderen Opfer, die ersten vier bei jedem Fall, wohl einfach nur wahllos ausgesucht wurden, doch mit den fünften Opfern verhielt es sich irgendwie anders.«

»Inwiefern anders?« Genny legte die Hand auf Dallas' Brust, direkt über sein Herz.

»Wir wissen, dass er nicht nur das Blut des fünften Opfers trinkt«, sagte Jacob. »Er entfernt auch das Herz und … nun ja, wahrscheinlich isst er es.«

»Aufgrund intensiver Recherchen hat Teri etwas herausgefunden, das alle vier der fünften Opfer gemeinsam haben.« Dallas legte seine Hand über Gennys.

»Endlich ein echter Durchbruch.« Jacob kniff die Augen zusammen und betrachtete eingehend Dallas' Hand auf Gennys. »Wieso werde ich das Gefühl nicht los, dass mir das, was Sie uns sagen werden, nicht gefallen wird?«

»Barbara James, das fünfte Opfer in Mobile, hatte eine seltene Begabung«, sagte Dallas. »Nach Aussage ihrer Familie und enger Freunde war Barbara hellseherisch.«

Genny schloss die Augen. Dallas drückte Gennys Hand und hielt sie über seinem Herzen fest.

Jacob stellte den leeren Teller ins Spülbecken. »Was ist mit den drei anderen?«

»Das fünfte Opfer der ersten Serie, Kim Johnson, unterhielt ihr Freunde mit telekinetischen Tricks. Einige ihrer Freunde erzählten Teri, Kim habe Gegenstände mit ihrem Geist bewegen können und …« Dallas atmete einmal tief durch. »Daphne Alaire betätigte sich nebenher als Medium. Sie behauptete, mit den Toten sprechen zu können. Und Lori Wright war telepathisch. Ihre Schwester hat Teri erzählt, Lori habe nicht gewollt, dass ihre Freunde am College über ihre Fähigkeit Bescheid wussten, denn die Jungen und Mädchen, mit denen sie aufgewachsen war, hielten sie für eine Spinnerin.«

»Großer Gott!« Jacob biss die Zähne zusammen. »Warum kommt diese Information gerade jetzt an die Oberfläche?«

»Weil Teri ziemlich nachgegraben hat«, sagte Dallas. »Offensichtlich hielten es die Freunde und Familien der fünften Opfer nicht für nötig, deren einzigartigen Begabungen der Polizei gegenüber zu erwähnen, weil sie nicht glaubten, dass diese Information etwas mit der Ermordung zu tun hatte.«

»Wie zum Teufel hat dieser Kerl die Frauen gefunden? Und warum bringt er sie um?« Jacob ballte die Hände zu Fäusten.

»Wir wissen es nicht«, erwiderte Dallas. »Aber wenn er sich an sein Schema hält, wird sein fünftes Opfer jemand mit sechstem Sinn sein.«

»Ich bin der Grund, warum er nach Cherokee County gekommen ist«, sagte Genny mit Nachdruck. »Er hat mich als fünftes Opfer im Visier.«

»Das wird nicht passieren«, sagte Dallas mit vollster Überzeugung.

»Da haben Sie verdammt recht«, fügte Jacob hinzu. »Wir werden dich rund um die Uhr bewachen. Ich werde wieder hier einziehen, um dich zu beschützen.«

»Jacob, Sie haben eine Ermittlung durchzuführen. Lassen Sie mich auf Genny aufpassen«, sagte Dallas. »Ich werde heute Abend zu ihr ziehen.«

»Ja, gut«, erwiderte Genny. »Aber Dallas, du kannst nicht die ganze Zeit bei mir bleiben. Jacob braucht dich, um diesen Mann zu finden, bevor er das vierte Opfer umbringt.«

»Immer wenn Dallas nicht bei dir sein kann, werde ich dafür sorgen, dass ein Deputy die Aufgabe übernimmt«, sagte Jacob. »Unterdessen werden wir alles Notwendige tun, um den Mörder zu fassen.«

Dallas legte seine Hände sanft auf Gennys Schultern. »Wir werden für deine Sicherheit sorgen. Ich schwöre dir, dieser Mann wird nicht …«

»Ihr müsst euch bei der Aufdeckung seiner Identität von mir helfen lassen«, sagte Genny. »Da mein Leben in Gefahr ist, habe ich jedes Recht der Welt, das Risiko einzugehen und zu versuchen, telepathisch Kontakt zum Geist des Mörders aufzunehmen.«

»Nein!«, schrie Jacob.

»Doch«, hielt Genny ihm entgegen. »Ich werde mich diese Nacht und morgen früh gut ausruhen, und dann werde ich es morgen Nachmittag versuchen, wenn du und Dallas hier bei mir seid.«

»Sie wird es machen, ob Sie einverstanden sind oder nicht«, sagte Dallas. »Ich werde bei ihr sein, wenn sie es versucht. Und Sie?«

Jacob schnaubte. »Ja, verdammt!«

Laura warf ihre blonden Locken zurück und steckte ihr versnobtes Näschen in die Luft. »Ich als deine Verlobte habe ein Recht darauf zu erfahren, was los ist. Seitdem wir nach Cherokee Pointe gekommen sind, um deine Großeltern zu besuchen, bist du mehr unterwegs als hier. Du bleibst die ganze Nacht weg und sagst mir, du seist bei früheren Kumpels von der Highschool gewesen. Wie viele Kumpels kannst du eigentlich haben?«

»Jetzt mach dir mal nicht ins Höschen, Liebste.« Jamie versuchte, den Arm um sie zu legen, doch sie wich ihm aus, und er griff ins Leere.

»Triffst du dich mit anderen Frauen?«, wollte Laura wissen. »Gehst du deshalb heute Abend weg, um eine andere zu treffen?«

»Nein, warum sollte ich mich mit anderen Frauen treffen, wenn ich dich habe?« Jamie grinste sie dämlich an. »Zuckerschnecke, du bist mir Frau genug.«

»Du lügst! Ich bin vielleicht nicht so erfahren, aber ich weiß, wann ein Mann mich langweilig findet.«

Jamie machte einen Satz auf sie zu und konnte sie diesmal schnappen, bevor sie ihm ausweichen konnte. Als er sie in die Arme zog, versuchte sie, sich von ihm loszumachen.

»Beruhige dich und lass dir von mir zeigen, wie leicht du mich befriedigen kannst.« Er wollte sie küssen, aber sie wandte den Kopf ab.

Er biss ihr ins Ohrläppchen. Sie schrie vor Schmerz auf.

Er leckte an ihrem Ohr und flüsterte: »Ich finde Analsex nicht langweilig.« Er rieb mit der Hand über ihre Pobacken. »Zieh deinen Slip aus und beug dich vor, und ich verspreche dir, ich werde heute Abend nirgendwohin gehen.«

Vor Schreck riss Laura die Augen auf. »Bittest du mich ernsthaft, bei so etwas Verderbtem mitzumachen?«

»Ich könnte dich dazu zwingen«, sagte er. »Hättest du das lieber? Du könntest weinen und jammern und mich anflehen aufzuhören, und so tun, als würde es dir nicht gefallen.«

»Nein, Jamie. Ich will nicht …«

Er brachte sie mit einem Kuss zum Schweigen, bei dem er ihr seine Zunge bis in die Kehle steckte. Laura sah gut aus. Nicht direkt hübsch, aber niedlich. Und sie hatte kecke Titten und einen erstklassigen Hintern. Leider war sie im Bett nicht sehr abenteuerlustig. Beim ersten Mal, als er sie flachlegte, hatte er festgestellt, dass sie nicht viel über Sex wusste. Später hatte sie zugegeben, dass er erst ihr dritter Liebhaber war. Verdammt, er konnte sich nicht einmal mehr erinnern, wer seine dritte Geliebte gewesen war … oder seine dreißigste. Seine erste war eins der Dienstmädchen, die für seine Großmutter gearbeitet hatten. Er war vierzehn gewesen und hatte den fünfundzwanzigjährigen Körper eine ganze Weile genossen. Bis sie kündigte und auf und davon war. Die nächste denkwürdige Partnerin war Jazzy Talbot gewesen. Das war eine heiße Nummer. Aber er wusste beim besten Willen nicht mehr, ob sie die fünfte, sechste oder siebte Frau war, mit der er geschlafen hatte. Bestimmt nicht die dritte.

Der Kuss besänftigte Laura auf der Stelle, doch sobald er ihren Mund freigab, stöhnte sie. »Ich liebe dich, Jamie, aber ich will mich nicht damit abfinden, dass du andere Frauen hast, wenn wir verheiratet sind.« Sie zog einen bewundernswerten Schmollmund.

Er grinste und setzte rasch einen Kuss darauf. »Ich verspreche, dass ich treu wie ein alter Hund sein werde, wenn wir erst verheiratet sind.« Das war keine Lüge. Nicht so richtig. Sie wusste allerdings nicht, dass er nicht die Absicht hatte, sie überhaupt zu heiraten.

»Ich wünschte, ich könnte dir glauben.«

Als sie sich in seinen Armen entspannte, wusste er, dass er sie in der Tasche hatte. Sie gab ihrer Liebe zu ihm nach. Er zog es vor, wenn eine Frau ihn liebte. Liebende Frauen waren immer leichter zu handhaben.

»Ich liebe dich, Laura. Und das weißt du. Ich habe noch nie eine Frau so geliebt wie dich.«

Herrgott, wie gutgläubig Frauen doch waren. Jedes Mal fielen sie auf diesen alten Satz herein. Er hatte den Überblick verloren, wie oft er diese Worte benutzt hatte. Himmel, er sagte Laura doch bloß, was sie hören wollte, was jede Frau glauben wollte.

Wie Wachs in seinen Händen schmolz sie dahin. »Tut es weh?«, fragte sie.

»Was?«

»Du weißt schon.« Sie nahm seine Hände und zog sie von ihrer Taille auf ihre Pobacken.

Jamie lachte. »Ach das, Liebste, mir tut es kein bisschen weh, aber … für dich könnte es ein wenig unangenehm sein.«

»Wie unangenehm?« Sie schaute ihm direkt in die Augen, ihr Blick voll gespannter Erwartung.

»Du kannst es kaum erwarten, das herauszufinden, nicht wahr?« Er nahm sie an die Hand und zog sie quer durch den Raum ans Bett. »Zieh einfach deinen Morgenrock und den Slip aus, und ich werde deine Neugier befriedigen.«

Er ließ sie los. Sie zögerte einen Moment, ließ dann den Morgenrock von den Schultern gleiten und zu Boden fallen. Darunter war sie nackt. Er holte tief Luft. Allein ihr Anblick erregte ihn spürbar.

»Ich liebe dich, Jamie.« Sie drehte ihm den Rücken zu, beugte sich vor und stützte sich mit den Handflächen am Fußende ab. »Ich würde das nicht zulassen, wenn ich dich nicht so sehr lieben würde.«

Jamie fuhr mit der Hand über ihren glatten, festen Po, öffnete den Reißverschluss seiner Hose und holte seinen Penis heraus.

Jacob verbrachte die Nacht im Büro. Wieder einmal. Seit dem Mord an Susie Richards hatte er ebenso oft im Sheriff's Deparment übernachtet wie in seiner Wohnung. Mit jedem Tag, der verging, bedauerte er mehr, als Sheriff kandidiert zu haben. Seine Logik sagte ihm, dass man nur mit entsprechender Erfahrung ein erstklassiger Polizist werden konnte. Doch gerade jetzt hätte er am liebsten die Arbeitsjahre übersprungen, um auf der Stelle ein gestandener Sheriff zu sein.

Herrgott, Mann, was könntest du noch tun?, fragte er sich, als er den Stapel Fotos von den Tatorten zum x-ten Mal durchging. Gab es da etwas, das ihm entging? Trübte Dallas' persönliche Erfahrung seinen Expertenblick? Warum hatte die Sondereinheit ihnen nicht geholfen, diese Verbrechen aufzuklären?

Da Enttäuschung und Schlafmangel zu seinem angeborenen hitzigen Gemüt hinzukamen, fegte Jacob mit einer schwungvollen Handbewegung die Fotos von der Schreibtischplatte, dass sie sich über den Boden verteilten. Er sprang so schnell auf, dass er seinen Drehstuhl umkippte. Er trat gegen die Rückenlehne und fluchte gottserbärmlich.

Der Mörder wollte Genny. Er hatte sie als fünftes Opfer auserwählt, weil sie hellseherische Fähigkeiten besaß, weil sie das Zweite Gesicht von Granny geerbt hatte.

Er musste Genny beschützen. Sie war ihm der liebste Mensch auf Erden. Er liebte sie wie eine Schwester.

Und auch Dallas Sloan liebte sie. Sein Bauchgefühl sagte Jacob, dass Dallas sein Leben für Genny hingeben würde.

Tewanda Hardy rief durch die offene Bürotür: »Sheriff Butler, Dr. MacNair ist hier und möchte Sie sprechen.«

Jacob schaute auf seine Armbanduhr. Viertel nach zehn. »Ja, Tewanda, sagen Sie ihm, er soll reinkommen.« Jacob richtete seinen Stuhl auf und bückte sich, um rasch die Fotos aufzusammeln.

Die Tür ging auf, und der neue Arzt der Stadt schlich herein. Schleichen war der einzige Ausdruck, der Jacob zum Auftreten des Mannes einfiel. Gesenkter Kopf. Niedergeschlagene Augen. Verhalten wie ein geprügelter Hund. MacNair gehörte zu den weich aussehenden Männern, stämmig gebaut, aber nicht muskulös, rötliches Gesicht, wässrig blaue Augen, beinahe feminine Gesichtszüge.

»Ich habe einen schrecklichen Fehler gemacht«, sagte MacNair.

»Wieso?« Jacob hatte das Gefühl, schon zu wissen, was der Arzt sagen würde. Genny hatte wahrscheinlich richtig vermutet – Nina MacNair war mit einem anderen Mann durchgebrannt.

»Meine Frau wird nicht vermisst.«

»Haben Sie von ihr gehört?«

Er schüttelte den Kopf. »Nicht direkt. Aber ihre Mutter hat mich vor ungefähr einer halben Stunde angerufen. Anscheinend hat sich Nina mit ihr in Verbindung gesetzt, weil sie nicht wollte, dass sich ihre Mutter Sorgen um sie macht. Nina wusste, ich würde Mrs Grant anrufen.«

»Und Ihre Schwiegermutter hat Ihnen gesagt, dass es Ihrer Frau gut geht?«

»Nina hat mich verlassen. Mrs Grant hat mir gesagt, Nina habe ihren früheren Freund nach Cherokee Pointe kommen lassen, um sie am frühen Morgen abzuholen. Sie ist zu Fuß von unserem Haus in die Stadt gegangen. Sie wird bei ihrer Mutter einziehen, bis wir die Scheidung durchhaben, dann wird sie heiraten … Sie hat heute Morgen nichts mitgenommen. Sie wollte nicht riskieren, erwischt zu werden. Sie hatte Angst, ich würde sie anflehen, zu bleiben.«

Jacob musste das nicht hören, er wollte es nicht. Er verabscheute den Anblick eines Mannes, der von der Frau, die er liebt, erniedrigt und gedemütigt worden ist.

Jacob ging quer durch den Raum, legte dem Arzt die Hand auf die Schulter und sagte: »Ich werde mich um die Vermisstenanzeige kümmern. Ich kann angeben, Mrs MacNair sei nach Hause gefahren, um ihre Mutter zu besuchen.«

»Das alles tut mir leid. Ich habe wirklich gedacht …« MacNair unterdrückte ein Seufzen. »Gott sei Dank habe ich mich getäuscht in der Annahme, der Mörder hätte sie.«

Jacob brachte den Arzt hinaus zu seinem Wagen und war von Herzen dankbar, dass er sich nie emotional von einer Frau hatte kastrieren lassen.

Genny nahm eine Steppdecke oben aus dem Schrank in der Diele und trug sie in Dallas' Schlafzimmer. Sie hatte ihm Jacobs altes Zimmer gegeben, das ihrem direkt gegenüber lag. Als Dallas sie kommen hörte, drehte er sich zu ihr um.

»Hier ist eine zusätzliche Decke.« Sie hielt ihm die Patchworkschöpfung hin, die Granny vor ihrem Tod zusammengestellt hatte. »Brauchst du noch etwas?«

Ihr Herz schlug schneller, als sie bemerkte, wie er sie ansah. Als wäre sie alles, was er wollte, alles, was er je brauchte. Und im ganzen Leben brauchen würde.

Dallas nahm die Decke und warf sie ans Fußende des Bettes. »Du musst eine Alarmanlage einbauen lassen.«

»Gut. Soll ich morgen jemanden anrufen?«

»Das mache ich.«

»Danke.«

»Keine Ursache. Ich bin hier, um auf dich aufzupassen, und eine Alarmanlage installieren zu lassen, gehört dazu, deine Sicherheit zu gewährleisten.«

»Wenn du hier bist, fühle ich mich sicher.«

Dallas betrachtete sie, sein Blick wanderte rasch von ihrem Gesicht zu ihren Füßen und kam dann langsam wieder zurück. »Als wir uns zum ersten Mal begegneten, war ich überrascht, welch starken Eindruck du auf mich machtest. Ich redete mir ein, du hättest mich verzaubert.«

»Und was glaubst du jetzt?«, fragte sie.

»Jetzt weiß ich, dass du mich verzaubert hast.«

»Du weißt, dass das auf Gegenseitigkeit beruht. Wir sind demselben Zauber erlegen.«

Dallas hob die Hand. Genny kam zu ihm, wie von einer unsichtbaren Kraft angezogen. Er fuhr mit dem Handrücken über ihre Wange. Sie schloss die Augen und genoss seine Berührung.

»Du musst wissen, wie sehr ich dich begehre.« Er ließ die Hand sinken.

»Ja, ich weiß. Du begehrst mich ebenso wie ich dich.«

»Mehr«, sagte er mit leiser, sehnsüchtiger Stimme.

Ihr Leben lang hatte sie auf diesen Mann und diese Nacht gewartet. Sie spürte Gefahr ringsum, die von Tag zu Tag näher rückte. Bald – sehr bald – würde sie dem Tod ins Auge blicken. Und das Einzige, was sie retten konnte, war die Liebe dieses Mannes.

21

Genny hatte sich oft gefragt, wie es wohl sein würde, sich zu verlieben. Jetzt wusste sie es. Die Empfindungen waren belebend. Die Gedanken, die ihr durch den Kopf schwirrten, waren verlockend. Sie wollte Dallas in- und auswendig kennen. Mental, emotional, körperlich. In dieser Nacht würden sie die Verbindungen knüpfen, die ein Leben lang halten würden. Die spirituelle Bindung würde später kommen, wenn Dallas sie als das hinnahm, was sie war – sie vollkommen und ohne Vorbehalte akzeptierte. Sobald sie spirituell verbunden waren, wäre es für die Ewigkeit.

Dallas streckte die Arme nach ihr aus, seine Hand glitt über ihre Taille, als er sie umschloss. »Bist du sicher?«, fragte er. »Ich will nicht, dass du es nachher bereust.«

»Ich werde nichts bereuen.«

»Ich … äh … ich sollte ein … ich habe ein Kondom in meinem Rasierbeutel.«

Sie stellte sich auf Zehenspitzen und küsste ihn auf die Wange. »Geh du duschen und rasier dich, während ich bade. Wenn du fertig bist, werde ich in meinem Zimmer auf dich warten.«

»Das wird die schnellste Dusche und Rasur aller Zeiten.«

Sie lächelte. »Keine Eile. Wir haben die ganze Nacht.«

Er holte tief Luft und ließ Genny los. Als sie ging, spürte sie seinen Blick, der sie bis zur Tür begleitete.

Im Schlafzimmer zündete sie ein Feuer im Kamin an, zog eine Schublade im Schrank auf und holte ein Dutzend dicker, selbstgemachter, weißer Kerzen mit ihren Glashaltern heraus. Sie verteilte die Kerzen im Raum und zündete alle an, bevor sie das Licht ausmachte.

Ihr Bett war eine Antiquität, wie die meisten Möbel im

Haus, ein großes Schlittenbett aus Mahagoni, das ihrer Mutter und ihrer Großmutter gehört hatte, bevor sie heiratete. Genny zog den Quilt aus bunten, handgestickten Vögeln und Blumen auf einem einst weißen Hintergrund zurück, der jetzt zu einer blassen Naturfarbe ausgebleicht war. Darunter lagen eine weiße Daunendecke und weiße Baumwolllaken. Die Bezüge der vier dicken Federkissen waren mit zarter, alter Spitze eingefasst, selbst gehäkelt von Urgroßmutter Butler. Fast alles in Gennys Zimmer hatte eine Verbindung zur Vergangenheit, mit weiblichen Vorfahren, die in diesen Hügeln von Tennessee gelebt und geliebt hatten und gestorben waren.

Genny hatte sich längst damit abgefunden, dass sie keine moderne Frau war, keine draufgängerische, tatkräftige Person wie Jazzy. Gennys Welt war eingeengt durch ihre einzigartige Persönlichkeit und ihre seltenen übersinnlichen Gaben. Sie würde dieses Haus nie verlassen, dieses Land, diese heimatlichen Hügel. Das Vertraute hielt sie zentriert, half ihr, die Balance zwischen Wirklichkeit und dem Übernatürlichen zu wahren. Vielleicht wäre Dallas nicht in der Lage, ein einfaches Leben hier in Cherokee County zu akzeptieren. Sollte das der Fall sein, bliebe ihr keine andere Wahl, als ihn gehen zu lassen. Sie konnte nicht mit ihm gehen, aber sie würde ihn nicht zwingen, zu bleiben.

Sie war bereit, alles anzunehmen, was die Zukunft mit sich bringen würde. Vor ihrem geistigen Auge stellte sie sich eine Zukunft mit Dallas vor, frei von Angst und angefüllt mit Liebe. Aber sie wusste besser als alle anderen, dass Vorhersagen stets einem Wandel unterworfen waren. Das Leben veränderte sich von einem Augenblick auf den anderen, abhängig von unzähligen Aktionen und Reaktionen. Das Leben jedes Menschen berührte das anderer und wirkte sich darauf aus, wie Gennys Ausblicke in die Zukunft am Ende ausgehen würden.

Manche Dinge jedoch schienen in Stein gemeißelt zu sein. Manches konnte ohne ein Wunder nicht verändert werden. Genny glaubte an Wunder, besonders an die grundlegenden und dennoch unterschwelligen Wunder, die tagtäglich im Leben eines Menschen geschahen. Die Geburt eines Kindes. Verlieben. Herrliches Kinderlachen. Innerer Friede. Süße Träume, die wahr wurden.

Diese Nacht war ihr Wunder.

Sie kniete sich vor die Zederntruhe am Fußende des Bettes. Ihr Urgroßvater hatte diese Truhe gezimmert und seiner einzigen Tochter Melva Mae geschenkt, die sie als Hoffnungstruhe benutzen sollte. In den Jahren, in denen Genny zur Frau heranwuchs, hatte Granny diese Truhe mit den Gegenständen gefüllt, die Genny benötigen würde, wenn sie zur Braut wurde. Nachdem sie den Deckel angehoben hatte, fuhr sie mit der Hand über das Baumwollkleid, das auf den fein säuberlich gepackten Sachen darunter lag. Das weiße Kleid war fast durchsichtig, schlicht in der Form und verziert mit winzigen Perlknöpfen. Zarte Spitze schmückte das Mieder und den Saum. Ein jungfräuliches Kleidungsstück, wie geschaffen für eine Nacht der Weihe. Genny hob das hauchzarte, leichte Nachthemd heraus und legte es sich über den Arm. Dann lief sie ins Badezimmer.

Nachdem er sich rasiert hatte, zog sich Dallas aus, ließ alles auf den Boden des Badezimmers fallen und trat unter den lauwarmen Wasserstrahl, der aus dem Duschkopf herab rieselte. Beim Einseifen versuchte er nicht daran zu denken, wie es sich anfühlen würde, wenn Gennys kleine Hände ihn berührten. Aber er konnte die Bilder in seinem Kopf nicht unter Kontrolle halten. Wie würde es für sie sein, ihn zu liebkosen? Allein der Gedanke daran erregte ihn. Sein Glied wurde steif. Er wusch sich, und die Berührung seiner eigenen Fingerspitzen brachte ihn fast zum Höhepunkt. Gennys Gegenwart war überall, rings um ihn herum. Ihr Duft schwebte in jedem Raum dieses Hauses. Blumig. Zart. Kaum spürbar.

Mit einer Frau zu schlafen, war keine neue Erfahrung für ihn. Seit seinem sechzehnten Lebensjahr war er sexuell aktiv gewesen und hatte seine Unschuld mit Alexandrias Zimmergefährtin aus dem College verloren. Jillian hatte ihm eine Nacht geschenkt, die er nie vergessen hatte.

Was wohl aus Jillian geworden ist?, fragte er sich.

Zwischen achtzehn und Anfang zwanzig hatte er mehrere »feste« Beziehungen gehabt. Mitte zwanzig hatte er sogar fast ein Jahr mit einer Frau – Shannon – zusammengelebt. Für gewöhnlich war es ein gegenseitiges Geben und Nehmen gewesen, aber er hatte immer ehrlich zu verstehen gegeben, dass er keine Verpflichtung eingehen wollte. Er wusste, es gab glückliche Ehen; seine Eltern hatten zwanzig wunderbare Jahre miteinander verbracht. Aber er war sich auch bewusst, dass es Ehen gab, die in der Hölle geschlossen worden waren. Die zweite Ehe seines Vaters hatte nach Feuer und Schwefel gerochen.

Die Quintessenz war natürlich einfach. Er hatte keine Frau so sehr geliebt, dass er den Rest seines Lebens mit ihr verbringen wollte.

Und, wie geht es dir mit Genny?

Dallas stellte die Dusche ab, trat auf den Fliesenboden hinaus und griff nach einem dicken, flauschigen Handtuch im Regal neben ihm. Beim Abtrocknen ließ er sich diese Frage durch den Kopf gehen. Wie ging es ihm mit Genny? Er wollte sie haben. Und ja, wenn er ganz ehrlich mit sich war, musste er zugeben, dass er sie liebte. Erste Gefühle hatten ihn in dem Augenblick getroffen, als er sie zum ersten Mal sah, und sich seither wie ein sommerliches Buschfeuer ausgeweitet.

So abgedroschen es klingen mochte, das hatte er noch nie für eine Frau empfunden.

Nachdem er abgetrocknet war, hob Dallas das schmutzige Kleiderbündel auf und trug die Sachen in sein Zimmer. Er steckte sie in eine schwarze Plastiktüte und suchte in seinem Koffer nach etwas, das er anziehen konnte. Er besaß nicht einmal einen Schlafanzug. Seit seiner Kindheit hatte er in Unterwäsche geschlafen. Dallas entschied sich schließlich für ein Paar abgetragene Jeans. Da das Haus gemütlich warm war, ließ er sein Hemd weg. Schließlich würde er seine Kleidung ohnehin bald ablegen.

Während er allein in seinem Zimmer stand, barfuß und mit entblößtem Oberkörper, überlegte er, was er vorhatte. Er würde mit Genny schlafen. Die ganze Nacht. Ein Mal würde nicht reichen. Himmel, zwei oder drei Mal wären nicht genug.

Für gewöhnlich schickte er einer Liebesnacht nicht so viele Überlegungen voraus, andererseits hatte er auch noch nie mit einer Frau wie Genny geschlafen. Er hatte keine Ahnung, wie erfahren sie war. Genny war eine sinnliche Frau. Es musste andere Männer gegeben haben.

Verdammt! Aus einem absurden, völlig irrationalen, machohaften Grund wollte Dallas nicht an diese anderen Männer denken.

Die heutige Nacht würde kein Einzelfall bleiben. Er war bei Genny eingezogen und würde hier wohnen, bis der Mörder gefasst war. Was immer sie heute anfingen, würde so lange dauern, wie er hier in Cherokee County war. Würde eine kurze Affäre für Genny genug sein? Für ihn?

Was denkst du bloß?, fragte er sich. Die Liebe, die er für Genny empfand, war ihm neu. Er wusste nicht genau, wie er damit umgehen sollte. Stand eine Heirat außer Frage? Würde sie ihren Berg hinter sich lassen, ihr Leben, um mit ihm in die große Stadt zu ziehen? Oder umgekehrt, wäre er bereit, beim FBI auszuscheiden und sich auf ein Landleben in den Hügeln einzulassen?

Verdammt, warum steigerte er sich so in die Zukunft hinein? Das Wichtigste war diese Nacht. Das Hier und Jetzt. Morgen würde man weitersehen. Das war immer so. Leben für den Augenblick. Das war seine Philosophie.

Er verdrängte alle Bedenken und ging über die Diele zu Gennys Zimmer. Die Tür war angelehnt, und er konnte das von Kerzen erleuchtete Innere sehen. Sein Magen verkrampfte sich. Noch nie hatte er etwas so verdammt Romantisches gesehen. Ein Feuer flackerte im Kamin. Die Decken auf dem Bett waren zurückgeschlagen. Bleiche, schwankende Schatten tanzten über den Holzboden.

Die Badezimmertür ging auf. Genny knipste das Licht im Bad aus und trat in ihr Schlafzimmer. Ihre Schönheit raubte ihm den Atem. Ihre pechschwarzen Haare hingen ihr bis auf die Hüfte. Die Silhouette ihrer schlanken Kurven zeichnete sich deutlich unter ihrem bodenlangen Nachthemd ab, als sie im Kerzenlicht auf ihn zukam.

»Bitte komm rein«, sagte sie mit leiser, weicher Stimme.

Er trat ein paar Schritte vor und blieb stehen, unfähig, den Blick von Genny abzuwenden. Jedes männliche Bedürfnis in ihm wollte sie in Besitz nehmen. Jetzt.

Aber er durfte nichts übereilen. Nicht mit dieser Frau. Für sie beide würde es nur ein erstes Mal geben. Er wollte es denkwürdig gestalten.

»Ich habe keinen Champagner im Haus«, sagte sie. »Nur Apfelmost.«

»Wir brauchen keinen Champagner.« Er warf einen Blick durch den Raum, bevor er sich auf sie konzentrierte. »Wir haben alles, was wir brauchen.«

»Wenn ich dich habe, dann habe ich alles.« Wie ein Engel im Körper einer Frau schwebte sie auf ihn zu.

»Genny, Schatz …, ich weiß nicht, was ich sagen soll.«

»Worte sind überflüssig, nicht wahr? Wir brauchen keine Worte, um zu kommunizieren. Unsere Herzen können für uns sprechen.«

Und sein Körper konnte für ihn sprechen. Sein Körper konnte ihr sagen, wie sehr er sie begehrte, wie verzweifelt er sie brauchte.

Als er die Hand ausstreckte, kam sie zu ihm. Er schob die Finger unter ihre Haare und legte die Hand in ihren Nacken. Sie reckte ihr Kinn und schaute zu ihm auf. Und dieser eine Blick war sein Verderben. Sie hatte recht – sie brauchten keine Worte. Alles, was sie fühlte, lag in ihren Augen. All die Liebe und das Verlangen.

»Genny.« Ihr Name hallte in der Stille des Raums wider.

Ihr Mund öffnete sich zu einem sanften Seufzer.

Er hob ihr Gesicht an und drückte seinen Mund auf ihre Lippen. Er küsste sie. Und in dem Augenblick wusste er, dass sein Leben nie wieder so sein würde wie zuvor.

Genny überließ sich dem Kuss und gab sich Dallas hin, ohne Zurückhaltung. Ihr Körper schmiegte sich an seinen. Gefühle überschwemmten sie. Der Schmerz zwischen ihren Beinen. Die Schwere ihrer Brüste. Das pulsierende Verlangen, das sie durchströmte.

Ihre Finger schoben sich an seinen Armen hinauf bis an seine Schultern, griffen dort fest zu und umklammerten seine harten Muskeln. Als sie sich auf die Zehenspitzen stellte, um ihm näher zu kommen, fuhr ihr Dallas mit den Händen über den Rücken, umfasste ihre Pobacken und hob Genny vom Boden. Die ganze Zeit küsste er sie.

Sie roch seine Hitze. Sein heißer, männlicher Duft erregte sie ungeheuer. Das Pochen zwischen ihren Beinen wurde stärker. Feuchtigkeit sammelte sich in ihr und bereitete ihren Körper auf die Vereinigung vor.

Dallas beendete den Kuss, hob sie hoch und trug sie quer durch den Raum. Er legte sie auf das Bett, stemmte die Knie zu beiden Seiten ihrer Hüften und begann, die Reihe kleiner Perlknöpfe an ihrem Nachthemd zu öffnen. Jedes Mal, wenn er eine Perle durch ein Knopfloch zog und wieder ein winziges Stück Haut freilegte, hielt er über der neuen sichtbaren Stelle inne. Er streichelte, küsste, leckte sie. Zentimeter um Zentimeter, quälend langsam, knöpfte er ihr Nachthemd auf. Als er beim Nabel ankam, wand sie sich und wimmerte, die Leidenschaft wurde immer stärker.

Als er den letzten Knopf erreichte, zog er das Nachthemd auseinander und schaute sie an. Sein Blick brannte sich in sie, brandmarkte sie.

Er küsste jede Brust, züngelte an einer Brustwarze, bevor er zur nächsten wanderte. Ihre Hüften hoben sich vom Bett an, ihr Körper suchte näheren Kontakt mit seinem. Gierig saugte er an einer Brust. Seine Finger spielten mit der anderen.

Während er eine Spur von ihrem Schlüsselbein zum Bauchnabel leckte, schlüpfte seine Hand zwischen ihre Schenkel und schob sie auseinander. Seine Finger fuhren über ihren Venushügel, tauchten zwischen ihre Schamlippen und fuhren dann in sie hinein.

Sie spürte, wie angespannt sein Körper war. Ihm war klar, dass sie bereit für ihn war. Er stand vom Bett auf, zog seine Jeans aus, holte ein Kondom aus der Tasche, bevor er die Hose zu Boden warf. Genny sah fasziniert zu, wie er das Kondom über sein großes, erigiertes Glied schob.

Dann machte er etwas Unerwartetes. Er zog Genny an den Bettrand, hob ihre Beine an und bog sie auseinander, damit sie auf seinen Schultern lagen. Sie schrie auf, als er an ihr saugte und dann züngelte. Die Anspannung in ihr wuchs an, während seine Zunge rieb und stieß und streichelte, und sie ein paar Mal nahe an den Höhepunkt brachte, bevor er sich zurückzog und die Innenseite ihrer Schenkel küsste. Als sie glaubte, wahnsinnig zu werden, wenn er ihr nicht die Erleichterung verschaffte, nach der ihr Körper verlangte, erhöhte er den Druck und das Tempo.

Fester. Immer fester.

Explosion.

Sie löste sich auf, ihr Orgasmus zersplitterte in ihr und schüttelte sie von Kopf bis Fuß. Während das letzte Beben durch sie hindurchlief, schob Dallas sie auf das Bett, legte sich auf sie, hob ihre Hüften und drang in sie ein.

Als er ihr Jungfernhäutchen zerriss, durchfuhr sie der Schmerz wie ein stumpfes Messer. Er erstarrte in dem Augenblick, als ihm bewusst wurde, was er getan hatte.

»Mein Gott, Genny, warum hast du es mir nicht gesagt?«

Sie streckte die Arme hoch, legte sie um seinen Hals und zog sein Gesicht zu sich hinunter. Sie küsste ihn und begann dann, langsam ihre Hüften zu bewegen und ihn immer tiefer in sich hinein zu bewegen.

»Bist du sicher?«, fragte er. »Wenn es zu weh tut …«

Sie brachte ihn mit einem weiteren Kuss zum Schweigen, während ihr Körper sich in einem wogenden Rhythmus bewegte und ihn ermutigte, weiterzumachen.

»Genny, Genny …«

Er bedeckte sie mit Küssen, drang allmählich immer tiefer in sie ein, bis er voll und ganz in ihr war. Er hielt in seinen Bewegungen inne und zog sich dann vorsichtig wieder zurück. Er stieß wieder vor. Langsam. Sanft. Ganz sacht erhöhte er das Tempo. Und als sie vor Wonne seufzte, hielt er sich nicht mehr zurück und begann, härter und schneller zuzustoßen.

Sie konnte nicht glauben, dass sie noch einmal kommen würde, aber es war so. Kurz nachdem sie befreit aufgeschrien hatte, keuchte Dallas. Er kam zum Höhepunkt. Sein Körper erschauderte. Er stöhnte und brach dann auf ihr zusammen.

Dallas wurde mit erigiertem Penis wach. Genny hatte ihre schlanken Arme und Beine unter der Bettdecke um ihn geschlugen, und ihr Kopf ruhte auf seiner Brust. Zärtlich legte er seine Hand um ihren Hinterkopf. Wie sie hier in seinen Armen lag, absolut vertrauensvoll, völlig losgelöst, war Genevieve Madoc die lebende, atmende Verkörperung seiner männlichen Fantasien. Eine Jungfrau, die noch nie mit einem Mann geschlafen hatte. Eine Unschuld, die leidenschaftlich auf ihn reagiert hatte, begierig, ihn zu befriedigen, bereit, alles zu tun, was er wollte. Eine Geliebte, die jedes Mal zum Leben erwachte, wenn er sie berührte, zweimal zum Höhepunkt kam, obwohl sie keinerlei Erfahrung hatte.

Ihm fiel auf, dass die Kerzen noch glühten und das Feuer noch immer hell loderte. Sie waren erst vor zwei Stunden nach dem ersten Liebesakt eingeschlafen, aber er begehrte sie schon wieder.

Er küsste ihre Stirn. Sie rührte sich, ohne wach zu werden. Er fuhr mit der Hand über ihren Rücken und ihre Hüfte und umfasste eine runde Pobacke. Sie drängte sich an ihn … seidig … sinnlich … wie ein verwöhntes Kätzchen, das Aufmerksamkeit verlangte; und als er sie schnurren hörte, wusste er, dass sie wach war.

»Wie wund bist du?«, fragte er leise.

Sie hob ihren Kopf von seiner Brust, glitt an seinem Körper hinauf und küsste seinen Hals. »Nicht sehr.«

Er streichelte ihren Bauch in kreisförmigen Bewegungen und steckte seine Hand dann zwischen ihre Schenkel. Sie spannte die Muskeln an und fing seine neugierigen Finger ein.

»Ich will dich wieder«, sagte er.

Sie trat die Decke ans Fußende, krabbelte auf ihn und richtete ihren Körper für eine schnelle, glatte Vereinigung aus. Er packte ihre Taille und hob sie gerade so weit an, um sie auf sein erigiertes Glied zu setzen. Erst als er tief in ihr war, fiel ihm ein, dass er sie ohne jeglichen Schutz genommen hatte. Aber als er sich zurückziehen wollte, klammerte sie sich an ihn.

»Nein, diesmal nicht«, murmelte sie. »Diesmal will ich dich ganz. Alles.«

»Aber Genny …«

»Du willst es auch. Das weiß ich.«

Sie hatte recht. Er wollte es so. Keine Schranken zwischen ihnen. Nur mit Genny würde er alle Vorsicht über Bord werfen, denn nur mit Genny schienen die Folgen belanglos.

Sie ritt ihn, als hätte sie schon hundert Mal rittlings auf ihm gesessen. Sie bewegten sich in perfekter Harmonie. Sie küssten sich. Sie streichelten sich. Genny seufzte und schrie auf. Er stöhnte und flüsterte erdige, erotische Worte, die ein inneres Feuer in ihr entfachten.

Während sich die Leidenschaft in ihnen aufbaute, wurden ihre Bewegungen wilder. Sie warfen sich auf dem Bett herum und wechselten die dominante Stellung ein paar Mal, bevor sie vom Bett auf den Boden vor dem Kamin rollten. Dallas hob sie vom großen, ovalen Teppich und setzte sie erneut auf sich.

Dort blieb sie, den Kopf in den Nacken gelegt, ihre Brüste bettelten um seine Lippen, und plötzlich wusste er, was sie gemeint hatte, als sie sagte, sie wolle ihn ganz. Alles.

Er spürte, was Genny fühlte, vernahm, was sie dachte, konnte seinen eigenen Körper durch sie wahrnehmen. Was auch immer mit ihm geschah, so etwas hatte er noch nie erlebt. Er konnte es nicht erklärten, aber irgendwo in seinem benebelten Verstand wusste er, dass Genny eine Verbindung zu ihm hergestellt hatte. Jedoch nicht nur auf telepathischem Wege. Das hier war mehr.

Ohne ein Wort zu sagen, bat sie ihn inständig, sie zu lieben, nie damit aufzuhören, für immer ein Teil von ihr zu sein. Und in dem Augenblick, als die Erfüllung gleichzeitig über sie beide kam, wusste Dallas, dass Genny alles war, was er brauchte. Was er jemals brauchen würde.

22

Wir sollten lieber aufstehen und uns etwas überziehen.« Dallas strich Genny mit der Hand über den Rücken und liebkoste ihre Hüfte. »Jacob wird in knapp einer Stunde hier sein.«

»Ich muss Drudwyn wieder reinlassen und ihn füttern«, sagte Genny.

»Als ich ihn vorhin hinausließ, ist er direkt auf den Wald zugelaufen.«

»Tja, er hat eine Freundin, und ich bin mir sicher, dass er begierig war, sie zu treffen.«

»Das Gefühl kenne ich.«

Genny hob die Arme über den Kopf und streckte sich wie eine in der Sonne badende Katze. »So wunderbar habe ich mich im Leben noch nicht gefühlt.« Sie schlang die Arme um Dallas und bedeckte ihn vom Ohr bis an die Schulter mit Küssen. »Dallas Sloan, ich glaube, du tust mir sehr gut.«

Er hob sie gerade so weit an, dass sie sich seitlich an ihn schmiegen konnte und ihr Kopf auf seiner Brust ruhte. Dann küsste er ihren Scheitel. »Das ist umgekehrt auch so. Du tust mir auf jeden Fall gut. Eigentlich bist du das Beste, was mir je passiert ist.«

Genny kuschelte sich noch enger an ihn, weil sie das Gefühl ihrer nackten Körper mochte, die sich aneinander pressten. »Mir geht es genauso.« Während sie mit einem Bein an seinem auf und ab streifte, zauste sie mit den Fingern in seinen Brusthaaren.

»Genny, über das, was passiert ist …« Er räusperte sich. »Ich meine nicht den tollen Sex. Ich meine das andere … ich weiß noch nicht, wie ich es beschreiben soll.«

»Du meinst die Verbindung.« Sie hob den Kopf und schaute in seine blauen Augen. »Wir fühlen, was der andere fühlt, nehmen wahr, was der andere denkt.«

»Ja, ich glaube, das ist es.« Dallas fuhr fort, sie zu streicheln, als müsse er sie einfach berühren. »Nach dem ersten Mal passierte es immer, wenn wir miteinander schliefen. Ich erlebte, was du erlebtest, und …«

»Und ich habe alles genauso gespürt … so wahrgenommen wie du.«

»Wie ist das möglich?«, fragte er.

»Das weiß ich nicht. Das ist mir noch nie so gegangen.« Sie lachte leise. »Aber Granny hat mir erzählt, dass es kommen würde. Mit ihr und Papa Butler war es auch so. Sie nannte es *die Verbindung.*«

»Diese Verbindung – du spürst sie sogar, wenn wir nicht miteinander schlafen, nicht wahr?« Er ergriff ihr Kinn. »Sag mir die Wahrheit. Kannst du immer meine Gedanken lesen?«

Lächelnd schüttelte sie den Kopf. »Ich kann deine Gedanken nicht lesen. Nicht mal, wenn wir miteinander schlafen. Nicht so richtig. Es ist eher eine Bindung, eine körperliche, geistige und emotionale Vereinigung … eins werden.«

»Ja, so hat es sich angefühlt.« Er fuhr mit seiner großen Hand über ihren Hals und die Brüste. Genny holte tief Luft, als sich ihre Brustwarzen aufrichteten. »Aber du kannst jetzt nicht meine Gedanken lesen?«, fragte er.

»Nein, doch ich kann dir eine telepathische Botschaft schicken«, sagte sie. »Und wenn du lauschst, kannst du mich hören.«

»An dem Abend, als ich mir schwor, nie wieder hier heraufzukommen, als ich in meine Hütte zurückkehrte, hatte ich dieses überwältigende Gefühl, dass du mich brauchtest.« Mit einem Ruck richtete sich Dallas im Bett auf und schob Genny versehentlich beiseite. Er drehte sich um und funkelte sie an. »Ich dachte, ich hätte dein Bild im Spiegel über dem Waschbecken gesehen … Mein Gott, du hast mir an dem Abend eine telepathische Nachricht geschickt, nicht wahr?«

»Das war kein richtiges Hören«, sagte sie, als sie aufstand. »Du hast nur gespürt, was ich zu dir sagte.« Sie hob ihr Nachthemd vom Boden auf, zog es über und schob hastig die winzigen Perlen durch die Knopflöcher. »Jetzt, nachdem wir uns körperlich verbunden haben, solltest du imstande sein, mich zu hören, wenn ich mit dir spreche … in deinem Kopf. Wenn du bereit bist, zuzuhören.«

»Damit werden auf jeden Fall Telefone überflüssig.« Dallas stand auf, nahm seine Jeans und streifte sie über.

»Aber erst, wenn du fähig bist, mit mir auf dieselbe Art zu kommunizieren …«

Er fuhr mit dem Kopf herum, ihre Blicke verbanden sich. »Oh, okay. Ja, ich verstehe, was du damit sagen willst. Du kannst mir eine Botschaft schicken, aber ich habe nicht die Fähigkeit, dir telepathisch zu antworten.«

»Du hast die Fähigkeit in dir«, sagte sie ihm. »Du hast nur noch nicht die Möglichkeit gefunden, sie einzusetzen.«

Wie sollte sie Dallas erklären, dass sie nur dann wahrhaft miteinander verbunden wären, so wie Granny und Papa Butler damals, wenn er von Herzen an seinen eigenen sechsten Sinn und an ihren glaubte? Das würde er selbst herausfinden müssen. Sobald seine Liebe zu ihr stark genug war, sein Glaube an ihre Verbindung mächtig genug, würden die Grenzen zwischen ihnen vollständig verschwinden. Und wenn das geschah, konnten sie jederzeit, wann sie wollten, an ihren geheimen Ort gehen, nur sie beide. Einen Ort in ihnen, den niemand sonst jemals mit ihnen teilen konnte.

Dallas starrte sie noch eine Weile an und nickte dann. »Ich nehme an, ich muss mich daran gewöhnen, eine Freundin zu haben, die all diese übersinnlichen Fähigkeiten besitzt.«

Genny ging zu ihm, schlang die Arme um seinen Hals, stellte sich auf die Zehenspitzen und küsste ihn. Er reagierte sofort, vertiefte den Kuss, umarmte sie und trug sie ins Bad. Er drehte das Wasser in der Dusche an, zog ihr das Nachthemd und sich die Jeans aus.

»Wenn wir zusammen duschen, sparen wir Zeit«, sagte er, hob sie hoch und stellte sie in die Duschkabine.

»Vielleicht sollten wir uns gegenseitig waschen und noch mehr Zeit sparen.«

»Das gefällt mir«, sagte er. »Aber ich warne dich – wenn du mich berührst, muss ich mit dir schlafen.«

Ihre Hand verweilte über seiner Brust. Ohne ihn zu berühren, senkte sie die Hand immer tiefer. Dann streckte sie die Hand vor und umkreiste sein steifes Glied.

»Ich habe dich gewarnt, oder nicht?«

Dallas packte sie. Genny lachte, als er sie anhob und über sein Glied schob. Sie schlang ihre Beine um seine Hüften und gab sich der Wonne hin, die in ihr heranreifte.

Dallas und Jacob standen an der Tür von Melva Mae Butlers Schlafzimmer und sahen zu, wie Genny die Vorhänge zuzog und alle weißen Kerzen anzündete, die über den Raum verteilt waren.

»Sie zieht Grannys Raum vor, wenn sie wahrsagt oder das Zweite Gesicht für einen bestimmten Zweck einsetzt«, erklärte Jacob. »Sie gibt es vielleicht nicht zu, aber ich vermute, sie glaubt, dass Grannys Seele sie irgendwie beschützt, wenn sie in diesem Zimmer ist.«

»Wissen Sie, vor zwei Wochen hielt ich Sie für verrückt, dass Sie ihr so glauben«, gestand Dallas. »Zunächst dachte ich, Genny sei nur ein hübsches, verrücktes Huhn.«

»Jetzt wissen Sie es besser.« Jacob sah Dallas eindringlich an. »Tun Sie ihr nicht weh. Brechen Sie ihr nicht das Herz. Wenn … dann werde ich Ihnen den verdammten Hals umdrehen müssen.«

Dallas nickte. »Ich schwöre Ihnen, dass ich alles für sie tun würde.« Im Stillen fügte Dallas hinzu, *ich würde töten, um sie zu beschützen.* »Ich würde sogar für sie sterben.«

»Ja, das dachte ich mir.«

Genny schob drei Stühle an den kleinen Tisch an einer Seitenwand und winkte Dallas und Jacob zu sich. »Kommt bitte und setzt euch. Alle beide.«

Sie gehorchten. Nachdem sie ihre Plätze eingenommen hatten, setzte sich auch Genny. »Kann sein, dass es funktioniert. Kann aber auch nicht sein. Wenn es klappt, werde ich sehr tief in andere Gefilde eindringen. Und wenn ich mich zu weit hineinwage, brauche ich vielleicht Hilfe, um zurückzukommen.« Sie schaute Jacob an. »Wir haben das schon einmal gemacht, daher weißt du, was zu erwarten ist.«

»Sei bloß vorsichtig«, riet ihr Jacob. »Ich kann mich noch an ein Mal erinnern, als ich dich beinahe nicht wieder zurückholen konnte.«

»Du machst es ja nicht allein. Diesmal hast du Hilfe.« Genny lächelte Dallas an, streckte den Arm aus und umklammerte seine Hand. »Um mich zurückzuholen, kannst du Worte aussprechen, aber du musst auch mentale Worte verwenden. Setze deinen Geist ein, um mich zu dir zurückzubringen. Verstehst du?«

Dallas schluckte. »Ich glaube ja.« Er drückte ihre Hand. »Wenn du glaubst, dass du das machen musst … sei bitte vorsichtig. Sei verdammt vorsichtig.«

Genny ließ seine Hand los, setzte sich aufrecht und schloss die Augen. Dallas beobachtete sie genau. Sie schien sich vollkommen zu entspannen. Minuten zogen sich hin wie Stunden. Er hörte seinen eigenen Herzschlag, nahm im Geist jede einzelne Sekunde wahr. Die Stille im Raum war fast unerträglich. Dann vernahm er unterschwellige, kleine Geräusche, die ihm für gewöhnlich nicht auffallen würden. Der sanfte Wind draußen vor den Fenstern murmelte leise. Das Ticken der Nachttischuhr wurde immer lauter. Das Klicken von Eiswürfeln, die aus der Eismaschine im Kühlschrank fielen, hallte durch die Diele. Das rhythmische Pochen seines Herzens trommelte in seinen Ohren.

Plötzlich wurde Gennys Atem schwer und schnell. Mit offenem Mund holte sie tief Luft. Ihre Augenlider flatterten. Sie stöhnte leise.

»Was passiert da?«, flüsterte Dallas.

»Sie hat eine Verbindung aufgenommen«, erwiderte Jacob leise.

»Hat sie Schmerzen?«

»Nein.«

Genny gab eigenartige Geräusche von sich. Keuchen. Wimmern. Stöhnen. Die ganze Zeit hatte sie die Augen geschlossen und regte sich kaum.

Dann warf sie plötzlich den Kopf in den Nacken, und ein Ausdruck schierer Pein erschien auf ihrem Gesicht.

»Nein, bitte nicht!«, schrie Genny.

»Was ist los, Genny? Was ist passiert?« Dallas streckte den Arm nach ihr aus, aber Jacob hielt ihn fest und schüttelte den Kopf.

»Kannst du mit uns sprechen?«, fragte Jacob.

»Blut. Blut auf ihrem Gesicht. Blut an ihren Armen … das Messer. Nein, tu es nicht!«

Ringsum Dunkelheit. Wirbelnde Nebel aus Bosheit umgaben die nackten Füße, die in dem auf den Boden gemalten Pentagramm standen – mit Blut gemalt. Dem Blut der Frau. Es tropfte aus den kleinen Einschnitten in ihren Armen. Sie hielt das rot befleckte Messer über ihren Kopf, schwankte langsam hin und her und summte. Ihr hellblondes Haar fiel in wilden Strähnen über ihre nackten Schultern.

»Prinz Beelzebub, ich flehe Euch an«, rief die Frau. »Ich wünsche einen Pakt mit Euch zu schließen und verlange, dass Ihr mich schützt und segnet.«

Genny konnte das Gesicht der Frau deutlich erkennen. Ein Gesicht, auf dem sich angenehmer Schmerz abzeichnete. Sie stand vollkommen nackt in der Mitte eines Raums. Allein.

»Ich befehle Euch, Großer Luzifer, einen Boten zu schicken, um meine Opfer in Empfang zu nehmen, und wenn diese Geschenke Euch erfreuen, dann tut, was ich heute will. Ich wünsche Eure Anleitung für die Gepflogenheiten der alten Zeiten.«

Das ist nicht richtig, schrie Genny im Geist auf. *Erbitte keine Gefälligkeiten von den dunklen Mächten. Das Böse wird deine Seele in Besitz nehmen.*

Als sie Gennys Stimme im Kopf vernahm, ließ die Frau verblüfft das Messer auf den Betonboden fallen. Sie hielt abrupt inne und schaute sich um.

»Wer spricht da mit mir?« Sie trat aus dem sündigen Kreis und begann, den Raum abzusuchen.

Ich bin nicht in dem Raum. Ich bin in deinem Geist. Ich sehe, was du vorhast. Ich weiß, was du erreichen willst. Du musst jetzt aufhören. Daraus entspringt nichts Gutes. Weder für dich noch für andere.

Die Frau schüttelte den Kopf, als versuchte sie, die innere Stimme loszuwerden. Als ihre Suche erfolglos blieb, streckte sie die Hand nach einem Schalter an der Wand aus, betätigte ihn und durchflutete den Raum mit Deckenlicht.

Genny sah, dass sich die Frau in einem großen Kellerraum befand. Die Wände waren aus Betonsteinen, der Boden aus Beton, beides unbearbeitet. Verblasstes Grau. Kalt. Feucht.

»Bist du eine Hexe?«, fragte die Frau.

Ich bin keine Hexe, antwortet Genny.

»Wer bist du? Was willst du? Wie hast du Kontakt zu mir aufgenommen? Bitte, antworte mir. Ich will lernen. Ich muss …«

Genny begann sich zurückzuziehen, denn sie wusste, dass sie sich mit dem Bösen verbunden hatte, allerdings nicht mit dem ungeheuerlichen Geist des Mörders, den sie suchte.

»Antworte mir, verdammt!«

Genny versuchte, sich von der geistigen Verbindung zu lösen, die sie mit Esther Stowe aufgenommen hatte, doch die Frau des Geistlichen hielt daran fest, nicht willens, sie loszulassen.

»Ich muss wissen, wer du bist!«

Ich bin jemand, der dir nichts Böses will.

»Bist du ein Bote von meinem Herrn, dem Satan?«

Nein, Esther, bin ich nicht. Meine Macht kommt von einem freundlichen, liebvollen Gott.

Als hätte das, was sie gehört hatte, sie erschreckt, schlug Esthers Griff um Genny plötzlich wie ein verfaulter Ast im Wind zu. Gennys Geist wirbelte durch endlose Wolken aus Dunkelheit. Schwarz. Giftig. Ein gefährlicher, unheiliger Strudel drohte. Genny wehrte sich nach Kräften, um zu entkommen.

Graue Schleier umfingen sie, verschwanden dann und hinterließen nur reines, weißes Licht. Sie seufzte abgrundtief, denn sie wusste, dass sie frei war und alles wieder unter Kontrolle hatte.

Sie schlug die Augen auf und schaute zuerst Dallas, dann Jacob an. Beide Männer hatten sich mit besorgten Mienen zu ihr vorgebeugt.

»Ich habe den Mörder nicht erreicht«, sagte Genny mit schwacher Stimme. »Ich habe Kontakt zu einer Frau aufgenommen, die sich selbst als Hexe bezeichnet, eine, die schwarze Magie ausübt.«

»Wie ist das passiert?«, fragte Jacob. »Wenn du dich auf Cherokee County konzentriert hast, muss das bedeuten …«

»Sie lebt in Cherokee Pointe«, teilte Genny ihnen mit. »Esther Stowe, die Frau des Geistlichen.«

Esther lief die Treppe hinauf ins Bad, duschte rasch, wusch das Blut von ihrem Körper und strich antiseptische Creme auf ihre Schnittwunden. Sie konnte nicht glauben, was passiert war. Begriff nicht ganz, was es zu bedeuten hatte. Aber sie wusste ohne Zweifel, dass sie sich telepathisch mit einem anderen Geist verbunden hatte. Doch das war niemand gewesen, der an das Okkulte glaubte, nicht so eine wie sie.

Die Stimme hatte gesagt, sie sei keine Hexe, was Esther nicht glaubte. Wer auch immer eine so unglaubliche Macht besaß, musste mindestens eine Hohepriesterin sein, wenn auch eine Hohepriesterin in der Kunst der weißen Magie. Wenn sie sich doch nur wieder mit dieser Person verbinden könnte.

Esther öffnete ihre Schranktür, zerrte eine graue Jogginghose vom Bügel und schlüpfte hinein. Sie zog Socken und Schuhe an und ging zur Haustür. Nachdem sie ihren schwarz-weißen Wollmantel vom Garderobenständer in der Diele genommen hatte, eilte sie aus dem Haus und ließ die Tür unverschlossen.

Sie lief den Bürgersteig entlang, fing mehrmals an zu rennen und fiel schließlich in rasches Schritttempo. Vom Pfarrhaus bis zur Kirche, die einen halben Block entfernt lag, schaffte sie es in Rekordzeit.

Sie hoffte, dass Haden allein war. Er verbrachte viel zu viel Zeit damit, die Mitglieder seiner Gemeinde zu trösten und zu besänftigen. Im Grunde seines Herzens war Haden ein Gutmensch, trotz seines eigenartigen Verhaltens. Als sie ihn mit siebzehn kennengelernt hatte, war er Geistlicher in der Kirche, die ihre Tante Theda in Abilene, Texas, besuchte. Noch ehe ein Monat vergangen war, hatten sie bereits miteinander geschlafen, und sobald sie achtzehn war, hatten sie geheiratet. Zum Teufel, sie hätte jeden geheiratet, nur um von Tante Theda und aus Abilene wegzukommen. Zunächst war der Sex gut gewesen, und Haden war in sie vernarrt, hatte ihr alles gegeben, was ihr Herz begehrte. Aber es hatte nicht lange gedauert, bis er seine kleinen sexuellen Eigenarten offenbarte. Er war ein Voyeur. Er sah gern zu. Nichts machte ihn mehr an, als zu beobachten, wenn sie es mit einem anderen Mann trieb.

Marty Gannon war ihr Liebhaber und ihr Lehrer geworden. Er hatte sie in den Satanismus eingeführt, und sie hatte bald ihre wahre Berufung entdeckt. In den vergangenen fünf Jahren hatte sie sorgfältig an ihrem Gewerbe gearbeitet, hatte zunächst nach anderen Hexenzirkeln gesucht, wenn sie mit Haden von einer Gemeinde zur nächsten zog, hatte schließlich ihren eigenen Zirkel gegründet und sich zur Hohepriesterin geweiht.

Haden war strikt dagegen, dass sie schwarze Magie ausübte, aber als sie damit drohte, den Spaß und die Spielchen zu beenden, ohne die er nicht leben konnte, wurde er toleranter. Zunächst hatte er sich geweigert, an den Ritualen teilzunehmen, doch als sexuelle Orgien mit auf die Liste der Praktiken kamen, hatte Haden sich nicht fernhalten können. Er nahm nie selbst daran teil, aber er sah mit wollüstigem Behagen zu.

Esther klopfte an die Bürotür und wartete. Sie hatte gelernt, ihren Mann nicht zu überfallen, wenn er bei der Arbeit war.

»Herein«, sagte Haden.

Sie öffnete die Tür und spähte hinein. »Bist du allein?«

»Ja, ich arbeite an meiner Sonntagspredigt.«

»Ich muss dir etwas Wunderbares erzählen. Du wirst es nicht glauben.«

Sie stürmte in das Zimmer und lief direkt auf ihn zu. Sie schlang ihre Arme um ihn, während sie sich auf seinen Schoß fallen ließ. Verblüfft zog er sich zurück und starrte sie an.

»Ich habe heute Nachmittag telepathische Verbindung mit jemandem aufgenommen«, sagte Esther.

»Mein Gott!« Haden riss erschrocken die Augen auf. »Wer …?«

»Beruhige dich. Ich habe nicht persönlich mit dem Höllenfürst gesprochen.« Esther lachte. »Ich habe mich mit einer Frau verbunden, die behauptet, keine Hexe zu sein, aber ich weiß es. Sie ist allerdings eine weiße Hexe, und …«

Haden packte Esthers Kinn. Sie schrie auf, als sich seine langen, dünnen Finger in ihre Wangen bohrten.

»Du hast zugelassen, dass jemand deine Identität erfährt, jemand, den du nicht kennst, dem du nicht vertraust?« Haden sah sie wütend an. »Du Dummchen, weißt du, was du getan hast?«

»Was ist los mit dir? Wieso regst du dich so auf?«

»Weißt du, wer diese Frau ist?«

Esther schüttelte den Kopf.

»Weiß sie, wer du bist?«, fragte er.

»Ich glaube nicht …« Esther schnappte nach Luft.

»Was?«

»Sie hat Esther zu mir gesagt.«

»Du bist so blöd. Du hast dich preisgegeben. Uns preisgegeben. Diese Frau, die der Telepathie fähig ist, weiß, dass du eine praktizierende Hexe bist. Unser Leben ist ruiniert, wenn das ans Licht kommt.«

»Aber … aber … warum sollte sie … was sollte sie … oh, Haden, was glaubst du, wer sie ist?«

Als er sie vom Schoß schob, verlor sie beinahe das Gleichgewicht, doch es gelang ihr, sich am Schreibtisch abzustützen. Er lief im Raum auf und ab. Esther stand schweigend da und wartete, bis er einen Teil seiner von Wut genährten Energie abgearbeitet hatte.

»Genevieve Madoc!«, schrie Haden. »Die Frau, die auf dem Berg wohnt. Die Leute hier in Cherokee Pointe behaupten, ihre Großmutter sei eine Hexe gewesen. Vermutlich hat sie starke hellseherische Fähigkeiten. Sie muss es sein. Ich glaube nicht, dass es außer ihr noch jemanden gibt.«

»Ist der Sheriff nicht ihr Vetter oder Bruder oder so etwas?«

»Ihr Vetter. Und wenn sie ihm von dir erzählt und er anfängt, in unseren Angelegenheiten herumzuschnüffeln …«

»Ich werde alles verstecken«, sagte Esther. »Ich sammle alle meine Bücher und Tränke ein, sowie … ich verspreche, ich werde nicht …«

Er packte sie an den Schultern. »Wenn er uns mit den Tieropfern in Verbindung bringt, die im letzten Herbst im Wald dargebracht wurden, dann ist es nur ein kurzer Sprung, uns des Mordes zu verdächtigen.«

»Mord? Aber wer …«

»In Cherokee County wurden drei Frauen geopfert. Meinst du nicht, die Leute werden glauben, dass jemand, der im Zuge seiner Teufelsanbetung Tiere opfert, auch leicht Menschen opfern könnte?«

»Vielleicht war es ja nicht Genevieve Madoc, mit der ich verbunden war. Kann sein …«

Haden schüttelte sie kräftig. »Du hast nicht Kontakt mit ihr aufgenommen, du Dummkopf. Du hast keine Macht. Sie hat Kontakt mit dir aufgenommen. Jetzt weiß sie, wer du bist.«

»Was – was machen wir denn jetzt?«

»Du wirst dich von allem trennen, was mit deiner schwarzen Magie zu tun hat. Mir ist egal, was du damit machst, sorg nur dafür, dass es nicht mit uns in Verbindung gebracht werden kann.«

»Aber was ist mit der Madoc?«

»Keine Bange. Um die kümmere ich mich.«

23

Dallas hatte seinen starken Arm fest um Gennys Taille gelegt und führte sie vom Schlafzimmer ihrer Großmutter in ihr eigenes. Sie hatte sich ihr Leben lang meist auf Granny gestützt, wenn sie sich erholte, nachdem sie ihre hellseherische Gabe eingesetzt hatte. Doch in den vergangenen sechs Jahren war ihr nichts anderes übrig geblieben, als sich auf Jacob und Jazzy zu verlassen, hin und wieder auf Sally und Ludie. Sie waren die Einzigen, denen sie vorbehaltlos vertraute, diejenigen, die Gennys Situation wirklich verstanden. Jetzt aber hatte sie Dallas, so lange er sich entschied, in ihrem Leben zu bleiben. Er verlieh ihr Kraft, wie es sonst niemand konnte, die Bindung zwischen ihnen war einzigartig.

Während Dallas ihr ins Bett half, blieb Jacob im Türrahmen stehen. Genny streckte die Hand nach ihm aus und rief seinen Namen.

Jacob ging zu ihr und ergriff ihre Hand. »Ich bin hier, *i gi do.* Was ist?«

»Esther Stowe praktiziert Hexenkunst. Sie ist die Hohepriesterin eines Zirkels in Cherokee Pointe«, sagte Genny. »Als ich in ihrem Geist war, habe ich Bilder aus ihren Gedanken empfangen, Bilder von Tieropfern und wilden Orgien.« Genny hielt inne, atmete ein paar Mal kurz durch und fuhr fort: »Sie ist begierig auf magische Kräfte und ruft den Teufel mit Beschwörungen an, von denen sie tatsächlich glaubt, dass sie funktionieren.«

»Hattest du das Gefühl, dass sie irgendwie mit den Opfermorden zu tun hat?«

»Nein, aber ...« Genny fielen vor Entkräftung die Augen zu.

»Genny?«, sprach Dallas sie an.

»Sie schläft.« Jacob ließ ihre Hand los und wandte sich an Dallas. »Sie bleiben hier bei ihr?«

Dallas nickte, und die beiden Männer traten in die Diele hinaus.

»Ich glaube, ich werde Reverend Stowe und seiner Frau einen freundlichen Besuch abstatten«, sagte Jacob. »Ich kann sie nicht beschuldigen, da ich keinerlei Beweise habe. Und kein Richter wird einen Durchsuchungsbschluss erlassen, damit wir die Kirche und das Pfarrhaus inspizieren können, nur weil Genny eine Vision hatte. Aber ich kann die Stowes ein bisschen aufschrecken, wenn ich einfach mal vorbeischaue.«

»Genny hat anscheinend nicht gespürt, dass Esther Stowe mit den Morden zu tun hatte, aber was, wenn Reverend Stowe es war? Oder vielleicht ein Mitglied von Esthers Zirkel? Schon möglich, dass unser Kerl eine Vorgeschichte im Zusammenhang mit Hexenkunst hat.«

»Ich rufe …«

»Lassen Sie mich Kontakt mit Teri aufnehmen. Auf dem Wege kommen wir schneller an Ergebnisse heran.«

»Sie soll Carson, Pierpont und Jamie Upton überprüfen, sowie Haden und Esther Stowe, ja?«

»Ganz bestimmt«, sagte Dallas. »Rufen Sie mich an, wenn Sie mit den Stowes gesprochen haben.«

»Ja, ich hatte sowieso vor, Sie anzurufen, um nach Genny zu fragen.«

»Machen Sie sich um sie keine Sorgen. Ich bin hier und passe auf sie auf.«

Esther Stowe war ein köstliches Geschöpf, weich und geschmeidig, ihr Körper war wie geschaffen fürs Vögeln. Als sie ihn um einen Gefallen gebeten hatte, war er sofort einverstanden, denn er wusste, dass sie es ihm mit Sex vergelten würde. Da er ein gläubiges Mitglied ihres absurden kleinen Hexenzirkels war, glaubte sie, ihm vertrauen zu können. Und das konnte sie auch – bis zu einem gewissen Punkt. Wenn er ihre Geheimnisse verriet, würde er auch zugeben, dass er einem Teufelskult angehörte. Das wollte er nicht unbedingt publik machen. Sollte sie ihn aber je verraten und ihn als Anhänger des Satans nennen, würde er sie schwer bestrafen.

»Du musst alles in deinem Keller aufbewahren«, sagte Esther zu ihm. »Ich weiß, dass es bei dir sicher ist. Und wir können uns eine Weile nicht treffen. Haden hat gesagt, erst wenn wir sicher sind, dass der Sheriff uns nicht beobachtet.«

»Kein Grund zur Sorge«, erwiderte er. »Wir werden eine Möglichkeit finden, Sheriff Butler zu umgehen. In ein paar Wochen können wir meinen Keller benutzen, wenn wir sehr diskret vorgehen.«

»Ja, natürlich. Was für eine wunderbare Idee, da alle meine Sachen dort sein werden …«

Er umklammerte ihren Nacken und zog sie an sich. »Sollte der Sheriff aus irgendeinem Grund Fragen an dich und Haden stellen, darfst du ihm nicht die Namen der Mitglieder deines Kults nennen.«

Mit ängstlichen Augen und angespanntem Körper schüttelte Esther den Kopf. »Nein, natürlich nicht. Das würde ich niemals tun.«

Er lächelte sie an; sie entspannte sich und erwiderte sein Lächeln.

»Weiß Haden, dass du deine Sachen hierher in Sicherheit gebracht hast?«

»Er war noch in der Kirche, als ich alles zusammengepackt und in den Wagen geladen habe«, sagte sie. »Ich habe ihm eine Nachricht am Kühlschrank hinterlassen, dass ich hier vorbeifahre. Wäre er nach Hause gekommen und hätte mich nicht angetroffen, hätte er sich Sorgen gemacht.«

»Mir wäre wohler, wenn Haden nicht wüsste, dass ich dir helfe. Zumindest vorerst nicht. Wenn du nach Hause kommst, vernichte die Nachricht.«

»Klar, mach ich. Es sei denn, Haden hat sie schon gelesen.«

Er packte ihren Nacken noch fester, riss sie hoch und drückte seinen Mund auf ihre Lippen. Sie bebte. Er lachte.

Ihre Lippen berührten sich kaum, als er sagte: »Ich will deinen Mund ficken.«

Sie seufzte tief.

Er löste seinen zähen Griff um ihren Nacken. Sie sank vor ihm auf die Knie und zog hastig seinen Reißverschluss auf. Als sie in seine Unterhose griff, packte er ihre Hand.

»Den Rest übernehme ich«, sagte er. »Mach einfach deinen Mund weit auf.«

Sie gehorchte. Eine schöne Hohepriesterin war das. Seine Mutter hätte niemals einem Mann – keinem einzigen – erlaubt, ihr zu sagen, was sie tun sollte. Mutter war eine wahre Hohepriesterin gewesen. Sie erteilte die Befehle. Sie verursachte den Schmerz.

Er holte seinen Penis heraus, bog Esthers Kopf nach hinten und ließ sein Glied in ihren Mund gleiten. Als die Spitze ihre Kehle erreichte, würgte sie, aber er hielt Esther fest, zog sich zurück und wiederholte den Ablauf.

So eine gefügige kleine Hure. Hätte sie ihrem Mann nicht diese verdammte Nachricht hinterlassen, hätte sie gut sein viertes Opfer werden können.

Der große Pick-up des Sheriffs war in der breiten Zufahrt abgestellt. Esther fluchte und verwünschte den Mann. Was hatte er hier zu suchen? Hatte seine Cousine, diese Madoc, ihn bereits angerufen und ihm von ihrer telepathischen Unterhaltung berichtet? Und wenn der Sheriff sie nun fragte, ob sie eine Hexe sei?

Oh Gott, wenn Haden ihn in der Küche empfangen hatte? Wenn der Sheriff die Nachricht gesehen hatte?

Esther steuerte ihren BMW Mini Cooper älteren Datums am Pick-up des Sheriffs vorbei und parkte neben dem Sedona-Minivan der Kirche, den Haden fuhr. Als sie es an der Hintertür versuchte, stellte sie fest, dass noch abgeschlossen war. Gut.

Das bedeutete, dass Haden zur Haustür hineingegangen war, als er aus seinem Büro zurückgekommen war. Sie schloss die Tür auf und eilte in die Küche. Aus dem Wohnzimmer waren Stimmen zu hören. Haden und der Sheriff. Nachdem Esther ihre Schultertasche und ihre Schlüssel auf die Anrichte gelegt hatte, warf sie einen Blick auf den Kühlschrank. Ihre Nachricht an Haden hing noch dort. Erleichtert atmete sie auf.

Esther hob den Magneten an und entfernte die Notiz, riss sie in winzige Stücke und warf sie in den Abfalleimer.

Sein Geruch hing noch an ihr, sein Geschmack war noch in ihrem Mund. Sie konnte nicht ins Wohnzimmer gehen und den Sheriff begrüßen, bevor sie nicht den Beweis ihrer letzten sexuellen Begegnung entfernt hatte. Zuerst spülte sie den Mund mit Wasser aus, nahm dann eine Flasche Zitronensaft aus dem Kühlschrank und spritzte etwas in ihren Mund. Nachdem sie sich Hände und Gesicht mit flüssiger Seife gewaschen hatte, griff sie unter das Spülbecken, nahm einen Kanister Lysol heraus und sprühte sich über und über mit dem Desinfektionsmittel ein. Mehr konnte sie nicht tun, ohne ins Bad zu gehen, und wenn sie von der Küche ins Bad ging, würde man sie vom Wohnzimmer aus sehen.

Esther straffte die Schultern, zwang sich zu einem warmen, entgegenkommenden Lächeln und ging ins Wohnzimmer, um den Gast zu begrüßen.

»Esther, meine Liebe«, sagte Haden, als er sie erblickte. »Komm rein, und begrüße Sheriff Butler.«

Esther und der Sheriff tauschten belanglose Höflichkeiten aus.

»Du glaubst nicht, worüber der Sheriff und ich gesprochen haben«, sagte Haden und rümpfte schniefend die Nase. Esther setzte eine fragende Miene auf. »Er hat den Verdacht, dass es hier in Cherokee Pointe einen Satanistenkult gibt. Teufelsanbetende Hexen. Ist das nicht unfassbar?«

»Ja«, erwiderte sie. »Unglaublich.«

»Ich dachte, Ihr Mann sollte über unseren Verdacht unterrichtet sein«, sagte Sheriff Butler. »Ich wende mich an alle Geistlichen in Cherokee County. Ich glaube, unsere gottesfürchtigen Prediger sollten sich damit befassen.«

»Natürlich. Klar.« Haden nickte.

»Wir wissen es zu schätzen, dass Sie uns das mitteilen«, sagte Esther. »Haben Sie eine Ahnung, wer diese Leute sind?«

»Dazu möchte ich lieber nichts sagen, Ma'am. Aber Sie können versichert sein, dass wir uns die größte Mühe geben, es herauszufinden. Die Leute hier in der Gegend werden sich nicht mit weiteren Tieropfern abfinden.«

Haden rieb nervös die Hände aneinander. Verdammt! Esther hätte ihren Mann schlagen können. Jetzt war nicht der richtige Zeitpunkt, Schwäche zu zeigen. Vorher, als er sie gemahnt hatte, alles loszuwerden, was sie mit dem Zirkel verband, war er recht gebieterisch gewesen. Der barsche, fordernde Haden war ihr lieber als das einfältige, schwache Geschöpf, das er häufig war.

»Sie … Sie glauben doch nicht, dass ein Zusammenhang zwischen den Tieropfern und den Opfermorden besteht, oder?«, fragte Haden mit leicht zittriger Stimme.

Der Sheriff sah Esther direkt an. »Wir halten es für möglich, dass ein Mitglied des Zirkels unser Mörder ist.«

»Wie furchtbar.« Esther schüttelte in gespielter Besorgnis den Kopf.

»Ich werde hin und wieder bei Ihnen vorbeischauen.« Sheriff Butler reichte Haden die Hand, und die beiden tauschten einen kurzen Händedruck aus. »Ich habe noch ein paar andere Besuche zu machen, daher muss ich jetzt aufbrechen.«

Haden begleitete den Sheriff hinaus auf den Bürgersteig. Sobald Butler in seinen Pick-up gestiegen war, eilte Haden wieder ins Haus. Und kaum setzte der Sheriff rückwärts aus der Auffahrt, wandte sich Haden an Esther.

»Siehst du, was dein Irrsinn angerichtet hat?«, schrie er sie an. »Er weiß Bescheid. Ich sag dir, er weiß es.«

»Er weiß gar nichts, außer dem, was ihm Genny Madoc erzählt hat, und glaub mir, was sie sagt, hat vor Gericht keinen Bestand.«

»Gericht? Meinst du denn, festgenommen zu werden, ist meine einzige Sorge? Wenn jemals ans Licht kommt, dass du eine Hexe bist, werde ich meinen Job verlieren. Ich dürfte nie wieder predigen.«

»Ich kann nicht behaupten, dass das so schlimm wäre. Ich bin nicht gern die Frau eines Geistlichen. War ich noch nie.«

»Ja, ich weiß.« Der Blick, mit dem Haden sie bedachte, sagte ihr, dass er sie ebenso verabscheute, wie sie ihn verachtete. »Wir haben jede Menge, worum wir uns Sorgen machen müssen. Jede Menge. Was ist, wenn Genevieve Madoc versucht, wieder Kontakt mit dir aufzunehmen?«

»Das hoffe ich doch. Sie ist sehr mächtig, und sie könnte …«

Haden schlug zu. Esther taumelte zurück, rieb ihre Wange und funkelte ihn wütend an.

»Das lasse ich nicht zu«, sagte er. »Hörst du? Du musst doch wissen, wie gefährlich diese Frau für uns ist.«

Sie lachte ihren Mann aus. »Ich habe getan, was du verlangt hast. Ich habe dafür gesorgt, dass alle Gegenstände, die uns mit dem Hexenzirkel in Verbindung bringen könnten, gut versteckt sind. Ich habe die Absicht, meinen Teil zu leisten, um uns zu schützen. Nur eines muss dir klar sein – ich habe keine Angst vor dir, Haden. Du kannst mich nicht beherrschen.« Sie trat auf ihn zu und lächelte. »Und ganz gleich, was du denkst, Genny Madoc kannst du nicht unter Kontrolle halten. Aber ich vielleicht. Ich kann sie mit einem Fluch belegen. Ich kann …«

»Wenn du glaubst, du könntest Menschen verhexen oder verfluchen, bist du wirklich blöd. Du hast keinerlei magische Kräfte.« Er musterte sie eingehend von Kopf bis Fuß. »Deine einzige Begabung besteht darin, deinen Körper zu benutzen, um Männer zu befriedigen. Du kannst nicht mit Genny Madoc fertigwerden, aber ich. Ich weiß, wie.«

* * *

Wallace MacKinnon hatte am Spätnachmittag angerufen, um zu fragen, ob er am nächsten Tag zur Arbeit kommen solle. Falls er nichts anderes von Genny hören würde, solle er kommen, hatte Dallas ihm gesagt. Es bestand kein Grund zu der Annahme, dass Genny ihr Leben nicht einigermaßen normal weiterführen könnte, obwohl sie wusste, dass sie das letzte Ziel eines Geisteskranken war. Dallas ließ sie nur ungern allein, auch wenn Jacob angemessenen Schutz zur Verfügung stellen konnte. Allerdings hatte Jacob nur eine begrenzte Zahl von Deputys, und jeder einzelne wurde gebraucht, daher würde das Sheriff's Department in Bedrängnis geraten, wenn es einen Deputy für Gennys Schutz abstellte. Und Dallas war nicht sicher, ob er ihre Sicherheit überhaupt jemand anderem anvertrauen wollte.

Während Genny sich ausruhte, schaute Dallas nach den Gewächshäusern, worum sie ihn gebeten hatte, als sie kurz aufgewacht war. Er hatte Drudwyn an ihrem Bett gelassen, alle Türen überprüft, um sicher zu gehen, dass sie abgeschlossen waren, bevor er nach draußen gegangen war.

Die Sonne war bereits untergegangen, und über die Hügel krochen dämmrige Schatten. Der Abend kam rasch näher. Dallas stand an der hinteren Veranda und schaute zum Himmel auf. Sturmwolken brauten sich zusammen. In der Ferne polterte Donner. In der Nacht würde es bestimmt regnen. Und wenn die Temperaturen noch weiter sanken, könnte Graupel fallen.

Dallas betrat die geschützte Veranda, putzte seine Schuhe an der Matte ab und zog den Mantel aus. Er sollte Teewasser aufsetzen. Wenn Genny wach wurde, würde sie etwas Warmes trinken wollen. Außerdem hatte er zum Abendessen Sandwiches gemacht. Wahrscheinlich würde sie nichts essen wollen, aber er würde ihr gut zureden, ihrem Magen etwas anzubieten.

Nachdem er seinen Mantel auf der Veranda an einen Haken gehängt hatte, ging er in die Küche und begann mit Vorbereitungen für ihre Abendmahlzeit. Bevor der Teekessel pfiff, hörte er Drudwyn jaulen und wusste, dass Genny wach war und mit dem Wolfshund spielte. Rasch bereitete er den Tee zu. Als er den Becher durch die Diele trug, dachte er, wie wenig es ihm ähnelte, eine Frau mit zärtlicher, liebevoller Fürsorge zu erdrücken. In seinen Beziehungen waren solche Bemühungen für gewöhnlich auf ihn gerichtet. Frauen pflegten hinter ihm her zu sein, und wenn sie glaubten, auch nur die geringste Chance zu haben, ihn zu schnappen, erdrückten sie ihn mit ihrer Aufmerksamkeit. Zum ersten Mal in seinem Leben war er nun der Gebende und nicht der Nehmende.

Leise schnaubend blieb er vor Gennys Schlafzimmer stehen. Schon komisch, noch nie hatte ihm eine Frau so viel bedeutet, dass er sich mit Bedürfnissen abgegeben hätte, die über sexuelle Befriedigung hinausgingen. Genny war anders.

Herrgott, was für eine Untertreibung!

Als er ins Schlafzimmer trat, saß sie vor dem Kamin auf dem Boden. Sie hatte den Arm um Drudwyns Hals gelegt und streichelte ihn liebevoll.

»Geht's dir besser?«, fragte er.

Lächelnd schaute sie zu ihm auf. »Mir geht's gut.« Sie beäugte den Becher in seiner Hand. »Ist der für mich?«

»Heißer Tee.«

»Danke.« Sie nahm den Becher entgegen, führte ihn an die Lippen und trank ein paar kleine Schlucke.

Er strich ihr mit der Hand über das Haar, vom Ohrläppchen bis zur Schulter. »Trink deinen Tee, ich gehe wieder in die Küche und mache zwei Sandwiches für uns.«

»Eigentlich habe ich gar keinen Hunger.«

»Dann isst du eben, so viel du kannst«, meinte er. »Aber du musst etwas essen.«

»Ja, *yu ne ga,* ich werde gehorchen«, sagte Genny spöttisch.

»Wie hast du mich genannt?«, wollte er wissen.

Genny lachte. »Ich habe dich einen weißen Mann genannt.«

»Na ja, ich bin ein weißer Mann, daher nehme ich mal an, dass es keine Beleidigung war.« Er grinste. »Wie nennt Jacob dich? *I gi go?*«

»*I gi do*«, verbesserte ihn Genny. »Das heißt Schwester in der Sprache der Chrokee.«

Plötzlich überkam Dallas Eifersucht, weil sie so viel mit ihrem Vetter Jacob gemeinsam hatte, dass er sogar einen Kosenamen für sie hatte. »Vielleicht sollte ich die Sprache der Cherokee lernen«, sagte Dallas und wollte schon hinausgehen.

»Willst du wissen, wie ich gern von dir genannt würde?«, fragte sie.

Er blieb an der Tür stehen und warf einen Blick über die Schulter. »Wie soll ich dich nennen?«

»*A qua da li i.*«

Dallas wiederholte die Wörter. »Was heißt das?«

»Das sage ich dir … irgendwann.«

Gennys Lächeln erhellte den ganzen Raum. Zum Teufel, es brachte Licht in seine ganze Welt.

»Ich könnte Jacob fragen.«

»Könntest du. Aber das wirst du nicht tun.«

»Trink deinen Tee«, forderte er sie auf. »Ich bin gleich wieder mit deinem Abendessen da.«

»Ich kann in die Küche kommen.«

»Gut, wenn dir danach ist.«

»Ich komme mit. Ich muss Futter für die Vögel und die anderen Tiere hinausbringen. Sie werden schon darauf warten.«

»Sag mir, wo die Futtersäcke sind, und …«

»Sie nehmen das Futter nicht, wenn jemand anders es berührt hat.«

Dallas verzog das Gesicht. »Das hätte ich mir denken können.«

Als Genny sich erhob und Dallas folgte, trottete Drudwyn hinter ihr her. Sobald sie in der Küche waren, machte sich Dallas daran, ihre Sandwiches zuzubereiten, während Genny auf die hintere Veranda hinaustrat. Sie holte einen großen Futtersack aus einer Holzkiste neben dem Stapel Feuerholz, füllte vier Schalen, die sie aufeinander stapelte und auf den Boden stellte. Nachdem sie ihren Mantel angezogen hatte, hob sie die Schalen hoch.

Die Fliegentür öffnete sie mit einem Hüftschwung. Drudwyn schoss hinaus. Sie nahm die Schalen in beide Hände und ging in den Hof hinunter. Mit lautem Knall schlug die Tür hinter ihr zu. Dallas ließ das Buttermesser fallen, mit dem er gerade Senf auf die Brotscheiben strich, und lief hinter Genny her.

»Genny, warte«, rief er. »Ich will nicht, dass du …«

Der Schuss hallte durch die Stille der Dämmerung. Dallas schrie ihren Namen. Plötzlich hatte er das Gefühl, dass schwere Gewichte an seinen Fußgelenken hingen. Alles schien in Zeitlupe abzulaufen. Er hörte den Schuss. Er hörte seine eigene Stimme, die in seinem Kopf widerhallte. Er sah, wie Genny stehenblieb, sich an die Schulter griff und zur Seite beugte. Er sah Drudwyn, der wie eine Rakete abging und etwas jagte – oder jemanden.

Genny brach zusammen. Als Dallas zu ihr kam, lag sie still und reglos da. Er kniete neben ihr nieder, sah den Blutfleck hinten auf ihrem Mantel und musste der Tatsache ins Auge sehen, dass sie getroffen worden war. Jemand hatte auf sie geschossen. In ihrem eigenen Hof. Mit einem großen, tapferen FBI-Agenten als Wache.

Er hielt sie eine Weile in den Armen, bevor sich seine Ausbildung bemerkbar machte. Er prüfte ihre Lebenszeichen. Schwach. Aber sie lebte noch. Er hatte zwei Möglichkeiten: Genny sofort ins Krankenhaus zu bringen, oder Drudwyn zu folgen und denjenigen zu jagen, der auf sie geschossen hatte.

Dallas hob Genny vom Boden. Was ihn betraf, gab es eigentlich nur eine Möglichkeit. Das Einzige, was jetzt eine Rolle spielte, war Genny.

24

Jazzy legte Dallas Sloan die Hand auf den Rücken. Sofort spannte er sich an, drehte sich aber nicht zu ihr um. Seitdem sie am Abend zuvor im Kreiskrankenhaus von Cherokee County eingetroffen war, hatte sie kein einziges Wort aus Dallas' Mund gehört. Das kleine Wartezimmer war überfüllt mit Menschen, die Genny liebten. Jacob. Sally und Ludie. Royce. Wallace. Brian. Und in der Nacht waren Dutzende Menschen gekommen und hatten Gebete und Hilfe angeboten. Zahlreiche Leute aus Cherokee County hatten angerufen, sowie Geistliche von der Baptistenkirche und der Methodistenkirche, obwohl Genny keiner der beiden Konfessionen angehörte. Die Schwesternhelferinnen hatten mehrmals Kaffee gebracht und sich erboten, aus der Cafeteria etwas zu essen zu holen. Alle, die Genny kannten, hielten sie für etwas Besonderes. Dem ganze County lag es am Herzen, was mit ihr geschah.

Und keiner, absolut keiner konnte begreifen, warum jemand einer so freundlichen und liebevollen Seele etwas antun wollte.

Als Jacob am Abend zuvor bei Jazzy angerufen hatte, war sie zur Notaufnahme geeilt, aber zu spät, um Genny noch zu sehen, bevor sie in den OP gebracht wurde. Sie hatte Jacob angetroffen, der still mit gesenktem Kopf und geschlossenen Augen im Wartebereich auf der ersten Etage saß. Dallas war draußen auf dem Flur auf und ab gelaufen. Als sie ihn ansprach, hatte er sie nicht einmal zur Kenntnis genommen.

Jacob hatte ihr erklärt, was passiert war, zumindest das wenige, was er aus Dallas herausbekommen hatte. »Ich habe die Spurensicherung zum Haus hinaufgeschickt, um nach Beweismaterial zu suchen«, hatte er gesagt. »Damit hatten wir nicht gerechnet. Wir hätten es auf keinen Fall voraussehen können. Dallas gibt sich die Schuld, und was ich auch sage, er lässt es sich nicht ausreden.«

Nach endlosen Stunden des Wartens und Betens hatten sie gute Nachrichten bekommen. Genny hatte die Operation mit Bravour überstanden, und der Arzt versicherte ihnen, dass sie wieder auf die Beine kommen würde. Die Kugel war in ihren Rücken eingedrungen und aus ihrer Schulter ausgetreten, hatte aber keine lebenswichtigen Organe verletzt. Jazzy hatte damit gerechnet, dass Dallas so reagieren würde wie sie und Jacob – mit großer Erleichterung. Stattdessen war er geflohen. Sie wusste nicht, wohin er gegangen war, aber sie vermutete, dass er einen ungestörten Platz gesucht hatte, an dem er allein sein konnte. Die Toilette? Die Kapelle? Wahrscheinlich hatte er sich übergeben. Oder geweint. Oder ein Dankgebet gesprochen. Vielleicht alles zusammen.

Jetzt, um halb fünf am Morgen, stand Jazzy hinter Dallas am Ende des Flurs. Er starrte aus dem Fenster in die Dunkelheit. Sie tätschelte ihm den Rücken. »In ein paar Minuten lassen sie uns zu ihr.«

Er nickte, drehte sich aber noch immer nicht um.

»Genny wird es wieder gut gehen.«

Schweigen.

»Sie müssen Schluss damit machen, bevor Sie zu ihr reingehen«, riet ihm Jazzy. »Sie wird spüren, dass etwas nicht stimmt, sobald sie Sie sieht. Sie sehen aus wie ein Mann, der gerade aus der Hölle kommt.«

Er warf einen Blick über die Schulter und sah Jazzy mit blutunterlaufenen Augen an.

»Die Schuldgefühle, in denen Sie sich suhlen, werden Genny nicht helfen«, sagte Jazzy. »Also ziehen Sie Ihr Büßerhemd aus und nehmen Sie es hin, dass Sie nicht Superman sind, dass Sie ein Mensch sind wie wir auch.«

Als er den Blick von ihr abwandte, packte sie seinen Arm. »Verdammt, Sie konnten doch nicht wissen, dass irgendein Spinner da draußen auf eine Chance wartete, Genny zu erschießen.

Sie ist die Hellseherin, nicht Sie, und sie hat die Gefahr wahrscheinlich erst bemerkt, als es zu spät war.«

»Ich hätte sie davon abhalten sollen, nach draußen zu gehen!« Die Worte polterten aus seiner Brust wie Kanonenfeuer.

Jazzy griff noch fester zu, schüttelte ihn und stellte sich vor ihn. »Wenn dieser Jemand vorhatte, Genny zu erschießen, hätte er sie durch ein Fenster erschießen können. Das hätten Sie nicht verhindern können. Auch Jacob nicht, wenn er dort gewesen wäre.«

Dallas reagierte nicht.

Jazzy lockerte ihren Griff, drehte sich um und ging. Sie hatte genug Verstand, um zu wissen, wann sie sich zurückziehen musste. Dallas war nicht bereit, auf Vernunft zu hören. Er war noch zu sehr von Schuld und Reue verzehrt. Sie selbst war mehrmals durch eine solche Hölle gegangen.

Sie traf auf Jacob, der aus dem Warteraum kam. »Wie hält er sich?« Jacob deutete mit dem Kopf zum Ende des Flurs.

»Geht hier etwas vor, von dem ich nichts weiß?«, fragte Jazzy. »Er benimmt sich, als hätte er auf sie geschossen. Seine Schuldgefühle sind völlig unangemessen.«

Jacob zögerte und bedeutete ihr dann, ihm zu folgen. Er zog sie um die Ecke, an der sich zwei Gänge kreuzten.

»Niemand sonst darf etwas davon wissen. Verstanden?«

Jazzy nickte.

»Nur Genny, Dallas und ich wissen es.« Jacob machte den Eindruck, als würde ihm das, was er sagen wollte, großen Schmerz bereiten. »Dallas hat einen Serienmörder verfolgt, einen Kerl, von dem er annimmt, dass er im letzten Jahr seine Nichte in Mobile getötet hat.«

»Ja, ich weiß. Und?«

»Diese Kerl tötet in Fünfergruppen. Dallas ist auf vier praktisch identische Mordserien gestoßen, die in den vergangenen Jahren verübt worden sind. Die Opfer hatten nichts gemeinsam – nur das jeweils fünfte Opfer hatte eine Begabung. Dieselbe wie Genny.«

Jazzys Gedanken überschlugen sich, um die Bedeutung von Jacobs Aussage zu verkraften. »Die Opfermorde hier in Cherokee County …« Jazzy schnappte nach Luft. »Mein Gott, der Mörder ist wegen Genny hierhergekommen. Sie ist sein fünftes Opfer.«

»Dallas hat sich freiwillig als Gennys Leibwächter zur Verfügung gestellt, und ich hatte vor, einen Deputy bei ihr abzustellen, wenn Dallas nicht da sein konnte.«

»Meinst du, der Serienmörder hat seine Vorgehensweise geändert und auf Genny geschossen, statt …«

»Das war er nicht«, sagte Jacob. »Aber ich habe da so eine Vermutung, wer es gewesen sein könnte. Ich brauche bloß einen winzigen Beweis, dann werde ich seinen Arsch ins Gefängnis befördern.«

»Wen meinst du?«

Bevor Jacob antworten konnte, kam eine Krankenschwester auf sie zu und rief Jacobs Namen.

»Sheriff Butler, Sie können jetzt zu Genny.«

Jacob flüsterte Jazzy zu. »Ich erkläre es dir später.«

Als Genny wieder zu sich kam, war Jazzy an ihrer Seite. Sie versuchte, den Kopf anzuheben, doch der Schwindel machte die Bemühung zunichte.

»Hallo, verschlafenes Mädchen«, sagte Jazzy. »Wie geht's dir denn? Ziemlich herb, was?«

»Ich fühle mich wie erschossen.« Genny versuchte zu lächeln, doch selbst das war ihr zu anstrengend.

»Ach, du Süße. Du kommst wieder auf die Beine. In ein paar Wochen bist du so gut wie neu.«

Genny schaute von einer Seite zur anderen, dann nach vorn, und erhaschte einen kurzen Blick auf Jacob, der in der Tür stand. Er kam auf sie zu, seine Bewegungen unnatürlich hastig. Als er neben ihr Bett trat, strich er ihr mit der Hand über die Wange.

»Du hast uns einen schönen Schreck eingejagt, *i gi do.*«

»Wo ist Dallas?«

Angespanntes Schweigen.

»Geht es ihm gut? Auf ihn wurde doch nicht auch geschossen, oder?« Der Gedanke, Dallas könnte tot sein, schoss ihr durch den Kopf.

»Mit ihm ist alles in Ordnung. Niemand hat auf ihn geschossen«, erwiderte Jacob. »Er war die ganze Nacht hier und ist noch immer irgendwo in der Nähe. Er war in grauenhafter Verfassung, weil er sich die Schuld an dem gibt, was passiert ist.«

»Was ist denn passiert?«, fragte Genny.

»Du bist rausgegangen, um die Tiere zu füttern, bevor Dallas dich zurückhalten konnte, und jemand, der sich im Wald versteckt hatte, hat auf dich geschossen«, erklärte Jacob.

»Wer …? Oh Gott, Jacob, meinst du, es war …?«

»Entweder Esther oder Reverend Stowe. Du bist ihrem gottlosen kleinen Geheimnis zu nah gekommen.«

»Such Dallas«, bat Genny. »Ich möchte ihn sehen.«

»Hey, Mädel, da sind noch ein paar andere Leute draußen, die unbedingt zu dir wollen. Tante Sally und Ludie. Wallace, Royce und Brian. Und …«

»Ich will Dallas!«

»Beruhige dich«, sagte Jazzy. »Ich werde Dallas suchen und zu dir bringen, und wenn ich ihm die Füße zusammenbinden und ihn herschleppen muss.«

»Nein, du bleibst bei Genny.« Jacob beugte sich vor und küsste Genny auf die Stirn. »Du ruhst dich aus und hörst auf, dir Sorgen zu machen. Ich werde Dallas suchen.«

Jacob brauchte über eine halbe Stunde, um Dallas zu finden, und in der Zwischenzeit hatte er einen Anruf von Tim Willingham erhalten, der ihm mitteilte, man habe Patronenhülsen gefunden, Fußspuren und ein Stück Stoff, das an einem Busch im Wald bei Gennys Haus hängengeblieben war. Beweismaterial. Hinweise darauf, dass der Schütze ein blutiger Amateur war, jemand, der sehr schlampig vorgegangen war. Der Opfermörder war ein übertrieben selbstbewusster Profi, der seine Spuren verwischte und nichts hinterließ. Nichts außer seiner DNA.

Doch die wirklich gute Nachricht über den Schützen war, dass Tommy Patrick, Gennys Nachbar, der auf einer Farm eine halbe Meile die Straße hinauf lebte, hinter einer verirrten Kuh her gewesen war, die bei Sonnenuntergang in den Wald entlaufen war, genau zu der Zeit, als auf Genny geschossen wurde. Tommy hatte die Schüsse gehört und einen Mann durch den Wald zu einem Wagen rennen sehen, der auf einem unbefestigten Weg zur Hauptstraße abgestellt war. Der große, dünne, dunkelhaarige Mann hatte ein älteres BMW-Modell gefahren, das zu der Beschreibung von Esther Stowes Wagen passte.

Bingo! Treffer!

Jacob blieb stehen, bevor er sich Dallas näherte, und versuchte, sich in den Mann hineinzuversetzen. Wie sollte er mit ihm umgehen? *Zum Teufel, wie sollte jemand mit dir umgehen, wenn du in dieser Lage wärst?*

Dallas saß allein in der leeren Cafeteria. Nach vorn gebeugt, die Arme auf dem Tisch verschränkt, starrte er ins Leere. Um halb sechs morgens war in der Cafeteria nicht viel Betrieb. Als Dallas hörte, dass Jacob näher kam, hob er den Kopf.

»Ist etwas mit Genny passiert?«, fragte Dallas.

»Ja. Sie ist aufgewacht und fragt nach Ihnen.«

Dallas ließ die Schultern sinken.

»Ich möchte, dass Sie zu ihr hinaufgehen, bevor wir zu den Stowes fahren und sie zum Verhör abholen«, sagte Jacob.

»Dann haben Ihre Leute Beweise gegen sie gefunden?« Dallas' Augen wurden heller, seine Schultern strafften sich.

»Ja, den besten – einen Augenzeugen, der einen Mann, auf den die Beschreibung des Reverend zutrifft, im Wald bei Gennys Haus gesehen hat. Und er hat ihn in einen Wagen steigen sehen, der identisch mit dem ist, den Esther Stowe fährt.«

Anspannung zeichnete sich auf Dallas' Gesichtszügen ab, als er kurz die Augen schloss. Jacob wusste, dass Dallas Gott dankte, dafür, dass es Genny gut ging und sie wahrscheinlich genügend Beweise in der Hand hatten, um Haden Stowe wegen versuchten Mordes festzunehmen.

Jacob trat näher an den Tisch, an dem Dallas saß. »Ich bin mir sicher, dass Sie dabei sein wollen, wenn ich sie verhöre.«

»Und ob.« Dallas erhob sich.

»Wir fahren sofort zum Gerichtsgebäude, nachdem Sie oben bei Genny waren.«

»Ich kann nicht.« Dallas vermied den Blickkontakt mit Jacob.

»Sie können und werden. Genny wartet da oben auf Sie. Sie versteht nicht, warum Sie nicht da waren, als sie aufwachte.«

Jacob packte Dallas an der Schulter. Ihre Blicke trafen sich und hielten sich fest, zwei grimmige Kämpfer, die beide keinen Deut weichen wollten.

»Wie soll ich ihr nach allem, was passiert ist, unter die Augen treten?« Dallas wandte als Erster den Blick ab.

Jacob lockerte seinen Griff. »Sie wird Ihnen keinen Vorwurf machen. Niemand gibt Ihnen die Schuld für das, was passiert ist außer Sie selbst.«

»Wie würde es Ihnen gehen, wenn Sie für ihre Bewachung zuständig gewesen wären?«

»Mir würde es genauso gehen wie Ihnen. Aber ich würde es schlucken und mit dem weitermachen, was getan werden muss. Ich würde mich meiner schlimmsten Furcht stellen. Ich würde auf die Intensivstation gehen und Genny wissen lassen, dass ich sie nicht im Stich gelassen habe und es auch nie tun werde.«

Fünf Minuten später stand Dallas vor Gennys abgeteiltem Bereich auf der Intensivstation, seine Hände verschwitzt, sein Magen verkrampft. Jazzy, die neben Gennys Bett saß, schaute auf, lächelte ihm zu und winkte ihn herein. Er zögerte, sein Herz hämmerte in seinen Ohren. Jazzy sagte etwas zu Genny, stand dann auf und kam auf ihn zu.

Sie blieb neben ihm stehen und flüsterte: »Höchste Zeit, dass Sie auftauchen. Genny wollte sich schon zu Tode sorgen um Sie. Jetzt schaffen Sie Ihren Arsch da rein und sagen der Frau, dass Sie sie lieben und dass es Ihnen leid tut, ihr Sorge bereitet zu haben.«

Dallas stieß den angehaltenen Atem aus, nickte und zwang

sich, die Beine in Bewegung zu setzen. Auf halbem Weg zum Krankenbett sah Genny ihn. Sein Leben lang würde er sich an ihren Gesichtsausdruck erinnern. Freude. Kein anderes Wort konnte ihre Miene beschreiben.

»Dallas.« Ihre leise Stimme war entsetzlich schwach.

Die letzten Schritte rannte er förmlich.

»Ich habe mir solche Sorgen um dich gemacht«, sagte sie und hob ihre zitternde Hand.

Dallas ergriff die kleine, zarte Hand und führte sie an seine Lippen, küsste sie und hielt sie an seine Wange. Auf sie war geschossen worden – weil er in seiner Aufmerksamkeit zwei Minuten lang nachlässig gewesen war –, dennoch machte sie sich Sorgen um ihn.

»Ich dachte, ich würde sterben«, sagte er und erstickte beinahe an seinen Emotionen.

»Mir wäre es genauso gegangen, wenn du verletzt worden wärst. Aber du kannst jetzt aufhören zu leiden. Lass den Schmerz los. Lass ihn gehen. Ich werde wieder gesund. Was geschehen ist, war nicht deine Schuld.«

Er schluckte, küsste ihre Hand noch ein paar Mal, bevor er sich über sie beugte und zärtlich auf die Lippen küsste. »Ich liebe dich, Genny Madoc.«

»Ich weiß. Ich liebe dich auch.«

Dallas saß auf der anderen Seite des Raumes in der Ecke, während Jacob Esther Stowe verhörte. Ihr Mann wartete ungeduldig in einem anderen Raum auf seinen Anwalt. Esther hatte auf ihr Recht verzichtet, einen Anwalt dabei zu haben, und beteuert, sie habe nichts Unrechtes getan.

»Ich hatte nichts mit den Schüssen auf Ihre Cousine zu tun«, sagte Esther, »Warum sollte ich ihr etwas antun wollen?«

»Das will ich ja von Ihnen hören«, sagte Jacob. »Warum sollten Sie oder Ihr Mann Genny umbringen wollen?«

Esther zuckte mit den Schultern.

»Wir haben einen Zeugen, der Ihren Mann gesehen hat, wie

er den Tatort verließ«, sagte Jacob, wobei er es mit der Wahrheit nicht so genau nahm. »Und dieser Zeuge hat gesehen, wie Reverend Stowe in Ihren Wagen gestiegen ist. Waren Sie bei ihm? Haben Sie dort gesessen und auf ihn gewartet, während er sich an Gennys Haus heranschlich und auf sie schoss, sobald sie herauskam?«

»Ich war nirgendwo mit ihm. Er ist wie ein Verrückter losgefahren, nachdem wir uns gestritten hatten. Woher soll ich denn wissen, was er da draußen im Wald getrieben hat? Im Übrigen, vielleicht hat sich Ihr Zeuge ja geirrt, vielleicht …«

»Besitzt Ihr Mann ein Gewehr?«

»Er hat mehrere. Haden geht gern auf die Jagd.«

»Wenn die Kugel, die der Arzt aus Gennys Rücken geholt hat, zu einem der Gewehre Ihres Mannes passt, haben wir alle Beweise, die der Staatsanwalt braucht, um den Reverend wegen versuchten Mordes anzuklagen.«

»Okay, sagen wir, er hat tatsächlich versucht, sie umzubringen.« Esther warf einen Blick auf Dallas, dann schaute sie Jacob direkt in die Augen. »Das hat nichts mit mir zu tun. Ich war nicht bei ihm. Ich war nicht daran beteiligt.«

Jacob verhörte Esther noch eine gute halbe Stunde und legte dann eine Pause ein. Dallas nahm an, dass Jacob klar geworden war, Mrs Stowe nicht knacken zu können. Sie war zäh wie Leder.

Jacob rief Tewanda, die an diesem Tag ihren Unterricht hatte ausfallen lassen, um eine Doppelschicht einzulegen und aushelfen zu können. Die junge Frau kam an die Bürotür und wartete.

»Nehmen Sie Mrs Stowe mit«, sagte Jacob. »Holen Sie ihr etwas zu trinken und suchen Sie ihr einen Platz, an dem sie sich ein paar Minuten ausruhen kann.«

Nachdem Tewanda die Frau des Reverend aus dem Raum geführt hatte, schloss Jacob die Tür und wandte sich an Dallas. »Ich hab's nicht so gut hingekriegt mit ihr.«

»Sie haben Ihre Sache gut gemacht. Esther wird Ihnen nichts sagen. Solange Sie nichts gegen sie in der Hand haben, hat sie nichts zu befürchten. Selbst wenn sich herausstellt, dass sie irgendeine Teufelsanbetung praktiziert und behauptet, eine Hexe zu sein, ist beides kein Verbrechen, es sei denn, Sie können beweisen, dass sie für die Tieropfer verantwortlich ist. Was ihren Mann betrifft – sie schert sich keinen Deut darum, wenn Sie ihn festnageln.«

Dallas ging zur Kaffeemaschine.

»Tim bringt Tommy Patrick her. Sie dürften bald hier sein. Wenn Tommy Haden Stowe identifizieren kann, brauchen wir nicht mehr lange zu warten, um den Schweinehund in Haft zu nehmen.«

»Auch wenn der Mann den Reverend nicht hundertprozentig identifizieren kann, sollten Sie einen Durchsuchungsbeschluss für das Pfarrhaus erwirken können. Ich wette, Sie werden die Waffe finden, die Stowe benutzt hat, sowie die Schuhe und den Mantel, die er getragen hat. Dann bedarf es nur noch ein wenig Laborarbeit, und Sie haben den Fall in trockenen Tüchern.«

Es klopfte an der Tür. Dallas und Jacob drehten sich um und sahen einen gedrungenen Mann mittleren Alters in dreiteiligem Anzug, der leise die Tür aufmachte und seinen Kopf hereinstreckte, um die Lage zu sondieren.

»Kommen Sie ruhig näher, Maxie«, forderte Jacob ihn auf und stellte die beiden einander vor. »Special Agent Sloan, darf ich Ihnen Maxwell Fennel vorstellen, Reverend Stowes Anwalt.«

»Darf ich eintreten?«, fragte Maxwell.

Jacob winkte ihn herein. »Waren Sie schon bei Ihrem Klienten?«

»Habe gerade mit ihm gesprochen. Ein erbärmlicher Anblick. Ziemlich fertig nach allem, was passiert ist. Der Mann steht am Rande des Nervenzusammenbruchs.«

Jacob schnaubte. »Sie haben doch nicht etwa vor, auf Unzurechnungsfähigkeit zu plädieren?«

»Hören Sie, Jacob«, sagte Maxwell, »die Sache ist die, der gute Reverend hat mich angewiesen, Ihnen zu sagen, er sei bereit, ein Geständnis abzulegen. Er hat zugegeben, auf Genny geschossen zu haben.«

25

Esther Stowe war zu einer Belastung geworden, seitdem ihr Mann vor fünf Tagen verhaftet worden war. Er konnte sie nicht am Leben lassen. Sie hatte ihren Mann im Stich gelassen, ohne mit der Wimper zu zucken. Die kleine Hexe könnte ihn ebenso leicht fallen lassen. Inzwischen hatten Sloan und Butler wahrscheinlich herausgefunden, dass ihr gesuchter Mörder ein Mitglied von Esthers Hexenzirkel war, daher war es nur eine Frage der Zeit, bis die beiden sie nach Namen ausfragten. Wenn das geschah, hielt sie vielleicht eine Weile dicht, aber nicht lange. Nicht, wenn sie glaubte, der Justiz zu helfen, wäre für sie von Vorteil. Er wusste, sie würde ihnen am Ende die Namen der anderen Satanisten preisgeben. Er konnte nicht riskieren, dass noch mehr Verdacht auf ihn fiel. Bisher hatten sie keinen echten Beweis gegen ihn. So sollte es auch bleiben.

Wieder einmal hatte das Schicksal bestimmt, wer das nächste Opfer sein würde. Bei dem Gedanken, wie schockiert die Hohepriesterin sein würde, wenn ihr klar wurde, dass sie das Opferlamm geworden war, lächelte er in sich hinein. Er betrachtete es schlicht als ausgleichende Gerechtigkeit, dass jemand, der in seinem Bestreben, Teufelswerk zu tun, so viele Tiere abgeschlachtet hatte, am Ende auf ähnliche Weise sterben würde.

Er griff nach dem Telefonhörer und wählte ihre Nummer. Beim dritten Klingeln hob sie ab. »Esther, mein Lämmchen, ich möchte dich sehen.«

»Dann komm doch rüber«, schlug sie vor. »Haden ist noch im Gefängnis. Ich werde todsicher nicht die Kaution für ihn hinterlegen.«

»Warum kommst du stattdessen nicht hierher? Ich mache

uns was zu essen, öffne eine Flasche Wein, und wir können … uns vergnügen.«

»Klar, warum nicht? Dann habe ich wenigstens was zu tun. Man hat mich angewiesen, die Stadt nicht zu verlassen.«

»Ich freue mich auf unseren gemeinsamen Abend.«

»Gut. Ich auch. Ich könnte eine Ablenkung gebrauchen, etwas Wildes und Aufregendes.«

Allein der Gedanke an ihren nackten Körper erregte ihn. Er fuhr sich mit der Zunge über die Lippen, konnte ihr Blut förmlich schmecken.

»Ich verspreche dir die wildeste Nacht deines Lebens.«

Nachdem sie vor drei Tagen in ein Privatzimmer verlegt worden war, hatte Genny darum gebeten, ihr keine Schmerzmittel mehr zu geben, doch Jacob hatte die Krankenschwestern angewiesen, Gennys Proteste zu ignorieren. Wenn sie doch nur ein paar von Grannys Heilkräutern hätte, könnte sie die Narkotika absetzen. Sally hatte ihr versprochen, zum Haus zu fahren, ihr zu holen, was sie brauchte, und es in ihr Zimmer einzuschmuggeln. Doch Jazzy, die sowohl ihre Tante als auch Genny ziemlich gut kannte, hatte sich ausrechnen können, was sie ausheckten, und die geschmuggelten Kräuter abgefangen.

Obwohl Genny erst fünf Tage im Krankenhaus war, hatte sie das Gefühl, es seien fünf Wochen gewesen. Die Medikamente flößten ihr eigenartige, bedeutungslose Träume ein und ließen sie bewusster auf Farben und Licht reagieren. Alles wirkte zu hell, zu lebhaft. Doch ihr sechster Sinn wurde durch die Schmerzmittel gedämpft. Sie fing Dinge, Gedankenfetzen und Gefühle auf, aber alles nur fragmentarisch. Ihre seherische Gabe war verschwommen, als schaute sie durch trübes Wasser statt durch funkelndes, sauberes Quellwasser.

Zum Glück hatte der Arzt an diesem Morgen zugestimmt, die Dosis ihrer Medikamente zu senken. Genny fühlte sich bereits besser, mehr wie sie selbst, obwohl ihre hellseherischen Fähigkeiten gedämpft blieben.

Seit sie aus der Intensivstation verlegt worden war, hatte sie so viele Blumen bekommen, dass ihr Zimmer allmählich wie ein Blumengeschäft aussah. Schon allein Dallas hielt die Cherokee Flower Box auf Trab. Tag für Tag kam ein neuer Rosenstrauß von ihm. Rote Rosen. Rosa Rosen. Gelbe Rosen. Pfirsichfarbene Rosen. Weiße Rosen. Und jeden Tag besuchte Dallas sie zu den Mahlzeiten und hielt sie an, zu essen. Dallas, Jazzy und Jacob waren die einzigen drei, die jederzeit kommen und gehen durften. So viele Freunde und Bekannte waren in ihr Krankenzimmer marschiert, dass die Schwestern sich gezwungen sahen, Gennys Besucherzahl einzuschränken. Obwohl sie Genny nur einmal am Tag besuchen durften, kamen Brian und Royce mehrmals täglich vorbei, um sich nach ihr zu erkundigen. Und Ludie und Sally waren des Öfteren bei einem zweiten Besuch an einem Tag erwischt worden. Die Schwestern hatten die alten Damen geschnappt; wer auch immer vor ihrer Tür Wache hielt, kannte beide Frauen und brachte es offenbar nicht übers Herz, sie wegzuschicken.

Jazzy machte die Tür auf und streckte den Kopf herein. Als sie sah, dass Genny wach war, lächelte sie und trat ins Zimmer.

»Wie geht's denn so heute Abend? Du siehst sogar besser aus als heute Morgen.«

»Die Ärzte haben endlich meine Schmerzmittel herabgesetzt, daher geht es mir viel besser. Ich bin eher wieder ich selbst.«

»Meinst du, es geht dir gut genug, um die neuesten Nachrichten zu verkraften?«

Genny nickte, wappnete sich innerlich, unsicher, was Jazzy ihr erzählen würde.

Jazzy zog ihren Mantel aus, faltete ihn und legte ihn ans Fußende des Bettes. »Maxwell Fennel hat zwei Psychiater aufgetan, die schwören, dass Haden Stowe verrückt ist.«

»Verstehe. Das bedeutet wohl, dass er wahrscheinlich nicht ins Gefängnis kommt.«

»Ja, wenn der vom Gericht berufene Psychiater zustimmt. Wenn nicht, könnte sich die Sache noch eine Weile hinziehen.«

»Wie nehmen Dallas und Jacob diese neueste Wendung der Ereignisse auf?«

Jazzy knirschte mit den Zähnen und verzog das Gesicht. »Sie halten ihn nicht für einen Spinner. Sie glauben, dass er nur so tut. Die beiden würden Reverend Stowe am liebsten eigenhändig in Stücke reißen.«

»Keiner von ihnen will mir etwas über die Mordfälle erzählen«, sagte Genny. »Und sie haben dafür gesorgt, dass ich keine Lokalnachrichten zu sehen bekomme. Würdest du mir bitte sagen, ob es neue Entwicklungen gegeben hat?«

»Du willst wissen, ob er das vierte Opfer getötet hat, ja?«

»Da wir alle zu neunundneunzig Prozent sicher sind, dass ich sein auserwähltes fünftes Opfer bin, ja. Ich würde gern wissen, ob ich jetzt als Nächste an der Reihe bin.«

»Bisher hat es keinen Mord mehr gegeben.« Jazzy setzte sich auf die Bettkante und drückte Gennys Hand. »Und nachdem du das jetzt weißt, lass uns von etwas anderem sprechen.«

»Danke, dass du mir wenigstens so viel gesagt hast.« Genny musste zugeben, dass sie, Tag für Tag im Krankenbett und auf die Hilfe anderer angewiesen, viel zu viel Zeit zum Nachdenken hatte. Und zur Sorge. »Und, wie macht sich der neue Rausschmeißer? Hat er Jamie wieder in den Hintern getreten?«

»Mein Leben läuft gerade prima, bis auf die Tatsache, dass sich meine beste Freundin hat anschießen lassen. Was den neuen Rausschmeißer betrifft – der macht sich ganz gut. Niemand hat auch nur versucht, ihm Ärger zu bereiten.« Jazzy grinste. »Nicht mal Jamie.«

»Das ist gut.«

»Ja.« Jazzy schaute auf ihre Armbanduhr.

»Du musst wirklich nicht so lange bei mir bleiben, bis Dallas kommt. Ich komme ganz gut alleine klar. Schließlich steht da draußen die ganze Zeit ein Deputy.«

»Ich gehe nirgendwohin, bis Dallas um acht Uhr hier ist.«

»Lächerlich, dass er meint, die ganze Nacht bleiben zu müssen. Jede Nacht.«

»Lass den Kerl doch machen, was er will.« Jazzy stand auf, durchquerte den Raum und zog einen Stuhl neben das Bett. »Glaub mir, er schläft hier besser eingerollt auf einem Stuhl, als drüben in seiner Hütte. Schätzchen, der Mann ist so wahnsinnig in dich verliebt, dass er nicht geradeaus gucken kann.«

»Und ich bin auch wahnsinnig in ihn verliebt.« Genny drückte ihren Hinterkopf tiefer ins Kissen, schloss die Augen und lächelte.

»Möchtest du *Die große Liebe meines Lebens* ansehen? Der läuft im Filmkanal um halb sieben.« Jazzy tippte auf das Glas ihrer klobigen Silberuhr. »In fünf Minuten fängt er an.«

»Klingt gut.« Im Lauf der Jahre hatte sich Genny mit ihrer besten Freundin so manchen alten Film angesehen. Jazzy hatte unter anderem eine Leidenschaft für klassische Filme. Besonders für Romanzen.

Jazzy schaltete den Fernseher ein, streifte ihre Schuhe von den Füßen und ließ sich auf den Stuhl fallen. Genny entspannte sich und wartete auf den Beginn des Films. Sie plauderten noch eine Weile, doch sobald Cary Grant auf dem Bildschirm erschien, sagte Jazzy kein Wort mehr.

Ungefähr nach einer Stunde wurde Genny schläfrig. Sie gab sich große Mühe, gegen ihre Benommenheit anzukämpfen, konnte letzten Endes aber nicht widerstehen. Sie schloss die Augen.

Dunkle, wirbelnde Nebel tauchten in ihrem Kopf auf. Tiefer, scharlachroter Dunst wurde immer dunkler, bis schwarze Wolken den Nebel vertrieben. Eine Frau weinte und flehte um Gnade. Sie wollte nicht sterben. Tränen rannen über ihr Gesicht. Genny sah die Silhouette eines Gesichts, das von einer Art Schleier verhüllt wurde. Sie versuchte das Gesicht zu erkennen, doch irgendetwas hielt den Schleier an Ort und Stelle.

Sie vernahm die Gedanken der Frau. *Hilf mir! Oh Göttlicher Luzifer, ich bin deine ergebene Dienerin. Lass mich nicht im Stich.*

Esther Stowe!

Genny musste das Gesicht nicht sehen, um zu wissen, wer die Frau war. Warum hatte sie eine Vision von Esther? Ob Esther tatsächlich das vierte Opfer des Mörders wurde? Konnte Genny ihren beeinträchtigten Sinnen trauen?

Krieg einen klaren Kopf, sagte sich Genny. *Konzentrier dich nicht auf Esther. Du hast versucht, dich auf Misty Harte zu konzentrieren, aber das führte dich nicht rechtzeitig zu ihr, um ihr zu helfen. Du weißt, mit wem du Kontakt aufnehmen musst. Wenn du in seinen Kopf kommst, besteht die Möglichkeit, dass du Esther und dich selbst retten kannst.*

Die Dunkelheit kehrte zurück, aber dies war ein anderes Reich der Finsternis. Noch böser. Und die Präsenz, die sie spürte, war viel teuflischer. Er war so gottlos und pervers wie der Teufel, den Esther zu beschwören versucht hatte.

Wer bist du?, fragte Genny.

Genevieve Madoc, bist du das?

Sie hatte die Verbindung hergestellt! Der Himmel stehe ihr bei.

Ich habe mich gefragt, wie lange du wohl brauchen würdest, um mich zu besuchen, sagte er, doch Genny erkannte seine Stimme nicht, denn er sprach stimmlos mit ihr. Geist zu Geist. Gedankliche Schwingungen.

Hast du Esther Stowe jetzt bei dir?, fragte Genny.

Das willst du mich eigentlich nicht fragen, oder?

Wirst du Esther umbringen? Wird sie dein viertes Opfer sein?

Morgen bei Tagesanbruch wird sie geopfert. Und dann hole ich dich.

Angst nagte an Gennys Verstand wie eine ätzende Säure. Und diese Angst unterbrach die Verbindung zum Geist des Mörders.

Genny schrie auf: »Nein, nein. Komm zurück.«

Plötzlich packten starke Arme Genny und hielten sie fest. Irgendwo außerhalb ihrer selbst, in einer Wirklichkeit, die weit entfernt war vom inneren Kampf, der sie quälte, hörte sie Menschen sprechen.

»Was zum Teufel ist passiert?«, fragte Dallas mit wütender Stimme.

»Das weiß ich nicht«, erwiderte Jazzy. »Sie ist eingeschlafen, während wir uns den Film angeschaut haben. Ich dachte, sie würde sich ausruhen, bis sie anfing, sich zu drehen und zu winden und vor sich hin zu murmeln. Ich habe versucht, sie zu wecken, aber sie hat nicht reagiert.«

Dallas schüttelte Genny ganz sanft. »Genny, Schatz, wach auf. Hörst du mich? Komm sofort wieder zu mir zurück.«

Gennys Augenlider flatterten. Sie gab sich große Mühe, die Tiefen ihres Unterbewusstseins zu verlassen, doch irgendetwas hielt sie dort fest.

»Holen Sie eine Krankenschwester«, forderte Dallas.

»Sie braucht keine Schwester«, sagte Jazzy. »Ich habe sie schon so erlebt. Schon oft. Sie hat ein Problem, in die Wirklichkeit zurückzukehren, ins echte Bewusstsein. Sprechen Sie weiter mit ihr.«

Jazzy ging auf die andere Seite des Bettes, setzte sich und begann, Gennys Wangen zu tätscheln. »Mach die Augen auf. Ich weiß, es ist nicht leicht, aber du kannst es. Komm schon. Arbeite daran. Hör auf meine Stimme und auf Dallas' Stimme.«

»Genny, du musst zu mir zurückkommen«, bat Dallas. »Jazzy hat recht. Du kannst es.«

Sie spürte Jazzys Hände auf ihrem Gesicht, vernahm ihre Stimmen, empfand ihre Besorgnis. Ihr war, als würde sie in einem Teich aus Dunkelheit ertrinken, und je stärker sie versuchte, wieder an die Oberfläche zu gelangen, desto mächtiger wurde die stygische Kraft, die sie immer tiefer in einen furchterregenden Abgrund zog.

Dallas, bitte hilf mir. Hol mich aus dieser Dunkelheit heraus. Ich schaffe es nicht allein. Sie spürte seine Kraft und begriff, wie verzweifelt sie ihrer bedurfte. Wenn er sich mit ihr verband, konnte sie die Macht in sich aufnehmen, die ihn durchflutete, und sich befreien.

Sie spürte seine Überraschung darüber, dass er sie hören konnte. *Genny, du musst die Augen öffnen und mich ansehen.* Durch diese stumme Kommunikation erreichten Dallas' Gedanken ihr Unterbewusstsein. *Ich warte hier auf dich, und ich werde dich nicht allein lassen. Was immer dich dort festhält, ist nicht so stark wie wir. Gemeinsam können wir jeden Feind bekämpfen und besiegen. Verlass die Dunkelheit und komm ins Licht.*

Sobald sie reagierte, verband er sich wieder telepathisch mit ihr. Seine Gedanken und Gefühle umgaben sie. Beschützten sie. Gemeinsam kämpften sie gegen die Dunkelheit an.

Gennys Augenlider flatterten erneut, und diesmal öffneten sie sich ein wenig. Sie blinzelte ein paar Mal. Dann, nach mehreren Versuchen, gelang es ihr, die Augen ganz aufzuschlagen, und sie sah zwei besorgte Gesichter vor sich.

»Gott sei Dank.« Jazzy umarmte Genny. »Du hast uns zu Tode erschreckt.«

Genny schaute Dallas in die Augen. »Esther«, sagte sie mit kaum hörbarer Stimme. Sie räusperte sich, legte ihre Hand auf Dallas' Hand, die auf ihrer Schulter ruhte. »Er hat Esther Stowe. Er – er wird sie im Morgengrauen umbringen.«

»Bist du in seinen Kopf eingedrungen?«, fragte Dallas.

Genny nickte.

»Verdammt, ich dachte, du hättest uns versprochen, nicht …«

»Sei nicht böse.« Tränen füllten Gennys Augen.

Dallas rieb zärtlich Gennys Schultern. »Weine nicht. Bitte, weine nicht. Ich bin nicht wütend, nur besorgt.«

»Er hat mir gesagt, nachdem er Esther getötet hat, holt er mich.«

Dallas stieß kaum hörbar eine Reihe Flüche aus. Er sprang von der Bettkante und stürmte aus dem Zimmer.

»Dallas?«, rief Genny.

Jazzy nahm Gennys Hand. »Beruhige dich. Er ist nur in den Flur rausgegangen, um sich abzukühlen. Du musst verstehen, wie frustrierend es für ihn und für Jacob ist, dich in Gefahr zu wissen und den Mörder, der dich bedroht, nicht ergreifen zu können.«

»Ich muss ihnen helfen, Esther zu finden.« Genny schlug das Laken und die leichte Decke zurück und versuchte sich aufzusetzen.

»Was bildest du dir ein? Wage ja nicht, aus dem Bett zu steigen.«

»Geh und hol Dallas. Sag ihm, ich möchte versuchen, mich wieder mit dem Mörder zu verbinden. Und vielleicht kann ich ihn ja verorten, wenn …«

»Ich werde Dallas nichts dergleichen sagen. Der rastet aus.«

Beim zweiten Versuch gelang es Genny, sich im Bett aufzusetzen, dann drehte sich sich um und ließ die Beine über die Bettkante hängen.

Jazzy eilte aus dem Zimmer, um Dallas zu holen. Gut. Genny musste ihnen begreiflich machen, dass Esther das vierte Opfer würde, falls sie die Frau des Geistlichen nicht vor Tagesanbruch fanden.

Kaum stand Genny auf den Beinen, stürzte Dallas ins Zimmer. Bevor sie in ihre Hausschuhe schlüpfen konnte, hob er sie hoch und legte sie wieder ins Bett.

»Rühr dich nicht vom Fleck.« Er drohte ihr mit dem Zeigefinger.

»Ich möchte das Krankenhaus verlassen. Sofort«, sagte Genny. »Ich glaube, ich kann Esther finden. Ich spüre, dass sie hier in Cherokee Pointe ist. Irgendwo in der Stadt.«

»Du bist nicht kräftig genug, um irgendwohin zu gehen«, sagte Dallas.

»Dr. Rawlins hat vor, mich morgen Nachmittag zu entlassen. Was macht es da schon, wenn ich …«

»Du bist gerade knapp dem Tode entronnen.« Jazzy setzte sich ans Fußende des Bettes und schaute Genny flehend an. »Du hast dich kaum von deiner Schusswunde erholt. Und um alles noch schlimmer zu machen, bist du von einem weiteren Besuch im La-la-Land fix und fertig. Dallas hat recht – du bist nicht kräftig genug, um dich auf eine hellseherische Suche nach Esther Stowe zu begeben.«

Genny schaute von Jazzy zu Dallas. Sie würden nicht zulassen, dass sie das Krankenhaus verließ. Na gut. Sie wusste, was sie zu tun hatte. Genny legte sich hin, schloss die Augen und legte ihre Hände auf den Bauch.

»Verdammt, sie bereitet sich darauf vor, wieder runter zu gehen«, rief Jazzy.

Dallas packte Genny und schüttelte sie sanft. Wiederholt rief er ihren Namen. Sie antwortete nicht. Dann versuchte er, telepathisch mit ihr zu sprechen, aber sie wollte nicht reagieren. Sie schloss ihn aus.

Genny wusste, dass es schwieriger werden würde, Esther zu lokalisieren, wenn sie hier an Ort und Stelle bliebe. Da sie nicht beweglich war, würde sie nicht imstande sein, sich immer näher an den Ort vorzufühlen, an dem der Mörder sein nächstes Opfer gefangen hielt. Es wäre schwieriger, aber sie konnte Esther verorten, ohne das Krankenhaus zu verlassen. Das war die einzige Möglichkeit, das Leben der Frau zu retten.

Genny richtete ihre Gedanken auf Esther. Jede Faser ihres Seins konzentrierte sich darauf, die Frau zu lokalisieren. Dunkelheit umwirbelte sie, teilte sich und hinterließ kalte, graue Schatten. *Wo bist du, Esther? Wo bist du?*

Keine Antwort.

Genny versuchte weiter, die Verbindung herzustellen. Die Macht in ihr hatte Mühe, sich zu regenerieren, doch Genny wurde bald klar, dass ihre Macht erschöpft war. Sie war körperlich verletzt worden, hatte eine Operation hinter sich und an diesem Abend ihre hellseherische Kraft benutzt, um sich mit dem Mörder zu verbinden. Das alles hatte ihre psychischen Kräfte verbraucht.

Gefühlswallungen setzten sich in ihrer Kehle fest. Tränen rannen aus ihren Augen. Sie hob die Hand und wischte die Nässe von ihren Wangen.

»Sie weint«, sagte Jazzy.

»Genny?« Dallas fuhr ihr mit der Hand über die feuchte Wange.

Sie schlug die Augen auf und schaute ihn mit verschwommenem Blick an. »Sag Jacob das mit Esther. Und erzähl ihm, dass ich ihm nicht helfen kann. Ich bin viel zu schwach, um zu …« Ihre Stimme versagte. Schwäche übermannte sie.

»Gott sei Dank.« Jazzy schaute Dallas an. »Rufen Sie Jacob an, und treffen Sie sich mit ihm. Sehen Sie zu, was Sie tun können, um Esther Stowe zu finden. Ich werde hier bei Genny bleiben.«

»Sie wird sich doch wieder erholen, oder?«

Jazzy nickte. »Wenn sie eine Nacht lang durchgeschlafen hat, dürfte es ihr wieder gut gehen.«

Als Genny klar wurde, dass Dallas ging, versuchte sie ihn zu rufen, doch sie konnte nicht einmal den Mund öffnen. Die Augenlider wurden ihr schwer und fielen zu, ob sie es wollte oder nicht.

Der Schlaf forderte sein Recht für die Nacht.

26

Dallas wusste es zu schätzen, dass Jacob keine Skrupel hatte, ihn an der Befragung der drei Verdächtigen teilnehmen zu lassen, die ihre Liste anführten: Carson, Pierpont und Upton. Wenn sich herausstellte, dass auch nur einer der drei an diesem Abend nicht da war, könnten sie die Liste auf einen Verdächtigen reduzieren. Und wenn sie alle drei antrafen, gab es zwei Möglichkeiten – entweder hatte der Mörder Esther versteckt und würde gegen Morgen dorthin zurückkehren, oder ein anderer als einer der drei war der Mörder. Und gnade ihnen Gott, wenn Letzteres der Fall war, denn dann würden sie ganz von vorn anfangen müssen.

Dallas stand neben Jacob, als der bei den Uptons klingelte. Die Haushälterin kam in Morgenmantel und Hausschuhen an die Tür.

Als sie Jacob erkannte, schnappte sie nach Luft. »Herr im Himmel, was ist los, Sheriff Butler?«

»Nichts, Dori«, antwortete Jacob. »Zumindest hoffen wir das. Aber wir müssen Mr Jamie sprechen. Würden Sie ihm bitte ausrichten, dass der Sheriff ein paar Worte mit ihm wechseln möchte?«

»Du liebe Güte, wissen Sie, wie spät es ist?« Sie bedachte Jacob mit einem strengen Blick.

»Erst kurz nach zehn«, antwortete Jacob.

»Ich bin mir nicht einmal sicher, ob Mr Jamie hier ist. Er ist dauernd unterwegs, seit er nach Hause gekommen ist. Aber ich werde nachsehen, also kommen Sie ruhig rein. Sie können gleich hier im Vorraum warten.«

Jacob nahm seinen Stetson ab, als er ins Haus trat. »Danke.«

Bevor Dori die Treppe erreichte, kam Big Jim Upton aus seinem Arbeitszimmer. »Was zum Teufel geht hier vor?« Er schaute von Jacob zu Dallas. »Warten Sie, Dori.«

Die Haushälterin blieb sofort stehen.

»Gehen Sie wieder zu Bett«, sagte Jim. »Ich werde mit Sheriff Butler sprechen.«

»Wir müssen mit Jamie reden«, sagte Jacob.

»Der Junge ist unpässlich«, erwiderte Jim. »Kann sein, dass er eine leichte Lebensmittelvergiftung hat.«

»Tut mir leid, das zu hören, aber ich muss nur ein paar Minuten mit ihm sprechen.«

»Worüber?«

Jacob schnaubte.

Dallas fragte sich, wie die Chancen wohl standen, dass Jamie Upton tatsächlich oben war und sich nach Erbrechen und Durchfall erholte, oder ob er, wie Dori es formuliert hatte, unterwegs war.

»Eine weitere Frau wird vermisst«, erklärte Jacob. »Wenn Jamie hier ist, werden wir wissen, dass er sie wahrscheinlich nicht entführt hat.«

Jim Upton kniff die Augen zusammen und sah Jacob wütend an. »Kommen Sie. Sie können zu ihm reinschauen, aber mehr nicht. Kein einziges verdammtes Wort. Haben Sie verstanden? Sie behelligen den Jungen, während er krank ist, und ich werde Sie wegen polizeilichen Übergriffs belangen.«

Fünf Minuten später stiegen Jacob und Dallas wieder in Jacobs Pick-up und machten sich auf den Weg zu Dillon Carsons Wohnung.

»Tja, wenn es Jamie Upton nicht schlecht war, verdient er einen Oscar für seine Vorstellung«, sagte Dallas.

»Er könnte es trotzdem sein. Er könnte Esther Stowe heute irgendwann entführt und irgendwo versteckt haben und dann krank geworden sein.«

»Möglich ist alles.«

Jacob gab Gas, und der Pick-up sauste auf der praktisch leeren Straße zurück in die Stadt. Als sie Cherokee Pointe erreichten, fuhren sie direkt zu Dillon Carson. Jacob bog auf den Parkplatz des Hauses ein, in dem Carson wohnte, schaltete den Motor ab und stieg aus. Dallas folgte ihm die Treppe hinauf, dann durch einen schwach erleuchteten Flur bis zur Tür ihres nächsten Verdächtigen.

Jacob klingelte. Keine Reaktion. Er klingelte noch einmal. Sie warteten. Nichts. Dallas schaute Jacob an, der den Kopf schüttelte.

»Er könnte in Jazzy's Joint sein«, sagte Jacob. »Ich glaube, da ist er fast jeden Abend.«

»Soll ich da anrufen und nachfragen?«, erbot sich Dallas.

Jacob drückte noch einmal auf die Klingel. »Ja, können Sie machen. Offensichtlich ist er nicht hier.«

Gerade als sie aufbrechen wollten, wurde die Tür aufgerissen, und eine halb nackte Frau, nur mit einem Stringbody bekleidet, der nichts der Fantasie überließ, fragte: »Was wollen Sie?« Sie lallte ein wenig und schaute die beiden ziemlich benommen an.

Jacob und Dallas versuchten, nicht auf ihre großen Brüste oder das schwarze Dreieck aus lockigem Haar zwischen ihren Schenkeln zu schauen. Praktisch gleichzeitig schluckten sie und räusperten sich. Die großbrüstige, offensichtlich betrunkene Brünette schwankte im Türrahmen vor und zurück.

»Wir sind hier, um mit Dillon Carson zu sprechen«, sagte Jacob.

»Der hat zu tun.« Kichernd legte sie den Finger an die Lippen. »Muss schlafen. Ich hab den Ärmsten fertiggemacht.«

»Demnach ist er hier, in seinem Schlafzimmer?«

»Er ist nicht im Schlafzimmer.« Sie riss die Tür ganz auf und zeigte auf das Sofa. »Er ist gleich da drüben.«

Dillon Carson lag mit Kopf und Oberkörper auf dem Boden, und seine Hüften waren an die Vorderseite des Sofas gestützt. Er hatte die Beine gespreizt, ein Fuß lag auf einem Polster, der andere darunter. Er war splitternackt.

»Wie lange sind Sie schon bei ihm?«, fragte Jacob.

»Weiß nicht. Ein paar Stunden … vielleicht«, sagte sie. »Wir haben uns drüben in Jazzy's Joint kennengelernt, ein bisschen zusammen getrunken und sind dann hierhergekommen.«

Während Jacob mit der Frau sprach, ging Dallas durch das Wohnzimmer und untersuchte Carson. Er hob den Arm des Mannes an. Als er losließ, fiel der Arm wie ein Bleigewicht zu Boden.

»Der ist hinüber«, stellte Dallas fest.

»Entschuldigen Sie die Störung, Ma'am.« Jacob tippte an seinen Stetson.

Dallas nickte ihr zu und folgte Jacob. Keiner von beiden sagte ein Wort, bis sie an den Pick-up kamen. Dallas blieb stehen und warf Jacob über die Motorhaube hinweg einen Blick zu.

»Wir treffen ins Leere«, sagte Dallas.

»Noch ein Schlag, und wir sind draußen.« Jacob runzelte die Stirn. »Pierpont wohnt nicht weit von hier. Er hat eine Wohnung über seinem Antiquitätengeschäft.«

»Dann nichts wie hin.« Sobald Jacob den Pick-up aufschloss, stieg Dallas ein. »Fahren Sie, ich werde Chief Watson anrufen und mich von der Sondereinheit auf den neuesten Stand bringen lassen. Da immerhin ein Dutzend Männer die Stadt nach Esther durchsuchen, ist vielleicht einer auf eine Spur gestoßen.«

Kurz darauf parkte Jacob vor dem Antiquitätengeschäft. Er ließ den Motor laufen, damit Dallas es warm hatte, während er seine Unterhaltung mit Chief Watson beendete. Verdammt. Jacob hatte recht gehabt, was den Kerl anging – er war ein Idiot. Statt im Polizeirevier zu sein und die Ermittlungen von dort aus zu leiten, war Watson zu Hause und schaute sich ein Baseballspiel im Fernsehen an.

»Hab kein Wort gehört«, sagte Watson. »Daher nehme ich an, dass niemand etwas über den Aufenthaltsort dieser Stowe herausbekommen hat. Hatten Sie und Jacob Glück?«

»Bisher noch nicht. Verzeihen Sie, wenn ich Sie beim Spiel gestört habe.« Dallas drückte auf den Ausknopf an seinem Handy.

»Spiel?« Jacob zog die Augenbrauen hoch. »Lassen Sie mich raten – er sitzt zu Hause vor dem Fernseher.«

»Ein abgerichteter Orang-Utan würde einen besseren Polizeichef abgeben.«

»Je drüber nachgedacht, den Beruf zu wechseln, in eine kleine Stadt zu ziehen und sich mit einer guten Frau niederzulassen?«, fragte Jacob, als er den Motor abstellte.

»Seitdem ich Genny kennengelernt habe, kamen mir eine Menge komischer Ideen«, gab Dallas zu. »Ich glaube nicht, dass sie Cherokee County verlassen will.«

»Wohl kaum. Von diesen Bergen hier holt sie niemand weg.«

»Sie meinen also, die Stelle des Chiefs wird irgendwann in nächster Zeit frei?« Dallas öffnete die Tür des Pick-up.

Beide stiegen aus. »So, wie er seinen Teil der Mordermittlungen verbockt hat, glaube ich, dass nicht einmal Big Jim Upton ihm helfen kann, seinen Job zu behalten. Ich würde sagen, es wird bald eine Ausschreibung für einen neuen Polizeichef geben.«

Wieder ging Jacob voran, Dallas folgte. Die Wohnung im ersten Stock erreichte man über einen langen, schmalen Gang, der hinter einer Außentür zwischen dem Antiquitätengeschäft und den Anwaltsbüros nebenan verborgen war. Dallas wartete ein paar Stufen unterhalb der Wohnungstür, da auf dem schmalen Treppenabsatz kaum genug Platz für Jacob war.

»Ich kann nirgends eine Klingel entdecken, aber hier oben ist es so verdammt dunkel. Ich erkenne kaum die Hand vor Augen.« Jacob hob die Hand und klopfte laut an.

Stille.

Jacob klopfte noch einmal. Lauter und länger.

Keine Reaktion.

Vielleicht war Pierpont ja ihr Mann. Vielleicht hatte er Esther Stowe gerade jetzt gefesselt und geknebelt in seinem Schlafzimmer. Oder er hatte sie womöglich schon zum Altar gebracht.

Jacob versuchte es ein drittes Mal. Nichts. Dann, als sie sich gerade umdrehten und die Treppe hinuntergehen wollten, vernahmen sie Schritte. Die Tür öffnete sich quietschend, und ein Deckenlicht ging an.

Ein triefäugiger Royce Pierpont fragte: »Wer ist da?«

»Royce, ich bin's, Sheriff Butler.«

»Jacob, was ist los? Ist Genny irgendetwas zugestoßen?«

Dallas rührte sich nicht vom Fleck, während Jacob wieder hinauf zu Pierpont ging, der im Türrahmen wartete.

»Genny geht es gut. Aber Esther Stowe wird vermisst, und Genny ist sich sicher, dass Esther das nächste Opfer sein wird.«

»Warum kommen Sie dann zu mir?« Pierpont schnappte nach Luft und umklammerte die Aufschläge seines seidenen Morgenmantels. »Mein Gott, Sie verdächtigen mich noch immer als Mörder, nicht wahr?«

»Wir sehen nur in der Stadt nach«, erwiderte Jacob. »Wir müssen alles tun, was wir können, um Esther zu finden.«

»Ja, ja, natürlich.« Pierpont nickte. »Verstehe. Wenn es Sie erleichtert, kommen Sie ruhig herein und durchsuchen meine Wohnung. Ich versichere Ihnen, dass Esther nicht hier ist.«

Jacob zögerte einen Moment. Dallas räusperte sich und sagte: »Gehen Sie nur und schauen Sie nach. Ich warte hier auf Sie.«

»Ja, ja, kommen Sie rein.« Pierpont machte eine einladende Handbewegung. »Entschuldigen Sie, dass ich so lange gebraucht habe, an die Tür zu kommen. Ich habe in letzter Zeit nicht gut geschlafen. Seitdem Genny angeschossen wurde. Schließlich habe ich meinem dringenden Bedürfnis nachgegeben und vor einer Stunde eine Schlaftablette genommen.«

»Ja, schon gut.« Jacob betrat die Wohnung.

Dallas wartete. Er hörte Pierponts unablässiges Geplauder, während er Jacob auf seiner Inspektionsrunde von Raum zu Raum folgte. Jacob kam nach drei Minuten wieder, wünschte eine gute Nacht und bedeutete Dallas, die Treppe hinunterzugehen. Pierpont ließ höflich das Licht für sie brennen.

»Und wohin gehen wir jetzt?«, fragte Jacob.

»Wir schließen uns der Sondereinheit an und beten, dass wir Esther vor Tagesanbruch finden.« Dallas blieb auf dem Bürgersteig vor dem Antiquitätengeschäft stehen. »Lassen Sie Pierpont, Carson und Upton bis zum Morgen beschatten. Wenn sich einer von ihnen zu einer mitternächtlichen Fahrt entschließt, wollen wir das erfahren.«

Butler und Sloan hatten ihn in Verdacht, aber er war nicht der Einzige. Sie hatten auch noch andere auf ihrer Liste. Beide Männer waren klug, aber er war schlauer. Am Ende würde er sie alle austricksen. Jetzt, da die beiden Polizisten ihm einen Besuch abgestattet hatten und er ein paar Stunden hatten verstreichen lassen, wusste er, was er zu tun hatte. Er hatte nie ein Opfer in der Nähe seines Wohnortes getötet, aber in diesem Fall würde ihm nichts anderes übrig bleiben. Esther war im Keller, gefesselt, geknebelt, sediert, und wartete auf seine Rückkehr. Er wagte nicht, sie zu verlegen. Wenn Butler so schlau war, wie er glaubte, würde er Wachhunde ausschicken, die seine drei Hauptverdächtigen im Auge behielten. Da das wahrscheinlich der Fall war, blieb ihm keine andere Wahl, als Esther im Keller zu opfern. Das Morgenlicht könnte er durch die beiden kleinen Oberlichter in dem Bereich sehen, in dem er den Altar aufgestellt hatte.

Vielleicht dauerte es Wochen, wenn nicht sogar Monate, bis man Esthers Leiche im Keller entdecken würde. Dann wäre es einerlei. Bis dahin wäre er unbesiegbar, mächtiger noch als in seinen wildesten Träumen. Sobald er Genevieve Madocs Herz herausgeschnitten und verschlungen hätte, würden ihre Kräfte ihm gehören. Niemand auf dieser Erde wäre ihm gleich. Nur göttliche Geister wären seiner ebenbürtig.

Du wärst so stolz auf mich, Mutter. Dein böser, böser kleiner Junge wird das mächtigste Geschöpf der Welt. Wenn du doch noch leben würdest, um diesen ruhmreichen Tag zu sehen.

Genny schrie. Jazzy sprang von ihrem Stuhl, auf dem sie geschlafen hatte, und eilte an Gennys Seite. Sie lag mit geschlossenen Augen da, ihr Körper starr wie ein Schürhaken. Und sie hörte nicht auf zu schreien. Eine pummelige, blonde Krankenschwester stürmte ins Zimmer und versuchte Genny zu wecken, aber ohne Erfolg. Die Schreie weckten alle auf dem Flur. Gegen Jazzys Protest verabreichte die Krankenschwester Genny eine Spritze.

»Nur ein Sedativum, um sie zu beruhigen«, erläuterte die Schwester.

»Sie braucht kein Sedativum, verdammt«, sagte Jazzy. »Sie muss wach werden.«

Die Schreie dauerten noch ein paar Minuten an, dann begann Genny zu weinen und zu stöhnen. Sie warf sich im Bett hin und her, als würde sie gegen einen Dämonen ankämpfen.

»So etwas habe ich noch nie gesehen«, sagte die junge Krankenschwester.

»Ich schon«, murmelte Jazzy.

»Ich werde Dr. Rawlins anrufen.«

»Er wird ihr nicht helfen können.«

Jazzy setzte sich auf das Bett, packte Genny an den Schultern und hielt sie fest, als sie sich wehrte. »Komm zurück, Genny. Du bist zu tief drin. Wo immer du bist, da ist es gefährlich für dich. Lass ihn nicht gewinnen. Wage ja nicht, ihn gewinnen zu lassen!«

Genny setzte sich noch eine Weile zur Wehr, dann wurde sie ruhig und begann, normal zu atmen. Ihre Augenlider flatterten und öffneten sich.

»Ruf Jacob an«, flüsterte Genny. »Er hat Esther schon umgebracht. Ich konnte sie deutlich erkennen. Sie lag auf einer verschlissenen Chaiselongue. Und das Schwert … das Schwert schnitt durch ihr Fleisch. Blut. So viel Blut.«

Jazzy warf einen Blick auf die geschlossenen Jalousien in Gennys Zimmer. Sie trat ans Fenster und öffnete sie. Der schwache, rosafarbene Schimmer des Morgenlichts erhellte den dunklen Himmel.

27

Er hatte gewartet, bis der Polizist, der sein Haus beobachtete, um sieben Uhr wegfuhr. Offensichtlich hatte er die Anweisung gehabt, bis weit nach Tagesanbruch zu bleiben. Niemand, weder der Polizist, der die ganze Nacht Wache gehalten hatte, noch der Sheriff oder der Suchtrupp wusste, dass er Esther Stowe bereits geopfert hatte, unten im Keller. Alles war nach Plan gelaufen. Er bedauerte nur, dass er nicht gewagt hatte, Esther schreien zu lassen. Jemand hätte sie hören können.

Er behielt Mantel und Hut an und hatte einen Schal um die untere Gesichtshälfte geschlungen, als er das Krankenhaus durch die Notaufnahme betrat. Anfang der Woche hatte er sich die Zeit genommen, die Eingänge zu überprüfen, festzustellen, wo die Wachen aufgestellt waren, und nachzusehen, welche Türen nachts geschlossen waren und wann genau sie am Morgen geöffnet wurden. Der einzige Zugang, der vierundzwanzig Stunden am Tag offen stand, waren die automatischen Doppeltüren, die von der Auffahrt für Rettungswagen in den Warteraum der Notaufnahme führten.

Im Wartezimmer hielten sich nur zwei Menschen auf, aber beide beachteten ihn kaum, als er vorbei ging, um in den langen Flur zu den Aufzügen zu gelangen. Er schaute auf seine Armbanduhr. Er musste zu Gennys Zimmer kommen und sie aus dem Krankenhaus holen, bevor Dallas Sloan zum Frühstück eintraf. Vielleicht würde Sloan ja an diesem Morgen nicht auftauchen, da sich der FBI-Agent wahrscheinlich der Sondereinheit angeschlossen hatte, die auf der Suche nach Esther Stowe war. Sie würden sie natürlich nicht finden. Wenigstens nicht so bald.

Er hielt die Augen auf; es wäre nicht gut für ihn, wenn er

jemandem über den Weg liefe, den er kannte. Natürlich könnte er, falls notwendig, einfach behaupten, er sei vorbeigekommen, um Genny zu besuchen. Schließlich wäre das keine Lüge. Er war ja wirklich hier, um sie zu sehen. Zu sehen, zu betäuben und mitzunehmen.

Nachdem er den Aufzug betreten und festgestellt hatte, dass er allein war, drückte er lächelnd auf den Knopf nach oben. So weit, so gut. Mit ein wenig Glück würde sein Plan aufgehen. Als er im Obergeschoss ankam, ging er direkt zu dem Lagerraum, auf den er gestoßen war, als er sich auf Gennys Station umgesehen hatte. Er schloss die Tür hinter sich und knipste das Licht an. Er setzte den Hut ab, zog Schal und Mantel aus, legte alles fein säuberlich zusammen und stopfte es in den Abfalleimer. Dann zog er seine Hose aus und legte sie dazu. Mit beiden Händen rückte die Perücke gerade.

Schade, dass hier drinnen kein Spiegel ist, dachte er. Er hätte wirklich gern seine Schwesterntracht überprüft, um sicherzugehen, dass er richtig aussah. Doch er hatte sein Kostüm ebenso akribisch zusammengestellt, wie er alles andere ausführte. Und er hatte sein Make-up sorgfältig aufgetragen. Lippenstift, Rouge und Lidschatten. Zum Glück würde niemand argwöhnen, dass er keine Frau war, nicht bei seinem hübschen Gesicht. Mutter hatte immer gesagt, er sei zu hübsch für einen Jungen.

Schnell, schnell, sagte er sich. Die Zeit rennt. Zum Glück begegnete er keinen Krankenschwestern, als er durch den Flur ging. Aus den Augenwinkeln nahm er eine Angestellte aus der Cafeteria wahr, die den fünfstöckigen Frühstückswagen aus dem Aufzug rollte. Die junge Frau hielt den Wagen kurz vor dem Schwesternzimmer an, ging hinein und begann, mit der Stationsschwester zu sprechen.

Er schlich hinter den Wagen, nahm ein Tablett aus dem oberen Fach und machte sich auf den Weg zu Gennys Zimmer, im Stillen vor sich hin pfeifend. Er erkannte den Wachhabenden vor ihrer Tür.

»Guten Morgen, Deputy Willingham«, sagte er in seiner besten Altstimme. Er konnte die Stimme seiner Mutter so gut nachahmen, dass er manchmal selbst erschrak, wenn er den Klang vernahm.

»Morgen«, erwiderte der Deputy.

»Darf ich Genny das Früstück hineinbringen?«

»Klar, nur zu.«

Er schlüpfte an dem dummen Deputy vorbei. Der Mann hatte sich nicht die Mühe gemacht zu fragen, warum Gennys Frühstück vorzeitig kam, er hatte nicht einmal bemerkt, dass sonst noch niemand auf der Station ein Tablett bekommen hatte. Und Gennys Zimmer lag fast am Ende des Gangs, daher hätte sie eine der letzten Patientinnen sein sollen, die bedient wurden.

Als er Gennys Zimmer betrat, hielt er den Kopf gesenkt. Er musste schnell vorgehen, wenn sein Plan reibungslos funktionieren sollte. Scharfsinnig wie sie war, könnte Genny seine wahre Identität erfassen, daher war es am besten, wenn sie sein Gesicht nicht aus der Nähe sah, bevor er sie überwältigte. Später hätte er noch Zeit genug, sich zu offenbaren.

Er warf einen Blick auf das Bett. Leer. Plötzlich hörte er Wasser im Bad laufen. Er stellte das Tablett auf den Rolltisch und holte eine der beiden Subkutanspritzen aus seiner Tasche. Er schnipste die Plastikhülle ab, um die Nadel freizulegen, und öffnete ganz leise die Tür. Deputy Willingham stand mit dem Rücken zur Tür.

Danke für die gute Mitarbeit.

Er schlich hinter den Deputy und schob die Nadel durch die Hose in seine Pobacke. Willingham schrie auf und griff sich an den Hintern, doch bevor er mehr unternehmen konnte, als über seine Schulter zu schauen, brach er auf dem Boden zusammen. Er packte den Mann an den Schultern und schleifte ihn in Gennys Zimmer. Gerade als er den Deputy halbwegs unter das Bett befördert hatte, nur teilweise außer Sichtweite, trat Genny aus dem Bad.

»Guten Morgen, meine Liebe«, sagte er in Mutters süßester Stimme. »Das Frühstück ist da.«

Genny blieb vor dem Bad stehen. Sie starrte ihn an. Zum Teufel, saß seine Perücke schief?, fragte er sich. Hatte sie seine Stimme erkannt, obwohl er sie verstellt hatte?

»Brauchen Sie Hilfe, um ins Bett zu kommen?«, fragte er und eilte zu ihr.

Sie hob die Hand und bedeutete ihm, stehen zu bleiben. Er hielt inne und bewegte sich auf das Bett zu. Er schüttelte das Kissen auf und strich die Bettdecke glatt. Genny schlich um das Fußende und strebte zur Tur. Er packte sie, gerade als sie den Türgriff umfasst hatte. Als sie den Mund öffnete, um einen Schrei auszustoßen, legte er ihr die Hand darüber und zog sie zum Bett. Sie wehrte sich, aber zum Glück war sie eine kleine Frau, die sich noch nicht ganz von der Operation erholt hatte. Er warf sie auf das Bett und zerrte mit der freien Hand die andere Subkutanspritze aus der Tasche. Mit den Zähnen entfernte er die Plastikkappe von der Nadel. Genny riss verängstigt die Augen auf, als ihr klar wurde, was er vorhatte. Sie wand sich und versuchte sich erneut zu wehren, doch er legte ihr das Knie auf die Brust und zielte mit der Spritze auf ihre Hüfte. In Sekundenschnelle verlor sie das Bewusstsein.

Die Tür zum Treppenhaus befand sich am Ende des Flurs, zwei Zimmer von Gennys entfernt. Er musste sie nur in ein Laken wickeln, sie knapp fünf Meter weit tragen, dann hätte er es fast geschafft. Das Risiko, von jemandem gesehen zu werden, war gering. Nur wenige Menschen benutzten die Treppe, schon gar nicht so früh am Morgen. Und er hatte seinen Wagen auf dem Parkplatz für das Personal abgestellt, neben dem Hintereingang. Da die Tagesschicht schon eingetroffen und die Nachtschicht fort war, dürfte in dem Bereich nichts los sein. Sobald er sie sicher im Kofferraum seines Wagens hatte, würde er die Straße nehmen, die hinter dem Krankenhaus aus der Stadt führte.

Er hatte den perfekten Platz für ihre Opferung ausgewählt. Ein Ort, der einer Druidenpriesterin oder eines Schamanen der

Cherokee würdig gewesen wäre. Durch Genevieve Madocs Adern floss das Blut dieser beiden. Sie hatte es ihm selbst erzählt.

Dallas kam um Punkt zwanzig nach acht ins Krankenhaus. Genny dürfte inzwischen geduscht haben und auf ihn warten. Seit etwa dreißig Minuten hatte er ein ganz komisches Gefühl. Er konnte es nicht richtig einordnen, aber er spürte, dass etwas nicht in Ordnung war. Natürlich konnte es daran liegen, dass er die ganze Nacht mit Jacob und der Sondereinheit unterwegs gewesen war, um Esther Stowe zu finden. Aber sie war noch immer irgendwo da draußen. Tot oder lebendig.

Als er aus dem Aufzug im ersten Stock trat, merkte er sofort, dass das Personal in heller Aufregung war. Noch nie hatte er so viel Krankenhauspersonal durch die Flure auf und ab laufen sehen. Kaum hatte er das Schwesternzimmer erreicht, erkannte ihn die Stationsschwester.

»Oh, Agent Sloan, Gott sei Dank sind Sie hier.« Die Schwester rang nervös die Hände. »Ich habe Sheriff Butler angerufen, und er ist jetzt unterwegs zum Krankenhaus.«

Angst schnürte Dallas die Kehle zu. »Ist mit Genny alles in Ordnung?«

»Ich weiß nicht, wie es passiert ist. Keiner von uns hat etwas gesehen.«

Dallas rannte los. Als er sich Gennys Zimmer näherte, bemerkte er einen Sicherheitsbeamten des Krankenhauses, der mit einigen weiß gekleideten Frauen sprach. Als er versuchte, sich an ihnen vorbei in Gennys Zimmer zu schieben, hielt ihn der Sicherheitsbeamte am Arm fest.

»Deputy Willingham ist bewusstlos. Eine der Schwestern hat ihn unter Miss Madocs Bett gefunden.«

Dallas packte den Mann am Hemd und schaute ihn wütend an. »Wo ist Genny?«

»Das wissen wir nicht. Sie ist weg.«

Dallas ließ den Mann los und eilte an ihm vorbei in Gennys

Zimmer. Sofort fiel sein Blick auf die benutzte Spritze auf dem Bett.

Gott verdammt! Der Mörder hatte Genny!

Als Genny wieder zu Bewusstsein kam, wusste sie nicht, wo sie sich befand oder was geschehen war; dann flogen ihre Augenlider auf, und alles fiel ihr gleichzeitig wieder ein. Ein frostiger Schauer lief ihr über den Körper. Ihr war kalt. Schrecklich kalt.

Sie schaute sich prüfend um, ob sie ihre Umgebung erkannte. Sie war in einer Höhle. Ein Feuer flackerte gelborange in der Dunkelheit der Höhle, war aber zu weit entfernt, um Wärme zu spenden. Als sie versuchte, sich zu bewegen, merkte sie, dass sie an Händen und Füßen gefesselt war. Sie wollte schreien, doch das ging nicht, weil sie geknebelt war. Sie schaute an sich herab und stellte fest, dass sie noch immer dasselbe dünne Krankenhaushemd trug und von der Taille bis zu den Füßen zugedeckt war.

So gut es ging, ließ sie ihren suchenden Blick umherschweifen, sah aber nicht die Spur eines anderen menschlichen Wesens. *Wo ist er?* Hatte er sie hierhergebracht und war gegangen? Wenn ja, würde er morgen vor Tagesanbruch zurückkehren.

Sie musste Kontakt zu Dallas aufnehmen. *Und was willst du ihm sagen?*, fragte sie sich. *Du weißt nicht, wo du bist.*

Genny rollte sich herum, warf die Decke ab und bewegte sich weiter über den kalten, feuchten Höhlenboden. Wie ein kleines Kind, das nicht laufen kann und nur unbeholfen krabbelt, rollte sie sich mehrmals herum, bis sie den Höhleneingang erreichte. Ein Blick in den Himmel sagte ihr, dass es bereits Mittag war. Die Sonne stand hoch über ihr. Sie legte sich flach auf den Rücken und suchte den Bereich draußen ab. Bäume. Bäume. Nichts als Bäume. Sie war irgendwo mitten im Wald, wahrscheinlich auf dem Berg, denn die Gegend hier war durchsetzt mit Höhlen. In der Ferne, nach Osten hin, bemerkte sie eine Lichtung. *Denk nach, Genny, denk nach. Kommt dir irgendetwas bekannt vor?*

Die Stadt war überfüllt mit aufgescheuchten Menschen, die von Kameraleuten lokaler und überregionaler Fernsehsender gefilmt wurden. Vor dem Gerichtsgebäude liefen Polizeibeamte aus nahegelegenen Städten und FBI-Agenten herum. Jazzy musste sich einen Weg durch die Menge bahnen, die an den Straßenrändern stand. Sie hatte gehört, dass nicht nur Esther Stowe nach wie vor vermisst wurde, sondern auch Genny Madoc aus ihrem Krankenhausbett entführt worden war. Wenn Genny vermisst wurde, warum hatte Jacob sie nicht angerufen? Jazzy hatte versucht, ihn zu erreichen, aber die Leitungen waren besetzt, und als sie es auf seinem Handy probierte, ging die Mailbox an.

Während sie weiterging, fiel ihr die Menschenmenge rings um das Gerichtsgebäude auf. Sie glaubte, einen Blick auf Jamie zu erhaschen, aber als sie noch einmal hinschaute, war er verschwunden.

Nachdem sie sich durch die dicht gedrängten Menschen gekämpft hatte, entdeckte sie Bobby Joe Harte auf dem Parkplatz hinter dem Gebäude. Er bewachte den Hintereingang, der direkt ins Büro des Sheriffs führte. Jazzy sprang ein paar Mal hoch, um die die Menge zu überragen, und rief seinen Namen. Bobby Joe winkte sie zu sich und befahl den Leuten, die ihr im Weg standen, sie durchzulassen.

Bevor sie ihr Ziel erreichte, hielt ihr ein Fernsehreporter sein Mikrofon vor die Nase. »Miss, darf ich fragen, wie Sie heißen?«

»Gehen Sie mir aus dem Weg«, warnte Jazzy ihn.

»Wie kommt es, dass der Deputy da drüben Sie durchlässt, obwohl er alle anderen fernhält?«, wollte der Reporter wissen.

»Wer zum Teufel sind Sie, und was haben Sie in Cherokee Pointe zu suchen?«, blaffte Jazzy ihn an.

»Whit Conners vom WHRB in Chattanooga.«

»Tja, Whit, scheren Sie sich zum Teufel und sagen Sie Ihrem

Kameramann …« – sie deutete mit dem Zeigefinder auf den stämmigen, einsneunzig großen Kerl, der die Kamera direkt auf sie gerichtet hielt – »… er soll aufhören, mich zu filmen, sonst nehm ich ihm sein Spielzeug ab und zertrete es.«

»Sind Sie so etwas wie eine Zeugin?« Whit wollte einfach nicht aufgeben. »Die Menschen im gesamten östlichen Tennessee interessieren sich dafür, was hier in Ihrer kleinen Stadt passiert. Wie wir hörten, hat es vor kurzem drei grauenvolle Morde gegeben, und jetzt werden erneut zwei Frauen vermisst.«

»Das ist Jazzy Talbot«, rief eine Stimme aus der Menge. »Ihre beste Freundin ist unsere Hellseherin im Ort, genau die, die heute Morgen aus ihrem Krankenzimmer entführt wurde.«

Jazzy gelang es, die Reihe der Reporter, die sich vor Bobby Joe aufgebaut hatten, zu durchbrechen und Whit Conners abzuhängen.

»Was ist hier los?«, wollte Jazzy von Bobby Joe wissen. Sie rief so laut, damit er sie über dem Stimmengewirr hörte.

»Gehen Sie rein und sprechen Sie mit Jacob«, sagte Bobby Joe. »Wir hatten keine Zeit, Sie anzurufen. Das ging alles so schnell.«

»Sagen Sie mir nur eins – wird Genny vermisst? Wurde sie aus dem Krankenhaus entführt?«

Bobby Joe nickte.

Jazzy hatte das Gefühl, sich übergeben zu müssen. Der Mörder hatte Genny! Oh Gott! Oh Gott!

28

Willst du irgendwohin, mein Schatz?«

Genny schaute zu dem Mann auf, der über ihr aufragte, ein böses Lächeln auf seinem hübschen Gesicht. Ihr Magen verkrampfte sich schmerzhaft. Dallas und Jacob hatten ihn zwar auf ihre Liste der Verdächtigen gesetzt, hatten jedoch die Möglichkeit, dass er der Mörder war, nicht ernsthaft in Betracht gezogen. Genny glaubte ihn zu kennen, hatte gedacht, er sei ihr Freund, und war tatsächlich überzeugt gewesen, dass er sie liebte. Unter Verwendung seiner eigenen hellseherischen Fähigkeiten, obwohl sie begrenzt waren, hatte er es offensichtlich geschafft, alles Negative, das seinem Geist entsprang, auszuschalten und es ihr somit erschwert, ihn richtig zu deuten. Sie hatte es sich zur Regel gemacht, nicht in den Geist anderer Menschen vorzudringen, wenn sie es nicht erlaubten. Hätte sie doch nur gegen ihre Prinzipien gehandelt und hinter die freundliche, nette Fassade geschaut, die er der Welt zeigte.

Er streckte die Hand aus und entfernte den Knebel aus ihrem Mund. »Hier oben kannst du schreien, so viel du willst, niemand wird dich hören.«

»Warum?«, fragte sie. »Sag mir, warum?«

Er packte sie am Rückenteil ihres Hemdes und schleifte sie über den Boden in die Höhle. Kleine, scharfe Kieselstücke und ausgezackte Ränder von herabgewehten Zweigen zerkratzten ihr den Rücken, das Gesäß und die Beine. Sie biss die Zähne zusammen und ertrug den Schmerz, fest entschlossen, nicht aufzuschreien, ihm nicht die Befriedigung zu verschaffen, sie weinen zu hören. Er zerrte sie ans Feuer und ließ sie los.

»Du, Genevieve Madoc, bist meine krönende Vollendung«, erklärte er ihr. »Nachdem Mutter gestorben war, habe ich mich aufgemacht, ihr – und der Welt – zu beweisen, dass ich kein Schwächling bin, dass ich, obwohl meine eigenen hellseherischen Fähigkeiten beschränkt waren, eine Möglichkeit finden würde, der mächtigste aller irdischen Geister zu werden. Ich habe jahrelang gesucht, habe meine Opfer sorgfältig ausgewählt und immer diejenigen genommen, die ganz besondere Kräfte besaßen.«

Genny musste schlucken. »Deine Opfer hatten nicht alle die Gabe. Nur die fünften.«

Sein Lächeln wurde breiter. Seine hellen, kristallblauen Augen funkelten in bösartigem Entzücken. »Sehr kluge Beobachtung. Dein Geliebter ist ein intelligenter Mann, aber nicht intelligent genug, mich zu fassen.«

»Dallas wird dich fassen, und wenn er dich für den Rest seines Lebens verfolgen muss. Du wirst ihn nie los.«

»Sobald ich deine Macht erlangt habe, werde ich jenseits aller von Menschenhand geschaffenen Gesetze stehen. Niemand kann mich dann mehr berühren.«

»Und wie willst du an meine Macht kommen?«, fragte sie, wohl wissend, dass er die Absicht hatte, sie umzubringen und so zu opfern wie all die anderen armen Frauen.

»Du musst natürlich geopfert werden.« Er fuhr ihr mit den Fingerspitzen vom Hals zum Bauch.

Sie krümmte sich, verabscheute seine Berührung, fürchtete sich davor, was er als nächstes tun würde. »Und nachdem ich geopfert bin?«

»Mutter hat mich gelehrt, dass die Macht eines Menschen im Herzen liegt und diese einzigartigen Fähigkeiten nur ein paar auserlesenen Menschen gegeben sind – so wie sie einer war – und in einen anderen übertragen werden, wenn man ihr Herz verzehrt.«

Genny schloss die Augen. *Lass dich nicht von deiner Angst einholen. Konzentriere dich darauf, einen Fluchtweg zu suchen und eine telepathische Verbindung mit Dallas herzustellen. Wenn du in Panik gerätst, wenn du zulässt, dass dich das schiere Entset-*

zen vor seinen Absichten lähmt, wird er gewinnen – und du wirst dein Leben verlieren.

»Erzähl mir mehr über deine Mutter.« Welche Dämonen ihn auch quälen mochten, er musste sie schon als kleines Kind von seiner Mutter übernommen haben.

»Mutter war eine mächtige Hexe.« Er kniete neben Genny nieder. »Sie war eine echte Hohepriesterin.« Er lachte, und der Laut war täuschend sanft. »Nicht wie Esther Stowe, die eine Schwindlerin war. Die dumme kleine Hexe war nichts weiter als eine Hure, die versuchte, sich als Priesterin auszugeben.«

»Deine Mutter war ...« Als er ein Messer aus seiner Hosentasche zog, spannte sie sich an. »Deine Mutter war dir sehr wichtig. Du musst sie sehr geliebt haben.«

Er packte den oberen Rand von Gennys Krankenhemd, senkte das Messer und schlitzte den dünnen Stoff vom Halsausschnitt bis zum Saum auf. Genny erschauderte, eher vor Ekel und böser Vorahnung, als vor der winterlichen Kälte.

»Sie geliebt?« Er neigte den Kopf zur Seite, als hörte er jemandem zu. »Ja, Mutter, ich sollte es ihr sagen, nicht wahr?«

»Mir was sagen?«

»Ich hatte Angst vor ihr. Ich fürchtete mich vor ihrer Macht. Ich war eine große Enttäuschung für sie, verstehst du, weil meine Begabung dem Vergleich mit ihrer nicht standhielt. Sie dachte, ich würde ein großer Hexenmeister, aber nein, der war ich nicht, doch ich habe mich ihr als nützlich erwiesen. Ich habe ihr bei den Opferungen assistiert und von ihr gelernt, wie wichtig das fünfte Opfer ist. Sie hat immer fünf Tiere geopfert, wobei das fünfte die größte Macht besaß. Und manchmal, wenn ich ein guter Junge war, ließ sie mich ein Stück vom Herzen des fünften Tieres abbeißen.«

»Aber deine Mutter hat keine Menschen umgebracht, oder? Sie hat nicht getan, was du tust.«

Er kniete sich über sie, bis sein Gesicht dicht vor dem ihren war. »Deshalb werde ich mächtiger sein, als sie es jemals war. Ich werde ihr geben, was sie immer gewollt hat.« Er leckte über

Gennys Gesicht. »Ich habe vier Tiere geopfert, als Mutter starb, und als ich dann Mutters Herz herausschnitt und aß, glaubte ich, ihre Macht würde auf mich übergehen, doch das war nicht der Fall. Da wurde mir klar, dass auch die ersten vier Opfer Menschen sein mussten. Sonst würde es nicht funktionieren.«

Er war total geisteskrank!

Dallas, kannst du mich hören? Bitte, hör mich. Ich bin in einer Höhle irgendwo in den Bergen. Öffne dein Herz und lausche. Ich brauche dich. Komm zu mir. Folge meinen Gedanken, und du wirst mich finden.

Er fuhr ihr mit den Fingerspitzen über die Brüste. Sie bemühte sich, das Gefühl seiner Hände auf ihrem Körper auszublenden. Sie beschwor ihre Fähigkeit, sich aus der Wirklichkeit zu lösen und zog sich noch weiter in sich zurück.

Dallas … Dallas … bitte, antworte mir. Sie konzentrierte sich allein darauf, Kontakt zu dem einzigen Menschen herzustellen, mit dem sie die seltenste Verbindung überhaupt teilte. Er könnte ihre Spur durch ihre Gedanken verfolgen und sie finden. Aber nur, wenn er glaubte. Nur wenn seine Liebe stark genug war.

Als das warme, ekelhafte Sperma ihres Entführers in der Senke zwischen ihren Brüsten auftraf, wandte Genny den Kopf ab und übergab sich.

Jacob und Dallas fanden bei der Überprüfung der Aufenthaltsorte ihrer drei Hauptverdächtigen Dillon Carson noch immer zu Hause vor, damit beschäftigt, seinen gewaltigen Kater nach dem Besäufnis des vorherigen Abends zu pflegen. Und Jamie Upton lag ihm Bett, seine Großmutter und seine Verlobte lasen ihm jeden Wunsch von den Augen ab. Doch Royce Pierponts Antiquitätengeschäft war geschlossen, und er reagierte nicht, als sie an seine Tür klopften. Dallas scherte sich nicht darum, dass er gesetzwidrig handelte, sondern brach die Tür zu Pierponts Wohnung auf. Er durchsuchte sie mit Jacob von oben bis unten, aber sie fanden nichts, was ihn mit Genny in Verbindung bringen könnte.

»Gibt es hier einen Keller?«, fragte Dallas.

»Ja, ich glaube schon. Fast alle alten Gebäude haben einen.«

»Haben Sie eine Ahnung, wie man den Eingang findet?«

Jacob schüttelte den Kopf. »Nicht so genau, aber ich vermute, er wird irgendwo in einem der hinteren Räume des Antiquitätengeschäfts sein.«

»Wir versuchen es mit der Hintertür. Uns braucht ja niemand zu sehen, wenn wir dort eindringen.« Dallas lief die Treppe hinunter.

»Sie haben kein Problem damit, irgendwo einzubrechen, nicht wahr?«, fragte Jacob, der ihm nachgekommen war.

»Ich habe mich nicht immer unbedingt an die Regeln gehalten«, sagte Dallas. »Und wenn es darum geht, Genny zu retten, würde ich wenn nötig jedes Gesetz brechen.«

»Worauf warten wir dann?«

Die beiden Männer tauschten einen vielsagenden Blick, dann rannte Dallas den Häuserblock entlang, bog um die Ecke und lief die Gasse hinauf. Als Jacob ihn einholte, hatte Dallas die Hintertür des Antiquitätengeschäfts bereits aufgestemmt und ging hinein. Wie das Glück es wollte, befand sich die Kellertreppe im Lagerraum gleich hinter der Tür.

Dallas tastete sich im Dunkeln vor, suchte und fand einen Lichtschalter. Ein paar grelle Glühbirnen erleuchteten die Treppe und brachten Licht in den dunklen, feuchten Keller. Sobald er an den Fuß der wackeligen Holztreppe gelangte, stieg Dallas der Geruch in die Nase.

»Ich rieche es auch. Blut und …« Jacob biss die Zähne zusammen.

»Der Geruch des Todes.«

Jacob nickte.

Sie fanden Esther Stowe auf einer antiken Chaiselongue, die als Altar benutzt worden war. Ihre Leiche war aufgeschlitzt, genau wie bei den anderen Opfern.

»Pierpont«, sagte Dallas. »Und er hat Genny.«

Sie ließen alles so, wie sie es vorgefunden hatten, und kehrten zu Jacobs Pick-up zurück. Esther Stowe würde nirgendwohin gehen. Niemand würde den Tatort kontaminieren. Da Gennys Rettung an erster Stelle stand, fuhren sie aus der Stadt und folgten der umfangreichen Suche, die sich von Cherokee Pointe in die umliegende Gegend ausgeweitet hatte.

Sie wussten, wer der Mörder war. Leider würde ihnen diese Gewissheit nicht helfen, Genny zu finden. Er hätte sie überall hinbringen können.

Dallas lehnte sich auf dem Ledersitz zurück und schloss die Augen. *Genny, wo bist du?*

Mit ernster Miene wandte sich Jacob an Dallas. »Wir werden sie finden. Und wenn, dann will ich Pierpont haben. Hören Sie mich? Pierpont gehört mir.«

»Nein«, erwiderte Dallas, die Augen noch geschlossen; das Herz hämmerte in seinen Ohren. »Er gehört mir.«

Jacob antwortete nicht. Er musste sich damit abfinden, dass er, so sehr er Genny auch liebte, nicht mehr für sie verantwortlich war. Sie gehörte jetzt zu Dallas, so wie Dallas zu ihr gehörte. Er war ihr Beschützer.

Genny, streck die Hand nach mir aus, verbinde dich mit mir. Hilf mir, dich zu finden.

Dallas' Geist begann frei zu schweben, fort in ein anderes Gefilde. Dunkle, wirbelnde Wolken füllten seine Gedanken.

Ich bin hier Dallas. Ich bin hier.

»Genny!« Dallas' Augen öffneten sich, als er ihren Namen laut ausrief.

Jacob trat heftig auf die Bremse. »Was ist? Was ist los?«

»Ich weiß es nicht. Nichts.« Dallas schluckte ein paar Mal. »Ich glaube, Genny hat gerade Kontakt mit mir aufgenommen.«

»Dann sollten Sie ihr um Himmels willen zuhören.«

Dallas schloss die Augen. *Genny, ich höre. Sprich mit mir. Komm zu mir.* Er vernahm die Worte, die nicht ausgesprochen, sondern nur mit dem Herzen gefühlt wurden. *Wenn wir zusammenbleiben und die Verbindung nicht abreißen lassen, kannst du mich finden. Du wirst wissen, wo ich bin.*

Kannst du mir nicht sagen, wohin er dich gebracht hat?, fragte Dallas sie.

Hoch in die Berge. Tief in den Wald hinein.

Hat er dir etwas angetan?

Als sie nicht antwortete, setzte ein durchdringender Schmerz in Dallas' Magen ein und breitete sich in seinem ganzen Körper aus.

Wenn er dich verletzt hat, werde ich …

Konzentriere deine ganze Energie darauf, mit mir verbunden zu bleiben, damit du mich finden kannst. Verschwende deine Kraft nicht an Wut.

Dallas versuchte jeden Gedanken aus seinem Kopf zu verbannen, bis auf den an Genny. Während er sich ausschließlich auf sie konzentrierte, umfing ihn ein Gefühl unglaublicher Macht. Und dann wusste er es.

»Fahren Sie nach Nordosten, den Berg hinauf, bis an die Spitze«, sagte Dallas.

Ohne ihn zu hinterfragen, steuerte Jacob den Dodge Ram nordostwärts.

»Nur noch ein paar Stunden Wartezeit«, sagte Royce zu ihr. »Ich habe den Altar im Wäldchen vorbereitet. Hier oben auf dem Berg ist genau der richtige Platz für dich, meine kostbare Genevieve. Dein Blut wird auf die Erde spritzen, die du so liebst.«

Genny hörte Royces dröhnende Stimme, aber sie versuchte nicht einmal, seinen undeutlichen Worten zu lauschen. Sie blieb in Gedanken mit Dallas verbunden, wie schon seit endlosen Stunden. Die Zeit hatte aufgehört zu existieren. Sie spürte nur Dallas' Liebe. Sie vernahm nur Dallas' Gedanken. Sie wusste, dass Dallas mit jedem Atemzug, den sie tat, immer näher kam.

Plötzlich spürte sie, wie andere Gedanken eindrangen, andere Geister versuchten, sich mit ihr zu verbinden. Sie kämpfte gegen die Eindringlinge an, aber ihre Stimmen wurden so stark, dass sie gezwungen war, ihnen zuzuhören. Unsicher hing sie an ihrer Verbindung mit Dallas, hörte zu und antwortete.

Ja, ja. Kommt zu mir. Helft mir. Führt Dallas zu mir.

Der Suchtrupp hatte den Berggipfel durchkämmt, zusammen mit Sally und ihren vollständig erholten Bluthunden, in der Hoffnung auf eine Witterung, die sie zu Genny führen würde. Dallas, der noch immer mit Genny verbunden war, wusste, dass sie in diesem Gebiet war, nicht weit von ihm entfernt. Aber wo genau? Ihre Signale waren im Lauf der letzten beiden Stunden schwächer geworden, als ließe ihre Kraft nach, als hätte sie Mühe durchzuhalten.

»Ist das hier der höchste Punkt des Berges?«, wollte Dallas von Jacob wissen.

»Ja.« Jacobs Augen weiteten sich, als ihm eine Erleuchtung kam. »Nein! Oocumma Mount ist die höchste Erhebung.«

»Liegt er östlich von hier?«

Jacob zeigte in die Richtung. Osten. »Direkt dort hinauf, in die Wolken.«

»Da ist Genny«, sagte Dallas.

»Da oben gibt es keine Straßen. Er muss seinen Wagen abstellen und sie hinaufgetragen haben.«

»Dann hat er das getan.« Dallas packte Jacob an den Schultern. »Ich sage Ihnen, sie ist da oben. Ich brauche Sie, um mir den Weg zu zeigen.«

»Und wir teilen es den anderen mit«, sagte Jacob. »Sie können uns folgen.«

»Es wird Zeit, dass wir unsere Höhle verlassen«, sagte Royce. »Bald bricht der Tag an. Ich will nicht bis auf die letzte Minute warten, will alles perfekt vorbereitet haben.« Sein Blick wanderte von ihrem Gesicht bis zu den Füßen. »Bestimmt tröstet es dich zu wissen, dass deine großartigen hellseherischen Fähigkeiten nach dir weiterleben werden, dass deine Macht auf mich übergeht, wenn du stirbst.«

»Du irrst dich«, erwiderte Genny. »Du wirst meine Macht niemals besitzen. Verstehst du mich, Royce? Wenn ich sterbe, werden meine besonderen Fähigkeiten mit mir sterben. Meine Talente sind angeboren. Sie können auf niemanden übertragen werden.«

Er hob sie vom Boden und trug sie aus der Höhle. Sie wand und krümmte sich mit der wenigen Kraft, die ihr noch geblieben war, und versuchte es ihm möglichst schwer zu machen, sie zu halten. Er blieb stehen, stellte sie auf die Füße und packte sie am Genick.

»Warum hast du keine Angst?«, fragte er. »Du wirst sterben, und niemand kann dich retten.«

Genny konnte sie ganz in der Nähe spüren. Sie kamen zu ihr, zu Dutzenden, und zeigten Dallas den Weg.

»Du wirst sterben«, sagte Genny mit ruhiger Stimme.

Er versuchte erneut, sie hochzuheben, aber Genny ließ sich auf die Knie fallen. *Kommt zu mir. Ihr seid nah daran. Sehr nah.*

Royce funkelte sie wütend an. »Entweder arbeitest du mit, oder ich schleife dich von hier zum Altar.«

Genny wog ihre Möglichkeiten ab. Royce zerrte sie hoch und warf sie sich über die Schulter. Sie blieb ruhig dort liegen, rief aber ununterbrochen ihre Retter zu sich.

Nachdem sie zwei Gewehre aus Jacobs Pick-up geholt und geschultert hatten, ging Dallas hinter Jacob her über den gewundenen Pfad, der zum Oocumma Mount hinaufführte. Sally hatte Peter und Paul freigelassen, sobald sie sich von dem Bergquell entfernt hatten, der als wild schäumender Bach quer über den Weg schoss.

»Ich schaffe es nicht bis oben«, sagte Sally und spuckte Tabaksaft aus. »Ich warte hier und zeige den anderen den Weg.« Plötzlich schaute Sally nach oben in die sternenklare Nacht. »Was zum Teufel?«

»Was ist los?« Jacob folgte ihrem Blick. »Ich fass es nicht!«

Dallas schaute auf. Dutzende Eulen füllten den Himmel.

Das traurige Heulen eines Wolfs hallte über die Berge, dann setzten mehrere wechselseitige Schreie zu einem Tierchor an. Polternde Hufe ergänzten das Rauschen geflügelter Kreaturen. Ringsum erwachte der Wald zu pulsierendem Leben. Als würden sie in eine Richtung getrieben – oder an eine Stelle gerufen –, gesellten sich Rehe und Elche zu Rotluchsen, Berglöwen, Kojoten und Rotwölfen.

»Das ist Genny«, sagte Dallas mit einer Bestimmtheit, wie er sie noch nie im Leben empfunden hatte.

»Ja, das ist Genny.« Jacob klopfte Dallas auf den Rücken. »Folgen Sie ihnen. Sie werden uns direkt zu ihr bringen.«

Royce hatte einen rohen Altar aus Steinen errichtet und mit einem gefalteten weißen Laken bedeckt. Er legte Genny auf den Altar und zog ihre gefesselten Hände über ihren Kopf, damit ihre Brüste angehoben wurden. Nach einem prüfenden Blick in den Himmel kniete er nieder und hob eine Holzkiste vom Boden neben dem Altar.

Genny fröstelte in der kühlen Luft. Ihr war so kalt, dass sie fast gefühllos war. Vom Erdboden abgehoben, den nackten Körper vom Winterwind gequält, betete sie.

Genny spürte, wie ihr Gebet das irdische Reich verließ und in geistige Sphären vordrang. Sie überließ sich gänzlich der Macht der Güte. Liebe umfing sie. Dallas' leidenschaftliche Liebe. Jacobs Bruderliebe. Jazzys schwesterliche Liebe. Die Liebe all der freundlichen Seelen, die sie kannten. Und die reine, hingebungsvolle Liebe der Geschöpfe Gottes.

Das Heulen eines Hundes vermischte sich mit dem der Wölfe. Genny betete weiter und sandte positive Energie in die Welt.

Royce nahm das Schwert von der Samtunterlage und schwang es über Gennys Kopf.

Er beugte sich herab und flüsterte ihr ins Ohr: »Bald, mein Lämmchen. Bald.«

»Ja, bald.«

Er ließ das Schwert über ihr sinken, bis es sie fast berührte, und verfolgte den gewählten Pfad mit der Klinge. »Warum schreist du nicht, Genny? Am Ende schreien sie alle. Auch du.«

»Du wirst schreien«, sagte sie ihm.

Genny warf einen Blick nach Osten. Ein blassrosa Hauch kroch über den dunklen Horizont.

»Sobald die Sonne dieses Schwert berührt, wird alles, was ich je gewollt habe, mir gehören«, sagte Royce triumphierend.

»Sieh dich um«, forderte ihn Genny auf. »Sieh das Schicksal, das dich erwartet.«

»Was willst du damit ...« Royce blinzelte und versuchte, die Schatten, die ihn umzingelten, zu erkennen. »Was ist hier los? Was sind das ...«

Der Himmel wurde heller. Royce starrte auf die Ansammlung wilder Tiere, die im Kreis um den Altar standen, nur wenige Meter entfernt. Ein Wolfsrudel bildete den inneren Kreis. Gennys Drudwyn war darunter, ebenso Peter und Paul. Mindestens ein Dutzend Rehe hatten sich in einigem Abstand aufgestellt, beobachteten und warteten. Und große Wölfe trabten von Osten, Westen, Norden und Süden auf den Altar zu. Eulen und andere Vogelarten füllten die Bäume und kreisten über ihnen.

»Was geht hier vor?« Royces Stimme zitterte vor Angst.

»Weißt du das nicht?«

Royce schüttelte den Kopf.

»Kannst du es dir nicht denken?«, neckte ihn Genny. »Ich habe Drudwyn gerufen, und er hat die Raubtiere des Berges und die Geschöpfe der Wälder zusammengetrommelt, um mich zu beschützen.«

Royce hob sein Schwert. Die ersten schwachen Sonnenstrahlen spiegelten sich auf dem Metall wider.

»Du wirst sterben. Deine Macht wird mir gehören«, rief Royce. »Dann werde ich diese Tiere beherrschen!«

Er holte mit dem Schwert aus, führte es nach vorn, doch

bevor es Genny berührte, fiel ein Gewehrschuss. Die Kugel aus Dallas' Waffe zischte an der Versammlung der Tiere vorbei und traf ins Ziel – Royce Pierpont. Er schrie vor Schmerz auf und sank zu Boden.

Dallas und Jacob rannten zum Altar. Tränen der Dankbarkeit traten Genny in die Augen. Hektisch lösten sie die Fesseln von Gennys Händen und Füßen, dann setzte Dallas sie aufrecht hin, zog seinen Mantel aus und wickelte sie darin ein.

»Ich wusste, du würdest zu mir kommen«, sagte Genny mit kaum hörbarer Stimme.

»Versuche nicht zu sprechen, Schatz«, erwiderte Dallas. »Wir müssen dich auf schnellstem Weg ins Krankenhaus bringen.«

»Ich komme schon klar. Keine Bange.« Sie warf einen Blick auf die Stelle, an der Royce zu Boden gesunken war, aber er war nicht mehr da. »Wo ist …« Ihr Herzschlag setzte einen Moment aus, als sie erkannte, dass zwei Wölfe – unter Drudwyns Anleitung – Royce an den Armen fortzerrten.

»Ich schieße nicht auf Wölfe, nur um die Leiche dieses Ungeheuers zurückzuholen«, sagte Jacob.

»Sie sollen ihn haben.« Dallas umfing Genny mit seinen starken Armen und trug sie von der Lichtung auf Oocumma Mount.

Während die Wölfe die Gerechtigkeit der Natur walten ließen, zerstreuten sich die Tiere und verschwanden im Wald, Eulen und andere Vögel flogen davon und gaben den Morgenhimmel frei.

Epilog

Der Frühling in den Bergen stand kurz bevor. Die abgestorbene Winterwelt zeigte bereits Anzeichen neuen Lebens. Krokusse reckten ihre kleinen, bunten Köpfe durch die harte, kalte Erde, um die jährliche Erneuerung von Mutter Erde anzukündigen. Genevieve Madoc ging es von Tag zu Tag besser. Körperlich. Geistig. Emotional. Wichtiger war jedoch, dass sie spirituell heilte. Dallas' Liebe und Hingabe hüllten sie mit der Kraft ein, die sie brauchte, nicht nur, um zu überleben, sondern um sich zu regenerieren.

Das, was von Royce Pierpont übrig blieb, als die Wölfe mit ihm fertig waren, durchlief die richtigen Kanäle und hatte, soweit bekannt war, eine christliche Beerdigung erhalten. Jazzy für ihren Teil hoffte, dass man seine Überreste den Fischen zum Fraß in den Fluss geworfen hatte.

In Cherokee Pointe und dem gesamten County war allmählich das normale Leben wieder eingekehrt. In ein paar Wochen würde mit dem Frühling die Touristensaison beginnen, und die Einwohnerzahl der kleinen Stadt würde sich verdreifachen. Jazzy hörte bereits die Kassen klingeln. Sie lächelte vor sich hin.

»Alles ist fertig«, sagte Tiffany.

Jazzy schnappte erschrocken nach Luft.

»Entschuldige.« Tiffany lachte. »Wir sind alle bereit. Wann erwartest du sie hier?«

»Jeden Augenblick.«

»Willst du noch schnell alles inspizieren?«

»Ja, ich würde …«

Die Eingangstüren vom Jasmine's flogen auf, und Dallas geleitete Genny hinein. Jazzy lief auf sie zu, um sie zu begrüßen.

»Du siehst hinreißend aus.« Jazzy ergriff Gennys Hände und

musterte sie von Kopf bis Fuß. Genny trug ein schwarzes, schlicht geschnittenes Seidenkleid, darüber eine handbestickte schwarze Kaschmirjacke.

»Und was ist mit mir?«, fragte Dallas spöttisch.

Jazzy schenkte ihm einen flüchtigen Blick. Er war mit einem schwarzen Anzug, weißem Hemd und einer roten Krawatte herausgeputzt. »Du siehst auch hinreißend aus.« Jazzy hob Gennys linke Hand. »Lass mich sehen.«

»Was?« Genny lächelte.

»Hey, die halbe Stadt weiß, dass Dallas dir heute Abend einen Ring schenken würde.«

»Alle haben es gewusst, nur ich nicht«, sagte Genny.

Jazzy betrachtete den Diamantsolitär am Mittelfinger von Gennys linker Hand. »Wow, was für ein Brocken.« Sie schaute zu Dallas. »Der muss dich ja ein Vermögen gekostet haben.« Sie zwinkerte ihm zu. »Bist du sicher, dass du dir so etwas als Arbeitsloser leisten kannst?«

»Ich verfüge über einen beträchtlichen Notgroschen, du Glucke«, erwiderte Dallas. »Raffinierte Anlagen und kluge Finanzplanung.«

»Gut zu wissen.« Mit ausladender Handbewegung lud sie das Paar ins leere Restaurant ein.

Genny betrachtete die schönen Rosen auf jedem Tisch und die weißen Kerzen in Kristallhaltern. »Hast du heute Abend eine Privatfeier hier im Jasmine's?«

»Ja. Kann man so sagen.«

»Oh, Jazzy, hast du etwa …?«

»Was für eine perfekte Intro.« Jazzy stieß einen langen, lauten Pfiff aus.

Zu Dutzenden strömten die Menschen aus der Küche ins Restaurant, Jacob vornweg. Sally und Ludie, begleitet von Wallace, folgten Jacob. Unzählige andere Freunde und Bekannte füllten das Jasmine's und wünschten Genny und Dallas alles Gute. Dann teilte sich die Menge, um Dallas' Familie nach vorn zu lassen. Überrascht riss er die Augen auf, als er seine

Schwestern Savannah und Alexandria auf sich zulaufen sah. Er empfing sie mit ausgebreiteten Armen. Sein Schwager, seine Nichte und sein Neffe hielten sich im Hintergrund, und als die Schwestern ihn zu Ende umarmt und geküsst hatten, schüttelte ihm sein Schwager die Hand und klopfte ihm auf den Rücken. Sein Neffe Mark reichte ihm die Hand und folgte dem Beispiel des Vaters. Aber die zehnjährige Amy sprang in seine Arme und drückte ihm einen feuchten Kuss auf die Wange.

»Das ist eine Überraschungsparty zur Verlobung«, sagte Jazzy. »Falls ihr noch nicht darauf gekommen seid.«

Genny wandte sich an Dallas. »Hast du davon gewusst?«

Als er dümmlich grinste, kniff ihn Genny in den Arm.

»Ich schwöre, ich habe nichts gewusst.« Dallas tippte ihr mit dem Zeigefinger auf die Nasenspitze. »Aber warum hast du es nicht gewusst, meine kleine Zauberin?«

»Weil mich jemand mit körperlichen Angelegenheiten so beschäftigt hat, dass ich nicht zum Nachdenken kam, erst recht nicht, meine hellseherischen Fähigkeiten einzusetzen.«

Während Dallas Genny seiner Familie vorstellte, kam Tiffany mit einem Silbertablett voller Champagnerflöten. Jazzy nahm zwei Gläser davon und reichte sie dem glücklichen Paar.

Ein Geiger kam durch den Flur von Jazzys Büro herein und spielte bereits eine romantische Melodie.

»Ist das Leben nicht toll?« Jazzy umarmte Genny. »Ich kenne niemanden, der es mehr verdient hat als du, glücklich zu sein.«

Genny nahm Jazzy fest in den Arm. »Deine Zeit wird kommen. Versprochen.«

Jazzy zog sich zurück. »Es gibt Geschenke, weißt du. Viele Geschenke. Aber glaub ja nicht, dass dies hier eine Brautparty ersetzt. Und ich habe den Junggesellinnenabschied schon geplant.«

Dallas legte den Arm um Gennys Taille. »Komm, *a qua da li i.* Wir mischen uns unter die Menge. Nachdem mir Roddy Watsons Stelle angeboten wurde, sollte ich meine Wählerschaft besser kennenlernen.«

»Mich als deine Frau zu bezeichnen, ist ein bisschen verfrüht, da wir es erst im Juni legalisieren.« Plötzlich begriff sie, was er über die Stellung als Polizeichef gesagt hatte, und schnappte nach Luft. »Oh, Dallas, das hast du mir gar nicht verraten. Wann hat …«

»Den Anruf bekam ich heute, während du ein Nickerchen gemacht hast. Ich wollte bis zu unserem Dinner warten, um es dir zu sagen.«

»Herzlichen Glückwunsch, Chief Sloan!« Jazzy klopfte Dallas auf den Rücken.

»Was ist los?«, fragte Jacob, als er zu den dreien trat.

»Dallas ist der Posten von Roddy Watson angeboten worden«, sagte Jazzy. »Stell dir vor.«

»Wir wollen das vorerst noch für uns behalten«, bat Dallas. »Heute Abend geht es nur darum, dass Genny meinen Antrag angenommen und mich zum glücklichsten Mann der Welt gemacht hat.«

»Wie sind die Helden gefallen.« Jacob lachte in sich hinein.

»Warte du nur«, sagte Dallas zu ihm. »Deine Zeit wird auch noch kommen. Eines Tages wird dir ein aufreizendes kleines Ding über den Weg laufen, und du wirst nicht wissen, wo dir der Kopf steht. Erst wenn sie dich in die Knie gezwungen hat und du sie anflehst, dich aus deinem Unglück zu erlösen.«

»Das wird nicht passieren«, versicherte ihm Jacob.

Jazzy tänzelte auf Jacob zu und hakte sich bei ihm unter. »Da du im Juni Brautführer wirst und ich Brautjungfer werde, sollten wir heute Abend den ersten Trinkspruch aussprechen. Versuch etwas Romantisches zu sagen, etwas, das von Herzen kommt.«

»Ich hab es nicht so mit Romantik«, grummelte Jacob.

»Genny zuliebe könntest du es versuchen.« Jazzy zog an Jacobs Arm, und er ließ sich von ihr zur Bar führen.

»Von Dallas kriegt sie genug romantischen Brei.«

»Du, Jacob Butler, bist ein hoffnungsloser Fall. Mir tut die arme Frau leid, die bei dir landet.«

»Jazzy Talbot, der Kerl, der an dir hängen bleibt, wird der größte Pantoffelheld und die unterdrückteste arme Seele auf der Welt sein.«

»Da wir beide uns so gut kennen, mit allem Drum und Dran, sollten wir vielleicht einfach heiraten. Dann müssten wir uns nie mit Romantik abgeben.«

Jacob lachte leise. »Wir haben es doch schon miteinander versucht und festgestellt, dass es zwischen uns nicht funkt.«

»Vielleicht geht es uns ohne Funken besser. Damit ist alles viel unkomplizierter.«

»Unkomplizierter, aber nicht der Mühe wert.«

Jacob und Jazzy nahmen sich jeweils ein Glas von der Bar und hoben es zu Ehren des verlobten Paares. Jazzy klickte mit ihren langen Nägeln an ihr Glas in der Hoffnung, die Aufmerksamkeit der Gäste zu erlangen. Doch der Geräuschpegel war so hoch, dass niemand sie hörte.

Jazzy kletterte auf die Bar und rief: »Alle mal herhören.«

Stille senkte sich über den Raum. Jazzy lächelte.

Sie hob ihre Champagnerflöte. »Auf Genny und Dallas.« Sie schaute zu dem Paar. »Auf dass ihr immer so verliebt sein mögt wie heute Abend.«

Die Feiernden jubelten. Jazzy nickte Jacob zu.

Er räusperte sich und prostete dem Paar zu. »Auf dich, Dallas. Ich kann nur sagen – besser du als ich.«

Alle lachten.

Dallas zog Genny in die Arme und küsste sie vor aller Augen – der Familien, Freunde und Bekannten –, und vor Gott. Ein Vorspiel für ihren Hochzeitstag.

Noch nie hatte Jazzy jemanden so beneidet.